उर्मिला

अनन्य प्रेम और त्याग की
अलक्षित गाथा

उर्मिला

अनन्य प्रेम और त्याग की अलक्षित गाथा

आशा प्रभात

राजकमल प्रकाशन

ISBN : 978-93-93768-60-5

मूल्य : ₹795

पहला संस्करण : 2022

प्रकाशक : राजकमल प्रकाशन प्रा.लि.
1-बी, नेताजी सुभाष मार्ग, दरियागंज
नई दिल्ली-110 002

शाखाएँ : अशोक राजपथ, साइंस कॉलेज के सामने, पटना-800 006
पहली मंज़िल, दरबारी बिल्डिंग, महात्मा गांधी मार्ग, प्रयागराज-211 001
36 ए, शेक्सपियर सरणी, कोलकाता-700 017

वेबसाइट : www.rajkamalprakashan.com
ई-मेल : info@rajkamalprakashan.com

मुद्रक : बी.के. ऑफसेट
नवीन शाहदरा, दिल्ली-110 032

URMILA
Novel by Asha Prabhat

उज्ज्वला उर्मिला
सदा सर्वदा जीवन्त हैं
उन पर कुछ लिखना उज्ज्वल प्रयास रहा है
मैं उर्मिला को जी सकी,
इसे अवश्यंभावी बनानेवाले
कुमार को...

प्राक्कथन

महाकाव्य रामायण त्याग की महिमा से भरा पड़ा है और उसमें राम का त्याग निश्चय ही सर्वोपरि है किन्तु उर्मिला का त्याग भी लघुतर नहीं है। उर्मिला जिनका परिचय मात्र मिथिला नरेश जनक की द्वितीय पुत्री या दशरथ नन्दन लक्ष्मण की भार्या के रूप में ही प्राप्त है। रामायण में इससे इतर उनके विषय में कहीं कुछ और प्राप्त नहीं होता। बल्कि ऐसा कहना भी अतिशयोक्ति नहीं होगा कि रामायण के रंगमंच पर इस विशिष्ट पात्र को हाशिये पर डाल दिया गया है। यदि किसी पुस्तक में विद्वज्जनों द्वारा चन्द शब्दों में उन्हें उद्धृत भी किया गया है तो मात्र उनके विरह भाव को ही प्राथमिकता दी गई है।

परन्तु गहनता से हम देखें तो विरह तो उर्मिला के जीवन का मात्र एक अंश है। कर्म, कर्तव्य, कर्मठता, सजगता तथा समर्पण का उनका अधिक प्रबल भाव हमारे सम्मुख आता है। उनका सम्पूर्ण व्यक्तित्व भारतीय नारी का अद्भुत दृष्टान्त प्रस्तुत करता है जिसे सम्मुख लाने में सुविज्ञजनों की लेखनी कहीं शिथिल पड़ गई है। आदि कवि वाल्मीकि से लेकर कवि कुल तिलक तुलसीदास भी उर्मिला के कर्म, कर्तव्य तथा त्याग को शब्द देने में कृपण साबित हुए हैं व स्त्रियों के आरोपित गुणों से इतर अपनी उदारता नहीं दिखा पाए हैं अन्यथा अपने महान ग्रंथ में चार पंक्तियाँ उर्मिला के मनोभावों को उद्धृत करने में वे अवश्य बरबाद करते।

डॉ. एच. बाल सुब्रह्मण्यम का मानना है—"किसी भी व्यक्ति की विशिष्टता को पहचान कर उचित मान देना और उसके उत्कर्ष के लिए सहर्ष भागीदारी करना शालीनता है। वैदिक और पौराणिक

वाङ्मय इस बात का साक्षी है कि बड़े-बड़े ऋषि-मुनि भी शालीनता की इस कसौटी पर खरे नहीं उतरते। महर्षि विश्वामित्र के अन्दर स्वर्ग के सृजन तक की क्षमता विद्यमान होने पर भी उन्हें ब्रह्मर्षि की उपाधि देने की शालीनता मुनि श्रेष्ठ वशिष्ठ में नहीं थी। सूतपुत्र होने के कारण कर्ण के अतुल पराक्रम को अर्जुन के समतुल्य मानने की शालीनता गुरु द्रोण या भीष्म पितामह में नहीं लक्षित होती।"

उसी प्रकार उर्मिला के बहुर्मुखी व्यक्तित्व को उदारता से चन्द शब्द देने में हमारे विद्वान रचनाकारों में भी शालीनता का अभाव दिख रहा है।

आदि वाल्मीकि रामायण से इतर तो कितने महान रचनाकारों ने अति भक्ति या उत्साहवश उर्मिला के प्रति भ्रांतियों का पिटारा-सा खोल दिया कि—लक्ष्मण के वनवास जाने के बाद उर्मिला चौदह वर्षों तक सोती रहीं।

चौदह वर्ष मात्र सोते रहनेवाला मनुष्य कितना अकर्मण्य, आलसी या परिस्थितियों से पलायन करनेवाला होगा, इसका सहज अनुमान लगाया जा सकता है जिसे न वर्तमान स्थिति की गहनता, गम्भीरता का बोध हो और न स्वयं के होने का परन्तु यह तो उर्मिला का व्यक्तित्व नहीं हो सकता वरन् इसे उर्मिला पर मिथ्या आरोप ही कहा जाएगा। चेतनता के साथ ही अपने कर्तव्यों के प्रति सजग, सचेष्ट, रहनेवाली, परिस्थितियों से हार न माननेवाली और अपनी मन:स्थिति तथा संतापों को छुपाने में महारत रखनेवाली उर्मिला बहुत ही पराक्रमी एवं संयमी हैं।

वनवास काल की पूर्ण अवधि में उर्मिला ने पति को दिये गए वचन स्वरूप अपने नेत्रों में अश्रु को नहीं आने दिया। नेत्रों में अश्रु न आने देने का अर्थ है मनुष्य के अन्दर विशेष धैर्य, साहस, सजगता तथा दृढ़ता का होना और ये समस्त गुण उनके रग-रग में भरे हैं... जिसका साक्ष्य इस उपन्यास में प्रस्तुत करने का प्रयास किया गया है।

इस उपन्यास का लेखन इतना सहज भी नहीं था। बिलकुल एक अछूता विषय, अनजान पात्र पर कुछ लिखना जिसके चरित्र का कोई भी पहलू सम्मुख न हो...और न कहीं उनसे सम्बन्धित कोई

साक्ष्य या वक्तव्य उपस्थित हो...परन्तु विचारने पर उस देशकाल की परिस्थितियाँ...। उन परिस्थितियों में उनका व्यक्तित्व स्वतः उभरता चला गया जिससे इस पुस्तक का लेखन सम्भव हो सका।

उर्मिला के चरित्र व आचरण में हम नव आर्य युग के उत्थान का साक्ष्य पाते हैं। उनका जीवन सदा राजभवनों में व्यतीत हुआ। अपनी अग्रजा सीता की भाँति उन्हें पति संग वन में जाने का अवसर या संयोग प्राप्त नहीं हुआ। आम आदमी से जुड़ने या उसके सान्निध्य में रहने और आम आदमी के अभावों को देखने, जानने का सुयोग नहीं के बराबर मिला परन्तु राजभवनों में क्या अनुभव की कमी होती है, या दुखों का अभाव होता है? जहाँ मानव है वहाँ हर पल जीवन-जनित एक नूतन अनुभव से साक्षात्कार होना असम्भव नहीं है और स्त्री जो संवेदनशील या प्रकृति स्वरूपा होने के नाते भावों के झंझावात में सदैव घिरी रहती है, उसका यह भाव सभी अपनों के प्रति आत्मीयता और कर्तव्य निर्वहन का होता है। उसके सभी अपनों में स्वयं के माता-पिता, सास-ससुर, सगे-सम्बन्धी, अपनी सन्तानें तथा समस्त परिवार होता है। ऐसे चैतन्य प्राणी को मात्र विरह का भाव तो उपहास का पात्र बना देगा, परिवार ही नहीं समाज के समक्ष भी। अतः अपने इस भाव को वह बहुधा प्रकट नहीं करती किसी के सम्मुख...।

लक्ष्मण के अरण्य जाने के बाद वे हर क्षण एक विकट स्थिति से घिरी रहीं...। यह कहना अतिशयोक्ति नहीं होगा कि उनके जीवन में सदैव द्वंद्व की प्रमुखता रही...। द्वंद्व लक्ष्मण को दिये गए वचन के निर्वहन का...। द्वंद्व लक्ष्मण की अनुपस्थिति में लक्ष्मण बन भवन भीतर अपने कर्तव्यों के वहन का...। द्वंद्व किसी के सम्मुख अपने मुख पर दुख का कोई भाव न आने देने का...। द्वंद्व दोनों बहनों सहित तीनों माताओं को अपने आचरण में कोई मलिनता दृष्टिगत न होने देने का...। यह संकल्प असम्भव नहीं तो बहुत कठिन अवश्य था एक स्त्री के लिए।

उर्मिला की त्रासदी—"जीवन में सप्त रंग की छटा तो हर्ष ही बिखेरती है...। खुशियाँ ही भरती है। संताप का तो एक ही रंग होता है मटमैला...धूसर...जिस पर लाख यत्न करने के पश्चात् भी कोई

और रंग नहीं चढ़ सकता। यत्न ही तो करती रही हूँ अपनी चेष्टाओं से दिवस के उदास, धूसर एक-एक क्षण में इन्द्रधनुष के समस्त रंग भरने का...। माताओं एवं बहनों के सम्मुख सहजता का रंग...। परिजनों के समक्ष प्रसन्नता का रंग...और छोटे शत्रुघ्न के समक्ष वाचलता का रंग...। पीड़ा क्या आँसू ही बयान कर सकते हैं? बिन आँसू क्या हृदय नहीं रोता? जिस समय लक्ष्मण ने वचन लिया था आँसुओं पर नियंत्रण रखने का...क्या उनका इशारा पीड़ा को सहन करने की ओर नहीं था? वचन से मस्तिष्क बँधता है हृदय नहीं...क्या वे इस तथ्य से अनभिज्ञ थे?

और इसी द्वंद्व के साथ वे अपना समय निःशेष करती हैं। द्वंद्व का मानी है दो समान या विरुद्ध अनुभूतियों का समानान्तर चलना। जब दो प्रकार की विचारधाराएँ एक ही बिन्दु पर आ जाती हैं तो द्वंद्व का अनुभव होता है और जब दो बाह्य वस्तुएँ एक बिन्दु पर आकर मिलती हैं तो मानव स्वयं को दो टुकड़ों में बँटा हुआ पाता है। तब वह कोई निर्णय करने में स्वयं को असमर्थ पाता है...। वह क्षण उसके अन्तर्द्वंद्व की पराकाष्ठा होती है और जब वह उस स्थिति को अपने ज्ञान से जोड़कर देखता है तो उसे अनुभव होता है कि ज्ञान मनुष्य को तोड़ता है...और भाव जोड़ता है। उस समय वह अत्यंत संवेदनशील होकर अपने आन्तरिक सत्ता के निकट सिमट आता है।

कुबेरनाथ राय का मानना है कि "रामकथा में राम ही नहीं राम से जुड़ा प्रत्येक पात्र सूर्य के तेज और प्रकृति को धारण किए हुए है। प्रत्येक ही सूर्य की भाँति अपने हृदय को जलाकर निरन्तर तप कर रहा है जिससे सृष्टि मधुमय हो सके। इस रामायण महाकाव्य का प्रथम शब्द ही 'तप' है। प्रत्येक चरित्र अपनी आकृति की सीमा में तेजस्वी है। वाल्मीकि ने मनुष्य की महिमा के सारे रूपों को एक साथ ही लाकर उपस्थित कर दिया है। किसी प्रकार की सामाजिक, राजनीतिक या आर्थिक व्यवस्था में सही परिवार, सही पत्नी, सही पति, सही भाई, सही बन्धु, और सही सेवक की आवश्यकता रहेगी। इसके बिना कोई भी व्यवस्था दीर्घजीवी और स्वस्थ नहीं रह पाएगी।"

इस अर्थ में देखें तो उर्मिला का तप बहुत कठिन है। प्रिय विरह का ताप कमोबेश हर स्त्री भोगती है परन्तु उर्मिला का विरह इस मायने में विशिष्ट है कि उसमें अश्रुओं के निकलने की वर्जना भी शामिल है। उस वर्जना को वचन स्वरूप लक्ष्मण ने लिया है उनसे। एक सद्य:परिणीता पति के विरह में व्याकुल न हो क्या यह सम्भव है? और यदि प्रिय विरह उसे अकुला रहा हो तो वेदना की अधिकता से अश्रु न आए उसके नेत्रों में? जबकि वेदना और अश्रुओं का अन्योन्याश्रय सम्बन्ध है...हृदय व्यथित हुआ नहीं कि झट चला आता है वह नेत्रों में अपना धर्म निभाने...। किसी प्रकार के दुखों का परिहार प्राय: अश्रु द्वारा ही सम्भव है। संताप के घोर पलों में क्या आँसुओं की वर्जना सम्भव है किसी के लिए? चाहे वह कितना ही महान से महान योगी हो या संन्यासी हो...। यदि इसे उर्मिला सम्भव करती हैं तो यह उनके अन्दर की दृढ़ता ही कही जाएगी।

उनके दायित्व का यह भाव हमें उस काल की समस्त स्थितियों से गहन साक्षात्कार करवाता है और हम उस नव आर्य युग से परिचित होते हैं जिसमें राम का आचरण पूर्व से चली आ रही बहुत-सी रूढ़ियों को तोड़ता हुआ दिखता है और नवयुग के सृजन व परिमार्जन की झलक भी स्पष्टता से हमारे सम्मुख आती है। तो सीता और उर्मिला के कर्म तथा कर्तव्यों में उस युग की स्त्रियों की दृढ़ता तथा बहुत कुछ परिमार्जित स्वरूप दिखाई देता है।

कुबेरनाथ राय कहते हैं—"रामकथा का विकास वैदिक मनोभूमि से हुआ है। इस कथा के स्नायु मंडल में वैदिक भावधारा के तत्त्व हैं। भारत को छोड़कर अन्य किसी देश में इस महाकाव्य की रचना सम्भव नहीं।" तो रामकथा के पात्रों का भी भारतभूमि को छोड़कर अन्यत्र होना असम्भव है।

हर काल की अपनी परिस्थितियाँ होती हैं। संकट होता है। समस्याएँ होती हैं। मूल्य होता है। और होता है जीवन को सतत जीने और नित्य जीने की उस पद्धति को परिमार्जित करने का सतत प्रयास...। जड़ होती रूढ़ियों पर प्रहार जो मानव के विकसित होती सोच व विचार को दर्शाता है। बीते समय की हम व्याख्या, आलोचना,

समीक्षा, या भर्त्सना तो कर सकते हैं लेकिन उसे सुधार नहीं सकते। हाँ, उससे सीख लेकर भविष्य का मार्ग अवश्य प्रशस्त कर सकते हैं। सतर्क व सचेत हो सकते हैं। सच यह भी है कि नियति बहुत क्रूर होती है, वह किसी के सोचने या चाहने के अनुरूप नहीं चलती वरन् मनुष्य के कर्मों को परिणामों में बदल देती है और विडंबना यह है कि वह अपने कर्मों के परिणाम को देख नहीं पाता और जब वह सम्मुख आता है तो उसके वश में कुछ नहीं रह जाता, सिवा प्रायश्चित्त करने के।

और विडंबना यह भी है कि लोग अतीत की घटित घटनाओं या परिस्थितियों पर गहन दृष्टि डालने के बजाय परिणाम की व्याख्या करने लगते हैं। युग कोई भी हो...वर्तमान कभी भी पारदर्शी नहीं रहा...न है और न ही होगा जिसके पार की स्थितियाँ तथा वस्तुओं को हम साफ-साफ देख सकें। सतर्क हो सकें। जब वह बीत जाता है...अतीत बन जाता है। हम उस पर तर्क-वितर्क या कुतर्क करने लगते हैं अपनी-अपनी समझ के अनुसार...।

विद्वज्जनों का कथन है कि साहित्य का सत्य जीवन के निकट होता है इसलिए वह महत्त्वपूर्ण होता है। साहित्य की श्रेष्ठता का कारण यह है कि इसकी संकल्पनाएँ एवं धारणाएँ युगों-युगों तक सामान्यीकृत अनुभवों पर आधारित होती है। अतः साहित्य में इतिहास की अपेक्षा सत्य अधिक विशाल और उच्चतर उद्देश्य से युक्त होता है क्योंकि साहित्य का सम्बन्ध सार्वभौमिकता से होता है। सत्य तो यह है कि विरह के भाव का उत्पीड़न उर्मिला का निज है तथा अयोध्या राजपरिवार की वेदना, त्रासदी व मान-मर्यादा सार्वभौम...।

मर्यादाहीन विचार, आचरण व व्यवहार मनुष्य को मनुष्यता से च्युत कर देता है। अपनों की मर्यादा का हनन क्या सहन होता उर्मिला से जो तेज पुंज समान थीं? लक्ष्मण के वनगमन के बाद जब जनकराज उर्मिला के आने के लिए अयोध्या संवाद भेजते हैं तो उर्मिला वहाँ जाने से मना कर देती हैं यह कहते हुए कि "मात्र मेरे आने का संवाद भेज कर पिताजी ने लज्जित कर दिया मुझे। दीदी मांडवी, अनुजा श्रुतकीर्ति के आने के लिए भी उन्हें आग्रह करना चाहिए था, यदि वे मुझसे

मिलना चाहते थे तो। क्या वे समझ रहे हैं कि लक्ष्मण के बिना यहाँ मैं दुखी हूँ और आर्य भरत तथा शत्रुघ्न की उपस्थिति में वे दोनों परम सुखी हैं तो पिताजी अपनी पुत्रियों को समझने में कहीं भूल कर रहे हैं। इस समय मेरी आवश्यकता अयोध्या में अधिक है।"

आज संस्कृति तथा सभ्यता के अर्थ पहले से अधिक बदल गए हैं। हमारी सभ्यता की अवधारणा, सभा से, समाज से, समाचार से तथा अनुशासन से जुड़ी है। गण व्यवस्था की अवधारणा सामाजिकता से जुड़ी है परन्तु पश्चिमी सभ्यता धीरे-धीरे हमारे मानस को अपने चंगुल में कसती जा रही है और हम अपने समृद्ध इतिहास को बल्कि स्वयं के होने को भी विस्मृत करते जा रहे हैं। पश्चिमी सभ्यता जिसका तथ्य चयन और विवेचन जिन उद्देश्यों से प्रेरित रहा है उनके कारण उसका विकास भी विध्वंसात्मक है और विनाश उसकी प्रकृति में है। हमारी सभ्यता व संस्कृति की मूल अवधारणा ही है 'जीओ और जीने दो।' अन्तरिक्ष शान्ति...पृथव्या शान्ति...वनस्पत्यै शान्ति... आदि...आदि...। परन्तु काल के एक खंड में हमारा यही सद्भावना वाला स्वभाव हमारे पराभव का कारण भी बना जिसके अभिशाप स्वरूप शताब्दियों तक का हमारा अतीत व इतिहास अन्धकार के गर्त में समा गया। आज कर्म, कर्तव्य, आस्था, श्रद्धा, आदर्श, सम्बन्ध या जीवन-मूल्य अपने मौलिक अर्थ खो रहे हैं। हमारी पीढ़ियाँ अपने समृद्ध अतीत से वंचित हो दिशाहीन होती जा रही हैं...ऐसे में तमाम मूल्यों से समृद्ध अपने अतीत को सम्मुख लाना आवश्यक हो जाता है। यह हमारे शास्त्र की ही अवधारणा है कि—'जिस जाति का यौन जीवन पवित्र होता है, वह जाति दीर्घजीवी होती है।' और इसे हम आज प्रत्यक्षत: पाते हैं कि लाख बहकने, भटकने व झंझावात के प्रहार के पश्चात् भी हमारी संस्कृति और सभ्यता की जड़ें जनमानस में इतनी गहरी थीं जो स्थित रहीं और पनपती भी रहीं...।

मैं हार्दिक आभारी हूँ श्री अशोक महेश्वरी जी की, जिन्होंने इतने कठिन विषय पर रचना के लिए मुझे प्रेरित किया और अपने पति श्री जगदीश प्रसाद की, जिन्होंने सदैव की भाँति उदारता से अपना समय मेरे लेखन को समर्पित किया। प्रिय मित्र अवधेश प्रीत,

डॉ. स्नेह जी तथा रामशरण अग्रवाल जी की भी, जिनका बहुमूल्य परामर्श सदा प्राप्त होता रहा...।

और अन्त में मैं उन समस्त आत्मीयजनों का हार्दिक आभार व्यक्त करती हूँ, जिनका आंशिक सहयोग भी इस रचना यात्रा में रहा है।

—आशा प्रभात

उर्मिला

अनन्य प्रेम और त्याग की
अलक्षित गाथा

समय की गति और मनुष्य की नियति कहाँ जान पाया है कोई आज तक...और कहाँ जान पाया है कि कितना अनिश्चित व आकारहीन होता है भविष्य...। आभास तक नहीं होने देता अपने आने का या स्वरूप का। काल का यह क्रूर प्रहसन...। यह अनिश्चित स्वरूप...पंगु बना देता है मानव के विचारों को। ध्वस्त कर देता है उसकी बुद्धिमत्ता तथा समस्त विचारों को अपने होने का अनुभव कराकर।

आर्य राम, दीदी सीता और सौमित्र संग अरण्य को जा चुके हैं भवनवासियों को अश्रु के महासमुद्र में डुबोकर...और मैं अश्रुशून्य नेत्र लिये द्वार पर एक पाषाण प्रतिमा की भाँति जड़-सी खड़ी देखने को विवश हूँ सभी को वेदना में तड़पते, छटपटाते...। मेरे हृदय में भी विरह-वेदना ज्वार की भाँति ठाठें मार रहा...पर मैं सागर तट के शिलाखंड की तरह तटस्थ व अविचल पड़ी हूँ उसका प्रहार सहन करती...। दुख की इस सघन बेला में कुछ भी तो स्पष्ट नहीं दिख रहा...। न वर्तमान...न भविष्य और न ही स्वयं का होना...। क्या ऐसा सम्भव हुआ है कहीं...कि हृदय पीड़ा से चीत्कार कर रहा हो और नेत्र शुष्क हों? किन्तु ऐसा हो रहा है मेरे साथ...।

स्मरण हो रही विगत में ऐसे कठिन समय की वह पीड़ा जब सांकाश्य नरेश सुधन्वा से युद्ध में कड़े संघर्ष से व्यथित पिताजी को सांत्वना देते हुए कुल गुरु शतानन्द जी ने कहा था, "राजन, समय बहुत बलवान होता है। वह बहाने से अपनी उपस्थिति जतलाता है। उसके समक्ष पृथ्वी के समस्त प्राणी विवश हैं। बिना उसकी मर्जी के कोई भी जीव चाहे वह प्रज्ञावान मनुष्य ही क्यों न हो एक पग भी नहीं चल सकता।"

अभी अमरावती पुरी समान समृद्ध अयोध्या भवन में समय उसी बहाने का सहारा लेकर क्या अपने होने का अनुभव नहीं करा रहा? शोक-संताप की यह जो अविरल धारा प्रवहमान है चहुँओर, वह उस अदृश्य समय के बलवान होने का साक्ष्य नहीं प्रस्तुत कर रही? चक्रवर्ती सम्राट अवधपति दशरथ एक विवश-अनाथ

बालक की भाँति नहीं बिलख रहे उसके प्रहार से अपने प्रियजनों के वियोग में?

बड़ी विकट घड़ी है...जो देख और भोग रही उसे वह सोचने पर विवश कर रही कि राजभवन में आँखें खोलने मात्र से कोई प्राणी सुखी हो जाता है? क्या राजभवनवासी दुखों और संतापों से अछूते रहते हैं? क्या राजपुत्र या राजपुत्रियाँ सौभाग्य को गाँठ में बाँधकर आती हैं इस भू-लोक में? क्या उन्हें कोई दुख-सुख, शोक या भय नहीं व्यापता, या वे संवेदनहीन तथा पाषाण हृदया होती हैं?

सम्भव है आम जन की यही अवधारणा हो परन्तु सत्य बिलकुल इससे इतर है। आम जन से किसी को उतनी अपेक्षा नहीं होती जितनी सामर्थ्यवान से...। सामर्थ्यवान तो अपनी पीड़ा का प्रदर्शन भी नहीं कर सकता किसी सामान्य या विशेष व्यक्ति के समक्ष और वह लोगों की आत्मीयता व सहानुभूति से वंचित ही नहीं रहता, बल्कि तिरस्कार का पात्र भी बन जाता है। उसे सदा दोहरी प्रताड़ना झेलनी पड़ती है, एक अन्दरूनी वेदना की...तथा दूसरी बाह्य लोगों की अवहेलना की...।

मैं उर्मिला...विदेह राजा जनक की द्वितीय पुत्री। अयोध्या के चक्रवर्ती सम्राट दशरथ की तृतीय पुत्रवधू और राजकुमार लक्ष्मण की भार्या...। इससे इतर कहाँ कोई और परिचय अंकित है मेरा...परन्तु क्या इतने ही संक्षिप्त संतापों की भागी भी रही मैं इस पृथ्वी पर आने या इक्ष्वाकु वंश से जुड़ने के बाद...? नहीं...मैं साक्षी और भागी बनी पिता महाराज विदेह नरेश सिरध्वज जनक के सुखों के साथ-साथ उनके दुखों का भी और आज साक्षी तथा भागी बन रही अयोध्या राजभवन के घोर संतापों का भी...। कितनी बड़ी विडंबना है स्त्री जीवन की...। दो कुलों से जुड़ने के बाद उसे दोनों कुलों के सौभाग्य व दुर्भाग्य का भी भागी बनना पड़ता है। यह नियति वह जन्म के साथ ही लेकर उत्पन्न होती है। मैं उनसे पृथक् कहाँ हूँ?

सदा अविजित, अविभाजित और हर्षित रहनेवाली अयोध्या में आज समय जैसे ठहर गया है न समाप्त होनेवाली यातना, पीड़ा और त्रासदियों के साथ...। एक अबूझ-सा भय मँडरा रहा है भवन के कोने-कोने से लेकर भवनवासियों के हृदय तक में कि अगला पग क्या होगा इस क्रूर समय का जिसके तीव्र वेग ने थर्रा दिया है उन्हें औचक ही?

इस विकट संयोग क्या कहा जाए जिसके पास न श्रवण शक्ति है, न चेतना और न ही शब्द...मात्र पग है वह भी चापरहित परन्तु बहुत ही कठोर। युवराज पद

को सुशोभित करने जा रहे आर्य श्रेष्ठ राम, ससुर जी महाराज दशरथ और छोटी माँ कैकेयी की आज्ञानुसार दीदी सीता और लक्ष्मण संग वनवास को जा चुके हैं और काल के पग से बिखेरे गए उनके राज्याभिषेक में प्रयुक्त होनेवाली सामग्रियाँ अक्षत, तिल, जौ, पुष्प, रोली, मौली, सिन्दूर, दूर्वा, नौ नदियों के जल के साथ नौ वृक्षों की समिधा, कदली थम्ब आदि चारों ओर पड़े हैं। जो साक्षी हैं उस घटित अनहोनी का जिसके होने का दूर-दूर तक कोई अंदेशा नहीं था। भवन में भयानक कोहराम मचा हुआ है। ससुर जी रह-रहकर हा राम...हा राम...कहकर मूर्च्छित हो जा रहे। बड़ी माँ कौशल्या और मझली माँ सुमित्रा तो ऐसे मूक हो गई हैं जैसे शब्दों से उनका कभी कोई सम्बन्ध ही नहीं रहा हो। सारे राज्यवासी भी चकित व आकुल-व्याकुल हैं और गुरु वशिष्ठ तो विधि के इस विधान पर स्तब्ध हैं ही कि उनके द्वारा विचारे हुए शुभ वार तथा नक्षत्र की गणना में कहाँ चूक हुई उनसे? यह सब कुछ इतनी शीघ्रता से घटित हुआ कि दु:स्वप्न की भाँति लग रहा। मैं तो हतप्रभ हूँ ही...उस लुटे हुए यात्री की भाँति जिसके जीवन भर की संचित पूँजी औचक डकैतों द्वारा लूट ली गई हो। संज्ञा शून्य-सी कक्ष के द्वार पर बैठी वीथियों को निहार रही अपलक...और सोचें दीवारों से टकराकर रक्तारक्त हो रहीं...। क्या सचमुच यह भवन, यह कक्ष और मेरा जीवन आर्य सौमित्र से रहित हो गया है...?

विश्वास नहीं हो रहा लक्ष्मण चले गए हैं चौदह वर्षों के लिए मुझसे दूर...। हृदय विचलित हो रहा...क्या अब चौदह वर्षों तक मेरे ये व्याकुल नयन उन्हें देख नहीं पाएँगे? मेरे ये कर्ण तरस जाएँगे उनका स्वर सुनने को? मेरे ये शुष्क नेत्र उनकी प्रतीक्षा में चातक बन टँग जाएँगे द्वार पर? क्या इस जीवन की मात्र यही सार्थकता रह जाएगी?

कैसा निष्ठुर पल था वह...न सौमित्र मेरे कक्ष में आए...न मुझे अपने वक्ष से लगाकर सांत्वना के दो बोल कहे...न ढाढ़स ही बँधाए...न मेरी कुछ सुनी...। उनसे कुछ न कह पाने की तड़प मेरे सीने में कसक बनकर रह गई। सभी की उपस्थिति में मात्र मद्धिम स्वर में इतना ही बोले थे—“इन अश्रुओं को पोंछ लो उर्मिला, तुम्हारे नेत्र में ये अब कभी नहीं छलकें...वरन् ये मेरे कर्म पथ में बाधक बन जाएँगे। तुम्हारा सौम्य मुख अपने नेत्रों में रखकर चौदह वर्ष व्यतीत कर लूँगा। तुम्हें बड़ी माँ और माँ सुमित्रा का दायित्व सौंपकर जा रहा हूँ। आज से इस भवन तथा भवनवासियों के लिए तुम उर्मिला नहीं लक्ष्मण हो...।”

आह...इतना गुरुतर भार इतनी सहजता से सौंप गए मुझ अबोध को आप...!

और संग ले गए मेरे अश्रु ही नहीं, मेरा हर्ष, उल्लास, और मेरी जीवन शक्ति भी...। लक्ष्मण होने का अर्थ क्या मैं नहीं समझ रही...। आज तक आपके क्रिया-कलाप के अवलोकन में ही तो समय व्यतीत हुआ था मेरा। सेवा, समर्पण तथा दायित्व का ऐसा बोध किसी और में कहाँ लक्षित हुआ कभी। हृदय भर-भर आ रहा... मुझ अति चंचल बालिका के कन्धों पर...आपके विश्वास का भार अनुभव कर...।

चौदह वर्ष...एक वृहत् अन्तराल...। मेरे वय से कुछ ही काल कम परन्तु मेरे पूर्ण वय से भी अधिक यातनादायक। मस्तिष्क में विचारों का झंझावात-सा चल रहा। न मेरे मौन बैठने से यह रुक रहा, न नेत्र बन्द कर लेने से ओझल हो रहा बल्कि निरन्तर नृत्य कर रहा...करता जा रहा...। भयवश तत्क्षण नेत्र खोल देती हूँ...। किसी भी स्थिति में चैन नहीं...।

क्या लक्ष्मण आशंकित थे मेरे स्वभाव पर कि अन्याय को उन्हीं की भाँति सहन न कर पाने की स्थिति में क्रोधवश कहीं कुछ अन्याय न हो जाए मेरे द्वारा छोटी माँ के साथ। वे जानते थे मेरे शब्दों को वे मौन नहीं करा सकते परन्तु क्रोध को शान्त कराने का सबसे अचूक अस्त्र है अश्रुओं पर प्रहार। मानव प्रकृति की कितनी गहन जानकारी थी प्रिय लक्ष्मण को...। वे भिज्ञ थे इस तथ्य से कि क्रोध या पीड़ा के वशीभूत हो मानव किसी की भर्त्सना करे या प्रलाप...उसके पश्चात् उसके नेत्रों से अश्रु स्वत: प्रवाहित होने लगते हैं...।

परन्तु इतना बड़ा बलिदान...इससे पूर्व इस पृथ्वी पर कदाचित् किसी ने नहीं माँगा होगा अपनी भार्या से। क्या वे इस तथ्य से भिज्ञ नहीं थे कि स्त्री इन अश्रुओं के बल पर ही तो जीवित रहती है सहजता से? अपने हृदय का विषाद इसी द्वारा तो निस्सृत कर दुखों के भार से मुक्त होती है वह? वरन् अपनों का दुख व चिन्ता... उसे निगल न लेंगे समूल...।

मैं ही क्या, सभी अवाक्, स्तब्ध हैं होनी के इस प्रहार व परिहास पर...। जैसे बहते-बहते कोई नदी की धारा औचक विलुप्त हो जाए। जैसे वेग से आए बवंडर में देखते ही देखते एक बस्ती नेस्तनाबूद हो जाए। जैसे क्रोधित महाप्रलय क्षण मात्र में कूल कगार सहित समूल जीवों को उदरस्थ कर जाए। कुछ वैसा ही औचक बदलाव आया है समय का इस अति शान्त, समृद्ध अयोध्या में। इतना निष्ठुर बदलाव..? कल्पना से भी परे...विश्वास से भी परे...।

परन्तु घटित तो हुआ है इतिवृत्त का सबसे घोरतम आश्चर्य...। जिसके घटने का दूर-दूर तक न अंदेशा था किसी को, न अनुमान ही। कहाँ भूल हुई? किससे

भूल हुई? कैसी भूल हुई...? इस क्रूर काल ने इतना अवसर भी कहाँ दिया किसी को कुछ सोचने व समझने का। चिन्तन-मनन करने का। मंथन करने का या फिर विश्लेषण करने का। यह तो जैसे एक वेगवान बवंडर था जो आया और क्षण मात्र में समेटता चला गया अपनी बाँहों में इस राजभवन की सारी खुशियाँ...और पीछे छोड़ गया चिन्दी-चिन्दी स्वरूप बिखरी सभी की कामना, लालसा व सपने...। झंझावात के बहुत से आकार-प्रकार को सुना था और कई को देखा भी था परन्तु ऐसा भयावह रूप...कहाँ देखा, सुना था किसी ने कभी आज से पहले जिसके आघात से सभी चोटिल हुए हों। रक्तारक्त हुए हों...।

प्रात:काल ही तो स्नान के लिए जाते समय कितना प्रसन्न थे लक्ष्मण। मुझे अपने अंक में भरते हुए बोले थे—

"भैया राम आज युवराज बनेंगे उर्मिला, हर्ष अपने पूर्ण वेग से उछालें मार रहा मेरे हृदय में...। उस प्रसन्नता को व्यक्त करने के लिए शब्द नहीं मिल रहे मुझे...।"

"हम सभी अति प्रसन्न हैं सौमित्र, इस अयोध्या राज्य सिंहासन का यह सौभाग्य होगा भैया राम जैसे युवराज को पाकर।" मैंने कहा था परन्तु अभी...सब कुछ समाप्त हो चुका है। सभी अरण्यवास को जा चुके हैं...भैया राम, दीदी सीता और प्रिय लक्ष्मण भी...।

पल भर में घटनाएँ किस प्रकार आकार लेती हैं, बदलती हैं और परिस्थितियाँ जकड़ लेती हैं हमें अपने चंगुल में...चकित हूँ समय की इस गति पर...और मानव की विवशता पर...।

समय की गति से कितने अनभिज्ञ थे अयोध्या नरेश दशरथ भी जब उन्होंने केकय नरेश अश्वपति से छोटी माँ कैकेयी का हाथ माँगते और उनको वचन देते समय था कि—"आपका दौहित्र ही कोशल साम्राज्य का उत्तराधिकारी होगा...।" वे कहाँ जान पाए थे कि भविष्य में पाटमहिषी कौशल्या और सुमित्रा माँ भी बन सकती है...। अतीत में हुए अनजाने भूल का मूल्य इस राज्य को क्या-क्या देकर नहीं चुकाना पड़ रहा। उसका वर्णन क्या शब्दों में किया जा सकता है?

संध्या की कालिमा भवन को अपने आँचल में समेट चुकी है। प्रकाश के लिए जलाए गए दीप भी अपना तेज खो चुके से प्रतीत हो रहे। हर ओर भयावह सन्नाटा व्याप्त है...। इस सन्नाटे को कभी-कभी कहीं से उठ रहे विलाप या सिसकियाँ तोड़ रहीं...। फिर सब पूर्ववत् शान्त हो जा रहा। ऐसा अनुभव हो रहा जैसे हम किसी घोर निर्जन में बैठे हैं। निर्जन भी ऐसा जहाँ हवा भी साँस लेने से डर रही हो...और

उद्वेग ऐसा कि शब्द भी मुखर होने से काँप रहे...। आश्चर्य ऐसा कि साक्ष्य भी पनाह माँग रहा घटित घटना की व्याख्या करने से।

कहा था कभी महर्षि गौतम ने—"मनुष्य सदा अपनी अनुकूलता के अनुसार सोचता है और समय अपनी गति के अनुरूप...। लाख बौद्धिकता प्राप्त कर लेने के पश्चात् भी कहाँ समझ सका है वह समय की कुटिल चाल...।"

और सच में, समस्त परिवार को तिनके की भाँति बिखेर देनेवाली आज्ञा देते समय छोटी माँ कैकेयी कितना निष्ठुर हो गई थीं जो उन्हें क्षण मात्र के लिए भी इसके दुष्परिणाम का विचार नहीं आया। माँ सुनयना कहा करती थीं—"आर्यों की संस्कृति में कठोर विचारों के लिए कोई स्थान नहीं है। हमारी शिक्षा वैसे कुत्सित विचारों पर सदैव अंकुश लगाने का काम करती है जिनसे हमारा समाज, राष्ट्र या परिवार प्रभावित होता हो। इसीलिए हमारे यहाँ स्त्रियों को परिवार की धुरी माना जाता है क्योंकि वे सदा उसके हित के लिए तत्पर रहती हैं। परिवार का सुख, शान्ति या संतति के रूप में हमारा भविष्य उन्हीं के सान्निध्य में परवान चढ़ता है, जहाँ हमेशा त्याग की भाषा सिखाई जाती है। नैतिकता को आभूषण माना जाता है और भाषा ही नहीं स्वभाव में भी मधुरता हो, ऐसा प्रयत्न किया जाता है।"

परन्तु आश्चर्य, ससुर जी की अति प्रिय पत्नी सौन्दर्यमयी, विदुषी व वीरांगना आनव राजकुमारी छोटी माँ कैकेयी। इतने बरसों आर्यों के सम्पर्क व सान्निध्य में रहकर भी उसके विधि-विधान, रीति-नीति तथा सभ्यता से अपरिचित कैसे रह गईं...? माना, उनकी आनव सभ्यता में कोई भी पुत्र पिता के राजसिंहासन का उत्तराधिकारी हो सकता है, बशर्ते वह उसकी योग्यता रखता हो। परन्तु आर्य मत के अनुसार यह कोई शुभ विधान नहीं है, जहाँ राज्य के लिए पिता के जीवन काल में ही उनके पुत्र आपस में लड़ मरें...। आर्यों की मान्यता है, जहाँ भाइयों में परस्पर द्वेष हो वहाँ न राज्य कार्य सुचारु रूप से चल सकता है, न उन्नति कर सकता है और न वह राज्य बाह्य आक्रमणों से अछूता ही रह सकता है क्योंकि बाह्य शत्रु से घातक अन्दरूनी शत्रु होता है।

ये सारी बातें तब उजागर हुईं जब समस्या अपना विकराल जबड़ा फाड़े सम्मुख आ खड़ी हुई छोटी माँ की आकांक्षा के रूप में जिसे वे वरदान स्वरूप पूर्व में ही ससुर जी से प्राप्त कर चुकी थीं और अब मात्र उसे कार्य रूप देना शेष था।

कुछ दिवस पूर्व ही तो इस भवन की वीथियाँ विहँस रही थीं, खिलखिला रही थीं। मंगल गान से माँ कौशल्या का भवन आलोड़ित हो रहा था। भवन के परकोटे

दुंदुभि ध्वनि से गुंजायमान थे। हर ओर हर्ष का प्रवाह प्रवाहित था...और देखते ही देखते आनन्द का वह वातावरण शोक में परिवर्तित हो गया था। जैसे धवल वस्त्र पर किसी ने काली स्याही फैला दी हो।

मेरी व्यथा तो जैसे नि:शब्द हो गई थी और नेत्र संन्यासी...। मन का अरण्य सूखती निर्झरिणी से निर्जन बनता जा रहा...। प्रिय बिछोह का आघात इतना प्रबल होता है? प्रथम बार अनुभव हो रहा...। किससे कहूँ अपनी मनोव्यथा...और कहूँ भी कैसे...क्या उसकी अभिव्यक्ति में मेरे शब्द समर्थ होंगे? और क्या सुनकर कोई उस व्यथा का पूर्णतः अनुमान लगा सकेगा या उस पीड़ा का सहभागी बन सकेगा? ऐसा कतई सम्भव नहीं। मुख के भाव दुख और सुख के अनुमान का क्षणिक अवसर देते हैं। किसी की मनोभूमि तक किसी और का प्रवेश हो ऐसा सम्भव नहीं है। विगत वर्षों से इसका अधिकता से अनुभव हुआ है मुझे और हो रहा है...।

2

अपने काल तथा शौर्यशाली सूर्य वंश के देदीप्यमान नक्षत्र, महापराक्रमी, शब्दभेदी बाण संचालन में अति निपुण चक्रवर्ती सम्राट दशरथ के जीवन के ये अन्तिम दिन क्या व्यथा से शून्य होंगे? मन बार-बार पूछ रहा...और यह भी पूछ रहा कि क्या मेरे विरह का अन्त होगा? उसके प्रश्नों का तो अन्त नहीं है परन्तु मेरे पास निश्चित ही इसका उत्तर नहीं है।

जिस समय मैं इक्ष्वाकु कुल से जुड़ी या अयोध्या के अति भव्य भवन में पदार्पण किया, अनुभव हुआ इसके अन्त:पुर में सभी कुछ कुशल नहीं था। अयोध्या आने के कुछ ही दिनों पश्चात् केकय युवराज मामा युधाजित का आग्रह मानकर आर्य भरत और तात शत्रुघ्न को ससुर जी ने केकय जाने की अनुमति दे दी थी। और उसके कुछ काल पश्चात् ही भैया राम को युवराज पद देने का निर्णय लिया था उन्होंने। नववधू होने के कारण यहाँ के रीति-नीति या राज सम्बन्धी निर्णयों से हमारी अनभिज्ञता स्वाभाविक थी। भैया राम युवराज पद को सुशोभित करेंगे। वे इस पद के लिए हर दृष्टि से योग्य थे। सरल, सहज, नीतिज्ञ, पराक्रमी, प्रजावत्सल तथा अनुशासन ही उनका स्वभाव था...।

इन प्रसन्नता के पलों में मात्र एक ही दुख बरबस हमें अपने पाश में बाँध रहा था। भैया भरत और शत्रुघ्न की अनुपस्थिति जो इतने बड़े आयोजन के समय हर्षदायक अनुभव नहीं हो रही थी। दीदी मांडवी और श्रुतकीर्ति उनके वियोग में बहुत क्लान्त चित्त थीं। हमें यह आस थी कि इतने बड़े उल्लास के अवसर पर वे अवश्य आएँगे। उनकी अनुपस्थिति में इतना महत्त्वपूर्ण आयोजन होना कैसे सम्भव है? दीदी मांडवी और श्रुतकीर्ति तो उँगलियों पर उनके आने के दिन भी गिन रही थीं।

परन्तु कहाँ ज्ञात था कि राजपरिवार का यह एक सुनियोजित षड्यंत्र भी हो सकता है। जैसा कि छोटी माँ कैकेयी सभी के समक्ष यह तर्क प्रस्तुत कर रही थीं कि—

"मेरे पुत्र भरत को केकय भेजकर उसके पीछे में राम का राज्याभिषेक करना, क्या यह न्यायसंगत है? यदि महाराज की मंशा साफ होती तो मेरे पुत्र को बुलवा लेते। जिस आयोजन में ऋषि, महर्षि पुरोहित, पौर जनपद के प्रधान व्यक्ति आदि सम्मिलित हों उसमें मात्र भरत, शत्रुघ्न, केकयराज व जनकराज सिरध्वज की ही अनुपस्थिति क्यों है?"

उनके इन प्रश्नों ने इस दृष्टिकोण से सारी स्थिति को समझने का अवसर दिया कि ससुर जी की शीघ्रता और छोटी माँ की आकांक्षा का आखेट ही तो हुए थे भैया राम, दीदी सीता और आर्य लक्ष्मण।

सभी के हृदय में दुखों का यह हहराता सागर कि उन लोगों के वनगमन के पश्चात् क्या शीघ्र रीतेगा? क्या चौदह वर्ष अयोध्या भवनवासी एक बीहड़ मरुथल में नहीं जीते रहेंगे तप्त झुलसा देनेवाली रेतीली आँधी के वेग में? क्या सभी का जीवन एक मृग-मरीचिका बनकर नहीं रह गया है प्रतीक्षा के रूप में?

दीदी सीता संग दोनों भाइयों के वन जाने के पश्चात् ससुर जी की स्थिति जल से निकली मीन की भाँति हो गई थी। न वे भोजन कर रहे थे न शयन। मात्र भैया राम का नाम लेते और उनके नेत्र बरसने लगते। भैया राम के लिए उनकी व्याकुलता इतनी थी कि वे अकेले रथ के पीछे भागे थे एक असहाय की भाँति करुण पुकार करते...

"सुमंत्र, रथ धीरे चलाओ...।"

"सुमंत्र रथ धीरे हाँको...।"

"भर नयन देखने तो दो राम को...पुत्री सीता को...प्रिय लखन को...।"

स्त्रियाँ भवन भीतर ही ठहर गई थीं और अभी भी सारे भवनवासी उन्हीं के

कक्ष जो छोटी माँ कैकेयी का कक्ष भी था, वहीं इकट्ठे थे। सभी नानाविध उन्हें समझा रहे थे। भरोसा दे रहे थे। भिन्न-भिन्न प्रकार का उदाहरण देकर ढाढ़स बँधा रहे थे। माँ कौशल्या और सुमित्रा पुत्र वियोग का अपना दुख विस्मृत कर ससुर जी की पीड़ा की सहभागिनी बन चुकी थीं। वे कक्ष से बाहर आकर चुपके से अपने अश्रुओं को पोंछ लेतीं ताकि किसी की दृष्टि न पड़े उन पर। अन्य माताओं की भी वही स्थिति थी। वे छोटी माँ और ससुर जी को भिन्न-भिन्न प्रकार से उपालम्भ देतीं और रो पड़तीं। सगे-सम्बन्धी भी बिलख रहे थे...सिसक रहे थे। बड़ी विकट स्थिति थी। कहाँ तो सभी प्रसन्नता से भैया राम के राज्याभिषेक में सम्मिलित होने आए थे और कहाँ इस दारुण दुख का भागीदार बन रहे थे।

सभी की पीड़ा, रुदन व कराह के रूप में फूट रही चहुँओर परन्तु इस निर्दयी स्थिति में भी छोटी माँ तटस्थ हैं। उनका मुख पूर्ववत् कठोर बना हुआ है। न उन्हें अपने निर्णय पर दुख हो रहा न पश्चात्ताप। ससुर जी की तड़प व व्याकुलता से भी बिलकुल अलिप्त लग रहीं। जैसे वे उनके पति नहीं कोई अन्य मनुष्य हों और वे मात्र दर्शनार्थी हों। दर्शनार्थी भी क्षणिक ही सही किसी के दुखों में सम्मिलित हो जाता है। यहाँ तो वह भाव भी विलुप्त है उनके मुख से। क्या विभिन्न सभ्यताओं की भिन्न-भिन्न रीति-नीति, चाल-चलन या परम्पराओं का मानव मन पर इतना गहरा प्रभाव होता है जो उसे मानवीयता के प्रति भी क्रूर बना देता है? यह उदाहरण छोटी माँ के रूप में दिख रहा।

सभी भवनवासी चौबीसों पहर ससुर जी के निकट ही जमे हुए हैं।

गुरु वशिष्ठ भाँति-भाँति से ससुर जी को समझा रहे—

"धैर्य रखें राजन! सुमंत्र शीघ्र ही तात राम, लक्ष्मण और पुत्री जानकी को वन की सीमा का दर्शन कराकर लौटा लाएँगे। आपकी ही आज्ञा है ये और आपकी आज्ञा की अवहेलना वे कदापि नहीं करेंगे। अभी तो वे लोग कोशल की सीमा के अन्दर ही होंगे। नियत अवधि तक प्रतीक्षा तो कीजिए।"

गुरुदेव के कथन ने मन में लक्ष्मण के लौट आने की आस को जगा दिया। यदि यह सम्भव है तो मेरे लक्ष्मण कुछ ही दिवस उपरान्त मेरे निकट होंगे। मेरे हृदय में चौबीसों पहर सुलग रही वियोग की यह व्यथा समाप्त हो जाएगी...।

मेरी ही तरह ससुर जी के नेत्रों में भी इस आस की चमक कौंधी। तत्क्षण शैया पर बैठने का उपक्रम करते हुए उन्होंने एक बालक की भाँति गुरुदेव से पूछा—

"आप सत्य कह रहे हैं न आर्य?"

ससुर जी की यह चेष्टा देख अनुभव हुआ कि भावुकता विवश भी होती है और विधान शून्य भी।

"हाँ राजन...! मिथ्या बोलने का कोई औचित्य भी तो नहीं है। सुमंत्र आप के कहे अनुसार उन लोगों को वन की सीमा से अवश्य लौटा लाएँगे। आप अधीर न होइए।"

तत्क्षण गुरु वशिष्ठ के कथन पर छोटी माँ का क्रोधयुक्त तीक्ष्ण स्वर सुनाई दिया—

"क्यों मिथ्या ढाढ़स दे रहे हैं आप महाराज को? उन्होंने ही अपने वचन स्वरूप राम को वनवास और भरत को कोशल का उत्तराधिकारी माना है...और यह कोई अनहोनी बात हो ऐसा भी नहीं है। पूर्व से ही ऐसा होता आया है। हमारे आनव वंश में तो ऐसी कोई बाध्यता नहीं कि प्रथम पुत्र ही राज्य का उत्तराधिकारी होगा। राजा जिस पुत्र को चाहे उत्तराधिकारी बना सकता है। फिर इसके लिए इतनी हाय-तौबा क्यों?" उनके शूल समान शब्दों से बिंधकर तड़प उठे गुरुवर। कटु स्वर में बोले—

"देवी कैकेयी, तुम्हारा कथन असत्य नहीं है। यह विधान तुम्हारे पितृकुल आनव में ही नहीं यत्र-तत्र की कुछ अन्य सभ्यताओं तथा राज्यों में भी है। किन्तु आर्यों ने इसे परिष्कृत रूप में अपनाया है। सूर्य वंश में राज्य का उत्तराधिकारी मात्र ज्येष्ठ पुत्र ही होता है। शेष सब उसके अनुजीवी होते हैं। तुमने घोर अन्याय किया है राम का वनवास माँग कर। समय के पटल पर तुम्हारा यह अपयश इंगित हो गया है...। प्रार्थना करो अपने इष्ट से कि राम लौटकर आ जाएँ वरना इस अपराध के लिए इतिहास कभी क्षमा नहीं करेगा तुम्हें।"

"मुझ पर दोषारोपण करने या कोसने के बदले आप महाराज से ही यह प्रश्न क्यों नहीं करते कि यह जो स्थिति उत्पन्न हुई है इसका बीजारोपण किसके द्वारा हुआ था? यदि महाराज की मंशा स्वच्छ होती या कलुष नहीं होता उनके हृदय में तो मेरे पुत्र भरत की अनुपस्थिति में राम का राज्याभिषेक वे कदापि नहीं करते। ये मेरे पिता को वचन देकर कि आपका दौहित्र ही कोशल राज्य का उत्तराधिकारी होगा, मुझे ब्याह कर लाए थे। और आज इतना वृहद आयोजन हो रहा था। सारे ज्येष्ठ, श्रेष्ठ ऋषि, महर्षि, सगे-सम्बन्धी आमंत्रित हैं परन्तु न तो मेरे पिता को आमंत्रित किया गया है और न ही जनकराज को। इसका क्या अर्थ होता है?"

"देवी कैकेयी यह कलुष तुम अपने हृदय से निकाल दो कि राम को राज्य देना भरत के साथ अन्याय है। बार-बार तुम आनव सभ्यता की दुहाई देकर स्वयं के कृत्य को सत्य ठहराने का प्रयास कर रही हो और बार-बार मैं आर्य सभ्यता

के विधानों का दृष्टान्त दुहरा रहा हूँ। संसार की समस्त सभ्यताओं में आर्य सभ्यता इसलिए इतनी सर्वोपरि और परिष्कृत है कि यह राज्य के लिए भाइयों में विप्लव हो इसका अवसर नहीं देती। बड़ा भाई ही उत्तराधिकारी होगा यह भाव बालपन से भाइयों के मस्तिष्क में पैठ जाता है और उनमें प्रेम-सौहार्द बना रहता है। सभी के विचार में यदि सिंहासन का मोह हो जाए तो अशान्ति का बवडंर उठ खड़ा होगा और फिर शत्रु राजाओं को सहज अवसर उपलब्ध करा देगा राज्य पर आक्रमण का। यह अयोध्या अविजित यूँ ही नहीं है अभी तक।" गुरुदेव रोष से बोले।

उनकी इतनी भर्त्सनाओं का कोई भी प्रभाव नहीं दिखा छोटी माँ के मुख पर...। वे उसी प्रकार क्रोधित मुद्रा में बैठी रहीं...। चकित थी मैं कि हम लोगों की साँसें अटकी हैं ससुर जी की स्थिति देखकर कि अगला पल क्या करवट लेगा...। हृदय काँप रहा भय से। उनकी पीड़ा के समक्ष लक्ष्मण के वियोग की पीड़ा भी क्षीण हो रही...न दिन, दिन की भाँति गुजर रहा न रात्रि, रात्रि समान और वे परायों की भाँति एकदम तटस्थ हैं।

छोटी माँ के इस व्यवहार से कक्ष में एक ओर खड़ी दीदी मांडवी लज्जा के कारण जड़-सी हो गई थीं। मात्र उनके नेत्र बरस रहे थे। मैं चाह रही थी सभी एक-दूसरे के कन्धे पर सर रखकर जी भरकर रो लें...। अश्रुओं के प्रवाह में बह जाने दें अपनी व्यथा...पर नहीं, संस्कारों में बँधी राजभवन की स्त्रियाँ विस्मृत नहीं कर पातीं कि अपनी व्यथा का प्रदर्शन अन्यों के समक्ष करना उचित नहीं होता... और इस इच्छा में प्रथम मैं ही वचनबद्ध थी।

अतिशय बोझिल हो उठे वातावरण से विचलित हो कुछ देर पश्चात् मैं वहाँ से लौट आई अपने कक्ष में...गुरुदेव के थमाए आस के जुगनुओं को मुट्ठियों में भींचे। भरोसा तो अब भविष्य का या गुरुदेव के वचनों का भी क्षीण हो रहा था फिर भी आस पर टिकने के सिवा और कोई उपाय भी तो नहीं था। आज से पूर्व गुरुदेव का कथन ब्रह्म वाक्य था हमारे लिए...परन्तु यह विश्वास अब खंडित हो रहा था। राज्याभिषेक के लिए उन्होंने क्या शुभ वार, नक्षत्र या लग्न नहीं विचारा होगा? फिर भी यह व्यवधान..., विघ्न...? दैव करे दुख की यह छाया यहीं समाप्त हो जाए...और सभी सकुशल अयोध्या लौट आएँ। मेरे अधरों पर प्रार्थना उभरी...।

कक्ष में मन और क्लान्त हो उठा। संताप के बोझ से व्याकुल हो मैं परकोटे पर निकल आई। सभी की दीन-हीन दशा सहन नहीं हो रही थी। इतने लोगों के नेत्र में अश्रु देख स्वयं पर वश रखना कठिन था। मनुष्य अपना धर्म विस्मृत भी कर जाए

परन्तु ये अश्रु अपने धर्म का निर्वाह करना खूब जानते हैं। मैंने प्रायः यह अनुभव किया था और कर रही थी। जाने किस मंशावश लक्ष्मण ने मेरे अश्रुओं का दान माँगा था, ज्ञात नहीं परन्तु इसके निर्वहन में बहुत बल लगाना पड़ रहा था मुझे...। भँवर में फँसा मनुष्य बिना भीगे बाहर निकल आए...यह क्या सम्भव है? संकल्प कठिन कार्य के लिए ही लिया जाता है आसान कार्य के लिए नहीं...मन कहता। मन का क्या...नेत्र कभी-कभी विप्लव पर उद्यत हो उठते तब बड़ा प्रयत्न करना पड़ता उस भाव को दमन करने के लिए। उस समय मैं एकान्त से भीड़ में चली आती।

नाना प्रकार की सोचें मस्तिष्क में हलचल मचा रही थीं तभी कन्धे पर किसी का स्पर्श अनुभव हुआ। चौंककर पलटी...दीदी मांडवी खड़ी थीं भरे-भरे नयन लिये। मेरे पलटते ही गले लग गईं और फूट-फूट कर रो पड़ीं...। उनकी रुलाई पर आश्चर्य होने का कोई कारण नहीं था। अतः मैंने उन्हें रो लेने दिया। सुना था कि रोने से मन का अवसाद अश्रु में प्रवाहित हो जाता है। रोना तो मैं भी चाहती थी हृदय फाड़कर...। चाहती थी प्रिय लक्ष्मण के बिछोह का विषाद अश्रु बन बह जाए परन्तु बाध्यता थी मेरे सम्मुख वचन की।

मैंने उनके पीठ को आहिस्ता से सहलाया...। उनकी हथेलियों को हाथों में थामकर ढाढ़स बँधाते हुए बोली—

"शान्त हो जाइए दीदी, ये सब समय की परतें हैं और इनको समय ही खोलता है। आपको नहीं लगता दैव भी समय के सम्मुख विवश है। बहुत शीघ्र काका सुमंत्र सभी को लौटा लाएँगे। ससुर जी की आज्ञा की अवहेलना वे नहीं कर सकेंगे।"

कहते हुए मन में कहीं यह स्वर भी उभरा...कि क्यों मैं मिथ्या आश्वासन दे रही उन्हें। जाने यह स्वर किसका था...।

"उर्मिला, तुम नहीं समझ सकतीं मेरी मनःस्थिति...। अपनी सास के इस अविवेकपूर्ण आचरण के कारण सर्वाधिक कलंकित मेरे पति और मैं हुई हूँ। मुझे ज्ञात है माँ कौशल्या और माँ सुमित्रा का मुझ पर अतिशय स्नेह है। वे किसी प्रकार का सन्देह नहीं करेंगी मुझ पर परन्तु अन्य भवनवासियों के मन में यह विचार अवश्य उठेगा कि स्वार्थवश कहीं यह रचना मेरी ही रची हुई न हो।"

"स्वयं को अपराधी क्यों मान रही हैं इस कृत्य का...हमारे वश में है ही क्या? जब राजमहिषी होकर बड़ी माँ प्रतिकार नहीं कर सकीं इस अन्यायपूर्ण आदेश का तो हम क्या कर सकती थीं...मात्र दर्शक बने रहने के सिवा?"

“बहन, देवतुल्य भैया राम, बहन सीता और प्रिय देवर लक्ष्मण के इस दारुण पीड़ा का विरोध क्यों नहीं कर सके। मैं...यह विषाद हृदय को मथ रहा है। अनुभव हो रहा कि हम कितनी विवश हैं, विवेकवान होते हुए अविचार का विरोध न करना...। संस्कार की यह कैसी बेड़ी है प्रिय उर्मिला? मैं क्या करूँ? पूरे भवन में मैं स्वयं को अपराधी मान रही। ऐसा अनुभव हो रहा जैसे सभी के नेत्र मुझे ही घूर रहे हैं। पूछ रहे हैं, कैसी बहन हो कि बहन को उस मलिन वस्त्र में वन जाने से नहीं रोक पाईं?” कहकर वे पुनः बिलख पड़ीं।

“शान्त हो जाइए दीदी, सब ठीक हो जाएगा...प्रतीक्षा कीजिए...।”

“उर्मिला, मेरी बहन, काका जी और पिताजी ने तो सदा यह शिक्षा दी थी हमें कि अन्याय का साथ कभी नहीं देना चाहिए। क्या वह मात्र कहने के लिए थी? उसे कार्यरूप नहीं दिया जा सकता था?” वे पुनः क्षुब्ध होते हुए बोलीं।

“आप इस बात को मन से निकाल क्यों नहीं रहीं कि इस अन्याय में आप भागीदार हैं? इस तथ्य से आप भलीभाँति भिज्ञ हैं कि राजपरिवार में राजाज्ञा ही सर्वोपरि होती है। अन्याय के प्रति सदा स्वर उठानेवाले लक्ष्मण जब मौन रह गए राजाज्ञा समक्ष...तब आप क्यों व्याकुल हो रहीं? सहज हो जाइए, तीन-चार दिवस की ही तो बात है। सभी को सुमंत्र अवश्य लौटा लाएँगे। आर्य भरत और शत्रुघ्न के आने से पूर्व ही यहाँ की स्थिति सामान्य हो जाएगी। फिर सब कुशल ही कुशल होगा।”

“तुम्हें विश्वास है ऐसा होगा?” तत्क्षण उन्होंने पूछा। मौन हो गई मैं कुछ क्षण। उनके प्रश्न का उत्तर उतने विश्वास से देना क्या सम्भव था? भावी की यह बाँकी चाल...क्या परख में आ रही थी? उसकी इस वक्र गति को समझने में जब विद्वान व अनुभवी गुरु वशिष्ठ सफल नहीं हो पाए थे तो उनके समक्ष तो हम तुच्छ थे। परन्तु विपद् काल में सत्य भी बहुत चोट करता है...अतः असत्य कहने में कोई हानि नहीं। स्मरण हो आई माँ की सीख...।

“हाँ दीदी। अविश्वास का कोई कारण भी तो दृष्टिगत नहीं हो रहा और गुरुदेव मिथ्या क्यों बोलेंगे?”

मेरे आश्वासन पर वे कुछ आश्वस्त दिखीं। हम बड़ी माँ के कक्ष में आए...।

वहाँ पूर्व से ही माँ सुमित्रा के साथ श्रुतकीर्ति भी उपस्थित थी। उनके नेत्र हमें ही ढूँढ़ रहे थे।

“सुमित्रा, कैकेयी हमारे सूर्य वंश के विधि-विधानों से जब इतनी ही अनभिज्ञ है तो यह विधान उसे क्यों कर स्मरण रहा कि आर्यों की विधि अनुरूप चौदह वर्षों

तक देश निकाला के उपरान्त बहिष्कृत जन अपने समस्त अधिकारों से वंचित हो जाता है? वह अवगत है हमारे सम्पूर्ण विधि-विधान से। उसने बहुत सोच-समझ कर ही मेरे राम के लिए चौदह बरसों का वनवास माँगा है। वह पाषाण हृदया है सुमित्रा...! उसे महाराज से प्रिय भरत के लिए राज्य ही माँगना था तो माँग लेती, मेरे सुकोमल बच्चों को बीहड़ का यह कठोर दंड क्यों दिया उसने?" क्षुब्ध स्वर में बड़ी माँ ने पूछा।

माँ सुमित्रा कुछ प्रत्युत्तर देतीं तभी अन्य माताएँ और कुछ परिचारिकाएँ भी रोती-बिलखती हुई आ पहुँचीं। उनमें छोटी माँ के भवन की एक विशेष परिचारिका भी थी। वह दीदी मांडवी को बुलाने आई थी। रोते हुए वह औचक सवेरे का सारा वृत्तान्त बखान करने लगी—

"महाराज युवराज राम को वनगमन की आज्ञा नहीं दिए हैं बड़ी महारानी जी। यह सब छोटी महारानी और केकय से आई उनकी प्रिय दासी मंथरा का किया-धरा है। मंथरा जब उन्हें युवराज रघुनन्दन के राज्याभिषेक का समाचार सुना रही थी तो मैं वहीं उपस्थित थी। प्रथम तो महारानी जी प्रसन्न होकर अपने गले से मोतियों की माला उतारकर उसे पहनाते हुए बोली थीं—"तुमने बहुत शुभ समाचार सुनाया है। मेरे प्रिय राम का राज्याभिषेक होगा परन्तु तुम दुखी क्यों हो रही हो? जाओ सदावर्त बाँटने की तैयारी करो...।"

उनके इस व्यवहार पर मंथरा कुपित हो गई और तीक्ष्ण स्वर में बोली—

"अरी बावली, राम के राजा होने पर दुख के स्थान पर तू हर्ष मना रही है। सौत का पुत्र राजा बने और तेरा पुत्र दास यही अभीष्ट होगा तुझे? तनिक भी स्मरण नहीं कि तुम्हारे पिता को क्या वचन देकर तुम्हें ब्याह लाए थे अयोध्या नरेश? तो स्मरण कर...उन्होंने यही कहा था न कि तेरा ही पुत्र राज्य का उत्तराधिकारी बनेगा और आज षड्यंत्र के अधीन यह सब हो रहा...। भरत को केकय राज्य में भेजकर उनके पीछे में राम को युवराज का पद दिया जा रहा...। इसमें राजा की कलुषित भावना ही दिख रही है। वरन् क्या कारण है कि इतना बड़ा शुभ आयोजन हो और भरत, शत्रुघ्न को बुलाने का उपक्रम भी नहीं किया जाए...। उनकी उपस्थिति अनिवार्य नहीं मानी जाए? यहाँ तक कि जनकराज को भी बुलावा नहीं गया। मूर्ख महारानी! यह आर्यों का पितृमूलक परिवार है। राम के राजा होते ही तेरे और तेरे पुत्र भरत के वंश का कहीं पता भी नहीं चलेगा।" मंथरा सदा आर्यों में स्त्री पराधीनता की भर्त्सना किया करती थी हम परिचारिकाओं समक्ष।

वह बोली तो अवाक्-सी सभी उसका मुख देखने लगीं...। सभी के मन में एक ही भाव...इतना कुछ घटित होता रहा भवन में और वे कितनी अनजान रहीं इन परिस्थितियों से...?

3

सुमंत्र लौट आए थे खाली रथ के साथ...और विगत दिनों से पल्लवित, पुष्पित होती हमारी आस कि सुमंत्र के साथ भैया राम, दीदी सीता व लक्ष्मण लौट आएँगे... धराशायी हो गई थी। ससुर जी ने वन जाते समय यही तो निर्देश दिया था सुमंत्र को कि उन्हें राज्य की सीमा से वन प्रान्त दिखाकर लौटा लाना है। इस आस को बलवान किया था गुरु वशिष्ठ के वचनों ने भी...। माँ कौशल्या दिवस के एक-एक क्षण गिन रही थीं। मेरे नेत्रों में भी प्रतीक्षा युवा होती रही थी...लक्ष्मण के बिछोह से उपजी असह्य वेदना का अनुभव इसी आस के सहारे तो क्षीण करती रही थी मैं।

भागकर मैं पूजागृह में पहुँची...। माँ के सम्मुख कर जोड़कर खड़ी हो गई। अधर मुखर हो उठे—

"मुझे शक्ति दो माँ..., शक्ति दो...कि अपने पति को दिये गए वचन का निर्वाह कर सकूँ। इस धरा पर जन्म के साथ ही मनुष्य स्वतः सम्बन्धों की डोर से बँध जाता है। ये सम्बन्ध एक ओर जहाँ उसे बल देते हैं वही उसे क्षीण भी करते हैं। मुझे अतिरिक्त शक्ति दो माँ...। बड़ी विकट स्थिति सम्मुख है मेरे...मैं अबोध... कैसे सँभालूँ इसे...? न मेरे वश में कोई निर्णय लेना है और न किसी निर्णय का प्रतिकार करना। मात्र दर्शक बनकर देखते जाना ही है...परन्तु एक दर्शक की भाँति उस अनुभव से अक्षुण्ण रहना भी क्या सम्भव है मेरे लिए...? क्या इस भवन में घटित हुई घटनाओं या हो रही घटनाओं से मैं अप्रभावित रही हूँ...? पुनः मैं क्या करूँ? न रोने की बाध्यता न होती तो कदाचित् पीड़ा के उस तूफान समक्ष मैं भी अश्रु जल में स्वयं को डुबोकर हृदय की पीड़ा से मुक्त होने का जतन करती। पीड़ा तो यही है कि वो भी मेरे वश में नहीं है।"

तभी कानों में मधुर स्वर उभरा..."मानव तन की उपयोगिता मात्र रोने... बिसूरने या पीड़ा के गर्त में डूबने के लिए नहीं होती। वह जिन तत्त्वों से निर्मित है

वहाँ गतिशीलता उसकी प्रकृति है और संघर्ष उसका अंग...कर्तव्य उसकी चेतना की प्रकृति...अत: संघर्ष को कोई टाल नहीं सकता। शेष रहा कर्तव्य तो वही तुम्हारे वश में है...उठो उसका सदुपयोग करो...इसी से संघर्ष की तीक्ष्णता क्षीण होगी...।"

स्वर के बन्द होते ही मेरी तन्द्रा भंग हो गई। अचकचाकर मैंने अपने चारों ओर देखा...सभी देव अपने-अपने स्थान पर स्थिर थे...।

लगा मात्र मेरी चेतना ही गतिमान है...। धीरे पग मैं पूजागृह से बाहर आई... और ससुर जी के कक्ष की ओर बढ़ गई...।

काका सुमंत्र का खाली रथ के साथ लौट आना। यह समाचार किसी वज्र प्रहार से कम नहीं था हम सभी के लिए और ससुर जी के लिए तो प्राण घातक ही सिद्ध हुआ...। एक बार जो—'हाय राम!' कहकर वे मूर्च्छित हुए तो फिर उठे ही नहीं। भवन रुदन के शोर में डूब गया। सारे राज्य में हाहाकार व्याप्त गया। कौन किसको सँभाले...? कौन किसको सहारा दे...? सारे चेतनाहीन से पड़े थे। और मैं ऐसी हतभागी...मेरे नयन तब भी शुष्क ही रहे...। हृदय में मचे हाहाकार के पश्चात् भी।

बारी-बारी से मैं विलाप कर रही माँ कौशल्या व सुमित्रा को सँभालती...। प्रलाप करती अन्य माताओं का धैर्य बँधाती...। आज राजभवन के सारे सिद्धान्त व संस्कार मानो अश्रु जल में बह रहे थे कि व्यथा का प्रदर्शन उचित नहीं होता किसी अन्य के समक्ष। लगा मानव कभी भी पाषाण नहीं हो सकता चाहे वह लाख अपनी संवेदनाओं को दबाने का प्रयत्न करे। अपनों का बिछोह मनुष्य को ध्वस्त कर ही देता है समूल और ध्वस्त हो गए थे सभी...। मात्र छोटी माँ निर्लिप्त दिख रही थीं। ससुर जी का देहान्त उन्हीं के कक्ष में हुआ था और वे मात्र छोटी माँ के ही पति नहीं थे। वरन् वितृष्णावश उनके कक्ष में दोनों माताएँ क्या कोई भवनवासी भी कभी पग नहीं धरता।

चेतनाहीनों के जमघट में सचेतन थे तो इस राज्य के हितैषी मंत्रीगण व गुरु वशिष्ठ। तत्क्षण उन्होंने ससुर जी के शव को काष्ठ निर्मित लघु नौका में सरसों तैल्य मध्य रखकर सुरक्षित किया और द्रुतगामी अश्व से दूतों को केकय राज्य रवाना किया आर्य भरत और शत्रुघ्न को बुलाने के लिए। ससुर जी के अनंत यात्रा पर जाते ही यह अति विशाल कोशल राज्य असुरक्षित हो गया था और इस पर बाह्य आक्रमण होने के अंदेशे से इनकार भी नहीं किया जा सकता था। भवन अपने उत्तराधिकारियों से शून्य था। राम-लक्ष्मण वन यात्रा पर थे...। भवन में मात्र स्त्रियाँ

थीं जो सचेतन भी नहीं थीं। बाह्य आक्रमण का सामना करने में सिद्धहस्त छोटी माँ राज्य के कर्ता-धर्ताओं से अभी रुष्ट व उदासीन थीं।

मनुष्य के जीवन की सर्वाधिक विकट स्थिति वह होती है जब उसका ऐसी अनहोनी से साक्षात्कार होता है। नेत्रों के समक्ष अपनों की मृत्यु...बहुत विशाल हृदय चाहिए उसे सहन करने के लिए...। जो वन गए हैं वे सभी लौटेंगे एक दिन... परन्तु ससुर जी जिस अनंत पथ के पथिक बने थे वहाँ से कोई लौटा था कभी? पीड़ा का सागर कैसे विकराल नहीं होता...। धैर्य के कूल, कगारों को कैसे नहीं अतिक्रमित करता...।

मैं तो दोहरी पीड़ा में जी रही थी...। सहन तो मुझे भी कहाँ हो रही थी यह असह्य वेदना...परन्तु कर्तव्य सम्मुख था। जाते समय यह दायित्व भी लक्ष्मण सौंप गए थे मुझे कि माताओं की सेवा में कोई कमी न हो और यह वो कर्तव्यबोध ही था जो मुझे मानव से प्रस्तर होने पर विवश किए हुए था। दीदी मांडवी तो संज्ञाशून्य-सी हो गई थीं। उन्हें यह समझ नहीं आ रहा था कि वे किसके पक्ष में खड़ी हों? सास के या ससुर के? ऐसी विकट समस्या भी आती है मानव-जीवन में यह प्रथम बार देख रही थी मैं।

त्रासदी का पाँचवाँ दिवस। इस दिवस का एक-एक पल कितना यातनादायक था। बखान से परे था यह। चार-चार पुत्रों के पिता ससुर जी का शव अपने दाह-संस्कार के लिए पुत्रों की राह तक रहा था और भवनवासी तिल-तिल कर मर रहे थे उनके पार्थिव शरीर की उपस्थिति में। अन्न, जल लेना भी पाप अनुभव हो रहा था सभी को। भैया राम और लक्ष्मण जाने कहाँ होंगे...। उन्हें तो ज्ञात भी नहीं होगा कि कितनी भयानक घटनाएँ घट चुकी हैं उनकी अयोध्या में। कितना बड़ा अभाव आ गया है उनके जीवन में।

बाहर कोलाहल का बवडंर-सा उठा और आँधी के झोंका समान आर्य भरत और शत्रुघ्न ने कक्ष में प्रवेश किया। हर ओर राह में व्याप्त उदासीनता ने उन्हें किसी अनहोनी का आभास करा दिया था कदाचित् कि भवन में सब कुशल नहीं है। संशय होता भी कैसे नहीं। सदा हँसती-मुस्कुराती रहनेवाली अयोध्या की प्रजा और उसके पथ के पथिकों के मलिन मुख। भावशून्य नेत्र तथा भवन के शिखर पर सदा गुंजायमान रहनेवाले मौन वाद्ययंत्र...शुभ सूचक तो नहीं ही थे और कक्ष में प्रवेश करते ही सम्मुख पिता से शून्य शैया ने उन्हें विचलित कर दिया। पुनः कुछ पल बाद सचेत हो गए तथा उनकी दृष्टि इधर-उधर घूमने लगी...।

कदाचित् उनके नेत्र भवनवासियों के जमघट में पिता, भैया राम और लक्ष्मण को ढूँढ़ रहे थे परन्तु वे रहते तो न दृष्टिगत होते।

अपनी चेतना पर वश करते हुए उन्होंने गुरुदेव से पूछा—

"गुरुदेव, पिताश्री कहाँ हैं और भैया राम और अनुज लखन दिख नहीं रहे। कहाँ हैं वे लोग? पिताजी से शून्य आसन और दोनों भाइयों की भवन में अनुपस्थिति मुझे व्याकुल कर रही है।"

"वत्स भरत, अयोध्या नरेश अनंत यात्रा पर चले गए हैं।" मद्धिम स्वर में गुरुदेव बोले।

सुनकर दोनों भाई बिलख-बिलखकर रो पड़े...।

"गुरुदेव, यह औचक इतना बड़ा वज्रपात कैसे हो गया हमारे भाग्य पर?"

"तात भरत, यह समस्त वृत्तान्त बाद में कहूँगा। प्रथम हमें महाराज का दाह-संस्कार करना आवश्यक है। आज पाँच दिवस हो रहे...शव विकृत होने का भय है। चलिए हम सरयू तट पर चलते हैं। वहाँ शवदाह की समस्त तैयारियाँ हो चुकी हैं।"

"परन्तु गुरुदेव...यह दायित्व तो भैया राम का है। आप मुझसे क्यों कह रहे हैं यह सब, बताते क्यों नहीं वे कहाँ हैं?"

गुरुदेव कुछ कहते तभी छोटी माँ बोलीं—

"प्रिय भरत! राम, लक्ष्मण और जानकी अरण्यवास को गए हैं। मैंने ही महाराज से तुम्हारे लिए कोशल का राज्य और राम के लिए चौदह बरसों का वनवास माँगा था परन्तु सीता और लक्ष्मण स्वतः उनके संग गए हैं। यह सब तुम्हारे भले के लिए ही किया है मैंने...।"

कहकर वे भरत को अंक में भरने के लिए आगे बढ़ीं...तभी अनहोनी-सी घटित हुई...। सदा से सौम्यता व शालीनता की प्रतिमूर्ति रहे भैया भरत का चेहरा क्रोध से विकृत हो उठा और उन्होंने वेग से छोटी माँ के हाथों को झटक दिया और परे हटते हुए तीक्ष्ण स्वर में बोले—

"दूर हट अनार्या...तो यह सब रचना तेरी रची हुई है जिसकी हृदय-विदारक यह परिणति हमारे सम्मुख है? हमारे सर से पिता का साया ही नहीं पितातुल्य भाई राम का सुख-सान्निध्य भी छीन लिया तूने। तू माँ कहलाने योग्य नहीं है। अरे राम जैसे पुत्र का वनवास माँगते समय तेरी जिह्वा कटकर गिर क्यों नहीं गई? यह कैसे समझ लिया तूने कि भैया राम का यह राज्य मैं ले लूँगा...। या विधाता...यह कैसा

कलंक दे दिया तूने इस कलंकनी के कोख से मुझे जन्म देकर। कौन समझेगा कि इनके इस कृत्य में मेरी मंशा नहीं रही होगी?" कहकर वे फफककर रो पड़े।

बड़ी माँ ने उन्हें अपने अंक में भर लिया और बहुविध ढाढ़स बँधाते हुए अपने कक्ष में ले आईं—

"सहज हो जाओ पुत्र...कदाचित् समय की यह बहुत ही क्रूर परीक्षा है जिसका शिकार हुए हैं हम सभी।"

सुनकर और अधैर्य हो रो पड़े वे—"

"कैसे सहज हो जाऊँ बड़ी माँ? कैसे भूल जाऊँ निरपराध भैया राम का राज्य निर्वासन? कैसे विस्मृत कर जाऊँ उनके स्मरण में ग्लानि से तड़प-तड़प कर हुई पिताजी की अकाल मृत्यु? कैसे भूल जाऊँ इस राज्य के प्रति किया गया अपनी माँ का अपराध? कैसे विश्वास दिलाऊँ यहाँ के विद्वज्जनों, सम्बन्धियों एवं प्रजाजनों को कि माँ के द्वारा किए गए इस अक्षम्य अपराध में मेरी कोई मंशा नहीं थी। वर्षों पश्चात् इस राज्य और भवन ने सुख-सौभाग्य देखा था...जिसे उनके क्रूर कर्म ने मिट्टी में मिला दिया। कैसे भूल जाऊँ माँ...कैसे?" कहकर वे एक बालक की भाँति फूट-फूटकर रो पड़े।

गुरुदेव भी कक्ष में आए। उन्हें देखते ही भैया भरत अधीर हो गए—

"गुरुदेव आप तो उस समय वहाँ विद्यमान थे, फिर यह अनर्थ कैसे हो गया?" कहकर वे पुनः बिलख पड़े।

उनकी पीड़ा मात्र यही नहीं थी कि वे अनाथ हो गए थे। पीड़ा थी छोटी माँ कैकेयी के क्रूर और अन्यायपूर्ण कार्य की जो उन्हें अपराधबोध से मुक्त नहीं होने दे रहा था।

"तात, अनहोनी के समक्ष किसी का वश नहीं चलता। मैंने प्रतिरोध किया था परन्तु..."

"परन्तु क्या गुरुदेव? पिताजी तो आपका अत्यधिक सम्मान करते थे। फिर ऐसा कैसे सम्भव था कि वे आपके कथन की अवहेलना करते...?"

"बात मात्र महाराज की नहीं थी वत्स! देवी कैकेयी का हठ पराकाष्ठा पर था।"

"बड़े पुत्र के होते हुए छोटे पुत्र के लिए राज की माँग करना...यह अन्यायपूर्ण अपराध वे कैसे कर सकीं?" उन्होंने क्षुब्ध होते हुए पूछा।

"तात भरत, वे जिस आनव जाति से आई हैं वहाँ यह कृत अधर्म संगत नहीं माना जाता। वैदिक काल में आर्यों में भी यह परम्परा थी। पुत्र अपने पिता के जीवन-काल

में ही सम्पत्ति का विभाजन करवा लिया करता था। महाराज मनु के जीवन-काल में ही उनके पुत्रों ने भी राज्य का बँटवारा करवा लिया था। उसके पश्चात् ही आर्यों में यह विधि संचालित की गई कि प्रथम पुत्र ही सिंहासन का उत्तराधिकारी होगा और कठोरता से उसे क्रियान्वित भी किया गया था।"

"फिर भी गुरुदेव...!"

"प्रिय भरत, मनुष्य के जीवन में मात्र सुख ही सुख हो यह कहाँ सम्भव है...? दुख अपने प्रहार से सदा उसे सजग व सचेष्ट करता रहता है कि इस संसार में मेरा भी अस्तित्व है जिसके लिए सद्कर्म करना आवश्यक है। विगत को विस्मृत करो पुत्र, उठो अपने पुत्र धर्म का निर्वाह करो। बहुत समय हो गया है महाराज का शव तैल्य में रखे हुए और अधिक समय होने पर उसमें विकृति आने का भय है। उनकी अन्तिम क्रिया की तैयारी पूरी हो चुकी है। तुम्हारे ही हाथों उनका दाह-संस्कार वांछित है, अतः चलो सरयू तट चलें।"

अनुभव हुआ यह कर्म और कर्तव्य ही मानव में ऊर्जा का संचार करते हैं, उसे सचेत रहने पर विवश करते हैं। उनके ध्यान को दूसरी दिशा में उलझाकर मुख्य बिन्दु से हटाते हैं जिससे पीड़ा का ज्वार कम हो। वरन् वह दुखों के बोझ तले दबकर निष्प्राण ही हो जाए और वीतरागी बन जाए।

बोझिल पग से दोनों भाई गुरुदेव संग कक्ष से बाहर निकले...पीछे-पीछे हम स्त्रियाँ भी बाहर आईं।

ससुर जी का शव सरसों तैल्य मध्य से निकालकर बाँस निर्मित फूलमालाओं से सुसज्जित अर्थी पर रखा गया। पुनः रक्तवर्ण कौषेय वस्त्रों से ढका गया। उनकी अन्तिम यात्रा बढ़ चली पावन सरयू की ओर...। आर्यों में स्त्रियों का श्मशान जाना वर्जित था अतः हम भवन भीतर ही रह गईं तड़पती..., रोती..., बिलखती...। भवन में भी कई क्रियाएँ होनी थीं माताओं के साथ जिन्हें पूरा करना था।

तीनों माताओं ने सुहागन वाला वस्त्राभूषण तो ससुर जी के देहान्त के बाद ही त्याग दिया था और विधवाओं का साधारण श्वेत बाना धारण कर लिया था। राजसी भोजन तथा कौषेय वाली शैया का परित्याग कर वे कुश की चटाई पर साधारण वस्त्र बिछाकर शयन कर रही थीं। अभी उन्हें पुनः स्नान करवाया गया। फिर भवनवासियों ने स्नान किया।

आगे की क्रिया सभी के श्मशान भूमि से आने के पश्चात् आरम्भ होना था। द्वार पर एक गहरे पात्र में जल, अग्नि, तीक्ष्ण लाल मिर्च आदि रख दिया गया था।

अभी तक मृत्यु पश्चात् के इन सभी विधि-विधानों से मैं अनभिज्ञ थी क्योंकि जनकपुर भवन में किसी की मृत्यु अपनी चेतनता में नहीं देखी थी मैंने।

4

संध्या घिर आई है। भवन के शिखर तथा अन्त:पुर में सदा निनादित होती रहनेवाली वाद्य ध्वनियाँ विगत दिनों से शान्त हैं। सन्नाटा चहुँओर अपना साम्राज्य कायम कर चुका है और एक विचित्र-सी भयावहता ने अपने पंजे फैला दिये हैं। दोनों भाइयों व दीदी सीता के जाने के बाद अति उदास हो उठा भवन अब श्रीहीन अनुभव हो रहा। उसको आलोकित करनेवाले रत्न भी मानो अपना प्रकाश खो चुके हैं या कदाचित् हमारे नेत्र ही धुँधला गए हैं।

ससुर जी का दाह-संस्कार करने के पश्चात् सरयू में स्नान कर विधि अनुसार उनकी आत्मा की शान्ति के लिए आर्य भरत और शत्रुघ्न ने तिलांजलि दी। वहाँ से लौटकर आने के बाद दोनों भाई बड़ी माँ के कक्ष में बैठे हैं। भवन की लगभग सभी स्त्रियाँ भी वहीं उपस्थित हैं छोटी माँ को छोड़कर। सभी ऐसे चुप-चुप हैं मानो उनके शब्दों ने स्वर खो दिये हों। हर ओर एक अबूझ-सी उदासी व्याप्त है। बड़ी माँ ने गुरुदेव को आने का संवाद भेजा है। अब आगे का कार्यक्रम क्या हो उस पर चिन्तन-मनन अनिवार्य है।

गुरुदेव के आने के बाद बहुत चिन्तन-मनन हुआ। भैया भरत गुरुदेव से बोले—

"गुरुदेव, सर्वप्रथम आप यह ज्ञात करवाइए कि भैया राम, भाभी सीता व अनुज लक्ष्मण संग अभी कहाँ हैं? कृपया शीघ्र ज्ञात करवाइए। उसके पश्चात् मैं स्वयं वहाँ जाऊँगा उन्हें ले आने। उनके बिना एक-एक पल मेरा दंड के समान व्यतीत हो रहा है। जितने दिवस बीत रहे हैं, भैया-भाभी की पीड़ा बढ़ रही होगी। सदा भवनों में रहनेवाली इतनी सुकोमल भाभी सीता कैसे सह रही होंगी अरण्य की त्रासदी, यही सोच पल-पल मुझे व्याकुल कर रहा है।"

कहकर वे बालक की भाँति फूट-फूट कर रो पड़े। उनके विलाप पर कठोरता से धैर्य धारण किए बैठीं बड़ी माँ का भी स्वयं पर से नियंत्रण जाता रहा।

वे भी सिसक पड़ीं...फिर तो चहुँओर से सिसकियों का जैसे सागर उमड़ पड़ा कक्ष में...।

"तुम निश्चिन्त रहो पुत्र, मैं अति शीघ्र व्यवस्था करता हूँ। हमारे गुप्तचर बहुत कुशल हैं, अल्पावधि में ही वे पता लगा लेंगे उनके वास स्थान का। वैसे सुमंत्र ने बताया था कि दक्षिण दिशा की ओर स्थित शृंगवेरपुर जनपद के बाद गंगा के उत्तरी तट पर उन्होंने उन्हें छोड़ा था।"

कहते हुए उनका स्वर तनिक काँप-सा गया...कदाचित् उनके हृदय में यह संशय कचोके लगा रहा था कि निरुद्देश्य मानव और बाढ़ का जल कब, कहाँ अपनी गति बदल ले, कहा नहीं जा सकता। सम्भव है अभी वे उस दिशा में या स्थान पर न हों, दूसरी ओर प्रस्थान कर गए हों...।

द्रुतगामी अश्व सवार गुप्तचरों को उनकी खोज में भेजा गया दक्षिण दिशा की ओर। सात दिन कैसे व्यतीत हुए भवनवासियों के, अवर्ण्य था। इस मध्य आर्य भरत बड़ी माँ के कक्ष में ही कुश के आसन को अपना आसरा बनाए लेटे या बैठे रहे। अन्न ग्रहण नहीं करने का हठ पाले मात्र फल और जल के सहारे रहते हुए अपलक द्वार की ओर निहारते रहे...। कभी भर नींद सोये नहीं कि कब कोई संवादी भैया राम का संवाद लेकर आ पहुँचे।

"जाने पश्चात्ताप की यह कैसी भीषण पीड़ा है जो आर्य भरत की भूख-प्यास को भी क्षीण किए दे रही। अपने इष्ट से मिलने की ऐसी तपस्या तो किसी संन्यासी ने भी नहीं की होगी जैसी सांसारिक होकर भैया भरत कर रहे हैं।"

धीमे स्वर में श्रुतकीर्ति ने कहा और उसके नेत्र छलक पड़े। मैंने तत्क्षण अपना मुँह घुमा लिया। कहीं मेरे नेत्र भी अपना धर्म निभाने पर उद्यत न हो जाएँ। जब भी उन तीनों के लौटने की वार्ता होती...मेरे अन्दर सुप्त पड़ी आस तत्क्षण युवा हो उठती...।

आर्य भरत बड़ी माँ के भवन से कहीं और जाने को सहमत नहीं थे। छोटी माँ का नाम तक सुनना उन्हें पसन्द नहीं था। आर्य भरत ही क्यों कोई भी नहीं जाना चाहता था स्वर्ग समान सुन्दर, सुशोभित छोटी माँ के भवन में जहाँ श्मशान सदृश सन्नाटा व्याप्त था अभी।

आठवें दिन दोपहर होते-होते अश्वारोही गुप्तचर भैया राम की चित्रकूट में उपस्थिति का पता लगाकर आ पहुँचे अयोध्या। सभी की प्रसन्नता की सीमा न रही।

तत्क्षण गुरुदेव के सामने आर्य भरत ने प्रस्ताव रखा।

"गुरुदेव, आज संध्या ही मैं चित्रकूट के लिए प्रस्थान करना चाहता हूँ। अब एक पल का भी विलम्ब मुझे सह्य नहीं। कृपया वहाँ जाने का आप उचित प्रबन्ध करवा दीजिए।"

"भैया, मैं भी आपके संग चित्रकूट चलूँगा।" शत्रुघ्न बोले।

अभी आर्य भरत कुछ बोलते कि एक कातर स्वर गूँजा—

"पुत्र भरत हम हतभागियों को भी संग ले चलने की व्यवस्था करवाओ। देखूँ तो सही मेरे बच्चे किस स्थिति में हैं अरण्य मध्य? क्या भोजन कर रहे हैं? कहाँ शयन कर रहे हैं? इस कठोर ताप में किस छाया की शरण में पड़े हैं?" बडी माँ अधैर्य होती बोलीं।

बड़ी माँ के हतभागियों में मझली माँ के साथ हम तीनों बहनें भी सम्मिलित थीं।

गुरुदेव व्यवस्था करने के लिए चले गए बाहर। भैया भरत और शत्रुघ्न भी उनके संग ही निकल गए।

बड़ी माँ ने हम तीनों बहनों को पास बुलाया और बोलीं—

"पुत्री उर्मिला, तुम्हारे संताप के दिन अब समाप्त हो गए। जाओ तुम लोग चित्रकूट चलने की शीघ्र तैयारी करो।"

बड़ी माँ ने कहा तो ऐसा अनुभव हुआ जैसे विरह-ताप से सूखी-मुरझाई मेरी मनोभूमि पर शीतल जल की फुहार पड़ी हो...और मिलन आस के सारे पौधे पुनः सर उठाकर विहँस उठे...। लक्ष्मण को एक दृष्टि देखने की लालसा तीव्रता से जाग्रत हो उठी हृदय में...। पुनः तत्क्षण उस लालसा को यथार्थता की लौ झुलसा गई...। क्या भैया राम अयोध्या लौटने को सहमत हो जाएँगे? यदि उन्हें लौटना ही होता तो ससुर जी के आग्रह...बड़ी माँ के अश्रुओं और गुरु श्रेष्ठ वशिष्ठ तथा राज व भवनवासियों के विलाप और प्रलाप से निष्ठुरता से मुख न मोड़ते। उन लोगों के चीत्कारों पर उनके पग नहीं थमे। उनकी करुण पुकार का कोई प्रभाव नहीं पड़ा था उन पर। पुरवासियों के आग्रह तथा सुमंत्र के अनुनय-विनय पर भी वे ठहरने को सहमत नहीं हुए थे। तो अब पुनः उनके लौटने की आस? यदि वे इन लोगों के आग्रह पर भी लौटने को सहमत नहीं हुए तो प्रिय लक्ष्मण के सम्मुख जाकर मोह के उलझन में उन्हें डालना क्या उचित होगा? सोच ही रही थी कि दीदी मांडवी का स्वर श्रवण हुआ—

"बड़ी माँ, आपकी आज्ञा शिरोधार्य है परन्तु इस भवन में उनके स्वागत के लिए किसी को होना चाहिए न यहाँ? देख रही हैं भवन कैसा बिखरा और उदास-उदास

लग रहा है। पूर्व की भाँति इसकी साज-सज्जा अपरिहार्य है। अत: मैं रह जाती हूँ यहाँ इसे व्यवस्थित करवाने हेतु।"

"मैं भी दीदी मांडवी का हाथ बँटाने के लिए रह जाती हूँ बड़ी माँ।" तत्क्षण श्रुतकीर्ति बोली तो बड़ी माँ ने मेरी ओर देखा...।

"माँ, आप लोग जा ही रही हैं उन्हें लाने। यदि वे लोग आ गए तो हमारा अहोभाग्य...वरन् वहाँ मेरी उपस्थिति आर्य लक्ष्मण को दुर्बल ही करेगी और वे अपने धर्मपथ से विमुख हों यह मुझे सह्य नहीं होगा माँ! मेरी दुविधा को समझिए। आप लोग जाइए...दैव आप लोगों का पथ सहज करे और आभिलाषा पूर्ण करे।"

कहने को तो कह दिया मैंने परन्तु लक्ष्मण के लौट आने की आस ने मेरी मृतप्राय धमनियों में पुन: ऊर्जा का संचार आरम्भ कर दिया था...।

अवाक्-सी दोनों माताएँ हमारा मुख देखने लगीं...।

"धन्य हैं तुम्हारी माताएँ जिन्होंने ऐसी शिक्षा दी है तुम्हें। मैं धन्य-धन्य हो गई मेरी बच्चियो तुम्हें पाकर।" गद्गद स्वर में बड़ी माँ बोलीं।

हमारी वार्ता चल ही रही थी कि औचक छोटी माँ ने कक्ष में प्रवेश किया। सदा से बहुमूल्य कौषेय वस्त्र व रत्नाभूषण में सजी उन्हें देखने के अभ्यस्त हमारे नेत्र आज साधारण धवल वस्त्र में आभूषणविहीन तथा श्रीहीन उनका मुख देखकर अचकचा से गए। पल भर तो उन्हें पहचानने में लगा कि दर्प से सदा उन्नत रहनेवाला मुख और रूप से गर्वीली ये छोटी माँ कैकेयी ही हैं।

वे खड़े-खड़े ही नेत्र नत किए हुए भर्राए स्वर में बड़ी माँ से सम्बोधित हुईं—

"मुझे अपने अपराध का प्रायश्चित्त करने दीजिए दीदी! दैव मुझसे विमुख हो गए हैं आप तो न होइए। मैं भी चलूँगी चित्रकूट पुत्र राम, लक्ष्मण और पुत्री सीता से क्षमा माँगकर उन्हें ले आऊँगी अयोध्या। उनके बिना यह भवन बहुत डस रहा मुझे! मेरा कुकृत्य एक पल भी चैन नहीं लेने दे रहा...। चार-चार पुत्रों के रहते मैं बाँझ होने का अभिशाप नहीं झेल सकूँगी। यदि आप मना करेंगी तो मैं आत्मघात कर लूँगी।"

औचक उनकी उपस्थिति और इस अप्रत्याशित उद्गार पर हम सभी चकित रह गए। विश्वास ही नहीं हुआ कि उनके मुख से निकले ये शब्द सत्य हैं या यह भी उनका कोई नूतन आडंबर है...।

उदारमना बड़ी माँ ने तत्क्षण गुरुदेव को संवाद भेजा...छोटी माँ के लिए भी एक डोली की व्यवस्था करने के लिए।

5

विगत सात दिनों से ऊहापोह की बड़ी विकट स्थिति रही हमारे अन्दर। यह आस ही हर्षदायक थी कि लक्ष्मण मेरे सम्मुख होंगे और संताप के दिन अब समाप्त हो जाएँगे। इतने ही दिनों में उस वियोग की ताप ने मेरे हृदय को झुलसा दिया था तो चौदह वर्ष की दीर्घावधि क्या मुझे जीवित रहने देगी?

कभी मन आशावान हो उठता...सम्भव है आर्य भरत भैया राम को मनाकर अयोध्या लाने में सफल हो जाएँ। गुरु वशिष्ठ, बड़ी माँ, मझली माँ संग छोटी माँ स्वयं गई हैं तो कोई कारण नहीं वे लोग आने को सहमत नहीं होंगे। त्रासदीयुक्त यह अल्पावधि कदाचित् अयोध्या राजभवन के लिए किसी अभिशाप का फल हो। मेरे जीवन का तो है ही। वियोग का लघु क्षण भी नहीं सहने का अवसर आया था कभी जीवन में और जब आया तो पर्वत समान विशाल आकार में...।

परन्तु ऐसा कुछ नहीं हुआ...और ऊहापोह की स्थिति पर सदा के लिए विराम लग गया। हर्ष का युवा होता आवेग औचक ऐसे शिथिल पड़ गया जैसे तुषार खंडों के प्रहार से अन्न का कोमल किसलय। आस के समस्त जुगनू भभककर बुझ गए जब तीनों माताएँ, शत्रुघ्न, मंत्रीगण और गुरु वशिष्ठ भैया राम, दीदी और सौमित्र के बिना लौट आए चित्रकूट से। सभी के लाख हठ के पश्चात् भी आर्य भरत सहमत नहीं हुए अयोध्या भवन में आने के लिए। कदाचित् वे भैया राम के भवन त्याग की त्रासदी को अनुभव करने के लिए सरयू तट पर अरण्य मध्य स्थित नन्दीग्राम में ही रह गए। उनका वश चलता तो वे चित्रकूट से ही नहीं आते परन्तु भैया राम के सम्मुख उनका हठ काम नहीं आया। अपने राज्य का दायित्व उनके कन्धों पर डालकर उन्हें लौटने पर विवश कर दिया था उन्होंने। ज्ञात हुआ नन्दीग्राम में उतरते हुए सभी के समक्ष आर्य भरत बोले थे—

“मैं नन्दीग्राम के कानन में वास करूँगा चौदह वर्ष...उसी रूप में जिसमें भैया राम हैं। उस अभिशप्त भवन में मैं जी नहीं पाऊँगा सहजता से...। वह भवन मुझे सदा भैया राम के साथ हुए अन्याय का स्मरण कराता रहेगा।”

और मैं तो समूल ढह गई थी रेत की दीवार की भाँति। सदा सहज दिखने और अलिप्त रहने का आडंबर करता मेरा मन कसक उठा। अब अनुभव हुआ कि उस बावले ने अपने भीतर कहीं सौमित्र के लौट आने की आस कितनी अधिकता से पाल रखी थी। आशा की बेल मानो सुमेरु पर्वत से सूखे पत्तों की तरह बिखर

गई। मैं समझ नहीं पाई कि मेरा समर्पण स्वतंत्र है या परिस्थितियों के अधीन।

आस तो दीदी मांडवी की भी सफल नहीं हुई। प्रसन्न थीं कि चित्रकूट से सभी के लौटने के पश्चात् अयोध्या भवन की खुशियाँ पूर्ववत् कायम हो जाएँगी। भैया भरत सहज हो जाएँगे और माँ कैकेयी को क्षमा कर देंगे। उनके बिछोह के दिवस भी समाप्त हो जाएँगे। यह सूना भवन पूर्व की भाँति हँसी-ठहाकों से गुंजायमान हो जाएगा।

पर किसी का सोचा कुछ नहीं हुआ...और दुख सभी के अन्दर स्थायी और अडिग हो गया जैसे। जाने किसकी क्रूर दृष्टि पड़ी इस अयोध्या राजभवन पर, इसकी खुशियों पर...देखते ही देखते सब कुछ छिन्न-भिन्न हो गया। दृष्टान्त से परे व अवर्ण्य स्थिति थी भवन ही नहीं सम्पूर्ण राज्य की। चौदह वर्षों के लिए कदाचित् हर्ष भी चला गया अयोध्या से अरण्यवास को। यह अलिप्त समय न हमारे दुखों में सम्मिलित हो रहा था, न वेदना में। वह अपनी गति से भाग रहा था। हम अपनी स्थिति में जकड़े हुए थे परन्तु जी सभी रहे थे हर्षरहित जीवन। कभी-कभी अनुभव होता, यह जो मोह है मनुष्य का बड़ा ही विचित्र है...। अग्नि का सागर भी लाँघ जाता है एक हर्ष के जुगनू के लिए। चौदह बरस कैसे कटेंगे हर्षविहीन...सोचकर ही मृतप्राय हो जानेवाला मन, अब समय के संग पग बढ़ा रहा था...। मोह था, चौदह वर्ष बाद प्रिय से मिलन होगा। विरह-वेदना एक ओर बेकल कर रही तो वर्तमान दायित्व के निर्वहन में बल भी प्रदान कर रही थी...।

दुख यह नहीं था कि लक्ष्मण मुझसे दूर चले गए थे, चिन्ता थी अब इस भवन की उदासियों को कैसे प्राणवान बनाया जाए? कैसे सँभालूँ बड़ी माँ, मझली माँ तथा दोनों बहनों को? दीदी सीता यहाँ हैं नहीं तो बड़ी बहन के समस्त दायित्व का निर्वहन मुझे ही करना होगा। ज्येष्ठ श्रेष्ठजनों की सेवा व सान्निध्य का अवसर बहुत संयोग से मिला था। वरन् राजभवनों में स्त्रियों के जीवन को व्यर्थ ही व्यतीत होते देखा था मैंने। वैसे तो बड़ी दीदी मांडवी थीं परन्तु उनका दुख बहुत विचित्र था। वे तो समय के लय में बहती हुई एक पुतली समान लगतीं। हर्ष-विषाद व राग-द्वेष से परे। जैसे उन्होंने स्वयं से ही वैराग ले लिया हो।

हमारे बड़े अपने संताप से तो पीड़ित थे ही उससे अधिक पीड़ित थे हमारे दुखों से। बड़ी माँ का पीड़ा भरा उद्गार कल उनके कक्ष में जाते समय श्रवण हुआ था। वे मझली माँ से कह रही थीं—"वय के जो दिवस युग्म जीवन के आनन्द के होते हैं, जीवन-जनित सुख भोगने के होते हैं, युग्म जीवन के उत्सव के होते हैं, वह

अवधि हमारी उर्मिला के लिए विरह का अभिशाप लेकर आई है सुमित्रा..!" बहुत पीड़ा भरा स्वर था उनका।

"एक स्त्री होने के नाते मैं उसकी वेदना का अनुभव कर रही हूँ दीदी! उसके वय के ये चौदह वर्ष...शून्य मात्र होकर रह जाएँगे। उसकी पीड़ा का न सूर्योदय है न सूर्यास्त।"

"परन्तु उसका आत्मबल तो देखो, स्वयं के दुखों से अधिक उसे हमारा ध्यान रहता है। यह सब देखकर पीड़ा से भर जाता है मेरा हृदय।"

"हाँ दीदी, कैसा संयोग घटित हुआ...मेरे बच्चे तिनके की भाँति यत्र-तत्र बिखर गए हैं। राम, सीता और लक्ष्मण वन में...भरत नन्दीग्राम में। या दैव, ऐसा दुर्दिन किसी माता-पिता को न दिखाना।" कहकर दोनों बिलख पड़ी थीं और उनकी व्यथा भरे उद्‌गार सुन मैं द्वार से ही लौट आई थी।

वीथियों में दीदी मांडवी मिल गईं। चुप-चुप बड़ी माँ के कक्ष की ओर ही जा रही थीं। मुझे देखते ही लिपट गईं।

"कैसी हो मेरी बहन?"

"सकुशल हूँ दीदी। आप कैसी हैं?"

"तुम्हारे सम्मुख हूँ, देख लो कैसी हूँ।"

"भैया भरत का कोई संवाद आया?"

"कोई संवाद नहीं आया और न ही भविष्य में आने की आस है प्रिय अनुजा। मेरे भवन में उनके संवाद को आने की अनुमति कब हो कह नहीं सकती।" कहते-कहते उनका स्वर भीग आया।

"दीदी, क्या हम कुछ पल उपवाटिका में व्यतीत कर सकते हैं?" मैंने उनसे आग्रह किया।

"चलो...।" कहकर वे चल पड़ीं मेरे संग।

दीदी मांडवी की आन्तरिक पीड़ा...उनके लाख छुपाने के प्रयत्न के बाद भी परिलक्षित हो रही थी और मेरा संताप द्विगुणित हो रहा था।

अनुभव हुआ...विद्रोही भाव भी परिस्थितियों से ही उत्पन्न होता है मनुष्य के भीतर...और यही भाव प्रबल होकर हठ का रूप ले लेता है। दीदी सीता ने पति के प्रति अपने धर्म को समझा तथा उसके अनुपालन हेतु पति संग वन जाने का हठ किया। वे वन गईं। मैंने हठ नहीं किया। नहीं गई। अजीब विडंबना है, दीदी मांडवी तो नन्दीग्राम तक जाने का हठ नहीं कर पा रहीं। दिन-रात भवन की नीरवता में पड़ी घुल रही हैं।

हम पुष्करणी की सीढ़ियों पर बैठ गईं। उपवन के मनोहर दृश्यों से अलिप्त...

"स्थान परिर्वतन दुखों को क्षीण करता है उर्मिला! एक स्थान पर रहते-रहते पीड़ा भी इस जल की भाँति ही थिर हो जाती है! थम और जम जाती है मन-मस्तिष्क पर।" सरोवर के जल को इंगित कर औचक वे बोलीं।

अवाक्-सी मैं उनका मुख ताकने लगी। लगा, दुख कैसे मनुष्य को दार्शनिक बना देता है। कितनी सहज, सरल व सुशील प्रकृति की थीं दीदी मांडवी। आज दुखों की व्याख्या नए सिरे से उनके मुख से सुनकर वेदना से भर गया मेरा हृदय। कुछ दिनों से अधिकता से यही विचार तो आ रहे थे मेरे मन में भी। परन्तु यह विवशता थी हमारी...। हम इस भवन के दायित्व से मात्र स्वयं के सुखों के लिए मुख नहीं मोड़ सकती थीं और त्रासदी यह भी थी कि इस भवन के पग-पग पर बिखरे हमारे सुखद क्षणों के चिह्न हमें सदा बेकल करते रहते...। रात्रि में भी बहुत कठिनाई से नींद पलकों पर विराजती...तत्क्षण जाने किस प्रेरणावश पुनः उचट जाती जैसे किसी स्मरण ने उसे धक्का दे दिया हो और फिर दुख नए सिरे से दंश देने लगता। कभी-कभी लगता—सुख को जैसे पुकार-पुकार कर प्रदर्शित किया जा सकता है उस भाँति दुख को नहीं किया जा सकता और यदि दुख की अनुभूति अधिक गहन हो तो अभिव्यक्ति में शब्द भी दुर्बल हो जाते हैं।

"आपकी व्यथा से मैं अनभिज्ञ नहीं हूँ दीदी। पीड़ा के कारण भले भिन्न-भिन्न हों परन्तु रूप और दंश तो एक ही होता है उसका।"

"हाँ, यह सत्य है प्रिय उर्मिला, परन्तु मेरी दारुण स्थिति तुम नहीं समझ सकतीं...। दुखों का कारण यदि ओझल हो तो सम्भव है समय के साथ वह क्षीण हो जाए... किन्तु कारण सम्मुख हो तो पल-पल मृत्यु तुल्य संताप का अनुभव होता है।"

अनुभव हुआ उनका इशारा छोटी माँ की ओर है। यह तो सर्व ज्ञात था कि अति भव्य दशरथ भवन जो विवाह के पश्चात् छोटी माँ का आवास बना, ससुर जी की मृत्यु के पश्चात् वह भव्य भवन अभी भयानक वीरानी का अभिशाप झेल रहा है। कभी माता-पिता संग चारों भाइयों के कहकहों से जीवंत रहनेवाला अब चन्द शब्दों को सुनने को भी तरस गया है। मानव तो क्या भवन की भीतियों पर उकेरी गई भव्य प्राणवान चित्रकारी भी जैसे निष्प्राण प्रतीत होती है। भवन का कोई भी व्यक्ति उधर जाने को सहमत नहीं होता यदि बहुत आवश्यक कार्य न हो।

"जी दीदी, सत्य कह रही हैं आप।"

"यह मानव मन भी ना बड़ा विचित्र है। जिस प्रकार किसी के अच्छे कर्मों को

देखकर उसके प्रति अनायास श्रद्धा उपजती है इसके अन्दर, वैसे ही उसके बुरे कर्मों के प्रति वितृष्णा भी। वह जिस प्रकार सुखदाता का कृतज्ञ होता है वैसे ही दुखदाता को पूर्णतः क्षमा कभी नहीं करता। भले ही वह उदारता से यह अनुभव कराए कि उसने अमुक व्यक्ति को क्षमा कर दिया। कुछ वैसी ही स्थिति सासू माँ को प्रतिपल सम्मुख देखकर मेरे मन-मस्तिष्क की होती है। आर्य भरत का दूर रहना तो यातना देता ही है परन्तु सासू माँ को सम्मुख देख संताप क्षीण होने के बजाय और बढ़ जाता है। कर्म व कर्तव्य अपने स्थान पर है लेकिन मानव चित्त की वृत्ति अपने स्थान पर होती है। मेरा मन भी कर्तव्य के प्रति सजग रहने के बावजूद कभी-कभी अपनी त्रासदी से क्षुब्ध हो उठता है। उनके प्रति दायित्व के निर्वहन में मेरी देह सदा तत्पर रहती है किन्तु यह मन प्रायः विद्रोही हो उठता है। वह यह स्वीकारने को सहमत ही नहीं कि जो हुआ वह समय का फेर था या दैववश हुआ।

"सत्य कह रही हैं आप...। यह कोमल कहे जानेवाला मन भी न कभी-कभी बहुत निष्ठुर हो उठता है। कारण को विस्मृत भी कर जाए परन्तु कारक को क्षमा करने में सदा कृपण हो जाता है।"

"हाँ उर्मिला...किन्तु सासू माँ भी कहाँ चैन से हैं। उनकी स्थिति तो और भी विचित्र है। वे पल-पल छीज रही हैं। सुन्दर मुख कुम्हला गया है। तन क्षीण हो रहा है। कदाचित् यह एहसास उन्हें इस अपराधबोध से मुक्त नहीं होने दे रहा कि उनकी महत्त्वाकांक्षा और हठ से ही महाराज अकाल मृत्यु को प्राप्त हुए और पुत्र समस्त सुखों का त्याग कर नेत्रों से दूर संन्यासी-सा जीवन व्यतीत कर रहा।"

"पुनः भवनवासियों के नेत्रों में अपने लिए तिरस्कार का भाव देख उनका विचलित होना स्वाभाविक ही है दीदी..., शास्त्र मिथ्या नहीं कहता कि मनुष्य त्याग से जितनी सन्तुष्टि का अनुभव करता है उसी अनुपात में भोग से उसे ग्लानि का अनुभव भी होता है।" मैंने कहा।

दीदी मौन रहीं...। लगा किसी चिन्तन में उलझ गईं।

"दीदी एक बात कहूँ, मानेंगी?"

"कैसी बात अनुजे...प्रथम कहो तो।"

"कुछ काल के लिए आप नन्दीग्राम क्यों नहीं चली जातीं?"

"यह सम्भव नहीं है उर्मिला।" धीरे से वे बोलीं।

"क्यों सम्भव नहीं है दीदी, आप कहें तो मैं बड़ी माँ से बात करूँ? वे आपके जाने की व्यवस्था करवा देंगी। वहाँ जाने में कोई बाधा भी नहीं है।" मैंने प्रस्ताव रखा।

"हाँ अनुजे, वहाँ जाने में कोई बाधा तो नहीं है परन्तु मैं ऐसा कोई कार्य नहीं करना चाहती जिससे सासू माँ को पीड़ा पहुँचे...। पुत्र तो उनके नेत्रों से ओझल है ही अब पुत्रवधू भी उन्हें निस्संग छोड़कर चली जाए...। हम मनुष्य हैं, अपनों के लिए त्याग करना जानते हैं, कर्तव्यों का निर्वहन करना जानते हैं अतः अपनों को हमारे किसी भी क्रिया-कलाप से आघात न पहुँचे, सदैव सतर्क रहना चाहिए।"

मैं क्या कहूँ समझ में नहीं आया...। वे मिथ्या कह भी तो नहीं रहीं। अतः मैं मौन रही। कुछ समय उपरान्त वे पुनः बोलीं—

"प्रिय उर्मिला, कभी-कभी शब्दहीन जीव भी हमें बड़ी शिक्षा दे जाते हैं। मैंने प्रायः उपवन में वृक्षों पर पक्षियों को परिश्रम से घोंसला बनाते हुए देखा है। नर और मादा को बारी-बारी चोंच में तिनका चुनकर लाते देखा है। उन्हें चूजों का सेवन करते देखा है। दाना लाकर चुगाते हुए भी देखा है। जब इतने परिश्रम से वे अपने उन बच्चों का पालन-पोषण करते हैं जिनसे उन्हें कोई प्रतिदान नहीं मिलनेवाला तो हम तो संसार के सारे जीवों से श्रेष्ठ हैं। संवेदनशील प्राणी हैं। हमें सोचने-विचारने की शक्ति प्राप्त है। हम स्थितियों की सूक्ष्मता समझते हैं। यह हम आर्य स्त्रियों की बेबसी नहीं है। कर्तव्यबोध है...अपनों के प्रति...। इसे दुख का हेतु समझकर उपालम्भ देने में स्वयं को क्षीण नहीं करना चाहिए। यह तो सौभाग्य से मिला वह अवसर है जिसमें हमारी मानवीयता की परख होती है। आर्य भरत भी युवा हैं। इच्छाएँ, आकांक्षाएँ उनके भीतर भी हैं परन्तु अपने कर्तव्य पर उन्होंने मनोभावों का आधिपत्य नहीं होने दिया और भवन के बजाय वास हेतु नन्दीग्राम को चुना। भैया राम द्वारा सौंपे गए दायित्व का निर्वहन वे प्राणपण से कर रहे हैं। ऐसे में मेरा स्वयं के सुखों के लिए बिसूरना और वहाँ जाकर उन्हें हेय होने का बोध कराना क्या उचित है?"

दीदी मांडवी ने कहा तो मुझे आश्चर्य नहीं हुआ। भिज्ञ थी मैं इस तथ्य से कि अपने हृदय की व्यथा कभी नहीं प्रकट करेंगी वे मेरे समक्ष। उस पीड़ा में कभी भागीदार नहीं बनाएँगी मुझे। उन्हें ज्ञात है मैं लक्ष्मण के बिछोह का दंश झेल रही हूँ।

अनुभव हुआ, सरोवर का जल कितना भी शान्त और स्थिर क्यों न हो, जरा-सी कंकड़ के प्रहार से उसमें कंपन होता ही है। लहरें उठती ही हैं और वे लहरें सदा किनारे की ओर ही भागती हैं परिधि बनाते हुए। उसी प्रकार दुख की प्रवृत्ति भी है। लाख उसे परे धकेलो पुनः-पुनः दायरा बनाकर लौट ही आता है मन-मस्तिष्क को चोटिल करने उन लहरों की भाँति ही...।

कहाँ कह पाई दीदी से कि यही पीड़ा तो दिन-रात पीड़ित किए रहती है मुझे

भी। स्त्री का सम्पूर्ण जीवन एक तपस्या ही तो है परन्तु संन्यासियों से विपरीत। संन्यासियों में मोह, माया, अनासक्ति तथा असांसारिक होना अनिवार्य होता है। स्त्रियाँ सांसारिक होकर भी असांसारिकता का वहन प्रवीणता से करती हैं। ममत्व, दया, त्याग व अलिप्तता...सभी का निर्वाह एक साथ। जहाँ जन्म लेती हैं, उस स्थान, माता-पिता, बन्धु-सखा, चर-अचर से ऐसे नाता तोड़ लेती हैं जैसे कभी उनसे कोई सम्बन्ध था ही नहीं। ऐसा भी नहीं कि वे उन्हें विस्मृत कर जाती हैं...कभी नहीं...। वे स्मृतियाँ तो अंकित रहती हैं पूर्णता के साथ उनके मस्तिष्क में परन्तु अतीत की उन स्मृतियों को वे वर्तमान जीवन-पथ की बाधा कभी नहीं बनने देतीं...।

भारी पग से हम कक्ष में लौट आईं। कुछ पल मेरे कक्ष में ठहरकर दीदी मुझे सोचों में उलझाकर अपने भवन में चली गईं। जीवन के अधिक भाग जनकपुर में व्यतीत करने। ढेरों सखियों, जन्मदाता पिता, ममतामयी माँ के लाड़-दुलार और सभी के बिछोह ने कहाँ इतना व्याकुल किया कभी जैसा अभी अनुभव हो रहा। दैव का दिया यह कैसा बन्धन है जिसने एक ही धुरी के इर्द-गिर्द केन्द्रित कर दिया है मेरे मन-मस्तिष्क को। कभी-कभी घोर आश्चर्य होता है प्रकृति के इस विधान पर। बालपन से लेकर वयस्क होने तक जिसके संग वर्षों-वर्ष रही वे सँजोयी स्मृतियाँ क्षीण हो जाती हैं और वह एक अनजान साथी कैसे सर्वोपरि हो जाता है समस्त सम्बन्धों पर...। लक्ष्मण तो मेरे नितान्त शुष्क हृदय के काम्य पुरुष हैं। प्रेम का यह अप्रतिम रूप तथा भाव कहाँ जाना था कौमार्य काल में। और न ही यह भाव किसी ग्रंथ में ही व्यक्त है और कहाँ व्यक्त कर पा रही हूँ मैं भी बिछोह की व्यथा शब्दों में।

लक्ष्मण के बिछोह की पीड़ा कभी-कभी इतना तड़पाती कि अनुभव होता जीवन अपने अन्त के समीप तो नहीं है। इस अनुभव का शमन करने में जब असमर्थ हो जाती तो प्रकृति के सान्निध्य का अवलम्ब लेती...।

6

जीवन में सप्त रंग की छटा तो आन्तरिक हर्ष ही बिखेरती है...। अपनों की खुशियाँ ही भरती है...। परन्तु संताप का तो एक ही रंग होता है मटमैला...धूसर...जिस पर लाख यत्न करने के पश्चात् भी कोई और रंग नहीं चढ़ सकता। यत्न ही तो करती

रही हूँ अपनी चेष्टाओं से दिवस के उदास धूसर एक-एक क्षण में इन्द्रधनुष के समस्त रंग भरने की। माताओं एवं बहनों के सम्मुख सहजता का रंग। परिजनों के समक्ष प्रसन्नता का रंग और छोटे शत्रुघ्न के समक्ष वाचलता का रंग। पीड़ा क्या आँसू ही बयान कर सकते हैं? बिन आँसू क्या हृदय नहीं रोता? जिस समय लक्ष्मण ने वचन लिया था आँसुओं पर नियंत्रण रखने का...क्या उनका इशारा पीड़ा को सहन करने की ओर नहीं था? वचन में मस्तिष्क बँधता है हृदय नहीं...क्या वे इस तथ्य से अनभिज्ञ थे?

क्या कहीं अंकित है किसी पति ने अपनी पत्नी से उसके आँसुओं का बलिदान माँगा हो? इतनी बड़ी माँग...जिसमें शरीर नहीं हृदय बँध जाए ऐसा सम्भव हुआ है मानव से? यही तो माँग बैठे थे सौमित्र मुझ नादान से। वे मेरे अश्रु ही नहीं मेरा हर्ष, उल्लास, आकांक्षा सभी तो ले गए थे अपने संग। छोड़ गए थे मात्र दायित्व। उनके इस अति विश्वास का अनादर करना क्या सम्भव था मेरे लिए? जिस पति ने मात्र देना सीखा हो उसकी प्रथम माँग...आह...!

मन को तोष बँधाती। आर्य लक्ष्मण भैया राम और दीदी सीता की सेवा में संलग्न होकर स्वयं को विस्मृत कर रहे होंगे। मैं तीनों सासों की सेवा में स्वयं को भूलकर दिवस शेष कर रही।

अनुभव हो रहा...सेवा कार्य में तन को थका देने से मस्तिष्क स्वयं थक जाता है तब कहाँ सुध रहती है अपने होने की और यही तो अभीष्ट है मुझे कि स्वयं को विस्मृत कर जाऊँ...। दुख और सुख की अनुभूति तो चैन से बैठे रहने पर ही आक्रमण करती है। मैं उन्हें आक्रमण करने का अवसर नहीं देना चाहती परन्तु रात्रि बड़ी निष्ठुर बनकर आती। शयन के क्षणों में नेत्र बन्द होने का नाम ही नहीं लेते। जब कभी बलात् उन्हें बन्द करती भी तो अधरों पर वही स्निग्ध मुस्कान लिये सौमित्र आ खड़े होते सम्मुख और मेरे अधरों पर मुस्कान न होने का उपालम्भ देते—"प्रिय उर्मिला, तुम्हारे अधर स्मिति शून्य क्यों हैं?" तब अपने होंठों पर मुस्कान लाने में जाने कैसे मैं असफल हो जाती। ये चौदह वर्ष किस भाँति नि:शेष होंगे? थक जाती सोच-सोचकर परन्तु कहीं से कोई उत्तर प्राप्त नहीं होता।

प्राय: इच्छा होती, संसार के सारे संतापों से दूर रहनेवाला बालपन ही क्यों नहीं ठहर गया जीवन में...? जहाँ छोटी-छोटी वस्तुओं में भी अपार सुख का अनुभव होता था। दुख का कोई अस्तित्व भी होता है ज्ञात तक नहीं था। यह चेतनता मानव-जीवन का वरदान है तो अभिशाप भी तो है।

तत्क्षण अनुभव होता...मेरे अन्दर प्रस्फुटित यह भाव कहीं जीवन-संघर्षों से पलायन तो नहीं है मेरा? पिताजी कहा करते थे—"मनुष्य को दुखों का दास नहीं होना चाहिए वरन् वह उसका स्वामी बनने में भी विलम्ब नहीं करता।"

यह विचार आया भी कैसे मेरे मस्तिष्क में? मात्र मेरा ही सुख क्षीण नहीं हुआ है उस घटना से...। इसी भवन में वृद्धा बड़ी माँ कौशल्या दारुण पीड़ा में भी भैया राम से मिलने की आस में साँसों को यत्नपूर्वक बचाए हुई हैं। बहुओं के समक्ष किसी कलानेत्री की भाँति सदा सहज दिखने का प्रयास करती हैं। पाद सेवा करते समय वार्ता के क्रम में भी हम पर कभी अपने दुखों को प्रकट नहीं करतीं। सारा भवन ही पीड़ा के अथाह सागर में डूब-उतरा रहा है। कभी-कभी सोचती, हम आर्य स्त्रियों की सहन-शक्ति दैव कृपा ही है। या माताओं और गुरुओं द्वारा दी गई शिक्षा का प्रतिफल। हम प्रस्तर प्रतिमाएँ नहीं हैं परन्तु उससे विलग भी कहाँ हैं?

अयोध्या राजभवन में मात्र मैं ही पाषाण प्रतिमा की भाँति नहीं जी रही। प्राण है ही किसमें? मुझसे अधिक संताप तो दीदी मांडवी भोग रहीं। मुझे तो यह संतोष भी है कि लक्ष्मण भैया, भाभी संग एक ध्येय से वन में गए हैं निश्चित अवधि तक के लिए। आर्य भरत तो छोटी माँ कैकेयी के किए कृत्य से लज्जित और अपराधबोध से ऐसे ग्रसित हैं कि चित्रकूट से लौटने के बाद यह भवन उनके दर्शनों को तरस गया है।

निरपराध दीदी मांडवी को तो यह भी समझ में नहीं आ रहा कि पति के सन्निकट होते हुए भी उनके सान्निध्य से वंचित वे किस अपराध का दंड भोग रही हैं। भैया भरत ने उनके नन्दीग्राम आने और सेवा में प्रस्तुत होने पर प्रतिबन्ध तो नहीं लगाए हैं परन्तु लगता है यह एक अघोषित घोषणा ही है उनकी। एक स्त्री होने के नाते मैं समझ रही हूँ उनकी चाह और पीड़ा। अधर तो उनके भी सदा मौन रहते हैं। आर्य लक्ष्मण की तरह भैया भरत ने उनके अश्रुओं पर प्रतिबन्ध तो नहीं लगाया है परन्तु उन नेत्रों में छाई उदासी उनकी आन्तरिक पीड़ा को बखूबी बयान कर रही और छोटी श्रुतकीर्ति के नेत्र भी प्रफुल्लित कहाँ दिख रहे? बड़ा विचित्र समय है, कोई किसी से कुछ नहीं पूछ रहा। अपने-अपने दुखों के बोझ तले सभी दबे हैं आपादमस्तक... मानो सभी जी रहे हैं अचेतन में...। हम परस्पर अजनबी तो हैं नहीं। पहले तो हमारी वार्ता समाप्त होने का नाम ही नहीं लेती थी परन्तु अब आरम्भ होते ही अन्त पर पहुँच जाती है। इस ढंग का संवाद भी होता है भला...? शून्य व आकारहीन। ऐसे में तो एक कलाकार का सृजन पूर्णता पाता है परन्तु मैं तो स्वरूप को ही जानने को विवश हूँ, मेरा अस्तित्व तो सदा वीर लक्ष्मण को ही अर्पित रहा...।

मन के सन्नाटे से विचलित हो मैं उपवाटिका में निकल आई। प्रकृति के सान्निध्य में कितना सुकून अनुभव हो रहा। यह घना पाकड़ का पेड़ कितने पक्षियों का आश्रय बना हुआ है। सदा से अप्रियकर लगनेवाला उनका घोर कलरव भी अभी सुहा रहा...। मनुष्य की आकांक्षा भी बड़ी विचित्र होती है। कोलाहल में शान्ति का आकांक्षी होता है और सन्नाटे में कोलाहल का...। मेरे मन में भी व्याप्त सन्नाटे को आज ध्वनि निनाद की घोर आवश्यकता अनुभव हो रही है। जिसके गुंजन में गुम हो जाए मेरा स्वयं का होना...।

विचारों का प्रहार हो ही रहा था कि औचक अमरूद के वृक्ष पर बैठा अकेला शुक नजर आया।...स्वतः मेरे पग उधर चल पड़े। मनुष्य के सान्निध्य का आकांक्षी शुक मेरी उपस्थिति से भयभीत नहीं हुआ वरन् मेरी हर गतिविधि को गौर से देखता रहा...। धीरे-धीरे चलती मैं अमरूद के वृक्ष तले आई। उसे निहारने लगी। हरित परों और लाल रंग की चोंच वाला यह शुक बहुत प्यारा था। उसके पैरों में एक अविकसित अमरूद फँसा हुआ था। वृक्ष तले ढेर सारे कच्चे-पक्के कुतरे हुए अमरूद बिखरे पड़े थे। शुक का अकेला होना मुझे अच्छा नहीं लगा। कहीं इसका साथी भी तो...ओह नहीं। दैव करे किसी का वियोग न हो अपने साथी से। दैव से उपालम्भ उभरा अधरों पर—पुनः सोचा, यह वियोग शब्द आया ही क्यों अस्तित्व में? मानव-जीवन की लघु अवधि में मात्र मिलन का अस्तित्व ही स्थापित होता... जो प्रसन्नता का द्योतक है। परन्तु नियति के समक्ष अपनी इच्छा, अपना चाहा कहाँ होता है किसी का। आह लक्ष्मण...इस पीड़ा के प्रवाह को कैसे निस्सृत करूँ?

"ऐ सुन्दर पक्षी शुक, आज तुम मेरे संतापों के साझीदार बनो। सुनो मेरी व्यथा...कोई मनुष्य भला अपने दुखों को कहाँ तक सहन कर सकता है? जब तक उसमें किसी को साझीदार न बना ले, उसका बोझ उसे दबाता ही जाता है। परन्तु आर्य लक्ष्मण का विशेष अनुदेश है मेरी आँखों में अश्रु न आने पाए... ऐसा क्या सम्भव है? माता-पिता, सगे-सम्बन्धी जिन्हें बालपन से जाना संग-साथ समय व्यतीत किया, उन सबसे अधिक कुछ ही दिनों के साथ में लक्ष्मण प्रिय हो गए। अब तो जीवन अधूरा-सा अनुभव हो रहा उनकी अनुपस्थिति में। अपने से अधिक उनके अकेलेपन की सोचकर व्यथित हो जाती हूँ। जब सम्बन्धों के ऐसे जमघट में मैं स्वयं को अकेला अनुभव कर रही तो वे तो अरण्य मध्य...। प्रिय शुक, ऐसा दारुण दुख का वातावरण देखा है तुमने किसी और राजप्रासाद में जहाँ हर किसी के हृदय में विरह का शूल धँसा हो? नियति का यह कैसा व्यवहार या

विधान है?" मेरे मुख से निरन्तर अस्फुट से प्रलाप झरते रहे...

परन्तु शुक मेरी पीड़ा से अलिप्त अमरूद खाने में व्यस्त रहा। क्षुब्ध मन मैं वहाँ से हट गई और निकट ही एक आम्र वृक्ष से टेक लगाकर खड़ी हो गई...।

कदाचित् संसार की इसी दुरूहता को पार करने को भवसागर पार करना कहते हैं। जनकपुर भवन में हँसते-खेलते दिनों के बाद, अयोध्या राजभवन में क्षणिक सुख के बाद औचक संताप के सागर में आकंठ डूबना...इतनी ही सी वय में। जीवन के प्रति मेरे दृष्टिकोण को बदल रहा है। सोचती हूँ...क्या कभी ये दिवस जो बीत रहे हैं पुन: लौटकर आएँगे? यदि आएँगे भी तो क्या उसी स्वरूप में होंगे...? भावों का यह उदात्त सागर क्या तब भी अक्षुण्ण व तरल बना रहेगा हृदय में? क्या ये बीतते दिवस व वर्ष अपनी शुष्कता से उसे बंजर नहीं बना देंगे? क्या इन बीतते क्षणों के दंश के कण सम्मिलित नहीं रहेंगे उसमें...?

जाने कितने पहर हो रहे...कोई पुकारने वाला भी तो नहीं है जो सजग करता, जिससे आभास होता समय का...। धीमे पग से लौट आई अपने कक्ष में। भयानक नीरवता से भरे कक्ष में...जहाँ पुन: सोच आक्रमण करने लगे...

उस दिन दीदी मांडवी का वह सांत्वना देना...विस्मृत हो चुके मेरे पराक्रम को पुन: स्मरण कराना...

"इतनी क्लान्त क्यों हो प्रिय उर्मिला? तुम्हारे जैसी लड़की इतने से दुख से कैसे विचलित हो सकती है भला? तुम तो इतनी भीरु कभी नहीं रहीं। जनकपुर में किया गया वो अपना पराक्रम व शौर्य...क्या विस्मृत कर गईं जब विदेह पर सुधन्वा का आक्रमण हुआ था और हमारे राज्य के साथ हमारी प्रजा उसके अत्याचार से त्राहि-त्राहि कर रही थी। तब काका जी के साथ-साथ हम बहनों को भी तुम ढाढ़स बँधाया करती थीं कि ये दुख के बादल अवश्य छँटेंगे एक दिन?"

कदाचित् लक्ष्मण भी मुझे वीर बाला ही समझे थे। तभी तो इतने दुरूह वचन में बाँध गए...जिसका निर्वाह पल-पल मुझे एक परीक्षा से गुजरने पर विवश कर रहा और मैं ही चूक गई यह समझने में कि वीर होने की प्रतिबद्धता का विकल्प नहीं होता।

कहना चाह रही थी—जनकपुर में मैं एक कन्या थी दीदी। आज किसी के मोहपाश में जकड़ी हुई ब्याहता हूँ। पति का बिछोह ही पीड़ित नहीं कर रहा... पीड़ा दे रही उनकी चिन्ता भी। ऐसा सम्भव है क्या कि अपनों के विरह से हृदय न दुखे...? यदि किसी का हृदय नहीं दुखता तो वह संवेदनशील प्राणी नहीं होगा...परन्तु

कैसे कहती...। अपने मनोभावों पर अंकुश लगाना भी तो पराक्रम ही होता है। धैर्य बहुत कठोर परीक्षक है, दुख की घड़ी में ही तो वह परीक्षा लेता है मनुष्य की...।

7

गवाक्ष का पट खोलती हूँ...सर्वत्र घनघोर तिमिर का साम्राज्य स्थापित है। चर-अचर जैसे चिर निद्रा में निमग्न हैं। पहरों तादात्म्य बैठाना चाह रही उस तिमिर के संग परन्तु कहाँ सम्भव हो रहा किसी के अस्तित्व से साक्षात्कार...। ऋणी हूँ श्याम रात्रि की जो समस्त चाक्षुष दृश्यों को छुपा लेती अपने आँचल में। वे मनोरम दृश्य जो स्थिर नहीं रहने देते चित्त को और सुषुप्त स्मृतियाँ शब्द बनकर या कभी-कभी स्पर्श बनकर दस्तक दे जातीं भावभूमि पर...। तब परिपूर्ण जीवन की लालसा विकल कर जाती।

चाहती तो दीदी सीता की भाँति सौमित्र संग वन जाने का हठ मैं भी कर सकती थी परन्तु उस समय एक विचित्र-सी जड़ता छा गई मुझ पर और यह सब इतनी शीघ्रता में हुआ कि सोचने-समझने का अवसर ही नहीं मिला। माँ ने औचक उन्हें भैया राम संग वन जाने की आज्ञा दी थी, वह भी सेवक के रूप में। उस समय सभी इतने दुखी और आकुल-व्याकुल थे कि चाहती भी तो उनकी पीड़ा पर अपने जाने के हठ का प्रहार नहीं कर सकती थी और यह भी मुझे सह्य नहीं था कि लक्ष्मण के सेवा भाव में मेरे कारण कोई त्रुटि हो...।

ओह...यह दुख कभी-कभी इतना विचलित क्यों करता है कि स्वार्थ सर्वोपरि होने लगता है। लक्ष्मण संग वन में जाना मेरा सुख हो सकता था परन्तु भवन में दुख के सागर में आकंठ डूबी अकेली पड़ीं माताओं के प्रति भी मेरा दायित्व बड़ा है यह क्योंकर विस्मृत कर गई मैं? हम आर्य स्त्रियों ने तो युद्ध के निमित्त रणक्षेत्र में हँसते-हँसते पति व पुत्रों को विदा किया है और वीर गति को प्राप्त हुए पिता, पति एवं पुत्रों के वियोग का दंश सदियों से सहन किया है। जीवन के लालित्य और लालसाओं को भवन के प्राचीरों बीच स्वाहा किया है या परमार्थ कार्य में। हमारा जीवन हमारा कब रहा है...? इस भाव ने बल दिया।

गवाक्ष के पट बन्द कर मैं शैया पर आ बैठी। नींद पलकों से रूठी हुई थी। मैंने उसे मनाने का प्रयत्न भी नहीं किया। यह कोई एक दिन की बात तो थी नहीं...।

अभी तो असंख्य दिवस और अनगिनत रात्रि ऐसे ही आनी शेष थी जब निद्रा और सोचें परस्पर आँखमिचौली का खेल खेलेंगी मेरी मनोभूमि पर...।

पुनः अनुभव हुआ दुख पर्वत-सा न बने, इसके लिए उसमें किसी को हिस्सेदार बना लेना श्रेयस्कर होगा...परन्तु किसे? मानव स्वभाव की विवशता...वह किसी का दुख दबा नहीं पाता अपने उर में। जब तक उसे दूसरे के समक्ष उगल नहीं दे उसे आराम का अनुभव नहीं होता और यह भी उसकी प्रकृति है कि किसी के प्रसन्नता भरे कार्य को दबा भी देता है समाज और संसार से...। तभी तो शास्त्र ने दूसरों के सम्मुख दुखों के बखान से मना किया है प्राणी को। क्योंकि दूसरों के परिहास से दुख चौगुना हो जाता है...कम होने की बनिस्बत।

उपहास का पात्र बनना मुझे स्वीकार नहीं था। अतः प्रकृति की समीपता उपयुक्त समाधान लगी। कल प्रातः उपवाटिका में ढूँढूँगी इसका समाधान।

प्रातः होने का सन्देश प्रथम खग-विहंग ही लाते हैं...। आज भी उनके कलरव ने सजग किया। शैया से नीचे उतरी।

कक्ष के पृष्ठ भाग का द्वार खोल भवन की उपवाटिका में निकल आई...। आर्द्र पूर्वा समीर ने बदन को स्पर्श कर मेरे दुख को और बढ़ा दिया। पीड़ा तो अब जैसे मेरे जीवन का स्थायी भाव बन गई थी। मैंने सर को झटककर उस भाव से मुक्त होना चाहा और भवन के इस उपवन जिसे कभी-कभी ही देखा था समग्र, आज उसे भरपूर दृष्टि से देखा...। अनेकों फलदार वृक्षों तथा विभिन्न प्रकार के पुष्पों से सुशोभित उपवन बहुत मनोहर था। विचार में आया क्यों न यहाँ एक नया पौधा लगाऊँ और लक्ष्मण के वियोग के पलों को उसमें समाहित करूँ...ज्यों-ज्यों वह बड़ा होता जाएगा कदाचित् मेरे दुख क्षीण होते जाएँ। यह विचार उत्तम लगा और उसे कार्यरूप देने में मैं संलग्न हो गई। आवश्यकता थी अपने मस्तिष्क को अन्यत्र भटकाना...।

मेरे सुझाव के मुताबिक परिचारिका सुगंधा एक दिन आम्र का एक नन्हा पौधा लेकर आई। मेरा जी प्रसन्न हो गया। उस नन्हे से पौधे को वाटिका में उपयुक्त स्थल देखकर रोप दिया मैंने। उस दिन के पश्चात् प्रतिदिन प्रातः कक्ष से निकलते ही प्रथम उपवन में जाती। पौधे को भरपूर दृष्टि से निहारती...। सरोवर से लाए जल से उसे सींचती। फिर कुछ देर वृक्षों पर कलरव करते पक्षियों की ध्वनि सुनती। लक्ष्मण के जाने के बाद इस उपवन से एक अबूझ-सा लगाव हो गया था। वाटिका के समस्त वृक्ष व चर जीव मुझे बड़े आत्मीय लग रहे इन दिनों। उन्हें अपने हृदय का हाल

सुनाकर मेरे हृदय का भार कुछ हल्का हो जाता। मेरे लक्ष्मण ऐसे ही किसी अरण्य में वास कर रहे होंगे?...ऐसे ही क्या...इससे भी अधिक बीहड़ अरण्य में...मन कह उठता...और पुनः उदास हो जाता।

संसार की इस क्रूर-कठोर रीत, नीत, पाश और प्रश्नों से भयाक्रान्त हो पुनः अबोध बन जाने की इच्छा होती। अनुभव होता, बचपन सम्बन्धों के झुंड में रहकर भी कितना उन्मुक्त होता है और युवा काल में एक से बँधकर भी कितने दायित्वों के निर्वहन की चिन्ता...। क्या जीवन का हर पग एक चुनौती बनकर आता है? क्या मानव-जीवन इन चुनौतियों, कठिनाइयों और जाँचनाओं से परे भी होता है? यदि नहीं, तो यह सत्य बहुत पीड़ादायक है। सोचती, देह तो अयोध्या भवन के प्राचीरों मध्य ठहरा है परन्तु इस मन का क्या करूँ जो किसी भवन के प्राचीर की सीमा को नहीं मान रहा...। लक्ष्मण की स्मृतियों से भरा भवन, कक्ष, वीथियाँ, उपवन, सरोवर तट की सीढ़ियाँ...आह एक-एक कोना बेकल कर रहा मेरे हृदय को। कैसे विस्मृत करूँ उन स्मृतियों को? सुना था हृदय की पीड़ा को निस्सृत करने का स्रोत अश्रु है परन्तु मेरे अश्रुओं को भी बाहर आने की अनुमति नहीं है। उन्हें नेत्रों में ही रखने के लिए वचनबद्ध हूँ सौमित्र से।

नहीं...मुझे काल के समक्ष घुटने नहीं टेकना है। इतना वश तो होना ही चाहिए अपने मनोभावों पर। अपनी इस बेकली को निस्सृत करने का यत्न करना ही होगा। तत्क्षण मैंने परिचायक को बुलाकर चित्रकारी की सामग्री लाने को कहा।

अब तो मेरा जीवन कई भागों में विभक्त हो अतीत को विस्मृत करने में संलग्न हो गया। प्रयास अपने वश में है...। समय की विडंबना अपने स्थान पर। चित्रपटल पर चित्रलेखा ने चित्र उकेरना आरम्भ किया...। संताप कई रंगों में आकार पाने लगा...। कल्पनाएँ साकार होने लगीं।

"अहा...इतने सारे चित्र...? ये सब कितने सुन्दर हैं दीदी!"

स्वर पर अचकचाकर पीछे मुड़ी...। श्रुतकीर्ति खड़ी थी आश्चर्य से चित्रों को निहारती।

"अरे श्रुति तुम, कब आईं?"

"अभी-अभी।"

"आओ बैठो प्रिय अनुजे।"

"दीदी, चित्रकारी तो आपकी अभिरुचि रही है बालपन से। आप जनकपुर में प्रायः चित्र बनाया करती थीं और सभी से सराहना भी पाती रही थीं। हम बहनें तो

प्रबल प्रशंसक थीं आपकी कला की। वर्षों पश्चात् यह कला अब पुनः उभरकर आई है आपके मानस में यह देखकर मुझे प्रसन्नता हो रही परन्तु अभी फूल, पक्षी, पर्वत, सरोवर, वृक्ष व झूले के स्थान पर अधिकांश वन के चित्र ही हैं। वन के ये दृश्य, रंग तथा त्रासदी जिसे आपने न कभी देखा और न भोगा...फिर भी...?"

अनायास मेरे कक्ष में आई श्रुतकीर्ति ने मुझे चित्र बनाते देख लिया था जिसे मैं सभी से गोपित रखना चाहती थी। जनकपुर मैं एक छोटा-सा भी चित्र बनाती तो प्रशंसा पाने के लिए दौड़-दौड़ कर सभी को दिखलाती। सराहना के उनके शब्द मुझे गौरव से भर देते परन्तु अब मैं इन्हें अपने अकेलेपन के पलों में रंग भरने का हेतु मान रही थी और संताप को निस्सृत करने का भी।

"प्रिय श्रुति, भवन के दायित्व निर्वाह के बाद भी बहुत समय शेष रह जाता है। अतः सोचा क्यों न उस शेष समय का सदुपयोग इस प्रकार करूँ। यह मेरा प्रिय कार्य भी रहा है और मुझे भला भी लगता है।"

"परन्तु ये अरण्य के कठिन चित्र?"

"तुम्हें स्मरण होगा, जनकपुर में अश्व संचालन के मध्य एक बार मैं घोर अरण्य में भटक गई थी।"

"हाँ दीदी, वह समय कैसे विस्मृत हो सकता है, कितनी व्याकुल हो गई थीं हम तीनों बहनें आपके लिए। किसी की समझ में कुछ नहीं आ रहा था कि औचक आप कहाँ विलुप्त हो गईं। बड़ी दीदी तो आकुल हो रो पड़ी थीं।"

"उसी समय मैंने अरण्य को गहनता से देखा था। वहाँ की वन जातियों के जीवन व जीवन-जनित अभावों से अनुभूत हुई थी। वन संस्कृति, उसके अभाव-प्रभाव से अवगत हुई थी। आर्य राम, दीदी तथा सौमित्र का वन में रहना कभी विस्मृत नहीं होता अतः चित्र में अनायास ही वे दृश्य उभर आते हैं। तुम्हें तो ज्ञात है भैया राम वचन के कितने दृढ़ हैं। वे छोटी माँ द्वारा पहनाए गए वल्कल वस्त्र तथा वनवास का मान कभी धूमिल नहीं होने देंगे। वे कभी ग्राम में नहीं वास करेंगे। अतः पर्णकुटी में ही उन लोगों का निवास होगा। वन का अल्प दर्शन मुझे कल्पना करने में सहायता करता है। वहाँ के कठिन रहन-सहन, स्थिति व अभावों के मध्य सहज नहीं है जीना। और दिनों तो समय कट जाता होगा परन्तु गरमी और पावस ऋतु में कैसे व्यतीत होता होगा उनका समय? पलाश पत्रों की छाजन क्या रोकने में सफल होता होगा वर्षा के प्रबल वेग को? उन पत्रों को भेदकर भिगो नहीं देता होगा उन्हें जल? पुनः उमस भरे दिवस में कीट-पतंगों का भीषण प्रकोप। कदाचित्

तुम्हें ज्ञात हो चैत्र मास के आते ही मेरा आन्तरिक भय तीव्रता से मुखर हो उठता है कि इस समय औचक उठनेवाली आँधियाँ उन्हें कितना व्याकुल करती होंगी। यह सोच ही उद्वेलित कर देती है तब इस संताप को विस्मृत करने का सहज विकल्प लगता है मस्तिष्क को कहीं और उलझा देना...चाहे वह प्रकृति का सान्निध्य हो या रंग व तूलिकाओं का...।"

8

होलिकोत्सव समाप्त हो चुका है। यह सूचना अन्यों से प्राप्त हुई। भवनवासी तो मास या ऋतु का आगमन और गमन दोनों भूल चुके हैं। परन्तु वृक्ष, पौधे, पक्षी, ऋतुएँ या पवन प्रकृति-चक्र से बँधे हैं। वे सभी अपनी उपस्थिति अपनी सम्पूर्णता में अनुभव कराते रहते हैं। उन ऋतुओं के छुअन से अस्पृश्य रहना क्या सम्भव है? शीत, ताप वसंत व वर्षा की छुअन...।

भवन की उपवाटिका में अमलतास के वृक्ष अपनी पीत पुष्प लड़ियों से श्रृंगार किए इतरा रहे...। आम, महुआ, नीबू बौर से भर गए हैं। पवन झोंके संग उनकी मादक सुगंध चहुँओर फैल रही। कक्ष में घुटन-सा अनुभव हो रहा...। सौमित्र को गए कितने दिन, महीने व्यतीत हुए...कभी गिना नहीं...। गिनने से कोई लाभ भी तो नहीं होनेवाला। दिवस, मास की गणना तो समस्त भवनवासी ही कर रहे होंगे...। जैसे मैं आकुल हो रही हूँ...सभी आकुल-व्याकुल हैं उनके लिए। क्या कोई ऐसा जरिया है जिससे यह संताप क्षीण हो जाए? मन प्रश्न करता परन्तु उसका प्रश्न अनुत्तर ही रह जाता...।

औचक बाहर कूकती कोयल के कुहू...कुहू...स्वर ने विचारों के गुंफन को छिन्न-भिन्न कर दिया। मोहासिक्त-सी मैं खिड़की की ओर बढ़ी। उसका पट खोला...। बाहर उपवाटिका के वृक्षों पर चैत्र मास के शुक्ल पक्ष की धवल शीतल ज्योत्स्ना फैली थी। कदाचित् त्रयोदशी या चतुर्दशी की। कोयल निरन्तर कूक रही थी। अभी कोयल की कूक प्रिय नहीं लगी...वरन् और उदास कर गई मन को। खिड़की का पट थामे आकाश मार्ग पर धीरे-धीरे पश्चिम दिशा में अग्रसर चन्द्रमा को देखती रही। न जाने अभी लक्ष्मण किस दिशा में व किस स्थान पर होंगे...। काश, संवाद

सम्प्रेषण का कोई हेतु होता...तो उनसे बातें कर मन हल्का हो जाता...। कहाँ जानती थी, सम्बन्धों की भीड़ में मन का सबसे आत्मीय सम्बन्ध मात्र पति-पत्नी का ही होता है जिसके समक्ष गोपन कुछ भी नहीं रहता...चिन्ता, चिन्तन, अनुराग, आक्रोश, आग्रह, दुख, सुख, उत्साह या उत्सर्ग...।

तभी वेग से पूर्वा पवन का झोंका आया और मेरा सर्वांग सिहरा गया...। आह...सौमित्र! कहाँ हैं आप? क्या आपकी दृष्टि में भी शीतल ज्योत्स्ना बिखेरता यह चन्द्रमा आ रहा है? क्या वहाँ भी यही पीड़ादायक विरह ऋतु है...? अस्फुट से शब्द फूट पड़े अधरों से...।

यह स्थिति अब और सहन नहीं होती लक्ष्मण! मेरे अश्रुओं पर पाबन्दी लगाकर आपने बड़ा अन्याय किया मेरे साथ...। कम-से-कम उनके संग मेरे हृदय का संताप तो बह जाता बाहर...। ये बिछोह के दिन इतने वृहत् क्यों हो गए हैं प्रिय? आपके सान्निध्य में तो ये पंख लगाकर उड़ रहे थे...? परन्तु कोई सन्निकट होता तो न उत्तर देता। प्रश्न मन के प्राचीरों से टकराकर लौट आया दूने वेग से प्रहार करता...।

ऐसे क्षणों में प्राय: व्याकुल मन भाग जाना चाहता जनकपुर राजभवन की वीथियों में...। जहाँ निर्द्वंद्व बीता था मेरा बालपन। फिर लगता पीड़ा से मुक्त तो जनकपुर का जीवन भी नहीं रहा था मेरा...परन्तु उस पीड़ा का स्वरूप नितान्त भिन्न था, वरन् हास्यास्पद भी...।

झरोखे का पट बन्द कर मैं शैया पर आ बैठी। नेत्र बन्द किया। कितना दम्भ था मुझे अपने हृदय पर लक्ष्मण को देखने और उनसे मिलने के पूर्व...कि यह सदा मेरे अधिकार में है और रहेगा...। प्रेम शब्द के प्रति विरक्ति तो नहीं किन्तु अवहेलना का भाव अवश्य प्रबल था मानस में।

सुना था प्रथम दृष्टि का प्रेम जितना मोहक होता है उतना घातक भी होता है। हुँह...प्रथम दृष्टि का प्रेम...? प्रेम करके किसी का अनुचर नहीं बनना मुझे...यह भाव सदा मेरे अन्दर सजग रहा था...। जनकपुर में इस विषय पर बहस के मध्य बहनों, सखियों से प्राय: उलझ पड़ती—

"स्वयं का मन वश में नहीं और दोष समय को और संयोग को? यह दुर्बलता मनुष्य की अपनी होती है जिसका अपने हृदय पर ही अधिकार न हो।" चिढ़कर मैं कहती।

"पर्वत पर चढ़ने का जिसे अनुभव नहीं होता, उसके नीचे खड़ा वह मनुष्य इसी भाँति ज्ञान बघारता है मेरी नन्ही उर्मिला! किसी के प्रति आसक्ति समय और संयोग

देखकर हो यह क्या सम्भव है? मन का यह वह भाव है जो अनायास आकर्षित हो जाता है कहीं किसी में अपना आदर्श देखकर।" श्यामा बोली दार्शनिक की तरह।

"हुँह...प्रेम...आसक्ति...। ऐसा कोई भाव नहीं होता जो मनुष्य के आत्मबल पर भारी हो जाए।"

"ओह...अब छोड़ो भी तुम लोग यह तर्क-वितर्क।" दीदी सीता कहतीं। सब चुप हो जाया करतीं।

9

यह मानव मन भी कितना भीरु होता है...तनिक भय या उपेक्षा से उसके अन्दर ईर्ष्या का उदय होने लगता है और यह ईर्ष्या उसके सुकोमल तन्तुओं व संवेदना को कठोरता में परिवर्तित करती जाती है। वह उसे सन्देह के चंगुल में भी फँसा देती है जो उसे पल-पल बेकल करता रहता है...।

रमणीय राजभवनों, उपवनों, सुसभ्य निवासियों तथा तत्त्वज्ञ ऋषियों, मुनियों, गुणी, कोविद कलाकारों आदि से सम्पन्न अद्वितीय, सुन्दर सुरम्य भूमि त्रिभुक्ति, सौभाग्य से जिसकी गोद में आश्रय पाया था मैंने। भरे-पूरे भवन में तब मेरा बालमन छोटे-छोटे दुखों, छोटी-छोटी हास-परिहास की बातों से भी आहत हो पीड़ा से बिलबिला उठता था और नेत्र भर आया करते थे अश्रु से। विचलित हो पीड़ादाता के प्रति आक्रोश से भर जाया करता था हृदय। उस समय कहाँ ज्ञात था कि दुख का स्वरूप इतना भयानक भी होता है जो सुख के पलों को भी व्यथा से भर देता है। सुख इतना क्षणभंगुर क्यों है? जितनी अधिक वय हो, जितनी अधिक बुद्धि हो, जितनी चेतनता हो उतने ही अनुपात में वेदना देती है दुख।

"उर्मिला चंचल है, चुलबुली है, मनोहर है किन्तु अति हठी भी है।" मेरे लिए कही गईं ये समस्त टिप्पणियाँ सत्य थीं परन्तु मुझे हठी बना कौन रहा था? पिताजी का मेरे प्रति किया गया आचरण—उपेक्षा तथा उनका दीदी सीता की ओर विशेष ध्यान देना...।

भवन में प्रवेश करते ही वे जानकी...! जानकी...! की पुकार आरम्भ कर देते मानो मात्र एक दीदी सीता ही उपस्थित हों इस सम्पूर्ण भवन में। मेरा और छोटे

भाइयों का कोई अस्तित्व ही न हो उनके समक्ष। उनकी पुकार सुनकर कितनी हर्षित हो मैं भागी हुई आती उनके सम्मुख परन्तु प्रथम उनकी दृष्टि दीदी पर ही जाती। उन्हें भुजाओं में भरकर वे अपने कक्ष की ओर बढ़ जाते और अपनी अनुपस्थिति के बीच भवन में हुए सम्पूर्ण कार्यों का लेखा-जोखा लेने लगते उनसे। उन्हें किसी ने कोई कष्ट तो नहीं पहुँचाया? कोई ऐसी बात तो न हुई जिससे उन्हें पीड़ा पहुँची हो? पूछते। मेरी ओर देखते तक नहीं। उनकी उपेक्षा से गहरे तक बिंध जाता मेरा मन...। यह दुख कभी-कभी भयंकर यातना और ईर्ष्या से भर देता मुझे और सदैव बेचैन किए रहता।

तब बहुत क्रोध आता पिताजी और दीदी पर। मेरे हिस्से का सारा लाड़-दुलार उनके ही हिस्से में क्यों? उतना ही ध्यान पिताजी मुझ पर भी क्यों नहीं देते? छोटे भाइयों पर क्यों नहीं देते? उन्हें ही बगल में क्यों बैठाते हैं? राजसभा भी संग ले जाते हैं। सदा उनकी भूरि-भूरि प्रशंसा करते नहीं थकते। मेरे अन्दर क्या ऐसा कोई गुण नहीं जो उन्हें आकृष्ट कर सके? जो प्रशंसा के योग्य हो? पीड़ा और उपेक्षा की अधिकता से मेरे नेत्र भर आते। मैं वहाँ से हट जाती और एकान्त में जाकर फूट-फूट कर रो पड़ती...।

पिताजी की उपेक्षा से आहत हो दिनानुदिन मैं हठी होती जा रही थी। हठी ही नहीं उच्छृंखल भी। धीरे-धीरे सभी की अवहेलना करना मेरा स्वभाव बनता जा रहा था। वे समस्त कार्य जिनसे दीदी आहत होतीं या उन्हें पीड़ा पहुँचती। उन्हें मैं सहर्ष करती। वे पक्षियों से अत्यधिक प्रेम करती थीं...। उनकी उपस्थिति में मैं वृक्ष पर बैठे पक्षियों को कंकड़ मारकर उड़ा देती। सरोवर में तैर रहे हंसों को कंकड़ मारकर भागने पर विवश करती। कमल पुष्पों को तोड़कर सीढ़ियों पर बिखेर देती। दीदी अचम्भित नेत्रों से देखतीं मेरी ओर...फिर उठकर मुझे आलिंगन में भरने का प्रयास करतीं...। मैं तत्क्षण उनकी बाँहों को झटककर दूर हट जाती। इसके बावजूद उनका व्यवहार मेरे प्रति तनिक भी शुष्क नहीं होता। वे पुनः मृदुल स्वर में कहतीं—

"प्रिय उर्मिला, क्यों इतना व्याकुल हो? इन मासूम जीवों के साथ तुम्हारा व्यवहार अमानुषिक क्यों होता जा रहा प्यारी बहना..? ये मूक प्राणी अपनी वेदना व्यक्त करने में असमर्थ हैं। इन्हें पीड़ा मत दो। इनके आहत नेत्रों की भाषा समझो...।"

उनके आत्मीय स्वर से मैं और अधिक खीज जाती और अकारण वृक्षों की डालियाँ तोड़ने लगती। पौधों को मरोड़ देती। फिर थककर बैठ जाती...मेरे नेत्र अश्रुओं से छलछला आते अपने अबूझ उद्विग्नता पर...।

सभी कहते, सीता कितनी धीर-गम्भीर हैं और उर्मिला चंचल व चुलबुली। मैं चंचल प्रकृति की अवश्य थी परन्तु मेरी चंचलता को धृष्टता में परिवर्तित कर रही थी मेरे अन्दर दीदी सीता के प्रति जाग्रत हुई ईर्ष्या...। यह जलन धीरे-धीरे मेरी धृष्टता में गुणात्मक वृद्धि कर रही थी और मैं लोगों के कोप की भागी बनती जा रही थी।

अनजाने में की गई पिताजी द्वारा उपेक्षा और उससे उपजी पीड़ा वर्षों तक सालता और फलता-फूलता ईर्ष्या का छतनार पौध बन गया था और दीदी के प्रति भ्रमित कर रहा था। उनका सरल व्यवहार या सहजता से कही गई बातें या आचरण भी मुझे आडंबर प्रतीत होता तथा मेरे अन्दर की ईर्ष्या को और सुलगा देता। परन्तु बेबसी...सभी की अति प्रिया सिया को कुछ कह भी नहीं पाती। कभी कुछ कहने पर उद्यत भी होती, भरे-भरे मन उनके निकट जाती कि ढेरों उपालम्भ दूँ उन्हें परन्तु मुझे देखते ही वे प्रसन्नता से ऐसे खिल उठतीं जैसे सूर्य के प्रकाश से कमलिनी। लपककर अपने आलिंगन में बाँध लेतीं। जैसे बरसों पश्चात् देख रही हों मुझे। उनके स्नेहिल स्पर्श की उष्मा मेरे क्रोध, क्षोभ के हिम को पिघलाने लगती और अन्तत: शनै:-शनै: वह तरल बन प्रवाहित हो जाता अदृश्य रूप से। और मैं तनिक सहज हो जाती परन्तु यह सहजता स्थायी नहीं होती। पुन: उनकी ओर से अनजाने में कोई ऐसी चेष्टा होती जो मेरी सुषुप्त ईर्ष्या को पुन: भड़का देती...।

त्रिभुक्ति प्रदेश में पावस ऋतु का आगमन जहाँ अपने संग कृषकों के लिए प्रसन्नता लाता, वहीं अधिक ताप और उमस भी लाता। वर्षा होने के बाद उमस से वातावरण में बरसाती कीट-पतंगों की बहुतायत हो जाती। झींगुर, टिड्डे और विशेषकर रंग-बिरंगे परों वाली तितलियों की जिनके परों का आकर्षण हमें बेहद लुभाता। सांध्यकाल में वृक्षों पर प्रकाश बिखेरते जुगनुओं के समूह एक अलौकिक छटा दिखाते। सूर्य जैसे ही पश्चिमी ढलान पर उतरते...हम बहनें और सखियाँ उपवाटिका में पहुँच जातीं और प्रयास करतीं तितलियों को पकड़ने का। यह हमारी प्रिय क्रीड़ा होती।

वह भी वर्षा मध्य का एक दिन था। परन्तु उस दिन तो अति ही हो गई...

उस दिन भी वाटिका में सरोवर किनारे जब हम सभी बहनें सखियों और हमउम्र दासियों संग अपने-अपने उत्तरीय से तितलियों को पकड़ने का प्रयास कर रही थीं, विशेष प्रयास और परिश्रम से मैंने सुन्दर परों वाली तीन-चार तितलियों को पकड़ लिया और हर्षित हो सभी को दिखाने लगी।

"वाह उर्मिला, तुमने इतना शीघ्र तितलियों को पकड़ भी लिया...कितनी हैं दिखाओ तो?" दीदी मांडवी हर्षित स्वर में बोलीं।

मैं गर्व से भर उठी।

मैंने अपने उत्तरीय का सिरा तनिक खोला और एक झलक उन्हें दिखाकर तुरन्त बन्द कर लिया। भय था कहीं तितलियाँ उड़ न जाएँ।

श्रुतकीर्ति और सखियों से भी बहुत प्रसन्नता मिली। जिसने मुझे हर्ष के सातवें आकाश पर पहुँचा दिया।

मैं अति प्रफुल्लित हो दीदी सीता के समीप गई और अपने इस पराक्रम को सगर्व उन्हें दिखाते हुए बोली—

"दीदी, ये देखो कितने मोहक रंग-बिरंगे परों वाली तितलियाँ हैं...। बहुत परिश्रम से इन्हें पकड़ा है मैंने।"

उन्होंने मेरे हाथ से उत्तरीय को लिया, उसे तनिक खोलकर देखा और फिर उसे पूरा खोल दिया...। बिना विलम्ब किए समस्त तितलियाँ उड़ गईं उन्मुक्त आकाश में...और मेरा हृदय टूक-टूक हो गया उनके इस कठोर व्यवहार से। क्रोधवश मैंने जोर से चीखना चाहा, उन्हें कोसना चाहा, उपालम्भ देना चाहा...तभी उनके कोमल मृदुल शब्द मेरे कानों में पड़े—

"प्रिय बहन उर्मिला! ये कीट-पतंगे व पक्षीगण उन्मुक्त गगन में विचरण करनेवाले जन्तु होते हैं। उन्हें उनकी प्रकृति से विमुख करना अपराध है। बन्दी बनाकर उन्हें परतंत्रता का दंश मत दो। प्रकृति में हर प्राणी को स्वतंत्र रहने का समान अधिकार है। अपने प्रकार से अपना जीवन जीने का अधिकार है। उन्हें अपनी वायु, उष्मा और अपनों के मध्य रहने दो। अपने वातावरण से विलग होकर ये निष्प्राण हो जाएँगे।"

उनका यह उपदेश मुझे बिलकुल अच्छा नहीं लगा। परिश्रम से पकड़ी हुई तितलियों को उनके द्वारा उड़ा दिए जाने से मेरा हृदय विदीर्ण हो रहा था। उनसे रुष्ट होकर कुढ़ती-झिझकती मैं वहाँ से अकेली ही लौट आई भवन में।

वीथी में ही परिचारिका श्यामा और सेवक स्नेही मिल गए। मनोभावों को छुपाने में अकुशल मेरी भंगिमा को भाँपते उन्हें देर नहीं लगी कि आज अवश्य कुछ हुआ है मेरे साथ जो शुभ नहीं है और तनिक उनके दुलार के शब्दों ने ही खोल दिया मेरे मन का कपाट और उगलवा दी मेरी पीड़ा—

"क्या हुआ मेरी प्रिय उर्मिला को, क्यों इतनी उद्विग्न है मेरी रानी बिटिया...?" श्यामा ने पूछा।

"जाने क्यों सीता दीदी को मुझसे विशेष शत्रुता है। पड़ी रहती हैं मेरे पीछे...। कितने दिनों की साध थी तितलियों को पकड़ने की। आज अपने उत्तरीय में कुछ को पकड़ भी लिया था मैंने कि दीदी ने उन्हें उड़ा दिया।" कहते-कहते क्रोध और क्षोभ की अधिकता से मेरा कंठ अवरुद्ध हो गया।

"जाने दीजिए उर्मिला बिटिया, सीता बिटिया का हृदय बहुत ही कोमल है। किसी भी जीव को हानि पहुँचे, उनसे सहन नहीं होता। कल चुपके से हम ढेर-सारी तितलियों को पकड़कर ला देंगे आपके लिए।"

स्नेही और श्यामा ने आश्वासन दिया।

मैं कुछ नहीं बोली। उनका यह आश्वासन भी मेरी पीड़ा को दूर न कर सका। दीदी के प्रति मेरा क्षोभ बना रहा। बड़ी हैं तो क्या हुआ...हमें खेलने भी नहीं देंगी। पिताजी हैं कि उन्हें ही लाड़-दुलार करते हैं जैसे एक वही उनकी पुत्री हैं। हम तो जैसे पराये हैं। आज माँ से उनकी शिकायत अवश्य करूँगी...। बिसूरती मैं माँ के कक्ष की ओर बढ़ी।

माँ के कक्ष से वार्तालाप के स्वर आ रहे थे मानो अन्दर बहुत-सी स्त्रियाँ हों। मैंने द्वार पर खड़ी सेविका संध्या से पूछा—

"अन्दर कौन लोग हैं, बहुत से स्वर आ रहे हैं?"

"हिमालय के उपत्यका स्थित आश्रम से बहुत-सी ऋषि पत्नियाँ आई हैं महारानी जी से मिलने। उन्हीं से वार्तालाप हो रहा है।"

माँ के पास अभी जाना व्यर्थ था। मेरा क्षोभ और बढ़ गया। मैं तत्क्षण काकी जी के कक्ष की ओर मुड़ गई।

कक्ष में काकी जी अकेली थीं। श्रुतकीर्ति के बिना मुझे अकेली आया देखकर उन्हें घोर आश्चर्य हुआ...।

"आओ पुत्री उर्मिला, बैठो। आज अकेली क्यों? लगता है श्रुतकीर्ति से आज फिर तुम्हारा कुछ मतभेद हो गया है?" कहकर वे हँसीं।

"नहीं काकी जी, कोई मतभेद नहीं हुआ उससे। वे लोग अभी वाटिका में खेल रही हैं।"

"तो कोई विशेष बात है, बहुत व्याकुल लग रही हो?"

मैं मौन रही...क्रोध की अधिकता से शब्द ही नहीं निकले तत्क्षण...

"कुछ तो बात है, वरन् क्रीड़ा छोड़कर अकेली कभी नहीं आतीं तुम। बताओ ना उर्मिला क्या बात है?"

"काकी जी, मैं दीदी सीता के व्यवहार से बहुत क्षुब्ध हूँ। वे सदा मेरे पीछे पड़ी रहती हैं जाने क्यों? आज भी उन्होंने परिश्रम से पकड़ी गई मेरी तितलियों को उड़ा दिया है। पिताजी तो उन्हें डाँटेंगे नहीं। आप ही उन्हें डाँटिए।"

"हाँ पुत्री, आने दो सीता बिटिया को। मैं अवश्य उन्हें डाटूँगी, क्यों मेरी नन्ही भोली उर्मिला को परेशान करती रहती हो?"

"हाँ काकी जी...।"

काकी जी से कुछ और कहती कि द्वार पर श्रुतकीर्ति का स्वर उभरा—

"दीदी आप यहाँ हैं? बड़ी देर से आपको ढूँढ़ रही हूँ। चलिए न बड़ी दीदी आपके लिए व्याकुल हो रही हैं।"

"हुँह...वो भला क्यों व्याकुल होंगी मेरे लिए...?" धीरे से मैं बुदबुदाई...। पुनः बोली, "चलती हूँ...।" कहकर मैं काकी जी से सम्बोधित हुई—

"स्मरण है न काकी जी?"

"हाँ पुत्री...तुम निश्चिन्त रहो।"

काकी जी की बातों से आश्वस्ति पाकर मेरा क्षोभ क्षीण हो गया। प्रसन्न मन मैं वहाँ से लौट आई। यह सोचते हुए...अब सीता दीदी को डाँट पड़ेगी...वे रोएँगी तो खूब आनन्द मिलेगा।

जबसे ज्ञात हुआ था शिव का यह विशाल पिनाक आजगव देवताओं ने हमारे पूर्वज महाराज देवरात को धरोहर स्वरूप रखने के लिए दिया था, गर्व से हमारा मस्तक उन्नत हो गया था। सम्पूर्ण विश्व में ऐसे दो ही विशाल धनुष हैं। एक विष्णु के पास जिसका नाम सारंग है और दूसरा यह आजगव। विष्णु का धनुष सारंग वर्तमान में महर्षि परशुराम जी के पास है जो पूर्व दिशा में स्थित महेन्द्र पर्वत पर निवास कर रहे हैं और आजगव हमारे भवन में। यह असाधारण धनुष जिससे शिव ने अपनी भार्या सती के दहन के पश्चात् क्रोध में आकर अपने ससुर दक्ष प्रजापति का शिरोच्छेद किया था। ऐसे महान अस्त्र को कुछ सोचकर ही हमारे पूर्वज के पास रखा होगा देवताओं ने। उस दिन से अपने वंश के अतीत को जानने की जिज्ञासा मेरे हृदय को उद्वेलित करने लगी थी।

एक दिन हम बहनों ने पिताजी के समक्ष बहुत हठ किया कि वे हमें अपने वंश के सम्पूर्ण परिचय से अवगत कराएँ। कौन थे हमारे पूर्वज? कैसा था उनका पराक्रम? अतीत को जाने बिना मनुष्य का परिचय अधूरा होता है कभी कहा था गुरुदेव ने। हमारे हठ स्वरूप वे अपने उज्ज्वल वंश का परिचय सुनाने लगे—

"बहुत काल पूर्व सूर्यवंशीय प्रसिद्ध व प्रतापी राजा वैवस्वत मनु के पुत्र इक्ष्वाकु जिनके विशाल कोशल राज्य की अति भव्य राजधानी सरयू तट पर बसी अयोध्या है। उनके पुत्रों में बड़े तीन अक्षि जिन्हें विकुक्षी भी सम्बोधित किया जाता है तथा निमि और विशाल हुए। जिनमें ज्येष्ठ पुत्र अक्षि के वंशज उत्तर कोशल के शासक हुए। हमारे पूर्वज महाराज निमि गंडकी के पूर्वी तट पर यज्ञ करने के बाद हिमवान के उपत्यका की ओर बढ़े और विशाल त्रिभुक्ति प्रक्षेत्र में यह विदेह राज्य बसाया। और इसकी मनोरम राजधानी जनकपुर में स्थापित की। महाराज निमि के महाप्रतापी पुत्र मिथि ने बहुत परिश्रम से इसका विस्तार किया और समृद्ध बनाया हमारा यह विशाल राज्य। पूर्व में कौशिकी नदी, उत्तर में हिमवंत के उपत्यका, दक्षिण में विशाला नगरी की उत्तरी सीमा तथा पश्चिम में विशाल कोशल राज्य की पूर्वी सीमा सदानीरा गंडकी से मिलती है। उनके सभी वंशज जनकवत प्रजा पालन करने के कारण जनक, योगी व बह्मज्ञानी हुए और जनक कहलाए तथा ज्ञान-विज्ञानदर्शी राजगणों को जीवन-जनित उपभोगों से मुक्त व अलिप्त भाव से प्रजा पालन करने के कारण उन्हें विदेह भी कहा गया। अभी उन्हीं की वर्तमान पीढ़ी में मैं और तुम्हारे काका कुशध्वज हैं।"

"ओह...इतने पराक्रमी थे हमारे पूर्वज?" मैंने आश्चर्य से पूछा।

"हाँ पुत्री उर्मिला..., उन्हीं का पुण्य-प्रताप है जो आज हम सर्वमान्य व सर्वपूजित हैं। हमारा राज्य भले ही बहुत बड़ा नहीं है परन्तु हमारी राजसभा सदा उद्‌भट विद्वानों से सुशोभित रही तथा है...। किसी भी राज्य की समृद्धि का आकलन मात्र उसके विस्तारित क्षेत्रफल या सैन्यबल से करना मेरी दृष्टि में अनुचित है। आकलन का आधार उसके यहाँ विद्वज्जनों की उपस्थिति को माना जाना चाहिए जो उसकी समृद्धि और शोभा का प्रतिमान होता है। हमारे पूर्वजों के समय से ही यह विदेह राजसभा एक से बढ़कर एक गुणी, महर्षि, ऋषि, विद्वान व विदुषियों की उपस्थिति की साक्षी रही है। यथा—कुणाद, कपिल, गौतम, याज्ञवल्क्य, मैत्रेयी और अब महर्षि गौतम पुत्र शतानन्द जो हमारे पुरोहित हैं, जिनकी विद्वत्ता अवर्ण्य है। हमारा यह त्रिभुक्ति प्रदेश विपुल नदियों, पुष्करणी, तड़ाग, सरोवर, बाग, वन, उपवन बहुल है तथा इसके तट सदा लोकोपजीवी अन्न, जल और विविध वनस्पतियों से पूर्ण रहे हैं...। मात्र मध्य के कुछ काल अनावृष्टि के कारण हमें महा अकाल की त्रासदी से गुजरना पड़ा था। जब अनुभव हो रहा था कि पृथ्वी पर अब शीघ्र ही सब कुछ समाप्त हो जाएगा। यह प्रकृति और मानव जाति भी। काल का अकाल होना कल्पनातीत पीड़ा है।" कहकर वे चुप हो गए।

"उस अकाल का कुछ स्मरण सुनाइए पिताजी, जिसने इतना विचलित किया था आपको।"

"बहुत वृहत् कथा है उसकी, पुनः कभी सुना दूँगा। अभी राज्य का कार्य भी देखना है।" कहकर पिताजी चले गए थे मेरी जिज्ञासा को अतृप्त छोड़कर।

अपने समृद्धशाली वंश के परिचय ने मेरे बाल मन को अपार गौरव से भर दिया। मैंने दीदी सीता की ओर सगर्व देखा परन्तु गौरव भाव से शून्य उनका मुख और अश्रुओं से भरे उनके नेत्र ने मुझे घोर आश्चर्य में डाल दिया...। क्या उन्हें अपने समृद्धशाली वंश पर गौरव नहीं हुआ है? यदि हुआ है तो उनके नेत्र अश्रुसिक्त क्यों हैं? परन्तु दूसरी ओर उनके नेत्रों में अश्रु देखकर मुझे अपार प्रसन्नता भी हुई। उन्हें दुखी देखने की साध पाले मेरे हृदय में हर्ष का बलबला-सा उठा...। उनके व्यवहार से सदा कुपित रहनेवाला मेरा हृदय यही तो चाहता था कि वे भी दुखी हों...व्याकुल हों...खूब रोएँ...।

अब अनुभव होता है सम्बन्धों की भीड़ में भी हम अपने-अपने हिस्से की पीड़ा भुगतते हैं। हर्ष, सामूहिक हो सकता है परन्तु संताप का रंग व प्रभाव बिलकुल निज व भिन्न होता है।

हर्ष का वो क्षण अब जब भी स्मरण आता है मेरा मन दुख जाता है। कितना बचकाना कारण हुआ करता था उस ईर्ष्या व प्रसन्नता का...।

हाँ, वह बचकानी प्रसन्नता ही हुआ करती थी मेरी...वय भी तो होगी सात या आठ वर्ष...। उस वय की कितनी छोटी-छोटी आकांक्षाएँ, अपेक्षाएँ व खुशियाँ होती थीं और दुख का कारण तो और लघु होता...पर उस समय वही लघु दुख पर्वत की भाँति विशाल अनुभव होता था। हर पल अपने भार तले मुझे दबाता...खिजाता...रुलाता तथा पीड़ा देता...।

10

एक दिन हम बहनें और सखियाँ कन्दुक क्रीड़ा खेल रही थीं भवन के विशाल कक्ष में। उसी मध्य दीदी द्वारा फेंका हुआ गेंद उस भारी बक्स के नीचे जा फँसा था जिसमें देवताओं द्वारा मेरे पूर्वज देवरात को धरोहर स्वरूप प्रदत्त शिव का विशाल पिनाक

आजगव रखा हुआ था। हम लोगों के लाख प्रयत्न के पश्चात् भी वह संदूक टस से मस नहीं हुआ। हम निराश हो गए कि यदि गेंद संदूक के नीचे से नहीं निकली तो हम कैसे खेलेंगे? किससे सहायता माँगें...सभी ने भाँति-भाँति के जुगत बताए पर कोई सफल नहीं हुआ। हमारे उदास मुख को देखकर सीता दीदी भी उदास हो उठीं। उन्होंने ढाढ़स बँधाते हुए कहा—

"तुम लोग निराश क्यों हो रही हो, मेरी भूल से गेंद वहाँ फँसी है। मैं प्रयास करती हूँ निकालने का।"

और उन्होंने सचमुच अपने बाएँ हाथ से ही उस बक्स को परे खिसकाया और गेंद को खींचना ही चाहती थीं तभी मंत्रीगण सहित पिताजी वहाँ आ पहुँचे थे। हमारा आश्चर्य तत्क्षण भय में बदल गया था और भयवश शीघ्रता से भागकर हम बहनें एक विशाल स्तम्भ की ओट में छुप गई थीं। दीदी सीता को तो भागने का अवसर भी नहीं मिला। स्तम्भित-सी वे वहीं बैठी रह गई थीं सर झुकाए। उन्हें इस प्रकार सर झुकाए भयभीत देखकर इस विषम स्थिति में भी प्रसन्नता से मेरा हृदय बल्लियों उछल रहा था।

आज पिताजी से खूब डाँट पड़ेगी उन्हें और मेरी वर्षों की साध पूरी हो जाएगी। मैं मन ही मन खुश हो ही रही थी कि तभी पिताजी का क्रोध के स्थान पर हर्षित स्वर सुनाई पड़ा—

"देख रहे हैं शतानन्द जी यह अलौकिक दृश्य...? मैं कहता था न मेरी जानकी कोई साधारण मानवी नहीं है। शक्ति स्वरूपा है...। आद्या शक्ति है...। आप इसकी शक्ति और पराक्रम के साक्षी हैं।"

और उनकी बातों के अनुमोदन में समवेत स्वर उभरा...

"सत्य वचन महाराज...।"

"यह तो विलक्षण दृश्य है...।"

"विश्वास नहीं हो रहा...इतनी छोटी बालिका सीता और कहाँ यह विशाल शिव पिनाक...?"

"अद्भुत...अविश्वसनीय...।"

"महानुभावो, सीता के इस पराक्रम ने मुझे अति विह्वल कर दिया है। अत: आज आप विद्वज्जनों के समक्ष मैं यह प्रण करता हूँ कि जो कोई इस विशाल शिव धनुष पर प्रत्यंचा चढ़ाएगा वही सीता के वरण का अधिकारी होगा।" पिताजी का प्रफुल्लित स्वर उभरा।

पुनः सभी का समवेत स्वर उभरा था 'साधु...साधु...।'

सभी के स्वर के उल्लास से ज्ञात हुआ दीदी को डाँट नहीं पड़ी है। वरन् उनकी यह भूल भी उनका पराक्रम मानी गई है। यह सब मुझसे सहन नहीं हुआ और मैं दुखी हो वहाँ से तत्क्षण अलोप हो गई थी सभी के संग कि कहीं हमें ही न डाँट सुननी पड़ जाए।

पिताजी से ना सही माँ से इन्हें अवश्य डाँट सुनवाऊँगी...। सोचा और सन्तुष्ट हो सखियों संग वाटिका की ओर बढ़ गई। वाटिका में आए कुछ ही क्षण बीते थे कि हमें ढूँढ़ती हुई एक परिचारिका वहाँ आ पहुँची—

"आप लोग चलिए, बड़ी महारानी जी ने अपने कक्ष में आप लोगों को स्मरण किया है।"

"माँ ने हमें स्मरण किया है? परन्तु क्यों?"

"मुझे ज्ञात नहीं राजकुमारी जी।"

माँ के कक्ष में पिताजी, माँ और काकी जी के समक्ष दीदी को सर झुकाए उदास खड़ा देखकर लगा, आज के कृत्य के लिए उन्हें खूब डाँट पड़ी है या पड़नेवाली है तभी तो साक्षी के रूप में हमें बुलाया गया है...। सोचकर मेरा मन प्रसन्न हो गया।

"आओ पुत्रियो, अन्दर आ जाओ। कहाँ चली गई थीं तुम लोग? मेरी पुत्री सिया के पराक्रम को सर्वप्रथम तुम्हें सुनाना चाहिए था आकर और सिया तुम मेरे समीप आओ पुत्री। इधर मेरे पार्श्व में...।" माँ ने खींचकर दीदी को अपने आलिंगन में बाँध लिया और उनका मस्तक सूँघकर काकी जी से सम्बोधित हुईं—

"छोटी, मेरी सिया की बलैया लो...इसके सर पर स्वर्ण मुद्राएँ वार कर परिचारिकाओं में बाँट दो...। राई, अजवाइन से इसकी दीठ उतारो छोटी। इतनी सी वय में उस विशाल धनुषयुक्त बक्से को खिसकाकर इतना बड़ा पराक्रम किया है इसने...।"

माँ के प्रफुल्लित स्वर ने मेरी मंशा पर घड़ों जल डाल दिया था। दीदी के डाँट सुनने का यह सुअवसर भी उनके गौरव में बदल गया था।

ये बाल्यकाल की बातें थीं। कैशोर्य अवस्था तक आते-आते सीता दीदी के उस रहस्य की परतें उतरने लगी थीं और वह मेरे मन की कलुषता को धो-पोंछ कर उनके और समीप खींच लाया था...और उनके प्रति धीरे-धीरे आत्मीय होने लगा था हृदय।

कई दिनों से वाटिका के पौधों पर बहुत ही सुन्दर नन्हे-नन्हे पक्षी झुंडों में आकर बैठते। अपनी-अपनी बोली में कलरव करते, चहकते...इस डाल से उस

डाल पर फुदकते और जब भी मैं उनके निकट जाती तत्क्षण वे उड़ जाते। यदि मैं इन्हें पकड़कर पिंजड़े में रख लूँ तो सदैव ये मेरे सम्मुख रहेंगे मैंने सोचा और उन्हें पकड़कर पालने की मेरी लालसा बलवती होने लगी।

और एक दिन मेरा यह साध्य पूर्ण हो गया। परिचारिका श्यामा की सहायता से दोनों के उत्तरीय को जोड़कर मैंने बड़ा किया और उसे औचक चहकते पक्षियों पर डाल दिया। इतनी शीघ्रता करने के पश्चात् भी कितने पक्षी उड़ गए परन्तु तीन फँस ही गए। बड़ी कोमलता से मैंने उत्तरीय सहित उन्हें थामा और सरोवर की सीढ़ियों पर बैठी दीदी मांडवी और सीता के समीप पहुँची। किलकते हुए उन्हें अपने पराक्रम को दिखाया...

"दीदी, यह देखिए कितने प्रिय पक्षी हैं। कई दिनों से इन पर मेरी दृष्टि थी। बहुत प्रयत्न के बाद आज पकड़ में आए हैं।"

उन्हें देखने के लिए दीदी सीता ने मेरे हाथों से उत्तरीय लिया, तनिक खोलकर उसे देखा और पूर्व की भाँति ही उसे पूरा खोल दिया। मुक्त हो सारे पक्षी उड़ गए उन्मुक्त गगन की ओर...।

उनके इस क्रूर व्यवहार से हृदय फाड़कर रो पड़ी मैं...।

तत्क्षण दीदी मांडवी ने मुझे अपने अंक में भर लिया और बहुविधि सांत्वना देकर मुझे चुप कराया।

"कितने प्यारे पक्षी थे...सोचा था पिंजड़े में रखकर उन्हें पालूँगी। उनके लिए दाना-पानी की व्यवस्था भी शोभन से कहकर करवा ली थी मैंने। आपने क्यों उड़ा दिया उन्हें? क्या शत्रुता है मुझसे आपको?" सुबकते हुए मैंने दीदी सीता को उपालम्भ दिया।

"आह मेरी प्रिय उर्मि...ये क्या कह रही हो, शत्रुता और तुमसे? तुम तो मेरा प्राण हो। यह भावना आई भी कैसे तुम्हारे मस्तिष्क में?"

दीदी का स्वर आर्द्र हो उठा परन्तु मैंने उन पर विशेष ध्यान नहीं दिया और खीजती, भुनभुनाती वेग से माँ के कक्ष की ओर बढ़ गई। आज माँ से दीदी सीता की शिकायत अवश्य करूँगी और खूब डाँट भी सुनवाऊँगी। अपने आचरण से सदा मुझे पीड़ा पहुँचाती रहती हैं। बड़ी हैं तो क्या हुआ हमारा कोई महत्त्व ही नहीं है?

कक्ष में प्रवेश करना ही चाहती थी कि अन्दर से आता अपरिचित स्त्री स्वर सुनकर मेरे पग जम-से गए थे द्वार पर ही—

"महारानी सुनयना! भूमिजा सीता तो बहुत ही सुलक्षणी हैं। भूमि से उनकी

प्राप्ति के पश्चात् यह प्रदेश दिनानुदिन और समृद्ध हो रहा है। जल से पूरित नदियाँ, तड़ाग व पुष्करणी। अन्न से पूर्ण खेत। चहुँओर शस्य-श्यामला भूमि...। फल व फूल से युक्त वृक्षों पर पक्षियों की उपस्थिति और बाल किलकारी को तरसते इस जनक भवन में बाल कोलाहल...। मन हर्षित हो उठा है भरे-पूरे भवन को देखकर।"

"सब दैव की कृपा तथा आप लोगों का आशीष है श्रद्धेया...।"

"कहाँ हैं मेरी पुत्रियाँ...देखने की बड़ी इच्छा हो रही है उन्हें?"

"सभी वाटिका में खेल रही हैं देवी।"

"अच्छा...पुनः कभी उनसे मिल लूँगी...दैव सदैव आप लोगों को प्रसन्न रखे।"

उनकी बातें सुनकर मेरे मस्तिष्क में सैकड़ों पत्थरों का आघात-सा लगा। मेरा बाल मन पीड़ा की अधिकता से कराह उठा। क्या सच में सीता दीदी मेरी अपनी अग्रजा नहीं हैं? वे भूमि से प्राप्त हुई हैं पिताजी को? परन्तु कहाँ प्राप्त हुईं? कैसे प्राप्त हुईं? कौन हैं उनके माता-पिता? उन्होंने कैसे त्याग किया उनका? क्या अपने जन्म सम्बन्धी तथ्य से भिज्ञ हैं वे? किससे पूछूँ...? जिज्ञासा ने वेदना से भर दिया मन को। इस भवन के सभी लोगों को अवश्य ज्ञात होगा यह सत्य। आज तक किसी ने इंगित तक नहीं किया इस ओर...।

बहुत देर स्तम्भित-सी द्वार पर ही खड़ी इस झंझावात के जोर से विचलित होती रही। सत्य का यह क्रूर प्रहार स्थिर नहीं रहने दे रहा था मन-मस्तिष्क को। पुनः चिन्तन-मनन करने के पश्चात्...क़ाकी जी का स्मरण आया। हाँ, वही डाल सकती हैं इस सत्य पर प्रकाश...।

तेज पग से मैं काकी जी के कक्ष की ओर बढ़ी...मन में बवंडर-सा उठ रहा था। यदि यह सच हुआ...? नहीं...नहीं...माँ गिरिजा करें यह तथ्य सत्य न हो। उनसे लाख मैं रुष्ट हूँ, उद्विग्न हूँ...परन्तु वे मेरी अपनी बहन हैं। मेरी अपनी अग्रजा।

"पुत्री उर्मिला, अन्दर आ जाओ, क्या हुआ, इतनी व्याकुल क्यों हो?" द्वार पर मुझे अनमना-सा खड़ा देखकर काकी जी ने पूछा।

मैं मौन खड़ी रही...मेरे पग शिथिल से लगे।

"लगता है मेरी भोली बिटिया को पुनः आज किसी ने परेशान किया है?"

"नहीं काकी जी, ऐसी कोई बात नहीं है।"

"पुनः इतनी विचलित क्यों लग रही हो? मुख क्यों उतरा हुआ है? तुम्हारी तो यही विशेषता है मेरी बिटिया कि लाख यत्न के बाद भी मन का भाव छुपा नहीं पाती तुम।"

"काकी जी, एक बात पूछूँ?"

"द्वार पर से ही पूछोगी? पहले अन्दर तो आओ।"

मैं अन्दर आ गई परन्तु बैठी नहीं...सत्य जानने की जिज्ञासा मुझे चैन नहीं लेने दे रही थी।

"क्या फिर किसी बहन से झगड़ा हुआ है?"

"किसी से मेरा कोई झगड़ा नहीं हुआ है काकी जी बल्कि कुछ बातें उद्विग्न कर रही हैं मन को।"

"कैसी बातें पुत्री?"

"उसी के समाधान हेतु तो आई हूँ आपके पास कि आप अवश्य सत्य बतलाएँगी।"

"कैसी बात प्रिय उर्मिला? आज यह सयानों जैसा प्रश्न?"

"काकी जी एक बात है जिसने मुझे बहुत बेचैन कर रखा है।"

"तो बोलो न बिटिया?"

"क्या दीदी सीता मेरी अपनी सगी अग्रजा नहीं हैं?"

मेरे प्रश्न पर भौचक हो उन्होंने मेरी ओर देखा...उनके मुख पर ढेरों भाव आ-जा रहे थे...परन्तु वे मौन रहीं।

कुछ समय बाद औचक उन्होंने पूछा—

"आज अकस्मात् यह प्रश्न तुम्हारे मस्तिष्क में आया कैसे? तुम्हारे समक्ष किसने इस बात की चर्चा की? इस भवन में सीता की जन्म सम्बन्धी चर्चा करने पर सख्त मनाही है भैया महाराज द्वारा। फिर इसे तुम्हारे समक्ष उजागर करने की धृष्टता किसने की पुत्री?"

"नहीं काकी जी, किसी ने नहीं कही है यह बात। आज सीता दीदी से रुष्ट मैं उनकी उपालम्भ करने माँ के कक्ष में जा रही थी लेकिन द्वार पर ही ऋषि पत्नियों से हो रही उनकी वार्ता सुनकर मेरे पग ठिठक गए थे। उनकी वार्ता से ही ज्ञात हुआ दीदी मेरी अपनी सहोदरा नहीं हैं। पिताजी को वे भूमि से प्राप्त हुई हैं। परन्तु कैसे, यह जिज्ञासा मुझे आपके समीप खींच लाई है। उनके सम्बन्ध में आप मुझे विस्तार से बतलाइए काकी जी...। सब जानने की जिज्ञासा मुझे अतिशय उद्विग्न कर रही।"

मैं रुआँसी हो उठी। वे फिर मौन हो गईं। जितनी देर वे मौन रहीं संशय मेरे मस्तिष्क को मथता रहा...। मैं व्याकुल होती रही।

"हाँ पुत्री, यह सत्य है कि जानकी भूमि से प्राप्त हुई है...परन्तु यह उससे भी बड़ा सत्य है कि वह जनकराज सिरध्वज और दीदी सुनयना की प्रथम सन्तान हैं...। इस जनक भवन में उसके आने से सुख-समृद्धि में ही श्रीवृद्धि नहीं हुई बल्कि बरसों से हमारी सूनी गोद भी सन्तानों से भरी है।" कहकर वे मौन हो गईं।

"उनके माता-पिता कौन हैं काकी जी?"

"यह सब अज्ञात है पुत्री परन्तु...।"

"परन्तु क्या काकी जी?"

"यह उन दिनों की बात है जब इन्द्र के कोप से इस पूरे त्रिभुक्ति क्षेत्र में भीषण अकाल पड़ा था।"

"हमारे राज्य पर इन्द्र के प्रकोप के कारण अकाल पड़ा था, परन्तु उनके कोप का कारण क्या था मेरी समझ में नहीं आ रहा काकी जी। वे तो देवलोक के स्वामी हैं और हम पृथ्वीवासी।"

"यह बात कोई उसी समय की नहीं है...। बहुत काल पूर्व से ही इस क्षेत्र में वास करनेवाले किरात, नाग, मलय और निषादों का हम आर्यों से द्वेष चलता आ रहा था।"

"इतने वर्गों का मात्र आर्यों से ही इतना वैर क्यों था?"

"सुना है वीर योद्धा नागवंशीय नायक वृत्रासुर जो पहले इस क्षेत्र के उत्तर दिशा स्थित एक हिस्से का स्वामी हुआ करता था, उसने विशाल बाँध बनाकर जल को घेर रखा था। इस कारण पूरे क्षेत्र की नदियाँ सूख गई थीं। सरोवर व तड़ाग में धूल उड़ने लगी थी। जलीय जीव विनष्टप्राय हो गए थे। जल के अभाव में कृषि नष्ट हो रही थी और वृक्ष-पौधे, जीव-जन्तु, भी नष्ट होने के कगार पर थे। तब इन्द्र ने अपने बल से उस बाँध को ध्वस्त कर डाला तथा वृत्रासुर का संहार कर मनुष्यों का उद्धार किया और बहुत परिश्रम से धरती को उन्नत किया। उनके बल-पराक्रम के कारण ही इस प्रक्षेत्र में पुनः जल निर्गत हुआ था अतः उसके बाद से ही उनके अधिकार में जल का प्रबन्ध आ गया था।"

"वृत्रासुर की बात तो अभी की नहीं बहुत पूर्व काल की लगती है काकी जी...। क्या देवताओं का वय इतना अधिक होता है कि वे दो युगों का प्रतिनिधित्व कर सकें?" मैंने पूछा तो काकी जी ने विस्फारित नेत्रों से देखा मेरी ओर...।

"बहुत ही सार्थक प्रश्न पूछा तुमने उर्मिला। बहुत कुशाग्र बुद्धि की बालिका हो यह तो ज्ञात था परन्तु इतनी सी वय में इतनी परिपक्वता? चकित हूँ...। पुत्री,

इस भू-लोक में आनेवाला कोई भी प्राणी मात्र अपनी नियत वय तक ही जीवित रह सकता है। वह भी तब जब उसकी काया व्याधिरहित हो तो वह पूर्ण वय तक। अन्यथा अल्पायु में भी उसकी मृत्यु होना सम्भव है।"

"तो फिर ये इन्द्रादि कुछ देव जिनकी चर्चा आप या गुरुदेव अध्ययन के मध्य करते हैं, वे वैदिक काल से इस त्रेता काल तक कैसे जीवित हैं काकी जी?"

"हमारी आर्य व्यवस्था में कुछ पद स्थायी हैं पुत्री! जैसे प्रजापति, वशिष्ठ, नारद, इन्द्र, आदि...। ये पद दीर्घ काल से अक्षुण्ण चले आ रहे हैं। ये इन्द्र जिनकी हम चर्चा कर रहे हैं ये शची पति इन्द्र हैं। आर्यों ने सामाजिक उत्थान व उन्नति के लिए प्रथम कार्यों को कई खंडों में विभाजित किया। पुन: प्रत्येक खंड की व्यवस्था सुचारु रूप से विस्तारित हो इसके लिए प्रबन्धक नियुक्त किया। इन्द्र जल प्रबन्धन के देवता हैं और प्रकृति तथा कृषि के लिए सदा जल की आवश्यकता बनी रहती है। यह कृषि कार्य भी हमारे पूर्वजों द्वारा ही आरम्भ किया गया था भारत भूमि में। इसलिए नाग, मलय, किरात, निषाद आदि यहाँ के अन्य वनवासियों द्वारा सदा विरोध सहना पड़ा उनको। हालाँकि हमारे पूर्वज चाहते थे इनकी जीवन पद्धति में भी परिवर्तन हो। ये भी शिक्षित हों। संसार को समझें। कृषि कार्य सम्पादन कर अपने परिवार को भोजन उपलब्ध करवाएँ परन्तु...।"

"परन्तु क्या काकी जी, आप मौन क्यों हो गईं?" आप दुर्भिक्ष काल की कथा सुना रही थीं और दीदी के जन्म की भी।"

"हाँ पुत्री, मैं उसी कथा पर आ रही हूँ। उस काल से बहुत-सी होनी-अनहोनी जुड़ी हुई हैं। इतिवृत्त का यह वह समय था जब भीषण अनावृष्टि से विदेह राज्य का हर प्राणी...मनुष्य, पशु, पक्षी से लेकर जलीय जीव तक अन्न, जल के बिना त्राहि-त्राहि कर उठे थे और प्राण त्याग रहे थे। वृक्षों के पत्ते तक सूख गए थे। दूर्वा सूख गई थी। सारे पोखर, तड़ाग, सरोवर व पुष्करणी तक में धूल उड़ रही थी। नदियों की तलहटी में मात्र बालुका शेष रह गई थी। राज भंडार में जो अन्न सुरक्षित थे वे भी नि:शेष होते जा रहे थे। इन्द्र का प्रकोप न जाने क्यों प्रबल था इस क्षेत्र पर? उन्हें मनाने का हर सम्भव यत्न किया गया किन्तु वे नहीं माने और न जल देने पर सहमत हुए इस क्षेत्र को।"

"ओह...!" मेरे मुख से निकला।

"हाँ पुत्री..., उस स्थिति की तुम कल्पना भी नहीं कर सकतीं कि नमी के बिना किस भाँति धरती में दरारें फट रही थीं। समस्त हरीतिमा झुलस गई थी। पत्तीविहीन

वृक्ष ठूँठ बन गए थे जो न मानव को छाया दे सकते थे और न पक्षियों को आश्रय। आह...जिसने उस दुर्भिक्ष काल को भोगा और देखा है वही समझ सकता है उसकी त्रासदी...कि धरती की कोख यदि बाँझ हो जाए तो जीवन की क्या गति होती है? हम तभी तक धर्म और सत्य की बातें करते हैं जब तक हमारा पेट भरा रहता है। खाली पेट यदि उस समय के लोगों में धर्म और सत्य बचा रह गया था तो यह उनका धैर्य और संस्कार ही कहा जाएगा।"

"इसका और कोई उपाय नहीं था काकी जी?"

"हर प्रकार का यत्न किया जा रहा था किन्तु विफलता पीछा नहीं छोड़ रही थी। जनकराज जब इन्द्र से अनुनय-विनय कर थक गए तो विद्वज्जनों से इसके विकल्प पर परामर्श आरम्भ हुआ। सबों ने एकमत से हलेष्टि यज्ञ को समाधान के रूप में मान्यता दी इस शर्त के साथ कि हल का संचालन स्वयं मिथिला नरेश करेंगे। उसके लिए शुभ माह, दिन व नक्षत्र तथा स्थल नियत किया गया। फिर सारी तैयारियाँ आरम्भ हुईं...। राजा से लेकर राजमंत्री तक और भवन से लेकर आम जन तक इसमें सम्मिलित होने के लिए आतुर हो उठे। राजधानी से बारह कोस पश्चिम लक्ष्मणा नदी के तट पर इसके विधान का प्रावधान निश्चित हुआ। तत्परता से वहाँ जाने की समस्त तैयारियाँ होने लगीं और उसी समय महर्षि गौतम आश्रम से कुलपुरोहित शतानन्द जी को बुलावा आया कि उनके पिता के आश्रम में जल के निमित्त ही भारी यज्ञ होने जा रहा है, वहाँ उनकी उपस्थिति अनिवार्य है। ज्ञात हुआ वह यज्ञ भी इन्द्र को प्रसन्न करने के लिए ही किया जा रहा था परन्तु शतानन्द जी वहाँ नहीं गए। जनक कुल के पुरोहित होने के नाते महाराज के यज्ञ में उनका रहना अति आवश्यक था।

"कुछ काल पश्चात् हम लोग हलेष्टि यज्ञ के लिए लक्ष्मणा तट पर चले गए, जहाँ पूर्व से ही यज्ञ के लिए भारी व्यवस्था की गई थी। यज्ञस्थल की चारों दिशाओं में चारों वेदों के वाचन के लिए योग्य ऋषि, महर्षियों का चयन हो चुका था। वहाँ उनके रहने की यथोचित व्यवस्था भी की जा चुकी थी। सैनिकों के लिए तंबू की व्यवस्था। सगे-सम्बन्धियों हेतु यथायोग्य शिविर और राजघराने की स्त्रियों के लिए अस्थायी कुटीरों की व्यवस्था थी। यह यज्ञ मात्र राजा का नहीं था। राज्य के हर प्राणी का हित इससे सम्बद्ध था। अत: निराशा में भी आशा का कण चमक रहा था और घोर कष्ट के पश्चात् भी लोगों में आत्मबल प्रबल था।

"और दो दिनों से निरन्तर सम्पन्न किए जा रहे जप, मंत्र और हवन के पश्चात्

वह समय आ पहुँचा जब जनकराज को हल संचालन कार्य करना था। स्वर्ण निर्मित हल में उत्तम युग्म वृषभ जोतकर संचालन करते समय हल के फाल से कुशा झाड़ में अदृश्य एक मिट्टी का घट खंडित हो गया और दैव योग से सीता हमें प्राप्त हुई। मिट्टी सनी उस बालिका को उठाकर जनक नरेश दीदी सुनयना की गोद में देते हुए द्रवित स्वर में बोले...देवी, यह हमारी पुत्री है जानकी। उस बालिका के रुदन के साथ ही शुष्क आकाश में जाने कहाँ से औचक घनघोर घटा घिर आई और देखते ही देखते जोरों की वर्षा आरम्भ हो गई। भैया महाराज और दीदी सुनयना के साथ ही सारी प्रजा ने सीता को सुलक्षणी माना...जिसके प्रथम रुदन के साथ ही पृथ्वी पर गिरी वर्षा बूँदों ने जली-तपी धरती की कोख को तरल किया और कोंपल स्वरूप नवजीवन उदित हुआ था। उसके बाद भैया महाराज की आज्ञा से उस स्थल का नाम सुलक्षणी ग्राम रखा गया।"

"अपने जन्म सम्बन्धी तथ्य से क्या सीता दीदी भिज्ञ हैं?"

"नहीं कह सकती मैं पुत्री, आज तक मेरे संज्ञान में नहीं आया है कि उन्होंने किसी से इस सम्बन्ध में कुछ पूछा है। यह भी सम्भव है कि किसी से पूछा भी हो तो भयवश ये बातें हमारे सम्मुख न आई हों।"

"ओह काकी जी...।" मेरे मुख से निकल पड़ा...जिस पर काकी जी का ध्यान नहीं गया। अपनी ही लय में वे बोलीं—

"और कुछ दिवस उपरान्त जानकी के साथ प्रसन्न मन जब हम राजधानी लौटे तो संज्ञान में आया गौतम आश्रम में एक विचित्र घटना घटित हुई है जो सारे क्षेत्र में विशेष चर्चा का विषय बनी हुई है...।"

"अरे बिटिया, मैं कुछ कह रही हूँ तुम्हारा ध्यान किधर है?" काकी जी ने सजग किया। मेरे मन में तो बवंडर-सा चल रहा था दीदी सम्बन्धी सत्य को सुनकर। सँभाल नहीं पा रही थी स्वयं को। वर्षों का भ्रम खंडित हो गया था कि दीदी मेरी अग्रजा हैं...। उस भ्रम का खंडित होना मुझे विचलित कर रहा था स्वयं से अधिक दीदी के लिए कि यदि दीदी प्रथम इस सत्य से भिज्ञ हुई होंगी तो क्या दशा हुई होगी उनके मन की?

"आं...आपने कुछ कहा?

मैं स्वयं को सहजकर देवी अहल्या के विषय में कुछ पूछती तभी परिचारिका का स्वर सुनाई पड़ा—

"राजकुमारी जी और छोटी महारानी जी आप लोगों को बड़ी महारानी ने

अपने कक्ष में बुलाया है।" इससे वार्ता अधूरी रह गई। हम लोग माँ के कक्ष की ओर बढ़ गईं...।

उस दिवस के पश्चात् दीदी के प्रति मेरे मन में ईर्ष्या का जो पर्वत उन्नत होता गया था, वह स्वत: ध्वस्त हो गया और उनके प्रति मोह बलवती हो उठा...। अपनी इस भावना के इस स्वरूप को मैं समझ नहीं पाई। अब उनसे पल भर भी अलग रहना मुझे व्याकुल कर देता। कभी-कभी अनुभव होता जिस सत्य को जानने मात्र से मैं इतना उद्विग्न हो उठी हूँ, यदि वह उनके संज्ञान में होगा तो उसे वे पल-पल भोग रही होंगी...। जूझ रही होंगी उन आक्रमण करते विचारों से कि अन्तत: वे हैं कौन? उनका स्वयं का परिचय क्या है?

और मेरी चंचलता, मेरे हठ पर भी विराम लग गया था। मेरे अन्दर आए इस परिर्वतन से बहनें और सखियाँ विशेष चकित थीं।

"घोर आश्चर्य, उर्मिला में भारी परिवर्तन दिख रहा आजकल। अब वह एक स्थान पर पहरों बैठी रहती है। पक्षी, कीट-पतंग तथा जलीय जीवों को परेशान भी नहीं कर रही और सबसे बड़ा आश्चर्य...दीदी सीता के प्रति उसके अधरों पर अब उपालम्भ के शब्द नहीं होते...।"

दीदी मांडवी पूर्वा से बोलीं। उन्हें ज्ञात नहीं था कि दबे पग आकर मैं उनके पीछे खड़ी हो गई हूँ।

"हाँ दीदी, कुछ दिनों से ऐसा तो मैं भी अनुभव कर रही हूँ। उस दिन सरोवर में वह राजहंसों को कंकड़ मार रही थी तभी बड़ी दीदी वहाँ आ गईं। उन्होंने उसे ऐसा करने से मना किया और आश्चर्य तत्क्षण वह मान गई। और समय होता तो हठ पर अडिग हो जाती या रोने, झींकने लगती।"

"हाँ दीदी, वे मान ही नहीं गईं, वरन् सीता दीदी के पीछे-पीछे कदम्ब वृक्ष के नीचे तक गईं जहाँ दीदी का झूला लगा है और झूले पर बैठकर दोनों बातें करने लगीं।"

"ज्ञात करना होगा, उसमें यह परिवर्तन आया कैसे?" दीदी मांडवी बोलीं तो मैं अपने को और नहीं रोक सकी—

"ओह...तो दीदी मांडवी मेरे पीछे गुप्तचर लगाएँगी, ये जानने के लिए कि मुझमें सुधार का कारण क्या है? मुझी से पूछ लीजिए न।" हँसते हुए मैंने कहा तो दीदी झेंप गईं।

"नहीं मेरी लाडली बहन, बस यह ज्ञात करने के लिए कि तुम्हारे स्वभाव में आए इस अप्रत्याशित परिवर्तन का कारण क्या है?" कहकर वे भी मुस्कुरा पड़ीं।

"काकी जी कह रही थीं कि अब हम लोग सयानी हो रही हैं तो गम्भीरता का आना अनिवार्य है न?"

"बस इतनी-सी बात में इतना बदलाव...?"

उन्होंने चकित हो पूछा...। मैंने उत्तर नहीं दिया...। मेरे स्वभाव पर उनका यह अन्वेषण भला लगा।

11

कितने सुन्दर, सुखद व्यतीत हो रहे थे जनकपुर के वे दिन...मानो संसार का सारा ऐश्वर्य सम्मुख था मन की शान्ति के रूप में। विचार स्वच्छन्द पवन की भाँति उड़ा करते थे उन्मुक्त गगन में। शिक्षा ग्रहण करना, अस्त्र-शस्त्र संचालन का अभ्यास करना। माँ-पिताजी के सान्निध्य में स्वयं को संसार का सर्वोत्तम प्राणी अनुभव करना।

जब हम बहनें अश्व पर सवार होकर नगर के जल छिड़काव से नम व सुचिक्कन पथ और वीथियों से गुजरतीं तो मार्ग के दोनों ओर लगे नीम और पाकड़ के हरीतिमा युक्त विस्तारित छाया देते वृक्ष...। उन पर कोलाहल करते भिन्न-भिन्न प्रकार के पक्षी समूह...। दुमंजिले, तिमंजिले चित्रों से सुसज्जित भवनों पर फहराते राष्ट्र ध्वज...। प्रवेश द्वार पर धातु के बने बड़े-बड़े चित्र खचित कपाट। द्वार के दोनों ओर मोहक पुष्पों से सज्जित मिट्टी के हर आकार के गमले। क्रय-विक्रय के लिए बने सुन्दर स्थान। नगर के चारों ओर बनी गहरी खाइयाँ, जिनमें जलोन्नयन और जल निष्कासन के यंत्र भी लगाए गए थे, जो बरबस अपनी ओर ध्यान खींच लेते। उस समय हमें स्वयं पर गौरव हो आता कि हम ऐसे पिता की पुत्रियाँ हैं जो हमें किसी प्रकार अवश नहीं रखना चाहते। जीवन-जनित हर क्षेत्र में निपुण देखना चाहते हैं, शिक्षा से लेकर अस्त्र-शस्त्र व अश्व संचालन तक में। हम बहुधा इस अभियान पर निकलतीं और निर्भीक व निर्द्वंद्व हो भ्रमण करतीं...और इस प्रकार निर्द्वंद्व भ्रमण करना मुझे बहुत प्रिय लगता। सीता दीदी प्राय:कहा करतीं, "तुम बहुत साहसी हो उर्मिला, रहस्य व रोमांच के प्रति अति जिज्ञासु।"

हाँ, रहस्य और रोमांच मुझे बहुत आकर्षित करता था और उसके साक्षात्कार के लिए मैं लालायित ही नहीं वरन् अवसर की खोज में भी रहा करती थी। आज

भी हम चारों बहनें भ्रमण की मंशा से निकली थीं तथा अपने अश्व संचालन के कौशल को जाँचने-परखने भी। स्वयं को अश्व संचालन में सबसे कुशल माननेवाले मेरे मन में कहीं उनसे होड़ की भी कामना थी कि देखें सबसे तीव्र गति से कौन अश्व को भगाता है। चन्द सैनिक भी पीछे थे। नगर के पथ तक तो किसी प्रकार मैं स्वयं पर अंकुश लगाती आई। नगर से बाहर निकलते ही मन उतावला हो उठा और अचानक मैंने अश्व को एड़ लगाकर उसे तीव्र चलने का संकेत किया। वह पवन वेग से भाग चला...मुख्य पथ को छोड़कर अरण्य की ओर...।

अनजानी दिशा...। अनदेखे मार्ग...। ऊँचे-ऊँचे वृक्षों का अनियोजित व रहस्यमय संसार...। धरा को छूते जटाओं वाले घने छतनार वट के वृक्ष...। छोटे-छोटे पौधों पर आलिंगनबद्ध लता वल्लरियाँ...। अनजाने शूलदार पौधे तथा झाड़ियाँ...। यदि सर न झुका लेती तो उनकी डालियाँ निश्चित ही घायल कर देतीं मुझे। मैंने अश्व की रास खींचकर उसे ठहरने का इशारा किया...। एड़ भी लगाया परन्तु सब व्यर्थ। वह भागता रहा...भागता रहा...अपनी गति में।

धीरे-धीरे अरण्य गहन होता जा रहा था। अजीब सुदीर्घ वृक्षों की दुनिया में मैं धँसती जा रही थी। घनघोर अरण्य की असमतल पगडंडियों पर भागते-भागते औचक अश्व की गति भी धीमी पड़ने लगी। कदाचित् वह भी थक गया था। अब अनुभव हुआ अश्व को तीव्र भगाने की मेरी लालसा ने भयंकर विपदा में फँसा दिया था और मैं अछोर, अनंत अरण्य के मध्य में थी जहाँ भरी दोपहर में भी सूर्य रश्मियाँ पृथ्वी पर नहीं पहुँच पा रही थीं। ऊँचे-ऊँचे वृक्षों की सघन पत्तियों से छनकर आता हल्का प्रकाश ही दिन होने का साक्षी था तथा मार्गदर्शक भी। पगडंडियाँ सूखी पत्तियों और वृक्षों से गिरे फलों से अँटा हुआ था जिस पर अश्व के पैर पड़ते ही चर्र...चर्र...की ध्वनि उभर रही थी। वृक्षों पर भाँति-भाँति के पक्षी समूहबद्ध हो भीषण कोलाहल कर रहे थे, जो बहुत ही अप्रिय लग रहा था। कहीं-कहीं लता, वल्लरियों का झुंड भयावह लग रहा था। हिंसक वन्य जीवों से यह स्थल निरापद होगा ऐसा सोचना भी मूर्खता थी। मैंने अपने स्कन्ध को टटोला, वहाँ धनुष व तीरों भरा तरकश मौजूद था। अश्व भी अधिक थक चुका था तभी धीरे-धीरे चल रहा था। प्रथम बार इतने घने अरण्य से साक्षात्कार होने के पश्चात् भी मेरे मन में तनिक भी भय का संचार नहीं हुआ वरन् एक रोमांच-सा अनुभव हो रहा था जिसकी सदा से आकांक्षी रही थी मैं।

अनुभव हुआ...विचार हो या चाक्षुष संसार, उससे इतर कुछ भी नया देखने या पाने के लिए बनी-बनाई लीक से इतर चलना तथा उसे ढूँढ़ना और आत्मसात्

करना ही पड़ता है, जिससे ज्ञान और अनुभव दोनों समृद्ध होते हैं और संयोग से वह सुअवसर आज प्राप्त हुआ है मुझे तो क्यों न इस दुर्लभ अवसर का लाभ उठाया जाए...। इस अरण्य का भरपूर भ्रमण करके। इसके रहस्य से साक्षात्कार करके। अत्यधिक हर्ष से मैंने सोचा।

बहनें चिन्तित होंगी। मस्तिष्क में उभरा...।

होने दो। मन में लापरवाही का भाव प्रबल हुआ...।

सैनिक खोज में आते ही होंगे...।

आने दो।

पिताजी की नहीं तो माँ की डाँट तो अवश्य पड़ेगी...वे मेरे चंचल स्वभाव से वैसे ही कुपित रहती हैं। आज की मेरी इस धृष्टता को वे कदाचित् ही क्षमा करें...।

अब जो हो...प्रथम यहाँ के जन-जीवन से तो परिचित हो लूँ...। राजप्रासाद से परे के संसार से तो साक्षात्कार कर लूँ...। इस अरण्य का रग-रेशा तो खँगाल लूँ...।

सोचती बढ़ती रही अज्ञात दिशा में। अरण्य की सुन्दरता और भयावहता को देखते हुए...। प्रकृति भी कितनी रसिक है, कितनी अद्भुत सम्पदा सँजो रखी है उसने अपने आँचल में। इन दुर्लभ रंग व आकार के मोहक पुष्प तो हमारी उपवाटिका में भी नहीं हैं और राजमाली का कथन है कि राजवाटिका में पुष्पों के लगभग सभी प्रकार उपस्थित हैं। अब जाकर उनसे पूछूँगी...।

तभी पार्श्व की घनी झाड़ियों में हल्की-सी हलचल हुई और औचक एक बड़ा-सा काला रीछ निकलकर मदमस्त चाल से मेरी दिशा में बढ़ा...। उसे देखकर अश्व हल्के से हिनहिनाया और आगे के पैर से धरती को कुरेदने लगा। जोर से मैंने अश्व के रास को थामा और सँभलकर बैठ गई। मुझ पर दृष्टि पड़ते ही रीछ क्षण मात्र को ठिठका और मुझ पर आक्रमण करता, उससे पूर्व ही एक तीर सरसराता हुआ बिलकुल उसके समीप आकर गिरा...। तीर की सरसराहट से डरकर वह भाग खड़ा हुआ उलटी दिशा में और मैं भौचक रह गई त्वरित घटित इस घटना पर...।

अचकचाकर मैंने चारों ओर देखा...यह बाण किसने चलाया? यहाँ इस घोर अरण्य में कौन है मेरा हितैषी जिसने मेरे लिए अपने प्राण को जोखिम में डाला है? कितना सटीक लक्ष्य साधा उसने...यदि समय पर बाण रीछ के सम्मुख नहीं गिरता तो उसका आहार मैं ही होती...। वह जो कोई भी है अवश्य कुशल धनुर्धर है। परन्तु वह है कौन? किधर है?

मेरी असमंजस पराकाष्ठा पर पहुँचती उसी समय गहन झाड़ियों से

निकलकर श्याम वर्ण का विचित्र वेशभूषा वाला एक नवयुवक आता दिखा, जिसका ऊर्ध्व भाग वस्त्रविहीन था। मात्र नीचे के भाग में एक मलिन-सा वस्त्र लिपटा हुआ था। उसने हाथों में तीर-धनुष सँभाल रखा था। निश्चित ही यह वनवासी है। तभी इतनी निर्भीक चाल से चल रहा है इस सघन अरण्य में। मैंने सोचा।

वह मेरे सम्मुख आ खड़ा हुआ और गहन दृष्टि से मेरा निरीक्षण करने के पश्चात् बोला—

"आप राजभवन निवासिनी लग रही हैं?"

"हाँ...मैं जनकराज की द्वितीय पुत्री उर्मिला हूँ।" मैंने निर्भीक स्वर में कहा।

उसने मेरी वन्दना की और क्षोभयुक्त स्वर में बोला—

"माना कि आप राजकुल से सम्बद्ध हैं, निडर भी हैं परन्तु इतने सघन अरण्य में आखेट के विचार से आना बुद्धिमत्ता नहीं कही जाएगी...। यह अरण्य का मध्य और विकट भाग है। यहाँ अकेली आने का विचार कैसे किया आपने?"

उसकी बातों पर मैं मुस्कराये बिना नहीं रह सकी। फिर धीरे से बोली—

"सारा अनुमान और निष्कर्ष तो तुम पहले ही वर्णन कर ही चुके।" वह झेंप गया।

"यह वन हिंसक जीव-जन्तुओं से भरा पड़ा है...। अभी-अभी वह रीछ यदि आप पर आक्रमण कर देता तो, उसके वार से बचना आसान नहीं था। इसलिए भावावेश में कह गया। क्षमा चाहता हूँ।"

"किस बात की क्षमा बन्धुवर...? तुम्हारी चिन्ता न्यायसंगत है। मैं यहाँ इस अश्व की धृष्टता से आ गई हूँ वरन् आखेट की मेरी कोई मंशा नहीं थी। रही उस रीछ द्वारा आक्रमण की बात तो मेरे कन्धे पर टँगा यह धनुष-बाण मात्र शोभा के लिए नहीं है। इनका प्रयोग भी करना जानती हूँ मैं। बहुत-बहुत आभार तुम्हारा, तुम न होते तो सम्भव है, असावधानीवश मैं उस रीछ का ग्रास बन जाती। यह भी सम्भव है समय पर चेत जाती परन्तु संघर्ष तो अवश्य करना पड़ता। निश्चिन्त रहो अब सावधान रहूँगी और यह बताओ, यहाँ से बाहर जाने में क्या तुम मेरी सहायता कर सकते हो?"

"जी, राजकुमारी जी, यह विदेह राज्य का ही भू-भाग है परन्तु पहले आप मेरी बस्ती में चलिए, हमें सत्कार का अवसर दीजिए। यहाँ से निकट ही है। बस्ती वाले आपको देखकर बहुत प्रसन्न होंगे।"

"इस घोर अरण्य में तुम लोग वास करते हो? मैंने तो समझा तुम भी कोई आखेटक हो और यहाँ आखेट के उद्देश्य से आए हो।" मैंने आश्चर्य से पूछा।

"हाँ, यह घोर अरण्य ही हमारा आश्रयदाता है, हमारे पूर्वज सदियों से यहाँ निवास करते आए हैं।"

"ठीक है चलो। उत्सुक हूँ मैं तुम्हारी बस्ती देखने के लिए और तुम्हारे बस्ती वालों से मिलने के लिए भी।"

मेरी स्वीकृति मिलते ही उसने तत्क्षण अश्व की रास थाम ली और वृक्ष की नीचे झुकी डालियों से बचाते हुए सूखे पत्ते तथा फल बिछी पगडंडियों से होकर एक दिशा में बढ़ने लगा और मैं निश्चिन्तता के साथ बढ़ती रही उसके निर्देश पर...।

जाने क्यों उस अर्धनग्न वनवासी से मुझे तनिक भी भय नहीं लगा।

"तुम्हारा नाम क्या है?" मैंने आत्मीय स्वर में पूछा।

"सनद।"

उसने अपना नाम बताया तथा मेरी आत्मीयता से उत्साहित हो अपने परिवार के लोगों के बारे में भी बताने लगा—

"लगभग पच्चीस-तीस कुटीरों वाली बस्ती है हमारी। मैं अपने बाबा और माँ के साथ रहता हूँ। माँ-बाबा की इकलौती सन्तान हूँ। बस्ती में सभी हमारे सगे-सम्बन्धी जन ही हैं।"

और बातों-बातों में कब राह कट गई और सनद की बस्ती आ गई, पता ही नहीं चला।

और सत्य में गिनती की बीस-पचीस झोंपड़ियों वाली बस्ती। बाँस को चपटा कर बनाई हुई दीवारें। सरकंडे के ऊपर पलाश-पत्रों की छाजन वाली छोटी-छोटी झोंपड़ियाँ...। दो-तीन घरों की दीवारें मिट्टी वाली भी थीं। जिन झोंपड़ियों के द्वार पर कोई किवाड़ नहीं थे, उनके अन्दर बिखरे अभाव हर ओर दृष्टिगत हो रहे थे। एक झोंपड़ी के सुचिक्कन द्वार पर मेरे बैठने के लिए उसने चटाई बिछा दी। मेरे बैठते ही वहाँ स्त्री-पुरुष और बालक-बालिकाओं की भीड़-सी लग गई। सभी भौचक से देख रहे थे मुझे। उनके नेत्रों के भाव विचित्र थे। किशोरवय के कुछ बालक भीड़ से दूर खड़े थे। कदाचित् मेरे समीप आने में संकोच हो रहा था उन्हें। छोटी बालिकाओं ने बदन के नीचे अर्ध भाग में वस्त्र का छोटा-सा हिस्सा लपेट रखा था। उनका ऊर्ध्व भाग खुला था और किशोरवय तथा वयस्क स्त्रियों ने कंचुकी के ऊपर उत्तरीय ओढ़ रखा था। सभी के वस्त्र मलिन थे। जैसे कई दिनों से उन्हें स्वच्छ नहीं किया गया हो।

सनद की झोंपड़ी के खुले द्वार से अन्दर झाँककर मैंने देखा...। कुछ भी तो नहीं

था अन्दर जिसे देखकर उसमें मानव के रहने का विश्वास होता। लगा वह किसी आदि मानव की गुफा का विकसित रूप हो। न अन्न से भरे बर्तन, न शयन करने के लिए काष्ठ के पलंग, न शैया आदि...। मात्र एक कोने में स्थित जीर्ण-शीर्ण अवस्था में मिट्टी का चूल्हा...। इधर-उधर बिखरे कुछ भोजन से खाली बर्तन। भित्ति पर टँगे आखेट में प्रयोग आनेवाले लौह अस्त्र...। तीर-धनुष। रस्सी पर टँगे कुछ मलिन वस्त्र...। अभाव का यह रूप प्रथम बार मेरी दृष्टि में आया था जो मेरे हृदय को झकझोर गया। हतप्रभ थी कि ऐसे भी होते हैं इस संसार में रहनेवाले मानव...और ऐसा भी होता है अभाव...?

इससे पूर्व कभी-कभी आचार्य के मुख से ही अभाव शब्द सुनने को मिला था।

मेरे पहनावे से लोगों को अनुमान तो हो गया था कि मैं राजकुल की हूँ। तब भी कुछ लोगों की भृकुटियाँ तनी हुई लगीं। कुछ लोग प्रसन्न दिखे और कुछ तटस्थ होने का दिखावा करते भी।

"आप जनक राजनन्दिनी हो न?" मेरी सोचों को छिन्न-भिन्न करता एक स्वर उभरा...।

"हाँ।" सजग होती मैंने संक्षिप्त उत्तर दिया।

"राजकुमारी सीता?"

"नहीं, उनकी छोटी बहन उर्मिला।"

"ओह...क्षमा कीजिए प्रथम बार देख रहा हूँ आपको। इसलिए पूछा।" वृद्ध का स्वर सामान्य था। हर्ष-उल्लास से रहित।

आश्चर्य हुआ ऐसा क्यों हो रहा है? यह अरण्य या बस्ती निश्चित रूप से मेरे विदेह राज्य का ही हिस्सा है। मुझे अपने मध्य पाकर सभी के मुख पर एक-सा भाव होना चाहिए प्रसन्नता का परन्तु ऐसा नहीं था।

सयाने सनद ने कदाचित् मेरे मुख पर उभरे भाव को ताड़ लिया। अविलम्ब बोला—

"राजकुमारी जी, आप अश्व तक चलिए, मैं पथ बतला दूँगा।"

मैं उठने लगी। तत्क्षण एक वृद्ध लकुटि के सहारे भीड़ से निकलकर सम्मुख आ खड़े हुए।

"अरे सनद क्या हुआ, इतनी शीघ्रता क्यों हो रही है तुम्हें इन्हें भवन भेजने की? प्रथम बार तो अवसर मिला है अपनी आन्तरिक पीड़ा व्यक्त करने का राजपरिवार के किसी सदस्य के सम्मुख।"

उनका कथन सुनकर अवाक् रह गई मैं।

"ऐसा क्यों कह रहे हैं आप? क्या पिताजी से आप लोगों की कभी वार्ता नहीं हुई? या किसी अमात्य या मंत्री से?"

आश्चर्य से मैंने पूछा। पिताजी जैसे न्यायी और धर्मात्मा राजा से भी राज्य की प्रजा असन्तुष्ट या अप्रसन्न हो सकती है, विश्वास नहीं हुआ।

"नहीं पुत्री। हमारी बस्ती में कभी उनके चरण नहीं पड़े। ढेरों समस्याएँ व आवश्यकताएँ हमारी ऐसी हैं जिन्हें मात्र राजा ही पूर्ण कर सकते हैं परन्तु उन तक हमारी पहुँच कहाँ हो पाती है?"

"न्यायी नरेश जनक के राज्य में ऐसा सम्भव कैसे हुआ जो आज तक वे आप लोगों की उपस्थिति से अनभिज्ञ हैं? मुझसे कहिए...क्या समस्याएँ हैं आप लोगों की? पिताजी तक मैं उन्हें पहुँचाने का प्रयास करूँगी। सम्भव होगा तो यहाँ तक उन्हें लाने का भी...।"

"धन्य भाग्य हमारे जो उनके दर्शन हों...।" वृद्ध बोले।

"जिस वन पर सदियों से हमारा आधिपत्य रहा है, जिसके सहारे हम जीवित हैं, जो हमारा आश्रयदाता है, उससे अब हमें वंचित कर दिया गया है। अब हम वृक्षों को नहीं काट सकते। जलावन नहीं बेच सकते जिसे बेचकर हम अपना जीवन-यापन करते रहे हैं। वन्य-जीवों का आखेट नहीं कर सकते, जो हमारा प्रमुख भोजन हैं।" दूसरे वृद्ध महोदय क्षुब्ध स्वर में बोले।

"हमसे कहा जाता है कृषि करो। अन्न उपार्जन करो। हल चलाओ। हमें न बैलों को साधना आता है और न कुदाल चलाना। हम तो सदा से आखेट पर आश्रित रहनेवाले लोग हैं। मांस हमारा मुख्य भोजन है।" भीड़ से निकलकर दूसरा व्यक्ति बोला।

"तो आप लोगों की यह शिकायत है महाराज से?"

"हाँ राजकुमारी जी।"

"माननीय जन, युग बदलता है...यह उसकी स्वाभाविक प्रक्रिया है परन्तु उसे परिष्कृत मनुष्य करता है। एक बात बताइए, आपसे पूर्ववर्ती लोग यानी आपके पूर्वजगण कहाँ निवास किया करते थे?"

"जी सुना है गुफा यानी पहाड़ के कन्दरा में।"

"अब आप लोग उस गुफा से निकलकर पर्णकुटी में आ गए हैं। है न?"

"जी।"

"वे आदिम स्वरूप में रहते थे, आप वस्त्र धारण कर रहे हैं?"

"जी।"

"क्षुधा तृप्ति के लिए वे पाषाण के अस्त्रों से जानवरों का आखेट किया करते थे। आप लौह एवं ताम्र अस्त्रों का प्रयोग कर रहे हैं?"

"जी।"

"वे कच्चे मांस का भक्षण करते थे। आप उन्हें भूनने, पकाने के लिए अग्नि का प्रयोग कर रहे हैं। क्या यह प्रगति नहीं है? यदि वे लोग भी आप लोगों की भाँति ही सोचते तो यह सब कहाँ से आता? आज भी आप गुफा में ही निवास कर रहे होते नंग-धड़ंग...। हम जैसे हैं वैसे ही रहेंगे...यह हठधर्मिता है। उपयोग तो आप हर उस वस्तु का कर रहे हैं जो आपको सुविधा प्रदान करती है, आराम देती है परन्तु उसके अन्वेषण में, उसे परिष्कृत करने में योगदान देने में आप पीछे ही रहना चाहते हैं इस तर्क के साथ कि हम तो ऐसे ही रहते आए हैं और यही हमारी पहचान है।"

कहते-कहते क्षोभ की अधिकता से मेरा कंठ शिथिल हो गया। कुछ देर मैं मौन रही...यह सोचती कि ये लोग मेरी बातें समझ भी रहे हैं या नहीं। जाँचने के लिए पूछा—

"कुटी में चूल्हा दिख रहा है। उसका उपयोग आप लोग करते होंगे?"

"जी हाँ, भोजन बनता है उस पर।" एक स्त्री बोली।

"क्या भोजन बनता है?"

"चावल, दाल, भाजी, मांस आदि...।"

"उसके लिए अन्न कहाँ से आता है?"

"नगर के हाट से, वन से फल, मूल या लकड़ियाँ काटकर ले जाते हैं जलावन या घर बनानेवाली, उसे विक्रय कर अन्न और आवश्यकता की दूसरी वस्तुएँ क्रय कर लाते हैं।"

"आप लोग वन से लकड़ियाँ काटकर बेच रहे हैं तो अच्छा है और वे उपेक्षित वन तथा अनुर्वर पृथ्वी को स्वच्छ कर कृषि योग्य भूमि बनाना चाह रहे जिससे आप लोगों का भी भला हो तो अत्याचार कर रहे हैं आप पर? कभी सोचा आप लोगों ने यदि वे कृषि कार्य नहीं करते, अन्न का उपार्जन नहीं करते, अग्नि का अनुसंधान नहीं करते या विभिन्न दिशा में अन्वेषण कर भाँति-भाँति के अन्न, वस्त्र, अस्त्र या शास्त्र का निर्माण नहीं करते जिसका उपयोग या उपभोग कर रहे हैं सभी...तो क्या यह सब समक्ष आता?"

"परन्तु हमारी निर्भरता तो अधिकांशतः वन-सम्पदा पर ही है।"

"यही तो चिन्ता का विषय है। जानते हैं, अति दोहन चाहे वह प्रकृति का हो, प्राकृतिक सम्पदा का हो या जल का हो, मानव के लिए विनाशकारी होता है...। कृषि उत्तम कार्य है और प्रकृति का दोहन अधम। इस वन-सम्पदा का मात्र दोहन ही करते रहेंगे तो यह कितने दिनों तक आपको जीवित रख पाएगी, कभी विचार किया है?" न चाहते हुए भी इनकी मूढ़मति पर क्रोध हो आया मुझे। मैं चलने के लिए उठ खड़ी हुई...।

"ऐसे कैसे चली जाओगी पुत्री? कम से कम थोड़ा जल ही पी लो।" एक वृद्धा बोली। मलिन अधोवस्त्र...कंचुकी विहीन श्यामल देह...। ऊपर उत्तरीय ओढ़े। झुकी कमर पर रखा मिट्‌टी का जल भरा घट। मुख पर अभाव अपना प्रभाव अधिकता से दर्शा रहा था। करुणा से भर उठा मेरा हृदय...।

"ये मेरी माँ हैं।" सनद बोला।

"ऐ सनद, इन्हें कुछ फल मूल नहीं दिया भोजन के लिए?" जल का घड़ा नीचे रखते हुए वे बोलीं।

"भूल गया माँ।"

"जाओ पानी पीने का पात्र ले आओ कुटी में से।"

उन्होंने सनद को आदेश दिया और आत्मीयता से मेरा हाथ पकड़कर पुनः चटाई पर बैठाने के पश्चात् स्वयं मेरे निकट ही बैठ गईं।

चहुँओर अभावों का साम्राज्य देख विचलित हो रही थी मैं...।

"पुत्री ताजा जल लाने मैं निकट ही प्रवाहित दूधवती नदी में चली गई थी। इसका जल अपने नाम के अनुरूप ही दूध सदृश है। यह हमारे जीवन का आधार है।" उन्होंने कहा।

"यहाँ बावड़ी या सरोवर नहीं है?" मैंने पूछा।

"नहीं बिटिया, जल के लिए सदा से हमारी निर्भरता नदी पर ही रही है। हमारी ही क्या पशुओं तक की भी।"

"ओह...!" मेरे मुख से निकला। द्रवित हो आया मेरा हृदय जीवन-जनित उनके अभावों पर।

सनद मिट्‌टी का छोटा-सा पात्र ले आया। वृद्धा ने बड़े प्रेम से मिट्‌टी के घड़े से उसमें जल डाला और मेरी ओर बढ़ा दिया।

वास्तव में जल बहुत शीतल, स्वच्छ और मीठा था। मेरे तृषित मन को अपार तृप्ति का अनुभव हुआ...।

समय अधिक हो गया था। वृक्षों के साये लम्बे होने लगे थे। सभी लोग चिन्ता कर रहे होंगे भान होते ही मैं उठ खड़ी हुई। सभी से विदा माँगी।

"पुनः आना पुत्री।" वृद्धा बोली।

"अवश्य आऊँगी माते।"

"सनद मुझे राजपथ तक छोड़ दोगे?"

"मेरा अहोभाग्य राजकुमारी जी।"

सनद ने कहा और अश्व को वृक्ष से खोलकर उसकी रास थामकर चलने को उद्यत हो गया। मैंने वहाँ उपस्थित सभी से विदा माँगी और चल पड़ी भारी हृदय के साथ...। लगा जब तक हमारा साक्षात्कार सृष्टि के अन्य रूपों से नहीं होता, हम सम्मुख देखे हुए को ही पूर्ण मानकर सुखी या दुखी होते रहते हैं।

हम चल पड़े अदेखी पगडंडियों से होकर...। साथ में उस बस्ती के कुछ और नवयुवक भी हो लिये थे।

"बाबा की बातों का बुरा नहीं मानिएगा राजकुमारी जी, वे असत्य नहीं कह रहे थे, हमें मनुष्य ही नहीं समझा जाता नरेशों द्वारा।"

चलते-चलते औचक एक युवक बोला तो मैं चौंक पड़ी...।

"किस आधार पर ऐसा कह रहे हो तुम?"

"उन्होंने हमसे हमारा अधिकार छीन लिया है। स्वतंत्र जीने का अधिकार। आखेट करने का अधिकार।"

"लग रहा है यह बहुत विकट समस्या है तुम लोगों के साथ...। राजा द्वारा किया जा रहा विकास का कार्य तुम्हें व्याकुल कर रहा है। तो समस्या की जड़ यह है? एक बात बताओ, बिना किसी अन्वेषण और अनुसंधान के किसी भी सभ्यता का विकास सम्भव हुआ है कभी? उन्होंने स्वयं को शिक्षित किया। परिष्कृत किया। हर क्षेत्र में अनुसंधान, अन्वेषण व आविष्कार किया और कर रहे हैं। लेकिन स्थितिवाद से तुम अपना तो भला नहीं ही कर रहे विकास के मार्ग में भी बाधा उत्पन्न कर रहे हो और इसे प्रशासकों द्वारा अत्याचार का नाम देकर उनका उत्पीड़न भी करना चाह रहे?"

"उत्पीड़न तो हम क्या करेंगे उनका, वे सदा से हमारा उत्पीड़न करते आए हैं।"

"क्या उत्पीड़न कर रहे वे तुम लोगों का? तुम्हारे कहे अनुसार...वे यही न चाह रहे कि तुम शिक्षित बनो। स्वावलम्बी बनो। आखेट पर आश्रित रहने के बजाय

कृषि कार्य कर अन्न का उत्पादन करो। अपनी जीवन-पद्धति को सुधारो। आचार-विचार में परिवर्तन लाओ। अन्धविश्वास से दूर रहो तो तुम भी आर्य कहलाओगे। आर्य कोई जाति नहीं है। परिष्कृत विचार तथा सभ्य सोच का नाम है आर्य...। कूपमंडूक बनकर...गुफावासी बने रहकर या विकास से मुख मोड़कर तुम उनका तो कुछ भला नहीं कर सकते सिवा वैमनस्य के परन्तु अपना बुरा अवश्य कर रहे हो। अभावों में तुम अपना जीवन तो जी चुके...। अपनी आनेवाली पीढ़ियों को तो कम से कम सुखी होने का अवसर दो।"

"सैकड़ों वर्षों से हमारे पूर्वज नृपतियों की आज्ञा की अवज्ञा करते रहे हैं, कर रहे हैं और हमारी आनेवाली पीढ़ियाँ भी करती रहेंगी।" उसने तीक्ष्ण स्वर में कहा।

"परन्तु क्यों?"

"उन्होंने हमारे वन काट डाले।"

"वन नहीं झाड़ियों को कहो...वे कृषि के लिए ही न काटी गई होंगी?"

"हाँ।"

"तो प्रकृति पर कोई तुम्हारा एकाधिकार तो नहीं है? उस पर तो सभी का समान अधिकार है। उन्होंने वन काटा। धरती समतल कर अन्न उपजाया। तुम्हें अग्नि दी ताकि तुम कच्चे मांस का भक्षण न करो। स्वच्छ पेय जल के लिए तालाब बनवाए, बावड़ी बनवाई। शिक्षण संस्थान खोले ताकि सभी शिक्षा ग्रहण कर सकें परन्तु यह सब तुम्हें उनका छल अनुभव हुआ और आज भी हो रहा?"

"हाँ, हमारे तांत्रिक कहते हैं तुम लोग हमारे चिर शत्रु हो। तुम्हारे हर क्रिया-कलाप में छद्म है।"

"ओह...तो इतना विष भर दिया है उन नराधम ने तुम लोगों के मस्तिष्क में प्रशासकों के प्रति?" क्षोभ से बोली मैं।

"ऐसा नहीं है क्या?" वह तत्क्षण मुझसे ही प्रश्न कर बैठा।

"इतने वर्षों से तुम्हारे तांत्रिकों द्वारा क्या प्रयास किया गया है विकास या तुम्हारे जीवन को समृद्ध बनाने के लिए। बतलाओगे?

मेरे प्रश्न पर वह मौन हो गया। मुझे लगा यह सब शिक्षा के अभाव के कारण हो रहा है। शिक्षित मानव किसी और के मतानुसार चलने से पूर्व सोचता है कि इसका बतलाया हुआ मार्ग सही है या गलत...। परन्तु अशिक्षित मानव नेत्र बन्द कर उस डगर पर चल पड़ता है, चाहे उसमें उसकी घोर हानि ही क्यों हो जाए...। ये तथाकथित समाज का भला चाहनेवाले लोग एक वर्ग को अशिक्षित और कूपमंडूक

ही रखना चाहते हैं ताकि उनका मनोरथ या स्वार्थ सधता रहे...।

"अपनी त्रुटियों का दोष दूसरों पर मढ़ देना, अपने अभावों का आक्षेप दूसरों पर लगाकर बरी हो जाना...यह अकर्मण्यों का काम है। मनुष्य यदि ठान ले तो क्या नहीं कर सकता? स्वयं को सुखी बनाना उसके पराक्रम पर निर्भर करता है परन्तु तुम लोग किसी और के विचारों पर चलनेवाले लोग हो। किसी और के मत को माननेवाले...और शास्त्र कहता है कि विचारधारा वह प्रबल प्रवाह है जो सम्मुख आए किसी भी अन्य विचार या कर्म को आत्मसात् करने में अक्षम होता है...। न वह उससे हटकर उन्नति की सोचता है, न शिक्षा की और न ही समाज कल्याण की। मात्र अपने विचारों को प्रतिपादित करने तथा अपने कहे को मनवाने के लिए सदा उद्धत रहता है, जो सत्य से बहुत दूर होता है। इसका एक ही समाधान है शिक्षा...।

"इतने शिक्षण संस्थान हैं इस राज्य में, तुम लोग उसका लाभ क्यों नहीं उठाते?" विषय को मोड़ते हुए मैंने पूछा।

"जिस शिक्षण संस्थान की बात आप कर रही हैं राजकुमारी जी, उसका लाभ हमें कभी नहीं मिला और न भविष्य में ही मिलेगा।"

"क्यों नहीं मिला? आप लोग शिक्षा के प्रति उत्सुक नहीं होंगे या फिर प्रयास नहीं किया होगा आश्रम तक जाने का।"

कहते-कहते मेरा स्वर तीक्ष्ण हो उठा...।

"हमारे क्षेत्र में एक ही आश्रम है महर्षि गौतम का। कितनी बार हमारे अभिभावकों ने महर्षि गौतम से अनुनय-विनय किया कि वे हमें शिक्षा प्रदान करें। हमें आश्रम में रहने की अनुमति दें परन्तु उन्होंने उनकी प्रार्थना को अस्वीकार कर दिया। वे बहुत परम्परावादी और हठी हैं। बाबा कहते हैं सारे आर्य महर्षि इसी प्रकार होते हैं परम्परावादी और हठी।"

एक अन्य युवक ने कहा तो मैं चकित रह गई उसके विचार सुनकर...। लगा मैं किन लोगों से ये बातें कर रही। जो जितना देखता है उतना भर ही सोच या विचार सकता है। ये न तो शिक्षित हैं और न इन्हें इस स्थान से कहीं और परिभ्रमण करने का अवसर मिला होगा जिससे ये संसार के रंग-रूप से साक्षात्कार कर सकें। सदा से स्वेच्छाचारी रहे इन अरण्यवासियों के मन में नृपतियों तथा शिक्षादाता ऋषि व महर्षियों के प्रति कलुष जो भरा गया है...। कलुष भरनेवाले कुछ व्यक्तियों को यह ज्ञात है कि यदि ये शिक्षित हो गए या आत्मनिर्भर हो गए तो उनकी नहीं सुनेंगे। उनकी पूजा नहीं करेंगे। वे यह भी जानते हैं कि पशु से भी अल्प समय लगता है

मूढ़ जन को साधने में। बालपन से जो ही अवधारणा भर दी जाती है उनके मस्तिष्क में वह धीरे-धीरे गहरी जड़ें जमा लेती है। तब वह व्यक्ति लाख सत्य के सम्मुख आने के बाद भी उसे परख नहीं पाता।

"चलो, मैं चलती हूँ महर्षि गौतम के पास। निवेदन करती हूँ उनसे तुम लोगों को आश्रम में रहने देने तथा शिक्षा प्रदान करने के लिए।"

"अब उन्होंने यह आश्रम छोड़ दिया है जो हमारी बस्ती के समीप था। बहुत दूर आश्रम बनाकर रह रहे हैं। यह आश्रम तो उजाड़ पड़ा है। मात्र उसमें उनकी सहधर्मिणी देवी अहल्या अकेली रहती हैं। सुना है वर्षों से वे किसी से नहीं मिलतीं न कहीं आती-जाती हैं।"

"ऐसा क्या घटित हुआ था जो उन्हें अपना आश्रम छोड़कर अन्यत्र जाना पड़ा? यदि हिंसक वन्य-जीवों का भय होता तो उनकी पत्नी देवी अहल्या वहाँ अकेली कैसे रह रही हैं? कहीं तुम लोगों ने कोई उत्पात तो नहीं किया था आश्रम में या उनके तप में विघ्न आदि डाला था?"

"कैसी अबोधतापूर्ण बातें कर रही हैं आप राजकुमारी जी? ऋषि, महर्षि लोग हिंसक जीवों से कहाँ भयभीत होते हैं। वे तो उन्हें भी साध लेते हैं और हम लोग क्यों उत्पात करने लगे उनके आश्रम में, जो एक राज्य मान्य आश्रम है? पिताजी और अन्य बुजुर्ग लोग तो अब भी अफसोस करते हैं उस आश्रम के वीरान होने पर। उनका कथन है कि जब तक आश्रम आबाद था उससे आती वेद ध्वनियाँ बहुत कर्णप्रिय लगती थीं। हवन कुंड से निकले धूम से विषैले कीट व पतंगे नष्ट हो जाते थे और हवन कुंड में प्रज्वलित समिधा की लौ से डरकर हिंसक जीव भी नहीं आ पाते थे बस्ती की ओर।"

"फिर इस आश्रम को त्यागने का क्या कारण था उनका, कुछ तो पता होगा उन लोगों को?"

"आपने महर्षि पत्नी अहल्या तथा इन्द्र की कथा तो सुनी ही होगी?"

"बहुत अधिक नहीं, मात्र उड़ती-उड़ती सी।" कहते-कहते मैं लज्जित हो उठी अपनी अनभिज्ञता पर...। राजभवन में रहकर राज्य की गतिविधियों से अनजान रहना अपराध ही तो है। मुझे अनुभव हुआ। परन्तु भवन में उतनी ही बातें हमारे कानों तक पहुँचती थीं जितने की आवश्यकता होती। क्योंकि हमारे कर्ण भी अन्य लोग ही होते थे और चक्षु भी...।

"भवन की किसी अनुभवी स्त्री से पूछ लीजिएगा।"

"तुम क्यों नहीं बतला सकते?"

"बस ऐसे ही राजकुमारी जी।"

"अरे कुछ तो ज्ञात हुआ होगा बड़े-बूढ़ों से तुम लोगों को इस विषय में?"

"हमें संकोच हो रहा...आप भवन में ही पूछ लीजिएगा न किसी से।"

"ठीक है।" मैंने मद्धिम स्वर में कहा।

"प्रयास करिएगा यदि आश्रम में हमें स्थान प्राप्त हो जाए। आश्रम दूर है तो क्या हम किसी प्रकार वहाँ चले जाएँगे और आप लोगों के प्रति हमारे अभिभावकों के हृदय में उपजा कलुष कुछ तो क्षीण होगा।"

"अवश्य। अब तुम लोग जाओ। उजाला दिख रहा है, कदाचित् हम अरण्य की छोर पर हैं। सनद मुझे मुख्य पथ तक छोड़ देगा।"

"जी राजकुमारी जी, परन्तु हम यहीं सनद की प्रतीक्षा करेंगे। जाने में संध्या हो जाएगी और वन की राह बहुत दुर्गम है। सनद अकेला पड़ जाएगा हमारे बिना।"

"तुम लोग जैसा उचित समझो।"

अरण्य से जैसे ही मुख्य मार्ग पर आई, बहनों और सैनिकों को अतिशय व्याकुल देखा। कुछ सैनिक तो वन के भीतर भी प्रवेश कर गए थे मेरी खोज में। जाने इस गहन अरण्य में वे किस दिशा में भटक रहे होंगे।

मेरे अश्व से उतरते ही दीदी सीता ने अपने आलिंगन में बाँधते हुए आर्द्र स्वर में पूछा—

"तुम सकुशल तो हो अनुजे? कहाँ चली गई थी मेरी बहन? मैं तो जैसे प्राणहीन ही हो गई थी ये सोचकर कि अरण्य के हिंसक जीव कहीं तुम्हें हानि न पहुँचा दें। सैनिकों ने कहा था कि आगे यह अरण्य बहुत दुर्गम हो गया है और सुना है उसमें निवास करनेवाले लोग महाराज के हितैषी भी नहीं हैं।"

दीदी मांडवी और श्रुतकीर्ति भी बेचैन-सी मेरे समीप आईं और लिपट गईं मुझसे। तत्क्षण मुझे अपनी भूल का बोध हुआ। रोमांच से साक्षात्कार करने की मेरी प्रबल लालसा ने मेरे अपनों को कितनी यातना पहुँचाई है। बहुत ग्लानि का अनुभव हुआ और पुनः ऐसी धृष्टता न करने का मैंने संकल्प लिया...।

"क्षमा कर दो दीदी, अब पुनः ऐसी भूल नहीं होगी। मैंने तो तीव्र चलने के लिए अश्व को एड़ लगाई थी, यह तो जैसे पवन वेग से भाग चला था। इसे रोकने का मेरा सारा कौशल असफल रहा जब तक यह थक नहीं गया। वो तो संयोग कहो कि अरण्य मध्य सनद मिल गया और उस घोर अरण्य में मेरा मार्गदर्शक बना।

इतना ही नहीं, वहाँ रीछ के आक्रमण से भी इसी ने बचाया मुझे।"

"अरे, रीछ ने आक्रमण किया था तुम पर...कोई क्षत तो नहीं हुआ...?" दीदी ने चौंककर पूछा।

"नहीं दीदी, उसके आक्रमण के पूर्व ही सनद ने अपने बाण से डराकर भगा दिया था उसे। यह बहुत कुशल धनुर्धर है। क्या सटीक लक्ष्य साधा था इसने...बाण बिलकुल उसके निकट आकर गिरा था। यह चाहता तो उसे मार भी सकता था।"

"सनद, हम सब बहुत आभारी हैं तुम्हारे। तुमने जनक कुल पर बड़ा उपकार किया है उर्मिला का जीवन बचाकर। तुम भी भवन चलो। हमें बहुत अच्छा लगेगा तुम्हारा आतिथेय।" दीदी ने उसके सम्मुख प्रस्ताव रखा।

"मेरा अहोभाग्य राजकुमारी जी, आपने मुझे इस योग्य समझा। परन्तु आज मुझे क्षमा कर दीजिए। कुछ मित्र मेरे लौटने की प्रतीक्षा कर रहे हैं। पुनः किसी दिन आऊँगा राजभवन सुयोग बना तो। अब आप लोग आज्ञा दीजिए, गहन वन में जाना है और संध्या होनेवाली है।" सनद बोला।

उसकी विवशता समझते हुए हमने उसे विदा दी...।

12

आज औचक स्मरण हो आया कि उस दिन दुर्भिक्ष काल की कथा सुनाते समय काकी जी देवी अहल्या और इन्द्र की कथा कहते-कहते रुक गई थीं।

सनद के साथ अरण्य से आते समय उसके मित्रों ने गौतम आश्रम से सम्बन्धित अधूरी कथा सुनाई थी। ऐसा नहीं लगा था कि वे इस तथ्य से अनभिज्ञ होंगे परन्तु मेरे लाख आग्रह करने पर भी जाने क्यों वे पूरी कथा सुनाने से हिचक गए थे। इस अधूरी कथा ने मेरी जिज्ञासा को प्रबल कर दिया था पूरी कथा जानने के प्रति। अवसर पाकर मैं काकी जी के समीप जा पहुँची और बातों के क्रम में गौतम आश्रम के वीरान होने की चर्चा छेड़ दी—

"काकी जी, बहुत दिनों पूर्व आपने दुर्भिक्ष काल की कथा सुनाई थी और गौतम आश्रम में घटित किसी घटना की चर्चा भी की थी। क्या थी वह विचित्र घटना..?" अनुनय-विनय कर मैंने अपनी जिज्ञासा प्रकट की।

"इतने बरसों पश्चात् आज कैसे स्मरण आया तुम्हें उस घटना का?" आश्चर्य से काकी जी ने पूछा।

"भवन में प्राय: परिचारिकाओं मध्य कुछ इसी प्रकार की चर्चा सुनने को मिलती रही थी परन्तु अधूरी क्योंकि मेरे निकट जाते ही वे मौन हो जाया करती थीं...। मैंने भी इस ओर कोई विशेष ध्यान नहीं दिया था। परन्तु उस दिन अश्वारोहण से आते समय एक अरण्यवासी के मुख से गौतम आश्रम की चर्चा सुनकर मेरी जिज्ञासा बढ़ गई है।"

"क्या कथा सुनाई थी उस अरण्यवासी ने तुम्हें देवी अहल्या की?"

"उसने मात्र देवी अहल्या के अकेले रह जाने की और महर्षि गौतम के आश्रम छोड़कर जाने की बात कही परन्तु वे वहाँ अकेले क्यों रह गईं तथा महर्षि उन्हें क्यों छोड़कर चले गए यह कहने में संकोच कर रहा था।"

काकी जी कुछ क्षण मौन रहीं। लगा वे कदाचित् स्मरण कर रही हैं उस कथा को।

"पुत्री, यह वही दुर्भिक्ष काल था जब हमें हलेष्टि यज्ञ द्वारा जानकी प्राप्त हुई थी और हमारे राज्य में वह अद्‌भुत घटना भी घटित हुई थी जो वर्षों तक विशेष चर्चा का विषय रही...।"

"अरण्यवासी कह रहे थे कि कुछ ऐसा घटित हुआ था जिससे महर्षि गौतम को अपना विशाल आश्रम छोड़कर अन्यत्र जाना पड़ा। आप विस्तार से बतलाइए... मैं बहुत उत्सुक हूँ जानने को।"

"महर्षि गौतम की पत्नी अहल्या परम सौन्दर्यमयी एवं विदुषी स्त्री हैं। उनका रंग जैसे हिमवंत के शिखर पर बिखरी सूर्य की स्वर्णिम रश्मियाँ...। कहा जाता है कि वे ब्रह्मा की पालित पुत्री हैं। उनकी माता कौन हैं ज्ञात नहीं परन्तु पिता पांचाल नरेश के पौत्र वर्ध्यश्व हैं। अहल्या को वे बाल्यकाल में ही परमपिता ब्रह्मा के आश्रय में छोड़कर तपस्या करने चले गए थे। कुछ काल पश्चात् उस रूपवती कन्या अहल्या को ब्रह्मा ने विद्वान महर्षि शरद्वंत गौतम के आश्रम में शिक्षा ग्रहण करने के लिए भेज दिया। गौतम अपनी नीति व नैतिकता के लिए सम्पूर्ण आर्यावर्त में प्रसिद्ध थे। विद्वत्ता तो जैसे उनकी साँसों की गति थी। तभी तो ब्रह्मा ने अपनी अनिंद्य सुन्दर पुत्री को विद्याध्ययन के लिए उनके आश्रम में भेजा था। उन्हें अहल्या को सुरक्षित रखने का सबसे उपयुक्त स्थान गौतम आश्रम ही लगा और उनकी अपेक्षानुसार उन्होंने वहाँ रहकर विद्याध्ययन किया और सयानी होने पर अहल्या वहाँ से सकुशल पुन: ब्रह्मा के पास रम्य वन में लौट आईं। परन्तु गौतम आश्रम प्रवास अवधि में ही

ऋषि पत्नियों द्वारा देवराज इन्द्र के रूप तथा पराक्रम की चर्चा सुन-सुनकर उनके मन में इन्द्र के प्रति कहीं अनुराग उत्पन्न हो गया था कदाचित्।"

कहकर काकी जी कुछ क्षण मौन हो गईं। किसी असमंजस में थीं शायद।

"काकी जी, इसमें तो घटना जैसी कोई बात नजर नहीं आई। कहिए ना आगे क्या हुआ?"

"उर्मिला अब तुम सयानी हो गई हो। तुमसे कुछ भी गोपन नहीं रहना चाहिए। माता-पिता का यह दायित्व होता है कि वयस्क होती सन्तानों को रीति-नीति, नैतिकता और अनैतिकता का ज्ञान कराना। जब तक हम उन्हें नहीं ज्ञात कराएँगे वे कैसे समझेंगी कि समाज को अक्षुण्ण व सन्तुलित बनाए रखने के लिए बनाए गए विधान का पालन करना उनके तथा समाज के हित में है। और ये पाबन्दियाँ समाज द्वारा उन पर सख्ती नहीं वरन् यह उनका समाज और राष्ट्र के प्रति नैतिक दायित्व है।"

"आप सत्य कह रही हैं काकी जी। बालपन को पीछे छोड़ आगे बढ़ते मेरे मन में भी हजारों प्रकार की जिज्ञासाएँ सर उठाती रही हैं...। सृष्टि को सम्पूर्णता से जानने की ही नहीं, इसके विधि-विधान, रीति-नीति के प्रति भी परन्तु कभी-कभी कठोर नियमों के प्रति आक्रोश के साथ विप्लव का आग्रही भी हो उठता है यह...। ये समस्त भाव क्या वय सम्बन्धी अवगुण हैं काकी जी?"

"इसे अवगुण नहीं कह सकते। यह वय विकास के क्रम में चेतन मन की जिज्ञासा और सब कुछ जान लेने की शीघ्रता का भाव है...। मनुष्य के अन्दर उपजी यह जिज्ञासा ही उसे संसार को जानने, ओझल रहस्य के अन्वेषण तथा विकास को गति देनेवाली होती है। जिज्ञासा रहित मानव तो जड़ वस्तु की भाँति होता।"

"ओह काकी जी, इस भाव ने तो आकुल कर रखा था मुझे पर लगता है आप की बातों से उसे समाधान मिल जाएगा। कृपया आप महर्षि आश्रम का वृत्तान्त सुनाइए।"

"जिस समय दुर्भिक्ष पड़ा था। विदेह राज के लाख अनुनय-विनय के पश्चात् भी न जाने किस कोपवश देवराज इन्द्र इस क्षेत्र को सिंचाई के लिए जल देने को सहमत नहीं हुए थे। उसके बाद वर्षा के लिए विकल्प स्वरूप महाराज को विद्वानों ने हलेष्टि यज्ञ करने का परामर्श दिया था। उसी मध्य जल के निमित्त ही गौतम आश्रम में भी यज्ञ का अनुष्ठान किया गया था। इस धरा और प्रकृति को अक्षुण्ण रखने तथा समाज के हित के लिए हमारे ऋषि, महर्षि सदैव तत्पर रहते हैं। अत: समाज के हित के लिए ही वहाँ यह आयोजन आयोजित किया गया था जिसमें

मुख्य अतिथि के रूप में इन्द्र आमंत्रित थे। होते भी क्यों नहीं जल के वे प्रबन्धक जो थे। आश्रम में उनके स्वागत-सत्कार का दायित्व महर्षि गौतम ने देवी अहल्या को दिया था। देवी अहल्या के अनिंद्य रूप की चर्चा सुन मन ही मन इन्द्र उन पर आसक्त हो गए थे। कदाचित् वे ऐसे ही किसी अवसर की खोज में थे जब उन्हें देवी अहल्या का सान्निध्य सुख प्राप्त हो और यज्ञ में इन्द्र को यह अवसर सहज मिल गया। इस अवसर का भरपूर लाभ उठाया उन्होंने। एक रात्रि वे महर्षि गौतम की अनुपस्थिति में देवी अहल्या के शयन कक्ष में घुस गए...और छल से उन्होंने देवी अहल्या का बलात्कार किया। उसी समय महर्षि गौतम वहाँ आ पहुँचे। अहल्या के कक्ष में इन्द्र को देखकर वे घोर अपमान की अग्नि से दहक उठे और तत्क्षण उन्होंने उन्हें भयानक शाप दे दिया।"

"मात्र शाप दे दिया? ऐसे पुरुष को तो कठोरतम दंड देना चाहिए था उन्हें।" देवराज इन्द्र के इस लज्जाजनक कृत्य पर क्षुब्ध हो उठा मेरा मन।

"जो शाप उन्होंने इन्द्र को दिया, वह मृत्युदंड से भी भयानक था पुत्री।"

"कैसा शाप था काकी जी जो मृत्युदंड से भी भयानक था?"

"उन्होंने क्रोध से उबलते हुए कहा था—

"तुम इतने कामी हो जो मित्र पत्नी का भी मान नहीं रख सके...। तुम अनार्य नहीं हो कि अच्छे-बुरे से अनजान हो...। देवराज होते हुए भी तुम्हारे मस्तिष्क पर वर्जित कर्म काम सर्वोपरि हो गया? अतः तुम घोर दंड के अधिकारी हो...। जाओ तुम्हारा अंडकोश अभी का अभी स्खलित हो जाए। ताकि तुम्हें सदा अपने किए कुकृत्य का स्मरण होता रहे और तुम समाज से बहिष्कृत होते रहो।"

"ओह काकी जी...वास्तव में यह बहुत भयानक शाप था।"

"हाँ पुत्री, परन्तु बाद में पता चला इन्द्र ने कोई बलात्कार नहीं किया था बल्कि यह सब देवी अहल्या की सहमति से हुआ था। उन्होंने स्वयं इसे स्वीकार किया कि समष्टि के हित के लिए उन्होंने स्वयं को इन्द्र के समक्ष समर्पित किया था ताकि इन्द्र इस क्षेत्र को कृषि के लिए जल उपलब्ध कराएँ।"

सुनकर स्तम्भित रह गई मैं।

"ऐसा कैसे सम्भव है काकी जी, कोई देवता प्रजा हित के लिए किसी परायी स्त्री की अस्मिता की बलि कैसे ले सकता है? यदि उसकी आकांक्षा इतनी तुच्छ है तो उसे देवराज कहलाने का कोई अधिकार नहीं है। वह तो अनार्य समान है। मैं इसे सही नहीं मानती काकी जी! और देवी अहल्या का यह तर्क भी सहमति

योग्य नहीं है। समष्टि की खुशहाली के लिए प्राण न्योछावर किया जा सकता है, अस्मिता नहीं। स्त्री की अस्मिता उसका गौरव है तथा उससे जुड़े हुए लोगों का स्वाभिमान भी...।"

"पूर्व काल में इन्द्र की प्रकृति भोगी की नहीं थी उर्मिला। वे देवासुर संग्राम के नेता और अपराजेय नायक ही नहीं देव-मंडल के अधिनायक हैं तथा वीरता के प्रतीक व देवताओं के रक्षक भी हैं। इसलिए देवराज कहलाते हैं। उनके सेनापति चरित्र को देवता बहुत महत्त्व देते हैं। कहा जाता है कि देवताओं के हित के लिए इन्द्र ने अपने वज्र से शम्बासुर के कई नगरों को नष्ट किया था। वे मायावी भी हैं। इसी रूप में वे शत्रुओं का संहार करते हैं। इस क्षेत्र में भी वृत्रासुर से जल के लिए ही उन्होंने घोर युद्ध किया था और वृत्रासुर का वध भी जिससे उन्हें ब्रह्महत्या का पाप लगा था तथा एक वृहद् काल के लिए उन्हें इन्द्र का सिंहासन भी गँवाना पड़ा था। सुना है कि वह समय उनके तथा उनकी पत्नी पौलोमी शची के लिए बहुत ही विकट था।"

मैं असमंजस में रही कि इन्द्र के किस रूप को स्मरण किया जाए...अति पराक्रमी...समाज हितैषी...सर्वोच्च पद पर आसीन देवराज को या काम के मोह में फँसे एक दुर्बल चित्त अति सामान्य पुरुष के रूप में?

"अहल्या पतन हमारे युग का बहुत ही अनैतिक कार्य माना जा रहा है। किसी ब्याहता स्त्री का पर-पुरुष गमन...। इसे नैतिक माना भी कैसे जा सकता है? यदि इसे नैतिकता की मान्यता देंगे तो हम पुनः आदिम युग में पहुँच जाएँगे जहाँ न पति होता था, न पिता और न ही परिवार...। पिता के नाम व पहचान के बिना सन्तानें माँ के संरक्षण में पलती थीं और माँ के नाम से ही जानी व पहचानी जाती थीं। यदि हम सम्बन्धों की संवेदना व गरिमा से जुड़े हैं तो हमें उन सम्बन्धियों को अपने आचरण से लज्जित करने का कोई अधिकार नहीं बनता। जैसा कि ज्ञात है देवी अहल्या अभी तीन-तीन वयस्क व विद्वान पुत्रों तथा एक ब्याहता पुत्री की माँ हैं। ऐसी स्थिति में समाज व परिवार में संशय तथा बिखराव की स्थिति उत्पन्न होने की सम्भावना अवश्यंभावी है। हमारी आर्य संस्कृति में स्त्रियाँ जिनसे जुड़ती हैं तो मन, कर्म व वचन तीनों से समान भाव से जुड़ती हैं। उनके मान-सम्मान के लिए सदा प्राणपण से न्योछावर होने को तत्पर रहती हैं। परिवार या दाम्पत्य कोई अन्यतम नहीं जिससे वे स्वयं को पृथक् मानें और यदि वहाँ उन्हें स्वयं का सुख व स्वार्थ सर्वोपरि लगता है तो यह कदापि उचित विचार नहीं कहा जाएगा।"

"विद्वान परमपिता ब्रह्मा के सान्निध्य में पोषित और एक महान महर्षि पत्नी की लोकोपचार से इतनी अनभिज्ञता...? समझ से परे है काकी जी।"

"कदाचित् महर्षि गौतम उनके प्रिय पुरुष नहीं थे। सुना है महर्षि गौतम और अहल्या के वय में भारी अन्तर था। महर्षि गौतम विद्वान तो थे ही अपने वय के अनुरूप ही परिपक्व व नैतिकता के पोषक भी थे। और अहल्या षोडशी कन्या थीं। वय के अनुसार उनकी अपनी सोच, इच्छा व अपेक्षाएँ थीं इस संसार से। पिता द्वारा वर रूप में चयनित महर्षि गौतम का नाम सुनकर वह हतप्रभ रह गई थीं। पति रूप में उनके मानस में बसे पुरुष के सौवें अंश के बराबर भी महर्षि कहीं नहीं ठहरते थे परन्तु उन्होंने अपने पिता से न तो अपनी इच्छा व्यक्त की और न ही गौतम को अस्वीकार ही किया। पति रूप में उनके युवा मन की पसन्द कदाचित् देवराज इन्द्र ही थे। प्रजापति ब्रह्मा भी महर्षि गौतम को ही जामाता बनाना चाहते थे। ऐसा तो हमें भी ज्ञात था। उस समय महर्षि या ऋषि राजा-महाराजाओं को जामाता के रूप में पहली पसन्द हुआ करते थे। उन लोगों का मानना था कि ऋषि, महर्षिगण विद्वान, संयमी, विवेकवान एवं प्रकृति प्रेमी होते हैं तथा उनके संयोग से उत्तम सन्तान की उत्पत्ति होती है। सम्भवत:यही कारण हो जिसके तहत वे विवाह बन्धन में बँध गईं परन्तु सुना है कि उनका वैवाहिक जीवन सुखमय नहीं था। कदाचित् देवी अहल्या गौतम में पति के साथ प्रेमी भी ढूँढ़ती रहीं और महर्षि गौतम अहल्या में अपने वंश को बढ़ानेवाली उर्वरा स्त्री...। इस संसार में कुछ प्राणी ऐसे भी होते हैं जो सदा यथास्थिति में जीना चाहते हैं तथा अपनी कमजोरी, शिथिलता, नासमझी और अज्ञानता का दोष दूसरों के सर मढ़कर मुक्त हो जाते हैं स्वयं की असफलता से।"

"जी काकी जी, परन्तु यदि देवी अहल्या महर्षि गौतम को पसन्द नहीं करती थीं तो ब्याह से पूर्व ही उन्हें इस सम्बन्ध को अस्वीकार कर देना चाहिए था। हमारी आर्य व्यवस्था में किसी भी बात, व्यवहार, विचार, असहमति, अस्वीकार या स्वेच्छा से पति से पृथक् होने का विधान भी तो उपस्थित है। फिर यह अशोभनीय और निन्दनीय चौर कर्म द्वारा किया गया कोई भी कृत्य, उसका मैं अनुमोदन नहीं कर सकती और न ही व्यवस्था को सुदृढ़ व समाज को सुव्यवस्थित रखने की इच्छा रखनेवाला कोई भी व्यक्ति कर सकता है।"

"हाँ उर्मिला, पाप यह नहीं कि देवी अहल्या ने वासव को अपना उपभोग करने दिया। पाप यह है कि उन्होंने स्वयं के सुखों के लिए अपने पति महर्षि गौतम

जैसे सम्मानित व्यक्ति के साथ विश्वासघात जैसा जघन्य अपराध किया और समाज के समक्ष उन्हें लज्जित किया। आंगिरस कुल में उत्पन्न हुए महर्षि गौतम की उस समय चार-चार वयस्क सन्तानें—तीन पुत्र यथा शतानन्द, चिरकारी, शरदभानु और एक ब्याहता पुत्री अंजनी थी। उनकी माता का यह कृत्य समाज को मान्य कैसे होता...? और होना भी नहीं चाहिए अन्यथा हमारा यह उन्नत समाज पुन: पतन की ओर अग्रसर हो जाएगा। तब न परिवार बच पाएगा, न समाज और न राष्ट्र..। हर ओर अराजकता और उच्छृंखलता व्याप्त हो जाएगी...।"

"आपका कथन बिलकुल सत्य है काकी जी।"

"अहल्या के साथ घटित घटना के समय शतानन्द हमारे पुरोहित थे और वे उस समय महाराज के साथ हलेष्टि यज्ञ में सम्मिलित थे। उनका मझला पुत्र चिरकारी, जो बहुत विद्वान और किसी भी कार्य को करने से पहले देर तक चिन्तन-मनन तथा विलम्ब से करने का आदी था, उसका अपने इसी शिथिल आचरण के कारण उसका चिरकारी नाम पड़ा था। अहल्या के आचरण से क्रोध में भरकर जब महर्षि गौतम ने चिरकारी को आज्ञा दी कि वह अपनी व्यभिचारिणी माता का वध कर दे और वे व्याकुलता से वन की ओर चले गए पिता के समक्ष हाँ करने के बाद भी अपनी प्रकृति स्वरूप चिरकारी उस पर विचार करता रहा कि वह क्या उपाय करे जो पिता की आज्ञा भी रह जाए और माता का वध भी न करना पड़े। वह भारी असमंजस में घिर गया था। उसके मस्तिष्क में द्वंद्व उभरते रहे। पिता की आज्ञा का पालन करना पुत्र का धर्म है तो माता की रक्षा करना भी पुत्र का धर्म है। भरण-पोषण तथा अध्यापन करने के कारण पिता पुत्र का प्रथम गुरु होता है परन्तु माता समान नि:स्वार्थ पालन तथा रक्षा करनेवाला और चाहनेवाला कोई दूसरा नहीं होता। शास्त्रों का ज्ञाता चिरकारी बहुत देर तक इस पर चिन्तन करता रहा। उधर देर तक वन में भटकने के पश्चात् महर्षि गौतम के मन में ग्लानि का भाव जाग्रत हो गया कि देवलोक का स्वामी इन्द्र जिसका उन्होंने इतना सम्मान किया। घर में आश्रय दिया, वह निकृष्ट मनुष्य काम लोलुपता के कारण ऐसा निन्दनीय कर्म कर बैठा वह भी मित्र पत्नी के साथ। इसमें अहल्या का क्या दोष? ईर्ष्यावश उत्तेजित हो उन्होंने नाहक उसका वध करवा दिया। परन्तु एक मद्धिम-सी आस कहीं उन्हें आशान्वित किए रही कि स्वभाववश यदि चिरकारी ने इस कार्य में भी विलम्ब किया हो तो वह मुझे स्त्री वध के पाप का भागी बनने से बचा लेगा। और हुआ भी ऐसा ही। आश्रम लौटने पर अहल्या को जीवित देखकर महर्षि का संताप क्षीण हो गया। उन्होंने चिरकारी को

आशीर्वाद दिया और अहल्या से बोले कि इन्द्र की गलती का दंड मैं तुम्हें दे रहा था। यह सब तो उस नराधम इन्द्र का कुचक्र था। वध तो उसका करना चाहिए था मुझे। उसे जितना कठोर दंड दिया जाए कम है। तभी देवी अहल्या बोलीं—"इस अपराध में मात्र इन्द्र ही दोषी नहीं हैं, मैं भी बराबर की सम्मिलित हूँ। उन्होंने कोई बलात्कार नहीं किया मेरे साथ अपितु मेरे नारीत्व को पूर्ण किया है।"

"इतना सुनते ही ग्लानि और अपमान से गौतम का पुरुषत्व जाग उठा। कोप से फुफकारते वे बोले—"मूढ़मति स्त्री, तुझे मात्र स्वयं के सुखों का ध्यान रहा... अपने कुटुम्बी जनों के मान-सम्मान का नहीं। जा, आज से मैं तुझे कुटुम्ब से ही रहित करता हूँ इस आश्रम का त्याग कर। चिरकाल तक तू इस आश्रम में अकेली समाज से वंचित व बहिष्कृत पड़ी रहेगी।" कहकर तत्क्षण उन्होंने उस आश्रम का परित्याग कर दिया। पति द्वारा परित्यक्त व शापित देवी अहल्या आज भी समाज से कटी अपनी कुटी के भीतर पड़ी हुई हैं, एक शिलाखंड की भाँति।"

"काकी जी, बहुत विचित्र है यह कथा, गहन विवेचना की आकांक्षी भी।"

"हाँ पुत्री, अद्‌भुत है मानव का यह फिसलन...एक लघु भूल से सम्पूर्ण अस्तित्व ही धराशायी हो जाता है उसका। यहीं से प्रारम्भ होती है देवी अहल्या की वह यात्रा, जब तक वे स्वयं उस अपराधबोध से अपने स्व को मुक्त नहीं कर पातीं। कदाचित् इसी मार्ग पर यात्रा ने उन्हें शिलावत बना दिया है। मानव मन की चाहतें व अपेक्षाएँ अबूझ और असीम होती हैं। तुष्टि मिले तो एक मुट्‌ठी धूल भी पर्वत...न मिले तो आकाश भी तुच्छ। हमारे समक्ष जिस वैदिक समाज की आदिम वैवाहिक कल्पना 'सूर्या' के रूप में ऋग्वेद ने प्रस्तुत की है, आज उसकी परम्परा शत-सहस्राब्दियों के बाद भी समाज में यथावत् देखी जा सकती है। वन जो नैसर्गिक जीवन का पूर्ण परिचय है, इसका स्पर्श जहाँ मृदुल है तो वहीं स्पर्शाघात भी प्रबल होता है। मांसल सौन्दर्य की अवहेलना अति असामान्य है परन्तु इसका विकल्प खोजना सार्थक तभी है जब इसे तिरस्कार की दृष्टि से न देखा जाए। नहीं तो अहल्या का चिन्तन और आत्मानुभूति क्षण भर में अश्रु बूँदों के समान अस्तित्व खो बैठेगी।"

"ऐसा है क्या काकी जी?"

"उर्मिला, ये क्यों भूल रही हो कि अपना जीवनसाथी निर्वाचित करने की स्वाधीनता रखनेवाली कन्याएँ वैदिक युग की ही रही हैं। मैत्रेयी और गार्गी ने अपने कौमार्य काल में ही महर्षि याज्ञवल्क्य से ब्रह्मवाद किया था। जिसकी चर्चा आज भी हमारे सम्पूर्ण विदेह क्षेत्र में क्या भारतवर्ष तक में होती है। स्त्री की यह प्रतिष्ठा,

कौमार्य काल की यह स्वतंत्रता तथा ज्ञान-विज्ञान जैसे गम्भीर विषयों पर प्रभुत्व से क्या ज्ञात होता है? और सावित्री ने भी तो देशाटन कर स्वयं के लिए वर का चयन किया था।"

"जी काकी जी, यही सब सोच-सोचकर तो मैं चकित हूँ...। सम्बन्धों का यह गुंफन...?"

"यह सम्बन्धों का गुंफन नहीं है। सम्बन्धों की गरिमा समर्पण में है, श्रद्धा में है, त्याग में है तथा प्रेम में है। विद्वज्जनों का कथन है—पति-पत्नी का सम्बन्ध इसलिए महत्त्वपूर्ण नहीं होता कि वह सामाजिक बंधन है, स्तुत्य है। बल्कि पत्नी को पति इसलिए प्रिय होता है कि वह उसे सुख और संतोष देता है। उसके बच्चों का भविष्य किस विधि सुरक्षित हो उसके निमित्त उद्यम करता है। शोक, संताप के क्षणों में उसके साथ रहता है। उसके लिए व्याकुल होता है तथा उसकी चिन्ता करता है। इसी तरह पति को पत्नी इसलिए प्रिय नहीं होती है कि वह पत्नी है वरन् इसलिए प्रिय होती है कि वह उसकी चिन्ता करती है। उसकी गृहस्थी सँभालती-सँवारती है तथा सदा संग-साथ रहकर उसे आत्मिक बल प्रदान करती है। वह उसे सुख देती है, मान-सम्मान देकर उसे विशिष्ट बनाती है। यदि पति अपने इन सारे दायित्वों से विमुख हो जाता है तो फिर वह पत्नी के श्रद्धा का पात्र नहीं रह जाता। और जहाँ श्रद्धा नहीं वहाँ प्रेम या समर्पण का अस्तित्व कहाँ? उसी प्रकार पत्नी के कर्म व कर्तव्यच्युत होने पर उसके साथ पति का दृष्टिकोण बदल जाता है।"

"इस समस्त प्रकरण में दोष किसका है काकी जी?"

"मैं तो कहूँगी परिस्थितियों का। तुम्हें किसका लग रहा उर्मिला?"

"नहीं काकी जी, प्रथम महर्षि गौतम का। उन्हें इस सम्बन्ध को अस्वीकार कर देना चाहिए था। सम्भव है देवी अहल्या पिता के ऋण समक्ष दबी हों क्योंकि वे पालित पुत्री थीं, परन्तु महर्षि गौतम तो विवश नहीं थे। अब जाने दीजिए, दोष चाहे जिसका भी हो यह एक दृष्टान्त तो बना समाज में। सुनकर ज्ञानकोष समृद्ध हो रहा। समाज सन्तुलित रहे, यह इच्छा रखनेवाले हर युवा को यह सीख अवश्य स्मरण रखना चाहिए।"

"मुझे लगता है महर्षि गौतम का भी इसमें दोष नहीं है। ऋषि, महर्षि तो प्रथम अपने जीवन को तप व सिद्धि हेतु अर्पित करते हैं और सिद्धि प्राप्त कर लेने के बाद उन्हें अपनी वंश वृद्धि एवं पितृ ऋण चुकाने का स्मरण आता है अतः वय बीतता जानकर वे ब्याह हेतु आकुल हो जाते हैं। ऐसा ही हुआ होगा यहाँ। यदि

महर्षि गौतम ने अहल्या का हाथ नहीं भी माँगा होगा तो भी परमपिता ब्रह्मा ने चलन के अनुसार स्वयं ही उन्हें जामाता रूप में स्वीकार किया होगा। ऋषि, महर्षि द्वारा राजकन्याओं का वरण करना कोई आज की बात नहीं है। उससे पूर्व भी ऐसे बेमेल विवाहों के बहुत सारे उदाहरण उपस्थित हैं। यथा महर्षि अगस्त्य और लोपामुद्रा का ही लो। अपनी वंश वृद्धि के लिए अधेड़ावस्था में महर्षि अगस्त्य ने विदर्भ नरेश की अति सुन्दरी व कम वय की कन्या लोपामुद्रा का हाथ माँगा था। राजा-रानी अपनी इकलौती पुत्री का ब्याह उनसे नहीं करना चाहते थे परन्तु उनके शाप से भयभीत भी थे। विदुषी लोपामुद्रा माता-पिता की स्थिति समझते हुए अगस्त्य से विवाह करने पर सहमत हो गईं। सुना है विवाह के पश्चात् विदाई के समय अगस्त्य ने लोपामुद्रा से राजसी वस्त्राभूषण उतरवा दिया था परन्तु यह सब अरुचिकर लगते हुए भी लोपामुद्रा ने उनका विरोध नहीं किया था और आज भी वे सुखी वैवाहिक जीवन व्यतीत कर रहे हैं दक्षिणारण्य में रहकर। पुत्री, तुम जिस परिवार, समाज या राष्ट्र में जी रही हो, इसका जो स्वरूप अभी तुम्हारे सम्मुख है, यह सदा से ऐसा ही रहा होगा यह सोचना भी भूल है। इस समाज में व्याप्त कुरीतियों को परिमार्जित करने में हमारे पूर्वजों को जीवन-जनित हर क्षेत्र में जूझना पड़ा होगा बल्कि वैचारिक युद्ध भी लड़ना पड़ा होगा। ऐसे ही समाज में व्याप्त रूढ़ियाँ समाप्त नहीं होतीं और समाज में रहनेवाले सभी तुम्हारे विचारों से सहमत हों ऐसा कभी सम्भव नहीं हुआ है और कदाचित् कभी होगा भी नहीं। फिर भी अब समाज पहले से बहुत उन्नत है, उदार है...परन्तु इसी में कुछ वर्ग अब भी उसी अन्धकार में जीने के आकांक्षी हैं और कुछ विवशता वश नहीं बल्कि उसी में जीना गर्व समझते हैं। कोई भी देव, दानव या मानव अपने पराक्रम से ही महान कहलाता है। वह पराक्रम या गुण निश्चय ही औरों से बहुत अधिक व भिन्न होता है और समाज व राज्य के हित में होता है...। इतिहास तो यही उदाहरण प्रस्तुत करता है पुत्री! मात्र स्वयं के हित में कार्य कर कोई महान हुआ है ऐसा दृष्टान्त आज तक देखने को नहीं मिला किसी ग्रंथ या इतिवृत्त में...।"

"ओह काकी जी...कह नहीं सकती आज कितना गूढ़ ज्ञान मिला है आपके शब्दों से। सत्य में बड़ों या विद्वज्जनों का सान्निध्य अमृत तुल्य होता है जो ज्ञान चक्षु को खोल देता है।"

उस दिन यदि मैं भटकती हुई अरण्य मध्य नहीं पहुँचती और आखेट करते सनद से मुलाकात नहीं होती, जिसने मुझे अनार्य पल्ली की स्थिति से अवगत कराया था तो दुर्ग के प्राचीरों मध्य रहकर मुझे कभी ज्ञात ही नहीं होता कि इस पृथ्वी पर समानान्तर दो संसार विद्यमान हैं। एक हर प्रकार के सुख के संसाधनों से युक्त शुक्ल पक्ष के समान उज्ज्वल और दूसरा घोर अभावों भरा कृष्ण पक्ष की भाँति स्याह...।

सृष्टि का यह स्याह पक्ष बड़ा निर्मम लगा था मुझे। इस धरा पर रहनेवाले सभी प्राणियों को इससे प्राप्त संसाधनों पर समान अधिकार होना चाहिए...ऐसा ही सुनती आई थी श्रेष्ठ जनों के मुख से परन्तु यथार्थ रूप कुछ अलग देख आन्तरिक पीड़ा हुई थी।

आज अनुकूल समय देखकर मैंने पिताजी के सम्मुख अरण्य चलने का आग्रह किया—

"पिताजी, आपके संग महर्षि गौतम आश्रम जाने की बड़ी इच्छा है, आप ले चलेंगे न?"

"कोई विशेष प्रयोजन पुत्री? आज से पूर्व तो लाख कहने के पश्चात् भी तुम किसी आश्रम में जाने के लिए सहमत नहीं होती थीं।"

"प्रयोजन है पिताजी, उस दिन अश्वारोहण के क्रम में मैं अरण्य में भटक गई तो एक विशाल रीछ से सामना हुआ था मेरा।"

"तुम्हारा सामना रीछ से हुआ था, कोई क्षति तो नहीं पहुँचाई उसने तुम्हें?" व्याकुल होकर उन्होंने पूछा।

"नहीं पिताजी, उसे सम्मुख देख अभी मैं कुछ सोचती उसके पूर्व ही एक बाण आकर उसके पास गिरा था और भयातुर हो वह वन में भाग गया था। रीछ से रक्षा करनेवाला मेरा हितैषी वनवासियों की बस्ती का एक युवक सनद था।"

"यह बात मुझसे गोपित क्यों रखी तुमने पुत्री?"

"आप चिन्तित हो जाएँगे इसलिए। वैसे परेशानी वाली कोई बात नहीं थी।"

"उस वीर बालक को लाना था न भवन में। अपने रक्षक का मान अवश्य रखना चाहिए।"

"दीदी ने उससे कहा था भवन में चलने के लिए। शाम हो रही थी अत: वह नहीं आया।"

"तो तुम उसी के लिए मुझे अरण्य में ले जाना चाहती हो?"

"नहीं पिताजी, वह तथा उस बस्ती के और बालक आश्रम में शिक्षा ग्रहण करने के आकांक्षी हैं।"

"तो इसमें मेरी क्या आवश्यकता है पुत्री? वे सहर्ष शिक्षा ग्रहण करें। समस्त समाज के हित के लिए ही तो ये शिक्षण संस्थान स्थापित किए गए हैं ऋषियों द्वारा और राज्य द्वारा उन्हें अनुदान भी दिया जाता है। शिक्षा के लिए किसी भी आश्रम के द्वार सदैव खुले हुए हैं सभी के लिए।"

"आपकी ही तो आवश्यकता है, तभी तो आपसे निवेदन कर रही हूँ।"

"स्पष्ट कहो उर्मिला...मैं तुम्हारी मंशा नहीं समझ पा रहा?"

"पिताजी, वे लोग अरण्यवासी हैं इसलिए महर्षि गौतम उन्हें अपना शिष्य नहीं बनाएँगे। उस पल्ली के किसी भी बालक या बालिका को उनके आश्रम में शिक्षा ग्रहण के लिए प्रवेश करने की अनुमति नहीं मिलती, ऐसा उन लोगों का कहना है।"

"पुत्री उर्मिला, ऐसा होना तो नहीं चाहिए। आदरणीय गौतम एक विद्वान आचार्य हैं। अब किस कारणवश वे ऐसा कर रहे यह वही जानते हैं। मैं इसमें क्या कर सकता हूँ?"

पिताजी ने कहा तो मुझे अच्छा नहीं लगा।

"पिताजी, आपकी बातों ने आहत कर दिया मुझे। एक आम मनुष्य की भाँति बेबसी जतलाकर आप उस दायित्व से मुक्त नहीं हो सकते। आप इस राज्य के राजा हैं। सारे अनार्य पल्ली आपके राज्य में स्थित हैं। वहाँ के लोग आपकी प्रजा हैं इस नाते इसमें हस्तक्षेप करना आपका धर्म बनता है। वैसे भी अन्न, जल और शिक्षा पर सभी जातियों का समान अधिकार है। अतः आप महर्षि गौतम से निवेदन करिए कि वे शिक्षा के प्रति उत्सुक उस बस्ती के बालक-बालिकाओं को आश्रम में शिक्षा ग्रहण करने की अनुमति दें।"

पिताजी ने गहन दृष्टि से मेरी ओर देखा...। मैं घबड़ा गई...कहीं कुछ अतिशयोक्तिपूर्ण बातें तो नहीं कह गई मैं पिताजी से। जब से सनद ने अपनी पीड़ा बयान किया था महर्षि गौतम के इस अन्याय के प्रति मैं क्षुब्ध थी और अवसर ढूँढ़ रही थी पिताजी के सम्मुख अपनी बात रखने का जो आज संयोग से मिल गया था।

मौन कुछ अधिक ही लम्बा खिंच गया हमारे बीच। अधैर्यता के साथ अब भय का भी संचार हुआ मेरे मन में। मैं वहाँ से जाने को उद्धत हुई तभी पिताजी का स्वर गूँजा—

"आश्चर्य...मेरी नन्ही चुलबुली उर्मिला इतनी सयानी हो गई है? कितनी विद्वत्तापूर्ण बातें कर रही है आज।" पिताजी बोले तो मैं संकोच से भर उठी...।

"कल-परसों में चलते हैं गौतम आश्रम।" पिताजी ने कहा...। गर्व से देखा मैंने पिताजी की ओर...जिन्होंने मेरा मान रख लिया था आश्रम चलने की स्वीकृति देकर..।

"पिताजी, एक और बात है।"

"अब कौन-सी बात रह गई उर्मिला...?"

"पिताजी, वनवासियों की बस्तियों में शुद्ध पेय जल का घोर अभाव है। वे लोग आज भी पीने के पानी के लिए नदी के जल पर ही आश्रित हैं। उसका जल ही प्रयोग करते हैं। हर बस्ती में एक-एक पुष्करणी का होना आवश्यक है अत: आप यथाशीघ्र वहाँ कुछ पोखर खुदवा दीजिए। नदी के जल में पशु तथा अन्य जीव भी स्नान आदि करते हैं। वर्षा ऋतु में उसका जल निश्चित ही दूषित हो जाता होगा। अत: इस ओर विशेष ध्यान दिया जाना चाहिए। मानव के लिए इन अति आवश्यक संसाधनों की ओर हमारे मंत्रियों का ध्यान अभी तक जानें क्यों नहीं गया, चकित हूँ।"

बोलते-बोलते कदाचित् मेरे शब्दों में तनिक कटुता आ गई थी। पिताजी ने पुन: मेरी ओर देखा...उनके नेत्रों में अचम्भे का भाव लक्षित था।

परन्तु अपनी बात कहकर मैं सन्तुष्टि का अनुभव कर रही थी।

"प्रिय पुत्री उर्मिला, तुमने यदि ऐसा अनुभव किया है तो यह मेरे लिए हर्ष की बात है। भविष्य में तुम भी कहीं की राजरानी बनोगी। प्रजा के लिए यह कर्तव्य बोध एवं करुणा रहनी ही चाहिए राजा के हृदय में।"

और वह समय शीघ्र ही आ गया। सौभाग्य से आज पिताजी संग मैं महर्षि गौतम आश्रम में उपस्थित हूँ। बहुत दिनों से यहाँ आने का हठ मेरा ही था। अपने व्यस्ततम समय में से उन्होंने मेरे लिए कुछ समय निकाला, यह मेरे लिए हर्ष की बात थी। प्रथम बार उनके समक्ष हठ किया था मैंने और उस पर उन्होंने ध्यान देकर मुझे प्रसन्न किया था मेरे हठ का मान रखकर।

गौतम आश्रम क्या है...हरीतिमा से आच्छादित घनघोर वृक्षों के समूह के मध्य मनोरम तथा विस्तारित पर्णकुटीरों का समूह...। बाँस की दीवारें...उसके ऊपर सरकंडे तथा पलाश पत्रों के छाजन से निर्मित विस्तृत महाविद्यालय। भिन्न-भिन्न प्रकार के पुष्प व फलों के वृक्ष...फूलों और फलों से युक्त। निकट से पहली बार देख रही मैं किसी आश्रम को। हम बहनों की शिक्षा-दीक्षा भवन में ही हुई। इससे पूर्व पिताजी

कभी किसी आश्रम के समारोह में आमंत्रण पर जाते भी तो सीता दीदी को ही संग ले जाते। वैसे भी किसी आयोजन में जाना मुझे रुचिकर नहीं था।

एक आश्रमवासी हमारे निकट आया...। पिताजी को यथायोग्य सम्मान देने के बाद बोला—

"राजन, अभी गुरुदेव आश्रम में उपस्थित नहीं हैं। शीघ्र ही आ जाएँगे। तब तक आप उनके कक्ष में विश्राम करें।"

"जब तक गुरुदेव का आगमन होगा मैं आश्रम का अवलोकन कर लूँ पिताजी?" मैंने पिताजी से निवेदन किया।

"अवश्य पुत्री...।"

यहाँ आकर अपनी जिज्ञासु प्रवृत्ति के वशीभूत हो मैं आश्रम के अवलोकन से स्वयं को रोक नहीं पाई...। पिताजी गुरुदेव के कक्ष की ओर बढ़ गए और मैं विशाल प्रांगण की ओर...

अलग-अलग कुटीरों में उत्सुकतावश झाँक-झाँक कर देख रही जहाँ छात्रों की कक्षाएँ चल रही हैं। हर विषय की अलग-अलग कक्षाएँ...। विज्ञान से लेकर संगीत तक और शास्त्र से लेकर शस्त्र तक की...। महाविद्यालय में आचार्य, प्राचार्यों की बहुलता के साथ हर वय के छात्रों की उपस्थिति देखकर चकित हूँ...किन्तु छात्राओं की उपस्थिति नगण्य-सी लग रही। कदाचित् उनकी कक्षा अलग हो। पुन: छात्राओं की खोज में मैं हर कक्षा में झाँकती एक ओर निकल आई...परन्तु कोई कक्षा ऐसी दृष्टिगत नहीं हुई जहाँ छात्राएँ हों। पुन: मैं एक ओर बढ़ी जहाँ कुछ स्त्रियाँ बैठी हुई थीं। मुझे देखकर उत्सुकता से एक अधेड़ वय की स्त्री मधुर स्वर में बोली—

"इधर आओ पुत्री, आश्रम में नई जान पड़ रही...कौन हो तुम?"

"मैं जनक पुत्री उर्मिला हूँ माते! पिताजी संग गुरुदेव से मिलने आई हूँ।"

"अहोभाग्य...इधर आओ पुत्री। हमारे निकट बैठो।" एक वृद्धा स्त्री स्नेहसिक्त स्वर में बोली।

"माते, गुरुदेव का आगमन कब तक होगा?"

"वे अभी किसी कार्यवश निकट के ग्राम में गए हैं आते ही होंगे। उनके आने तक हमारे समीप रह सकती हो।"

मैं उन लोगों के समीप बैठ गई।

"हम लोगों ने पुत्री सीता को देखा है। तुम प्रथम बार आई हो यहाँ इसलिए पहचान नहीं सकी।"

"बहुत विशाल है यह आश्रम। हजारों छात्र तो होंगे ही यहाँ?" मैंने जिज्ञासावश पूछा।

"हाँ पुत्री, यह आश्रम एक विश्वविद्यालय है। दूर-दूर से छात्र आते हैं शिक्षा ग्रहण करने। यहाँ जीवन-जनित हर विषय की शिक्षा प्रदान की जाती है विद्वान प्राचार्यों द्वारा।"

"माते, मेरे अन्दर एक प्रश्न प्रबल हो रहा... आज्ञा हो तो पूछूँ।"

"अवश्य पूछो पुत्री।"

"इस आश्रम में प्रशिक्षु कन्याओं की उपस्थिति नगण्य-सी है...क्या उनके लिए यहाँ प्रवेश नहीं है?"

"महर्षि गौतम की नीतिगत व्यवहार की प्राथमिकता में बालिकाओं का स्थान नहीं है पुत्री...।"

"ऐसा क्यों माते?"

"यह बहुत वृहत् और गूढ़ बातें हैं पुत्री। इसे अभी तुम नहीं समझोगी।"

"हाँ पुत्री, सत्य कह रही हैं श्रद्धेया। सभी पुरुष महाराज जनक की भाँति उदार नहीं हैं स्त्रियों के प्रति।"

"मैं समझी नहीं, आपके कहने का आशय क्या है माते?"

"महर्षि गौतम स्त्रियों की स्वाधीनता के विशेष पक्षधर नहीं हैं। यह स्वयं के अनुभव के आधार पर कह रही हूँ मैं...।"

"हाँ पुत्री, मेरा अनुभव भी इनसे भिन्न नहीं है इस विषय पर। बरसों से मैं इस आश्रम में हूँ। नर सन्तान के प्रति उनकी ललक देखी है मैंने और क्रूरता की सीमा तक उस पर अमल करते हुए भी देखा है। मात्र पुत्र ही उत्पन्न हो इसके लिए देवी अहल्या के गर्भवती होने से पूर्व से ही वे पुंसवन संस्कार के लिए उन्हें बाध्य किया करते थे...। देवी अहल्या उनके इस व्यवहार से अतिशय क्षुब्ध रहा करती थीं।"

"उन्होंने तो महाराज जनक को भी पुत्र ही प्राप्त हो इसके लिए पुंसवन संस्कार के लिए बहुत प्रेरित किया था परन्तु धन्य हैं जनकराज दो-दो पुत्रियों के जन्म के पश्चात् भी वे पुंसवन संस्कार के प्रबल विरोधी रहे। छोटे महाराज कुशध्वज भी दो पुत्रियों के जन्म के बाद भी तनिक दुखी नहीं हुए और दैव ने उन लोगों की झोली पुत्रों से भर दी। ये समस्त बातें गौतम पुत्र शतानन्द द्वारा हमें ज्ञात होती रही है।"

"यह पुंसवन संस्कार क्या होता है माते?"

"पुत्र प्राप्ति के लिए कुछ औषधियों के अर्क द्वारा गर्भ में ही लिंग परिवर्तित

कर देने को पुंसवन संस्कार कहा जाता है।"

"क्या सत्य में ऐसा सम्भव है माते?" आश्चर्य से मैंने पूछा।

"हाँ पुत्री, यह बिलकुल सत्य है। देवी अहल्या महर्षि के इस विचार से कभी सहमत नहीं रहीं पर क्या करतीं? पति के प्रतिकूल चलना क्या सहज सम्भव है किसी स्त्री के लिए? किन्तु जब तीन-तीन पुत्र होने के बाद भी पुत्र की लालसा क्षीण नहीं हुई महर्षि की तो उन्होंने चुपके से उस औषधि का ही बहिष्कार कर दिया और जब पुत्री अंजनी का जन्म हुआ तो मानो विस्फोट ही हो गया आश्रम में। इस धृष्टता के लिए उन्होंने देवी अहल्या को कम प्रताड़ित नहीं किया था।"

उन्होंने कहा तो सर गर्व से उन्नत हो गया मेरा पिताजी के प्रति...। इतने महान पिता की सन्तानें हैं हम? एक ऋषि से अधिक पुत्र की आवश्यकता एक राजा को होती है। ऐसे में पिताजी ने ऋषियों द्वारा प्रेरित करने के बाद भी इस रूढ़ि को कठोरता से तोड़ा और उनके वचनों की अवहेलना की तो यह कम बड़ी बात नहीं है। यदि पिताजी उनकी बात मान जाते तो हम बहनें इस धरा पर कैसे आतीं? सोचकर भय से काँप गया हृदय...।

अभी और कुछ पूछती कि महर्षि के आगमन की सूचना मिली। मैं झट उठ खड़ी हुई अनिच्छापूर्वक। अभी बहुत कुछ जानने की इच्छा मचल रही थी मन में...परन्तु विवशता...।

बिना पूर्व सूचना के औचक आश्रम में पिताजी को आया देख चकित हो उठे गौतम...और विशेष चकित तो मैं थी उनके कृशकाय शरीर और अमांसल मुख को देखकर। खिंची हुई मुख की मांसपेशियाँ उनकी आन्तरिक शुष्कता की द्योतक लगीं। किसी कमनीय बाला के ये काम्य पुरुष हों...ऐसा सम्भव नहीं...। शापित रूपसी देवी अहल्या का दर्शन तो नहीं हुआ था अभी तक मुझे परन्तु मात्र उत्तम सन्तान की कामना से स्त्री को किसी भी अनचाहे पुरुष के साथ जीवन जीने को विवश करना...समाज का यह विचार उचित नहीं लगा मुझे।

यथायोग्य सम्मान से पिताजी को आसन पर बैठाने के बाद महर्षि गौतम स्वयं आसन पर बैठ गए। उनके बैठने के पश्चात् पिताजी मुदित स्वर में बोले—

"महर्षि, कितनी शान्ति है आपके आश्रम में...। यहाँ आकर मैं प्राय: मंत्रमुग्ध हो जाता हूँ। इच्छा होती है यहीं रम जाऊँ सदा के लिए। सत्य मानें श्रद्धेय, प्रकृति के सान्निध्य में रहना भाग्य की बात है। आप बहुत भाग्यवान हैं जो इसके सान्निध्य का सुख प्राप्त है आपको और समस्त आश्रमवासियों को भी।"

"राजन, हम सभी अपने मनुष्य होने का दायित्व निभा रहे हैं इस धरा और प्रकृति का संरक्षण करके। मैं इसके अकूत शान्त वातावरण में बालकों को शिक्षित व सुसंस्कारित नागरिक बनाने का निर्वहन कर रहा हूँ, उन्हें मात्र अक्षर ज्ञान ही नहीं वरन् व्यावहारिक ज्ञान की भी शिक्षा देकर। आप राज्य की प्रजा की सुख-सुविधा व सुरक्षा का दायित्व निभाते हैं। हम लोग उन्हें सभ्य नागरिक बनाने का।"

महर्षि अति प्रफुल्लित स्वर में बोले। पुन: उन्होंने पिताजी से आश्रम में आने का प्रयोजन पूछा—

"आज अकस्मात् इस आश्रम का ध्यान कैसे आया राजन?"

"आर्य श्रेष्ठ, कुछ दिनों पूर्व अश्वारोहण के दौरान उर्मिला गहन अरण्य मध्य चली गई थी। वहाँ अरण्यवासियों के अभावग्रस्त जीवन को देखकर बहुत व्याकुल हो गई। वहाँ के युवाओं में शिक्षा के प्रति ललक है परन्तु उनका उपालम्भ है कि आपके आश्रम में उनका प्रवेश वर्जित है। अत: उर्मिला का आग्रह है उन्हें भी आप अपने सान्निध्य में शिक्षित होने का अवसर प्रदान करें।"

पिताजी ने महर्षि गौतम से विनम्र शब्दों में मेरी भावनाओं को व्यक्त किया। कुछ देर महर्षि मौन रहे...। लगा, जैसे वे किसी ऊहापोह में हैं। तो मिथ्या नहीं कहा था सनद ने। महर्षि गौतम के आश्रम में समानता का अभाव है। यदि यह सत्य है तो यह शिक्षा का स्थान नहीं हो सकता। शिक्षालय या विद्यालय का दायित्व होता है समाज के हर वर्ग के लोगों को शिक्षा प्रदान करना, सुसंस्कृत बनाना। किसी प्रकार का विभेद करना नहीं।"

गौतम ने चकित नेत्रों से मेरी ओर देखा...और मृदुल स्वर में बोले—

"पुत्री उर्मिला, यह भ्रामक प्रचार मात्र है कि हमारे आश्रम में अरण्यवासियों को प्रवेश नहीं मिलता। शिक्षा के प्रति समर्पित हर वर्ग व जाति के छात्रों की अच्छी संख्या है इस आश्रम में। हाँ, वैसे कुछ उत्पाती छात्रों को अवश्य यहाँ से निकाल दिया गया था जिनका ध्येय पढ़ना नहीं वरन् विप्लव खड़ा करना था। उनके आचरण, व्यवहार तथा संकुचित सोच से अन्य प्रशिक्षुओं को परेशानी हो रही थी। कुछ लोगों के कारण हम इतने छात्रों को मानसिक परेशानी में नहीं डाल सकते।"

"ओह...तो ऐसा अनर्थ भी हुआ है आश्रम में?" पिताजी ने पूछा।

"हाँ राजन, अच्छे और बुरे विचार रखनेवालों से संसार का कोई स्थान अक्षुण्ण नहीं है।"

महर्षि बोले और मुझसे सम्बोधित हुए—

"पुत्री उर्मिला, कदाचित् तुम्हें ज्ञात नहीं हमारा शास्त्र शिक्षा को जनमानस का निर्माण मानता है। उसका स्पष्ट कथन है कि शिक्षण संस्थान बहुत उत्तम हों। उसके पश्चात् ही आरम्भ होती है आत्म-चिन्तन और आत्म-शिक्षा की दिशा। यदि कोई शिक्षण संस्थान या तंत्र अपने प्रशिक्षुओं या शिष्यों में आत्म-मंथन, आत्म-चिन्तन या आत्म-शिक्षा की प्रेरणा उत्पन्न नहीं कर पाता, उनमें आत्म-प्रकाश जगाने में असमर्थ है तो वह सारा तंत्र विफल है। शास्त्र यह भी कहता है कि मानव-जीवन में विचारों का, चिन्तन का बड़ा महत्त्व होता है। विचारों की श्रेष्ठता ही किसी जाति की श्रेष्ठता की पहचान होती है। उसकी उन्नत संस्कृति की पहचान होती है। महापुरुषों के चरित्र को पढ़ने या श्रवण करने से छात्र के मन में उच्चकोटि के चरित्र एवं नैतिकता, धार्मिकता एवं समाजप्रियता आदि भावनाएँ बलवती होती हैं।"

महर्षि की बातों से मुझे बल मिला...और मेरी आन्तरिक भावनाएँ मुखर हो उठीं...।

"जी आचार्य प्रवर! इसीलिए तो पिताजी को हठपूर्वक यहाँ लेकर आई हूँ आप महान विद्वान के निकट उनके लिए निवेदन करने। आप इसे मेरी अबोधता कह सकते हैं परन्तु अरण्यवासियों के मध्य कुछ ही काल व्यतीत करने और उनकी वार्ता सुनने के बाद मुझे ऐसा अनुभव हुआ कि प्रशासक एवं अरण्यवासी के मध्य मेल-मिलाप के अभाव में आर्य और आर्येतर जीवन-प्रणाली तथा विचारों में जो अन्तर और वैषम्य है, वह शुभ नहीं है। वनवासी दूर रहकर शिक्षा व सभ्यता में स्वयं को आर्यों से हीन समझ रहे हैं। आर्यों के प्रति उनके मन में कई प्रकार की भ्रान्तियाँ भी उत्पन्न हो रही हैं। शास्त्र कहता है कि जैसे सब प्रकार से पूर्ण मनुष्य उदार हो जाता है उसी प्रकार अभाव चाहे वह अर्थ का हो या शिक्षा का उससे जूझता मनुष्य अधिक अनुदार और शंकालु हो जाता है और अनुदार मनुष्य से युक्त समाज आप सोच सकते हैं सभ्य समाज के लिए कितना घातक हो सकता है?"

"पुत्री उर्मिला, अरण्यवासियों की वैमनस्यता से कुछ-कुछ अवगत था मैं और यह कोई नई बात नहीं थी हमारे लिए...। हमारी सहृदयता को भी वे सदा से हमारा छल मानते आए हैं। सदा प्राकृतिक संसाधनों पर निर्भर रहने के कारण वे कुछ भी करने की क्षमता खो चुके हैं। वे मात्र लेना जानते हैं। इस धरा, प्रकृति या समाज के प्रति उनका कोई दायित्व भी हो सकता है, इसके लिए वे क्रूरता की सीमा तक

लापरवाह हैं। अत: हम भी स्थिर हो गए थे उन्हें उन्नत करने का प्रयास कर-कर के।" महर्षि बोले।

"आर्य श्रेष्ठ, कहीं मेरे अध्ययन में आया है कि अशिक्षित और संशयग्रस्त मनुष्य शीघ्र ही चालाक प्राणी का अस्त्र बन जाते हैं। अत: सभ्य समाज का यह दायित्व बनता है सर्वप्रथम वह उन्हें शिक्षित करे। उन्हें समानता दे और सभ्य व सुसंस्कृत बनने में उनकी सहायता करे। हमारे विदेह राज्य का सदा से प्रथम दायित्व रहा है संस्कृति का विकास, परन्तु हमारी दृष्टि भी गहन अरण्य में बसे वनजातियों के प्रति कहीं उदासीन रह गई है।"

"पुत्री, तुमने चिन्ता में डाल दिया मुझे उनके मनोभाव को व्यक्त कर।" तत्क्षण पिताजी बोले। उनके शब्दों में चिन्ता की हल्की झलक थी।

"तुम्हारा आशय तो स्पष्ट हो गया पुत्री, परन्तु इस विचार ने तुम्हें बेकल कैसे किया?" आश्चर्य से गुरुदेव ने पूछा।

"गुरुदेव...सुनी हुई बातें जितना प्रभाव उत्पन्न नहीं करतीं उतनी देखी हुई करती हैं। मैंने स्वयं उनकी दुर्दशा देखी है। उनके घोर अभावों को निकट से देखा है। एक सखा की भाँति आत्मीयता से उनके मन के गह्वर तक पहुँचने का प्रयत्न किया है।"

"तुम्हारी बातों ने अतिशय प्रभावित किया मुझे। मैं उन्हें विद्या दान देने के लिए उद्यत हूँ परन्तु कोई भी विद्या पूर्णत: तभी फलित होती है पुत्री, जब पढ़नेवाला अपने आचरण को शुद्ध रखे। किसी ग्रंथ के उच्चारण मात्र से क्या होता है? प्रशिक्षु जो अध्ययन करता है उसके प्रति उसे उत्सुकता, आकर्षण, संलिप्तता और लगाव अति आवश्यक है। वह जो कुछ अध्ययन करता है उस पर सहपाठियों से तर्क-वितर्क करे, विमर्श करे। जो समझ में नहीं आ रहा है उसके विषय में अध्यापक से प्रश्न करे। यह होता है उसकी परिपक्वता का चिह्न। हम अध्यापकगणों को ऐसे छात्र पाकर हार्दिक प्रसन्नता होती है कि हमारी अगली पीढ़ी कठिन परिश्रम से हमारे पूर्वजों द्वारा अर्जित ज्ञान को समाज में फैलाएगी जो सदा से हमारा ध्येय रहा है। ज्ञान ऐसी वस्तु है जो बाँटने से और विस्तृत होती है तथा लेने और देनेवाले दोनों के स्मृतिकोश को समृद्ध करती है।"

कहकर वे मौन हो गए। हम धैर्य से उनके बोलने की प्रतीक्षा करने लगे...।

"वैदिक काल से ही हमारी यह उन्नत व्यवस्था अबाध रूप से चली आ रही है। समस्त आश्रमों में शास्त्र एवं शस्त्र की शिक्षा दी जाती है। श्रुति से लेकर शास्त्र

तक यही दर्शाता है कि वैदिक क्षत्रिय यदि धर्म में महान थे तो युद्ध में भी उतने ही पारंगत थे। सैन्य-व्यवस्था का संगठन स्वयं राजा अपने अमात्यों की सहायता से करते थे।"

"जी आर्य श्रेष्ठ! पूर्व काल से लेकर आज भी सैनिकों में वेदों और शास्त्रों का ज्ञान होना आवश्यक समझा जाता है। उन्हें हाथी, घोड़े, रथ पर युद्ध करने की शिक्षा दी जाती है। सेना को चार हिस्से में विभाजित किया जाता है—गजारोही, घुड़सवार, रथारोही और पैदल। इसी कारण सेना को चतुरंग बल की अमिधा दी गई है। हाथी-घोड़ों की देखभाल करने के लिए अश्वगंध एवं कुंजर ग्रह नियुक्त रहते हैं। सेना के अंगों में हाथियों का अत्यन्त महत्त्वपूर्ण स्थान है। हाथियों में ऐरावत व पद्म आदि विभिन्न प्रकार के हाथियों की प्रजाति मौजूद हैं तथा युद्ध में योद्धा उसका उपयोग करते हैं। अश्व सेना को द्वितीय स्थान पर रखा जाता है। कहते हैं कि हमारे पूर्वज वैवस्वत मनु इसी के माध्यम से शत्रुओं में भय उत्पन्न किया करते थे। उनके समय में रथ सेना की बहुतायत थी। हमारे पूर्वज दिलीप व भागीरथ भी रथ सेना का उपयोग करते थे।" पिताजी बोले तो अनुभव हुआ कि विद्वान समक्ष विद्वत्ता अपने आवेग को बाहर आने से रोकने में अक्षम होती है। कदाचित् इसीलिए कहा गया है कि सदा विद्वज्जनों की संगत में रहो।

"हाँ राजन, बहुत दूरदर्शी थे हमारे पूर्वज। उनका विशेष निर्देश था युद्ध काल में सुप्तावस्था, अस्त्र व शस्त्रों से हीन, थके, नशे में चूर या स्त्रियों से घिरे हुए शत्रुओं पर आक्रमण नहीं करना चाहिए तथा वर्षा ॠतु में भी युद्ध करना वर्जित था।" गौतम बोले।

आश्रम की व्यवस्था तथा युद्ध सम्बन्धी उन लोगों की वार्ता मुझे उबाने लगी थी। न जाने क्यों अभी उस प्रसंग को वे विमर्श कर रहे थे, जिसका औचित्य मेरी समझ में नहीं आया। अधैर्य हो मैं बोल पड़ी—

"मैं तो अरण्यवासियों की अपेक्षा, उपेक्षा तथा निराशा से अवगत करा रही हूँ गुरुदेव!" मैंने कहा तभी द्वार से आते परिचारिका के स्वर ने सजग किया...।

"देवी..., बड़ी महारानी जी अपने कक्ष में आपको स्मरण कर रही हैं...।"

चौंक पड़ी मैं...जनकपुर के सुखद दृश्य बिखर गए और यथार्थ में लौट आई... जो सुखद नहीं लगा।

दिवस बीत जाता बड़ी माँ और मझली माँ के सान्निध्य तथा भवन की देखरेख की व्यस्तता में जहाँ प्राय: श्रुतकीर्ति की उपस्थिति भी होती परन्तु रात्रि घोर विकलता लेकर आती। कभी-कभी ऐसा अनुभव होता जैसे बहुत बड़े कन्दरा में फँसी हूँ... जहाँ तमस ही तमस है चहुँओर...। वायु का अभाव साँसें घोंट रहा है मेरी। तत्क्षण झरोखे के पट खोल देती...प्राण वायु के लिए।

आज भी झरोखे के पट खोलकर खड़ी हूँ, वाटिका से आती स्वच्छ वायु नथुनों में भरने के लिए...। आकाश मार्ग पर चन्द्रमा हौले-हौले पग बढ़ाता पश्चिम की ओर अग्रसर है। कदाचित् त्रयोदशी या चतुर्दशी का सोम है। वृक्षों पर पसरी मायावी चन्द्रिका धूसरित दिवा का आभास दे रही...। पक्षियों का कलरव शान्त है। सभी अपने नीड़ों में दुबक गए हैं दिवस के कर्म से निवृत्त होकर। उन्हें पुन: प्रात: की प्रतीक्षा है परन्तु मुझे न प्रात: की प्रतीक्षा है न रात्रि की...वरन् सोचती हूँ यह रात्रि ही क्यों नहीं चौदह बरस लम्बी हो जाती...? चौदह बरसों पश्चात् नेत्र खुलते और लक्ष्मण सम्मुख होते...। प्रतीक्षा की इस यातना से मुक्ति तो मिलती...।

कितने दम्भ से कभी कहा था मैंने बहनों और सखियों से—

"प्रेम ऐसी आवश्यक वस्तु भी नहीं जिसके बिना मनुष्य जीवित न रह सके। उसके सिवा भी बहुत से आवश्यक कार्य हैं जिन्हें आकार दिया जा सकता है, साकार किया जा सकता है और चैन से जीया जा सकता है।"

मेरी बातों पर सभी हो...हो...कर हँस पड़ी थीं...। जैसे मैंने नितान्त मूर्खतापूर्ण बात कही हो।

"जब तक जीवन में किसी सत्य का साक्षात्कार नहीं होता उसके अस्तित्व को अस्वीकारने का मानव ऐसे ही दम्भ भरता है। दैव करे, इस सत्य से आपका अति शीघ्र सामना हो...।" सखी सौम्या बोली और खिलखिला पड़ी।

"इतनी अशक्त नहीं हूँ मैं कि हृदय पर एक ऐसे भाव को हावी होने दूँगी जो मुझे किसी के समक्ष दया का पात्र बना दे और दया-याचना के लिए विवश कर दे...।"

"समय बड़े-बड़े महारथियों को भी अशक्त कर देता है मेरी प्यारी बहना...। इतनी दम्भ न भरो स्वयं पर।" दीदी सीता बोलीं और पुन: सभी हँस पड़ीं। मैं चिढ़ गई उनके इस व्यर्थ के विषय पर और कुढ़ती हुई वहाँ से चली आई...। न जाने सभी को क्यों आनन्द आता है मुझे चिढ़ाने में?

परन्तु इस सत्य से साक्षात्कार का सुअवसर शीघ्र ही सम्मुख आ गया था। जो मेरे जीवन-मृत्यु का प्रश्न बन गया था।

औचक पपीहा की विरह पुकार...पीहू...पीहू...गूँज उठी...। विगत छिन्न-भिन्न हो गया...। वर्तमान की कठोर खुरदरी धरा यातनादायक लगी। पपीहे का यह व्यथा युक्त स्वर सुन मन भर आया। कितनी विरह-वेदना भर दी है दैव ने जीवों के भीतर भी...। अन्तत: यही भाव इतना प्रबल क्यों होता है जीवात्मा में साथी से बिछड़ने के बाद? यह कैसा जुड़ाव व मोह है जो चित्त को सदा उद्वेलित करता रहता है? पल भर शान्त नहीं रहने देता। यह भाव युग्म जीवन का वरदान है या अभिशाप? आह...नितान्त अनजाने पुरुष संग यह कैसी प्रीत...कैसा बंधन...? मात्र उसकी अनुपस्थिति शून्यता का बोध कराती रहती है। सभी तो हैं मेरे आस-पास उपस्थित। उसी प्रेम भाव, उसी आदर के साथ। समस्त सुख-सुविधाएँ भी पूर्व की भाँति ही हैं। इसके पश्चात् भी कहीं चैन नहीं...आराम नहीं। पहले छोटी-छोटी बातों...छोटे-छोटे वस्तुओं में भी अपार सुख का अनुभव होता था। अब सब व्यर्थ अनुभव होता।

गवाक्ष के समीप खड़े-खड़े पग दुखने लगे...। पट बन्द करना चाहा...पपीहा पुन: कूक उठा पीहू...पीहू...। वही वेदनायुक्त स्वर...।

अब यही एकमात्र स्थायी परिचर्चा रह गई थी मेरी। झरोखे के पट खोलना। पहरों वाटिका को निहारना। पट बन्द कर देना। पावस की रात्रि में जब घनघोर वर्षा होती, बौछारें झरोखों के पटों पर थापें देतीं...दामिनी चमकती और घन गरजते...। मन पीड़ा से भर जाता। व्याकुल हो सोचती...ऐसी स्थिति में भवन के सुरक्षित कक्ष में जब ऐसा भयावह अनुभव हो रहा मुझे तो वे तीनों प्राणी कहाँ होंगे? किसी वृक्ष के नीचे भीग रहे होंगे या पर्णकुटी में...। ऐसे ही वर्षा के अवसर पर एक दिन बस्ती से आई परिचारिका तापसी ने कहा था—"नगर से अधिक भयावह होती है अरण्य की वर्षा। उस समय जब वायु वेग से चलती है तो वृक्ष एक-दूसरे से टकराकर विचित्र डरावने स्वर उत्पन्न करते हैं और मेघ तो मानो उन्मत्त हाथी की भाँति चिंघाड़ते हैं। वेणु वन की स्थिति तो और भी भयावह होती है।"

कितने दिनों पश्चात् आज वाटिका में आने का अवसर मिला था। मझली माँ की अस्वस्थता के कारण व्यस्तता अधिक बढ़ गई थी। भवन के वासियों के भोजन आदि की व्यवस्था उन्हीं के संरक्षण में होती। अत: उनके अस्वस्थ होने के कारण वह जिम्मेवारी भी मुझे ही सँभालनी पड़ रही थी तथा समय पर उन्हें औषधि व पथ्य देना। उनके निकट बने रहना। एक तो अधिक वय उस पर टूटा हुआ मन। तनिक

दुख भी पर्वत सदृश अनुभव होता उन्हें। उन्हें ही क्यों बड़ी माँ को भी।

वाटिका शुष्क हो गई थी। वर्षा ऋतु ने नीले आकाश पटल से अपना स्याह व धवल आँचल समेट लिया था और शरद ऋतु ने वर्षा के प्रभाव को क्षीण कर अपना आधिपत्य जमा लिया था वातावरण पर और अब वह भी अपना काल पूर्ण कर प्रस्थान कर हेमन्त को आमंत्रित करने गई थी आगमन के लिए।

कई दिनों बाद आज पुन: गवाक्ष का पट खोलकर खड़ी एकटक ताक रही कुहासायुक्त आकाश को। यह ऋतु विशेष प्रिय है मुझे पर अभी प्रिय का विरह व्याकुल कर रहा...।

"प्रिय सौमित्र, शरद की सुहावनी ऋतु बीत गई है। अब हेमन्त अपनी सिहरनयुक्त स्वाभाविक प्रकृति लिये प्रस्तुत है। शीघ्र होती संध्या तनिक भी नहीं सुहा रही मुझे। कर्क रेखा से मकर रेखा की ओर खिसकते दक्षिणायन सूर्य अपनी आभा खोकर शीतल चन्द्रमा का आभास दे रहे और ज्योत्स्ना रात्रि धूमिल हो उठी है। आपके बिना नीरव कक्ष और अधिक अप्रीतिकर हो जाता है तब यह सूनापन और बेधता है। वातायन का पट खोलती हूँ तो विस्तारित वाटिका कुहरा आच्छादित कान्तिहीन प्रतीत होती है। वृक्षों पर भी अब न तो पक्षियों के नीड़ दृष्टिगत होते हैं न ही पक्षीगण। उनके कोलाहल से वातावरण तनिक जीवंत होने तथा स्वयं के जीवित होने का एहसास तो होता था अब वहाँ भी शान्ति व्याप्त है। सरोवर का जल भी शीतल हो गया है...। प्रिय, जहाँ आप हैं क्या वहाँ भी यही ऋतु है, और यह आपको भी पीड़ित कर रही है? कैसे जानूँ आपकी स्थिति? मात्र अनुभव ही कर सकती हूँ क्योंकि विरह-वेदना कदाचित् एक-सी ही होती है। यह ऋतु कितनी प्रिय लगती थी जनकपुर में और इसी ऋतु में तो मैंने पाया था आपको...। वेदना से व्यथित हो नेत्र बन्द कर लेती हूँ...।

किसी भी संयोग व दुर्योग को न माननेवाला मेरा मन विगत दिनों घटित हो रही घटनाओं से आस्तिक होता जा रहा था।

दीदी सीता के निमित्त आयोजित स्वयंवर में धनुष पर शिंजिनी के संधान न कर पाने की विफलता के क्षोभ में आमंत्रित राजाओं के समूहबद्ध हो जनकपुर पर किए गए आक्रमण के प्रबल प्रभाव ने लज्जा व ग्लानि से भर दिया था पिताजी से लेकर भवन व राज्यवासियों तक को। सभी हँसना, खिलखिलाना क्या रोना तक भी भूल गए थे।

वर्ष भर तक सांकाश्य नृपति सुधन्वा के नेतृत्व में सभी विफल राजाओं द्वारा

जनकपुर दुर्ग को घेरे में लेकर उन लोगों ने नगरवासियों को अन्न, जल के बिना ही नहीं तड़पाया था बल्कि शारीरिक और मानसिक यातनाएँ भी भरपूर दी थीं। संकोची, व अति स्वाभिमानी पिताजी, जिनके स्वभाव में भी किसी को संताप देना नहीं रहा था, इस अवसर पर भी जब हमारी पराजय सम्मुख आती जा रही वे किसी से सहायता लेना नहीं चाहते थे। पिताजी का मौन और दिनानुदिन जनकपुर की दयनीय होती स्थिति ने उद्वेलित कर दिया मुझे। आज तक क्रोध या क्षोभ से माँ के सम्मुख युद्ध क्षेत्र में जाने का प्रस्ताव रखती आई थी मैं, जिसे वे सख्ती से मना कर देती थीं। मात्र मैं ही युद्धक्षेत्र में जाने को उद्धत नहीं थी। सीता दीदी और मांडवी दीदी भी उतावली हो रही थीं शत्रुओं से दो-दो हाथ करने के लिए। उबल रही थीं क्रोध से कि क्या निर्जीव वस्तु समझ रखा है उस नराधम ने उन्हें...। पिताजी के सम्मुख ऐसा प्रस्ताव भेजने की धृष्टता भी कैसे की उसने कि—सीता और शिव धनुष आजगव को मेरी सेवा में प्रस्तुत कर ही वे अपनी प्रजा और राज्य को युद्ध से मुक्ति दिला सकते हैं। परन्तु माँ ने उन लोगों का प्रस्ताव अस्वीकार कर दिया था। यह कहते हुए कि सीता के लिए ही तो यह युद्ध ठना है। उन्हें यदि वह बन्दी बना लेगा तो बिना युद्ध किए ही वह विजित हो जाएगा और हम अपना सब कुछ स्वत: हार जाएँगे धर्म, धन और स्वाभिमान भी।"

आज पिताजी के सम्मुख प्रस्तुत होकर मैंने पीड़ित स्वर में कहा—

"पिताजी, मुझे रणक्षेत्र में जाने की आज्ञा दीजिए...। यदि आज भी मैं अपने राज्य की मान-मर्यादा नहीं बचा पाई तो धिक्कार है मुझे आपकी पुत्री होने पर। अस्त्र-शस्त्रों के संचालन में पारंगत होने पर। मेरे राज्य की प्रजा यातनाओं के कारण त्राहि-त्राहि कर रही है। मेरा भाई अभी इस योग्य नहीं कि युद्धक्षेत्र में जा सके और आप प्रतिदिन के युद्ध संघर्ष के कारण क्लान्त हो रहे। ऐसे में मेरा कर्तव्य बनता है शत्रुओं का संहार कर इस त्रासदी से अपनी प्रजा को त्राण दिलाना। आप आज्ञा दीजिए।"

परन्तु वे हमें युद्ध क्षेत्र में जाने देने को सहमत नहीं हुए। कुढ़ती, खीजती हम भवन में ही रहने को विवश थीं।

अन्तत: प्रजा हित में पिताजी को देवताओं से सहायता लेनी पड़ी। अन्ततोगत्वा शत्रुओं की हार हुई। उनका प्रमुख नायक सुधन्वा रणक्षेत्र में हताहत हुआ था और शेष राजा परास्त हो पलायन कर गए थे। परन्तु यह विजय किसी के मन में हर्ष न भर सकी थी। अकारण इतने सैनिकों की क्षति...। स्वयंवर की विफलता...। देवों से सहायता लेने की ग्लानि...और दुरूह पर्ण, शिव धनुष आजगव पर प्रत्यंचा के

संधान की विफलता ने पिताजी संग सभी को आत्मग्लानि से भर दिया था। पिताजी राजकाज से उदासीन से हो गए थे। दीदी सीता भी स्वयं के कक्ष में सीमित होकर रह गई थीं। ऐसे विषम समय में सक्रिय थे तो मात्र राजपुरोहित शतानन्द जी और अमात्य व मंत्रीगण।

एक दिन महर्षि गौतम, याज्ञवल्क्य, कपिल, कुनाद आदि ऋषियों संग शतानन्द जी पिताजी के कक्ष में आए। पहरों उनमें चिन्तन-मनन हुआ। पिताजी को उन्होंने उस त्रासदी को विस्मृत करने तथा उससे उबरने का सुझाव देते हुए कहा—

"राजन राजकार्य से उदासीनता राजा के लिए उचित नहीं होती। युद्ध तो क्षत्रिय का पराक्रम है। राजऋषि होने के नाते आप इस विभीषिका से साक्षात्कार नहीं कर सके थे अभी तक। सारा संसार एक मति का नहीं होता राजन! कोई कारण नहीं कि आप किसी को कष्ट नहीं दे रहे तो कोई खल आपको कष्ट नहीं पहुँचाएगा। आपकी मानसिक स्थिति के कारक और भी हैं जो हमसे अज्ञात नहीं हैं। परन्तु आप उसे हृदय पर नहीं लीजिए। आपकी मंशा सही थी। कार्य की सफलता या विफलता मनुष्य के हाथ में कहाँ होती है?" महर्षि गौतम बोले।

"हाँ राजन, आप सजग-सचेष्ट होइए। सुधन्वा का राज्य सांकाश्या अब आपके अधीन है। राजाविहीन राज्य का रहना सर्वथा अनुचित है जिस पर बाह्य आक्रमण का खतरा बढ़ जाता है और आन्तरिक विप्लव का भी। अतः आप युवराज कुशध्वज को वहाँ के राजसिंहासन पर आरूढ़ कीजिए।" याज्ञवल्क्य ने कहा।

बहुत समझाने-बुझाने का प्रभाव पिताजी पर हुआ और वे सक्रिय हुए।

सर्वप्रथम सांकाश्या नगरी की चिन्ता की गई, जिसका राजसिंहासन अभी राजा से शून्य हो चुका था।

काका जी को बुलाया गया। सारी बातें उनके समक्ष रखते हुए उन्हें सांकाश्या जाने तथा उस राज्य को सँभालने का दायित्व सौंपा गया जिसे काका जी ने तत्क्षण अस्वीकार कर दिया। उस क्रूर व आततायी के राज्य को वे देखना तक नहीं चाहते थे, जिसने उनके परिवार की मान-मर्यादा को ही नहीं रौंदा था बल्कि महीनों सारी प्रजा को यातनाएँ भी दी थीं जनकपुर को अपने घेरे में लेकर...। काका जी उस नृशंस की नगरी का राजा नहीं बनना चाहते थे। वहाँ जाने को किसी भी सूरत में तैयार नहीं थे। बहुत देर नत सिर रहने के पश्चात् वे बोले—

"सुधन्वा कोई वीर या पराक्रमी राजा नहीं था जो अपने राज्य की सुरक्षा या विस्तार के लिए पड़ोसी राज्यों पर आक्रमण करता है। उसने तो हमारे राज्य पर ही

नहीं वरन् मर्यादा पर भी आक्रमण किया था...हमारी पुत्री सीता के लिए। संत्रास दिया था महीनों हमारी निर्दोष प्रजा को। यदि उसका पक्ष सबल हो जाता तो हमारी लाडली सिया का क्या हश्र होता? अत: मेरी इच्छा नहीं हो रही वहाँ जाने की। आप श्रेष्ठजनों से निवेदन है कि आप मुझे वहाँ जाने के लिए बाध्य न करें।"

परन्तु पिताजी काका जी को सांकाश्या नगर जाने का औचित्य समझाने लगे—

"जीता हुआ राज्य बहुत दिनों तक बिना शासक के नहीं छोड़ा जा सकता तात! आसुरी शक्तियाँ विप्लव पर उद्धत हो जाती हैं। हम क्षत्रिय हैं, भले ही हम अकारण किसी राज्य पर आक्रमण नहीं करें...परन्तु आक्रमण झेलना हमारी नियति है। अत: वहाँ जाना अति आवश्यक है, वह भी शीघ्रातिशीघ्र।"

काकी जी और अग्रजा मांडवी की भी इच्छा नहीं थी वहाँ जाने की। उनका कथन था—

"वहाँ वे क्षण मात्र को भी विस्मृत नहीं कर पाएँगी उस आततायी को। बहुत यातना दी है उसने हमें...।"

परन्तु सभी का दबाव...मन मारकर काका जी, काकी जी और बहनों ने वहाँ जाने की तैयारियाँ आरम्भ कीं...। बीते दिनों के युद्ध की त्रासदी ने घोर प्रभाव डाला था हमारे मन-मस्तिष्क पर। अपार भीड़ में भी अकेलेपन का अनुभव होता और कोलाहल में भी सन्नाटे का...। जनकपुर नगर के राजपथ से लेकर वीथियों तथा भवन तक वायु संग उदासी बहती रहती। जैसे पतझड़ ऋतु स्थायी रूप से ठहर गई हो वन, उपवन, भवन व वृक्षों के साथ हमारे मन प्रान्तर में भी...।

तैयारियाँ क्या करनी थीं, सुना था इक्षुमति नदी के तट पर स्थित बहुत ही सुन्दर व समृद्ध नगर है सांकाश्या। मानव की प्रथम आवश्यकता अन्न, जल व प्राकृतिक संसाधनों से परिपूर्ण।

आज से पूर्व न तो काका जी पिताजी से कभी विलग हुए थे और न तो काकी जी मेरी माता जी से। उनका जाना हो भी रहा था तो ऐसे समय में जब सभी को परस्परता की सर्वाधिक आवश्यकता थी। काकी जी आज तक माँ के बिना अकेली नहीं रही थीं कभी। हम चारों बहनों का दुख नितान्त भिन्न था। चारों बहनों का बाल्यकाल संग-साथ ही बीता था। कैशोर्य की शरारतें साथ ही मिलकर की थीं। एक-दूसरे से पल भर के लिए भी बिछोह की कल्पना तक किसी ने नहीं की थी और अब तो वे इस भवन से जा रही थीं जाने कब तक के लिए...? हृदय टूक-टूक हो रहा था सभी का। अश्रु रुकने का नाम ही नहीं ले रहे थे। बिछोह का भाव इतना प्रबल था

कि कुछ कहने का प्रयास करते ही कंठ अवरुद्ध हो जाता। माँ की स्थिति भी बड़ी विचित्र थी। भरा-पूरा परिवार खंडित हो रहा था जो उन्हें सह्य और स्वीकार नहीं था। भवन का सुख-संताप साथ भोगा था सभी ने। परन्तु पिताजी की चिन्ता दूसरी थी। वे बार-बार काका जी को आगाह कर रहे थे—

"राजा की मृत्यु होने या युद्ध क्षेत्र में हताहत होने के पश्चात् उस राज्य के सिंहासन को अधिक दिनों तक सूना छोड़ना उचित नहीं होता अनुज! उस राज्य में बाहरी आक्रमण के साथ प्रजा के आक्रोश का भी कभी-कभी आन्दोलन का स्वरूप धारण कर लेने का अंदेशा होता है।"

परन्तु कभी इस राज्य और पिताजी से दूर नहीं रहनेवाले काका जी की व्याकुलता पराकाष्ठा पर है। पिताजी की बातों की अवहेलना काका जी कर नहीं सकते। सीधे वे पिताजी के समक्ष अस्वीकृति के शब्द उच्चारित नहीं कर सकते परन्तु हृदय का उद्‌गार है कि उन्हें उद्वेलित कर रहा...। वे माँ के सम्मुख अपनी पीड़ा व्यक्त कर रहे सभी के वियोग की। उनके अवरुद्ध कंठ से बहुत कठिनाई से अस्फुट से शब्द निकलते हैं—

"अपनों का सान्निध्य दुख-संताप को क्षीण करने में बहुत सहायक होता है भाभी, जैसे सुख की अभिव्यक्ति को मानव बलात् अपने अन्दर दबा नहीं सकता उसी प्रकार दुख को व्यक्त किए बिना वह घुलने लगता है। इसलिए हर हाल में उसे अपनों की आवश्यकता होती है।"

लेकिन यहाँ अपने मन की स्वीकृति या अस्वीकृति का प्रश्न कहाँ था? मन मारकर वे तैयारी में लग गए। काकी जी, दीदी मांडवी और श्रुतकीर्ति भी मन से कहाँ तैयार थीं वहाँ जाने के लिए...। वे इस भवन से कभी कहीं नहीं गई थीं आज से पहले मात्र ननिहाल छोड़कर। वह भी कुछ ही दिनों के लिए। जिस प्रकार काकी जी के बिछोह से माँ दुखी थीं उसी प्रकार बहनों के बिछोह से मैं और दीदी सीता दुख से आकुल हो रही थीं। औचक काकी जी ने माँ के समक्ष प्रस्ताव रखा—

"दीदी, उर्मिला को हमारे संग जाने दीजिए सांकाश्या। सीता बिटिया का वहाँ जाना उचित नहीं है परन्तु उर्मिला तो जा सकती है। कुछ दिनों वहाँ रहकर चली आएगी। उसके जाने से मांडवी और श्रुतकीर्ति का मन लग जाएगा। दोनों उस अनजान स्थान में बिलकुल नहीं जाना चाहती हैं।"

"ठीक है विद्या, मैं महाराज से बात करती हूँ।"

माँ ने उन्हें आश्वस्त किया और भय से मेरे प्राण सूख गए। परन्तु विरोध का

कोई औचित्य नहीं था। पिताजी ने भी मुझे वहाँ जाने की स्वीकृति देने में विलम्ब नहीं किया। मेरी इच्छा थी पिताजी मुझे रोक लें परन्तु ऐसा नहीं हुआ। वहाँ जाने की मेरी तनिक भी इच्छा नहीं थी...। कहीं भी प्रसन्नता के वातावरण में जाना अलग बात है और संताप के वातावरण में...।

इन सारी गतिविधियों से नितान्त अलिप्त दीदी सीता अपने कक्ष में पड़ी रहीं। रथ पर सवार हो हम लोग सांकाश्या की यात्रा पर निकल पड़े। उस अनजान राज्य की यात्रा पर जिसने हमें गहरे घाव दिये थे और जहाँ वास करना भी बहुत सहज नहीं होगा क्योंकि हम उस शत्रु राज्य की प्रजा के लिए हितैषी नहीं वरन् परम शत्रु ही थे। बहुत समय लगना था उन्हें हमें स्वीकारने में। हम पर विश्वास करने में। इस तथ्य से हम अनभिज्ञ नहीं थे।

चन्द्रवंशीय राजा सुधन्वा द्वारा निर्मित यह विशाल भवन अपनी सुन्दरता में भी अद्‌भुत था। परन्तु चारों ओर व्याप्त उदासी और विचित्र से सन्नाटे से वह बहुत ही भयावह अनुभव हो रहा था। कोई और समय होता तो इस भवन की विशालता व सुन्दरता हमें मोह लेती परन्तु अभी नितान्त विपरीत स्थिति थी।

यहाँ आए हमें आज पाँचवाँ दिवस है। भवन के परकोटे पर खड़ी मैं निहार रही चहुँ ओर...नीचे इक्षुमति की कलकल धारा प्रवाहित है। धवल हिमालय की ओर से आते शीतलतायुक्त पवन के स्पर्श से सर्वांग पुलक रहा। दूर-दूर तक शस्य-श्यामला भूमि। फल व मनमोहक फूलों से लदे सघन वृक्षों पर ज्ञात-अज्ञात भिन्न-भिन्न आकार-प्रकार के पक्षियों का गुंजन...।

इसके पश्चात् भी एक अनाम-सी उदासी का अधिकता से आभास हो रहा। राजभवन में भी अधिकता से अपरिचितता अनुभव हो रही। हालाँकि उसकी दीवारों से वे सारे चिह्न व भित्ति चित्र हटा दिये गए हैं जिनसे यह सुधन्वा का भवन होने की साक्षी होता। उसकी समस्त रानियाँ, सम्पूर्ण परिवार, सगे-सम्बन्धी, राजभक्त सेवक-सेविकाएँ तथा मंत्रीगण पहले ही यहाँ से जा चुके हैं। मात्र कुछ परिचारक व परिचारिकाएँ शेष रह गई हैं। जनकपुर से भी पिताजी ने काकी जी का राज्य सुचारु रूप से संचालित हो इसके लिए धन और आवश्यकतानुसार विद्वज्जन, सैन्य-बल, अस्त्र-शस्त्र, सेवक-सेविकाएँ साथ कर दिये थे। जिससे तनिक परिचितता का आभास हो रहा था अन्यथा एक पल भी यहाँ रहना कठिन था। इसके पश्चात् भी न तो अभी तक काकी जी, दीदी मांडवी और श्रुतकीर्ति सहज हो पाई हैं और न इसे अपना स्वीकार कर प्रसन्न हैं। उन लोगों के साथ-सान्निध्य में भी मैं तो व्याकुल रह ही

रही हूँ हर पल। क्षण मात्र को भी दीदी सीता का अतिशय मलिन मुख विस्मृत नहीं हो रहा। हर पल कोस रही स्वयं को कि क्यों चली आई काकी जी और बहनों के हठ पर उन्हें छोड़कर यहाँ। ऐसे समय में जब उन्हें मेरी सर्वाधिक आवश्यकता थी और यह भी नहीं विस्मृत हो रहा कि यह भवन तो जनकपुर पर अकारण आक्रमण करनेवाले, वहाँ की प्रजा को त्रास देनेवाले तथा हमारे समस्त परिवार को यातना के भँवर में डुबोनेवाले क्रूर आक्रान्ता सुधन्वा का है। आह...ये स्मृतियाँ बिसर क्यों नहीं रहीं मानस से...।

दीवार से टेक लगाकर मैं खड़ी हो गई। अस्त होते सूर्य की रश्मियाँ आग की लौ के समान फैल गई थीं पश्चिमी क्षितिज पर। दूर खड़े अनाम से वृक्षों के लम्बे होते साये में कलरव करते कतारबद्ध भिन्न-भिन्न प्रकार के ज्ञात-अज्ञात पक्षी अपने घोंसलों की ओर लौटने लगे थे। झाड़ियों में दुबकी मटमैली संध्या उदासीयुक्त अपना आँचल पसारने लगी थी चहुँओर...। जब से चैतन्य हुई थी या अक्षर ज्ञान प्राप्त करने की अनिवार्यता सम्मुख आई...सदा यह धरा वन व आकाश की विशालता, उनका रहस्य अपनी ओर खींचता रहा था मुझे या अपने जानने के प्रति लुभाता रहा था। अपने वृहत् राज्य त्रिभुक्ति की अचाक्षुष स्थिति, स्थल तथा उनके महत्त्व को सम्पूर्णता में जानने की जिज्ञासा प्रबल होती रही थी परन्तु दूसरे विषय के अध्ययन में व्यस्त हो जाने पर यह विषय सदा विस्मृत हो जाया करता था। एक दिन सुअवसर देख गुरुदेव से मैंने पूछने में विलम्ब नहीं किया—

"अपने देश भारतवर्ष की भौगोलिक स्थिति तथा उसे सम्पूर्णता में जानने की जिज्ञासा होती है आचार्य प्रवर...सम्भव हो तो कृपया मेरी जिज्ञासा शान्त कीजिए।"

"बहुत सुन्दर प्रश्न किया है तुमने उर्मिला। ये जानकर प्रसन्नता हुई कि तुम्हारे अन्दर अपने देश की भौगोलिक स्थिति जानने की चाह है। मात्र पुस्तक का अध्ययन करना ही शिक्षित होना नहीं होता बल्कि उसे सम्पूर्णता में जानना, उसकी तह तक जाने की जिज्ञासा ही किसी को अन्वेषक बनाती है और जिज्ञासु छात्र बहुत प्रिय लगता है किसी भी शिक्षक को।"

"जी गुरुदेव, बहुत दिनों से यह इच्छा विकल कर रही थी मुझे कि हमारा यह देश भारत कितना विस्तृत और उन्नत है? भूगोल की पुस्तक तो सीमित ज्ञान देती है। उसके सांस्कृतिक परिचय से तो अनभिज्ञ ही हैं हम। अपनी मातृभूमि को विस्तार तथा समग्रता में जानने की हमारी इच्छा को शान्त करिए।"

"हमारा यह देश भारतवर्ष, बहुत विशाल खंड है पुत्री, इसकी सीमाएँ पूरब सागर तट से भी बहुत आगे के राज्यों तक हैं...। पश्चिम में काश्यप सागर तक तथा उत्तर दिशा स्थित विशाल हिमवान पर्वत से दक्षिणी सागर तक विस्तारित है। इस भूमि की सबसे बड़ी विशेषता है कि यह उत्तर से दक्षिण की ओर समतल और त्रिकोणात्मक होती गई है तथा मध्य में स्थित विंध्य पर्वत श्रेणी इसे दो खंडों में विभाजित करती है, जिससे उत्तर स्थित भाग को उत्तरपथ और दक्षिण स्थित भाग को दक्षिणपथ कहा जाता है।"

"जी आचार्य श्रेष्ठ।"

"उस विंध्य पर्वत के दोनों ओर के वातावरण तथा ऋतुओं में भी बहुत विभिन्नता है पुत्री। कहीं बहुत सरदी है तो कहीं बहुत अधिक ताप। कहीं आवश्यकता से भी अधिक वर्षा होती है तो, कहीं की भूमि अत्यधिक शुष्क है और कहीं-कहीं तीनों ऋतुएँ समान रूप से सक्रिय रहती हैं...।"

"मुझे अनुभव होता है, कदाचित् हम लोग समान रूप से सक्रिय उन तीन ऋतुओं वाले क्षेत्र में हैं गुरुदेव?"

"तुम्हारा अनुमान पूर्णत: सत्य है पुत्री।"

"हिमालय के उपत्यका से मध्य भारत तक शीत ऋतु में वातावरण कमोबेश अधिक सर्द होता है। कहीं-कहीं तो असह्य ठंड पड़ती है जिससे जल भी जमकर हिमखंड बन जाता है। हमारे यहाँ कभी वर्षा अधिक होती है कभी कम भी होती है। लेकिन सभी ऋतुएँ अपना प्रभाव समान रूप से अनुभव कराती हैं। परन्तु विंध्य पर्वत श्रेणी के दक्षिणी भाग की ऋतु अधिक उग्र होती है। वहाँ ताप असह्य होता है और वर्षा भी बहुत अधिक होती है। सरदी नहीं के बराबर पड़ती है। यह तो ज्ञात ही होगा कि उत्तर भारत में छह ऋतुएँ हैं, जिनमें शरद, वसंत एवं वर्षा सर्वाधिक प्रिय मानी जाती हैं।"

"वह क्यों गुरुदेव?"

"वैदिक काल में हमारे विद्वान पूर्वज वर्ष-गणना शरद से शरद ऋतु तक किया करते थे। इसलिए वे आशीर्वाद में यह श्लोक उच्चारित करते थे—'जीवेम शरद: शतम्।' यह भारत भूमि बहुत विस्तारित है। इसे हमारे पूर्वज वैवस्वत मनु ने दस भागों में विभक्त कर अपने दस पुत्रों में बाँट दिया था। अभी हम अपने पूर्वज इक्ष्वाकु को मिले उसके मध्य भू-भाग में रह रहे हैं जहाँ सूर्य अपना शीतल व प्रचंड ताप लिये आते हैं। परन्तु उनके साम्राज्य का कुछ भू-भाग बर्फ और धुंध से आच्छादित

भी रहता है, जहाँ सूर्य की रश्मियाँ पीली होती हैं और शरद ऋतु में शर और काश जैसी वनस्पतियाँ पुष्ट होकर फूटती हैं। शरद मानी शर यानी 'बाण' बनाने के लिए कंडे प्रदान करनेवाली ऋतु।"

"ओह...इस तथ्य से नितान्त अनजान हैं हम लोग...।"

"हाँ पुत्री, परन्तु हमारे पूर्वजों के कृषि-कर्म से जुड़ने तथा इस क्षेत्र में वास करने के पश्चात् उनके लिए ऋतु चक्र में पावस ऋतु अधिक महत्त्वपूर्ण हो उठी और शरद विमुग्ध वे अग्नि और आदित्य के पूजक हो गए। क्योंकि वे किसान हो गए और किसानों के लिए आकाश में उमड़ती-घुमड़ती मेघ शृंखला से अधिक सुहावनी क्या तुषार ऋतु हो सकती है भला?"

"तो क्या दक्षिणपथ में शीत ऋतु नहीं होती आचार्य श्रेष्ठ?"

"नहीं पुत्री, वहाँ यदा-कदा जाने का अवसर मिला है मुझे। उस पूरे प्रक्षेत्र में शीतलता का घोर अभाव है। कहीं-कहीं पर्वत के उन्नत शिखरों पर वातावरण सर्द रहता है परन्तु समतल भूमि अत्यधिक गर्म और उमसयुक्त होती है।"

"आपने बड़ी विलक्षण बातें बतलाईं गुरुदेव।" श्रुतकीर्ति बोली।

"संसार की भौगोलिक स्थिति सदा समान रूप से स्थायी कभी नहीं रही पुत्री...! यह पृथ्वी की गति के अनुसार टूटती-जुड़ती रही है भिन्न-भिन्न खंडों से। विद्वज्जन कहते हैं कभी हमारा देश द्वीप था इसलिए इसका एक नाम जंबू द्वीप भी है।"

"परन्तु गुरुदेव अभी तो यह प्राय: द्वीप है। तीन दिशा से सागर से घिरा हुआ। उत्तर दिशा में तो यह भूमि से जुड़ा हुआ है?"

"वर्तमान का यह नक्शा है पुत्री, प्राय:द्वीप बनने से पूर्व इसके उत्तर में टेथिस सागर लहराया करता था। जब यह उत्तरी भूमि से टकराया था तो इसके टक्कर से ही हिमवान की उत्पत्ति हुई थी।"

"ओह...कितना रहस्यमय है यह संसार?" औचक मेरे मुख से निकल पड़ा था।

"यही नहीं, हमारे इस भू-भाग की एक और अद्‌भुत विशेषता है पुत्री! इसी भू-भाग के आकाश में सप्तर्षि और अगस्त्य तारा संवत्सर के कुछ दिनों में साथ-साथ दिखाई देते हैं जो संसार में अन्यत्र दुर्लभ है। तथा इसी भू-भाग में रात्रि प्रतिपदा से पूर्णिमा तक चन्द्र अपनी एक-एक कला का विस्तार करता हुआ पुन: एक-एक कला का संकुचन करते हुए अमावस्या को समाप्त करता है। और ये समस्त परिवर्तन अदृश्य नहीं दृश्यमान हैं। मात्र कोई वक्तव्य नहीं।"

"यह द्वीप तो द्वीप होता है गुरुदेव, इसे जम्बू द्वीप क्यों कहा गया?"

"अति सुन्दर प्रश्न उर्मिला! इसे कहते हैं किसी वस्तु को समग्रता में जानना। जंबू का एक अर्थ बड़ा यानी विशाल होता है और जामुन फल भी। यह कभी विशाल द्वीप तो रहा ही होगा तथा यहाँ जामुन फल के वृक्ष भी रहे होंगे बहुतायत से। कदाचित् इसीलिए इसे जंबू द्वीप कहा गया हो।"

"और यहाँ वर्ष के विशेष माह में प्रात: तथा सांध्यकाल में शुक्र व बृहस्पति ग्रह भी तो दृश्यमान होते हैं गुरुदेव?"

"हाँ पुत्री, संसार के कुछ भू-भाग तो ऐसे हैं जहाँ रात्रि और दिवस बहुत वृहत् होते हैं तो कहीं रात्रि होती ही नहीं। बड़ी रहस्यमयी है यह सृष्टि...।"

"चकित हूँ आचार्य श्रेष्ठ इस देश व विश्व का रहस्य जानकर। समय अनुकूल रहा और संयोग हुआ तो मैं अन्वेषक बनना चाहूँगी। गुरुदेव मुझे संसार के अदृश्य रहस्य बहुत आकर्षित करते हैं अपनी ओर।" धीमे स्वर में मैंने कहा तो चकित दृष्टि से उन्होंने देखा मेरी ओर...।

"अवश्य पुत्री, जिज्ञासाएँ ही मनुष्य को अन्वेषक बनाती हैं। संसार में ऐसा कोई कार्य नहीं है जो मनुष्य के सामर्थ्य से दूर हो...बस उसके पराक्रम में निष्ठा तथा लगन होनी चाहिए...!"

"गुरुदेव, अभी हमारे समय की गणना को वैवस्वत मन्वंतर ही कहते हैं न?" अचानक श्रुतकीर्ति ने पूछा।

"हाँ पुत्री, विवस्वान पुत्र वैवस्वत मनु ही मानव संविधान के जनक कहे जाते हैं। अत: संवत्सर की गणना उन्हीं के नाम पर की जाती है। इससे पूर्व काल की गणना मन्वंतर मन्युओं के नाम पर ही होती रही है जो वैवस्वत मनु से पूर्व पाँच हुए हैं। जिसमें सर्वाधिक प्रचलित हुए थे भरत, जिनके नाम पर हमारा देश भारतवर्ष कहलाया।"

"ओह...कितना सुन्दर लगता है अपने अतीत को जानना...।"

और आज उस विभिन्नता का साक्षात् अनुभव हो रहा था...। सभी कुछ तो भिन्न था जनकपुर से...रीति, नीति तथा ऋतु भी। वृक्ष भी अनजाने, कृषि भी विचित्र...। पर्वतों के ढलानों पर बनाए हुए सीढ़ीनुमा खेत...। उनमें विभिन्न अन्नों की लहलहाती हरियाली। मनमोहक तो अवश्य थी परन्तु उन्हें देखकर भी मन अवसादमुक्त कहाँ हो पा रहा था।

15

संध्या गहरी होती उससे पूर्व ही श्रुतकीर्ति व्याकुल-सी मुझे ढूँढ़ती ऊपर आई और मेरा हाथ पकड़कर खींचती हुई बोली—

"दीदी, आप यहाँ हैं? कब से मैं भवन, वाटिका और सरोवर किनारे आपको ढूँढ़-ढूँढ़ कर थक गई। सारी परिचारिकाएँ भी परेशान हैं। चलिए नीचे, माँ व्याकुल हो रही हैं। यह भूमि, भवन अभी उतना परिचित और निरापद नहीं हुआ है हमारे लिए यही उनके भय का कारण है।"

"कोई भी शत्रुभूमि या भवन इतना शीघ्र परिचित और निरापद कैसे हो सकता है श्रुति? सदियों से उस पर शासन करनेवाले वहाँ की प्रजा के लिए देव तुल्य शासक भी हो सकते हैं। उनके स्थान पर वे हमें उसी प्रकार सहजता से स्वीकार कर लेंगे...। सम्मान देंगे। उनसे ऐसी अपेक्षा करना भी शीघ्रता ही नहीं नासमझी भी होगी। धीरे-धीरे अपने व्यवहार, आचरण व धैर्य से उनके हृदय में स्थान बनाना पड़ेगा सभी को।"

"सत्य कह रही हो दीदी परन्तु अब यहाँ से चलो भी...।"

"तनिक ठहरो श्रुति! भवन से यहाँ कुछ अच्छा अनुभव हो रहा है।"

"भवन में आपको भी कुछ वैसा ही अनुभव होता है दीदी, जैसा मुझे?"

"मेरी प्रिय अनुजा, तुम्हें क्या और कैसा अनुभव हो रहा...यह बिना जाने मैं कैसे कह सकती हूँ कुछ?"

"दीदी, बहुत उदास और अजनबी-सा अनुभव होता है इस भवन में हर ओर। विशेषकर संध्या होते ही विचित्र-सा भय व्याप्त जाता है मन पर।"

"कैसा भय अनुजे?" मैंने अनजान बनकर पूछा जबकि ऐसी विचित्र स्थिति का मैंने भी हर पल अनुभव किया था। इसके कक्ष, विथी और परकोटों में भी। यह भय ही है जिसके कारण इस राजप्रासाद का उपवन हमारे गहन अवलोकन से अछूता था अभी तक।

"बहुत विचित्र-अबूझ सा...। उसकी व्याख्या के लिए शब्द नहीं है मेरे पास...।"

"यह भय अकारण नहीं है, पिछले एक वर्ष की भोगी हुई त्रासदी...उस त्रासदी से उपजा आक्रोश, पीड़ा और भय का प्रभाव अभी भी हमारे मानस से क्षीण नहीं हुआ है। इसी प्रभाव से मुक्त होने के लिए ही तो पिताजी ने हमें यहाँ भेजा है। कहते हैं स्थानान्तरण विगत की स्मृतियों के प्रभाव को क्षीण कर देता है।"

"ऐसा कुछ अनुभव हो रहा है आपको, क्या वे स्मृतियाँ क्षीण हो रही हैं?"

"सत्य कहूँ तो नहीं...।"

"क्यों दीदी?"

"मेरी समझ से इसका मुख्य कारण यह स्थान और भवन ही है। हम वहीं आ गए हैं जिसकी स्मृति से पीछा छुड़ाना चाहते थे...मुक्त होना चाहते थे।"

"यानी?"

"उस नृशंस आक्रान्ता सुधन्वा के भवन में रहकर उसकी कृतियों तथा स्मृतियों से मुक्त हुआ जा सकता है क्या?"

"नहीं। मुझे भी ऐसा ही अनुभव हो रहा...वह स्थान या दृश्य कभी भी उस स्मृति को क्षीण नहीं कर पाएगा जो उसी से सम्बद्ध हो।"

"मैं तो चाहती हूँ, शीघ्र यहाँ से जनकपुर चली जाऊँ परन्तु काका जी, काकी जी और तुम लोगों का ध्यान मुक्त नहीं कर रहा।"

"दीदी, आप ऐसा सोच सकती हैं, आपके पास तो विकल्प है यहाँ से जाने का...। हमें तो अब यहीं रहना है। सोचो कैसे रहेंगे हम?" उसके शब्दों में पीड़ा घुल आई थी।

"समय बड़ा बलवान होता है अनुजे, किसी भी स्मृति पर धूल डाल देता है। ऐसा न हो तो स्मृतियों की वेदना से पीड़ित हो मनुष्य मृत्यु को न प्राप्त हो जाए?"

"इस भवन में रहकर मुझे ऐसा कुछ भी सम्भव नहीं लग रहा है दीदी।"

"पर यहाँ रहना तो है न? फिर उस त्रासदी को ही अपना बल बनाना होगा। हमारे पूर्वजों ने कभी किसी राज्य पर अकारण आक्रमण नहीं किया। अत्याचार, अनाचार या राज्य विस्तार उनके विचारों में भी नहीं रहा। विवशतावश किसी राज्य को जय भी किया तो उससे राजस्व लिया, स्वयं वहाँ नहीं रहे। इसलिए ऐसा अवसर भी नहीं आया कि हमें दूसरे राजा के भवन में रहना पड़ा हो। तभी ऐसा अनुभव हो रहा है कदाचित्।"

"सम्भव है यह, परन्तु...।"

"प्रिय श्रुति वो देखो...अस्त होते सूर्य की सुरमई लालिमा में वृक्षों के साये कैसी-कैसी भयावह आकृति ग्रहण कर रहे हैं...?"

"संध्या गहरा रही है दीदी, मुझे कुछ अच्छा नहीं लग रहा। अब चलो भी यहाँ से...।"

मैं चुपचाप उसके संग सीढ़ियाँ उतरने लगती हूँ...।

"मझली महारानी जी स्मरण कर रही हैं आपको अपने कक्ष में।

मझली माँ की परिचारिका का स्वर कानों से टकराया और मैं साकांश्या की वीथियों से लौट आई।

"तुम चलो, आ रही हूँ।

सदैव व्यस्त रहने का उपक्रम करती परन्तु व्यस्तता कम होते ही यादें आक्रमण करना आरम्भ कर देतीं।

16

संयोग और वियोग जैसे शब्द कहाँ थे मेरे मानस कोश में? ये तो उपहास के शब्द रहे थे मेरे लिए...। सद्य:विवाहिता सखियाँ और परिचारिकाएँ जब आहें भरतीं अपने पतियों को स्मरण कर, तब प्राय: मैं उन्हें चिढ़ाया करती...। उनके शब्दों को दुहराकर उनका स्वाँग उतारा करती...। कहाँ ज्ञात था ये दोनों शब्द गहनता से जुड़नेवाले हैं मेरे जीवन से...।

गुरु विश्वामित्र संग आर्य राम व लक्ष्मण का जनकपुर आना मात्र एक संयोग था। उनका मेरे साथ जुड़ना भी मात्र एक संयोग था। मेरे ब्याह का विचार तो दूर-दूर तक किसी की कल्पना में भी नहीं था। ना तो मेरे स्वयंवर हेतु सोचा गया था और ना ही वैदिक ब्याह हेतु परन्तु औचक अयोध्या नरेश दशरथ द्वारा लक्ष्मण के लिए पिताजी से मेरा हाथ माँगा जाना...मेरे जीवन का यह प्रथम घटित विलक्षण संयोग ही था।

काकी जी सत्य ही कहा करतीं—"बड़ी सुलक्षणी है हमारी सीता हम सबके लिए, जब से इसके पग पड़े हैं भवन में तब से सब शुभ ही शुभ हो रहा है।"

और सच में उनका ही प्रबल भाग्य हम तीनों बहनों के सौभाग्य को भी खींच लाया था जनकपुर भरत, लक्ष्मण व शत्रुघ्न के रूप में।

और यदि इसे ही संयोग कहा जाए तो ये सारे संयोग बहुत ही हर्षदायक थे।

दशरथ नन्दन राम के द्वारा औचक शिव धनुष भंग होना...। सीता दीदी के ब्याह हेतु संकल्पित पिताजी के प्रण का खंडित होना। देवी सुनयना के द्वार पर बिन बुलाए इतने पराक्रमी जामाता का उपस्थित होना। यह परम संयोग ही तो था।

वरमाला के विधान के लिए रत्नजड़ित वस्त्राभूषण में सजी-धजी दीदी सीता संग यज्ञस्थल तक जाते समय किसी भी होनी-अनहोनी से मुक्त थी मैं...। अपने हृदय पर मात्र मेरा आधिपत्य था, जिससे सदा अपूर्व बल का अनुभव होता रहा था मुझे।

रघुनन्दन राम व लक्ष्मण गुरु विश्वामित्र संग शिव धनुष अवलोकन की आकांक्षा में आए हैं यहाँ। यह संवाद सेवक-सेविकाओं से सुन चुकी थी साथ ही उनके रूप-गुण व विलक्षण पराक्रम के चर्चे भी। सौम्या तो पहरों ज्येष्ठ दशरथ नन्दन राम के रूप-गुण का बखान करती हुई मद्धिम स्वर में अपने मन का उद्गार भी प्रकट कर जाती कि दीदी सीता के लिए कुँवर राम अति उपयुक्त वर रहेंगे।

पिताजी भी दोनों भाइयों का पराक्रम सुनकर गद्गद थे और माँ को सुना रहे थे कि इतने ही अल्प वय में उन लोगों ने बक्सर स्थित सिद्धाश्रम में तपरत मुनि, तपस्वी, ऋषि तथा महर्षियों के यज्ञ को विध्वंस करनेवाले राक्षस सुबाहु और यक्षिणी ताड़का का कैसे नाश किया और ऋषि, तपस्वियों को कैसे उनके आतंक से निर्भय किया। फिर जनकपुर आने के पथ में स्थित गौतम आश्रम में जड़ बनी ऋषि पत्नी देवी अहल्या को कुटी से बाहर लाकर समाज में उनकी प्रतिष्ठा का पुनर्स्थापन किया। इतने से कम वय में यह पराक्रम आश्चर्य में डाल ही रहा था सभी को। विशेषकर मुझे और मेरी उत्सुकता को हठ की पराकाष्ठा तक उद्वेलित भी कर रहा था।

"जिसे देखो अयोध्या के राजकुमारों के पराक्रम की गाथा ही गा रहा। सुन-सुनकर अब मुझे तनिक भी सहन नहीं हो रहा दीदी! एक परीक्षा तो लेनी ही चाहिए मुझे उनके कौशल की। आपका क्या विचार है?"

हँसते हुए मैंने दीदी सीता के सम्मुख अपने मन का यह उद्गाार व्यक्त किया। दीदी ने मीठी झिड़की दी—

"मेरी प्रिय बहन, क्या आवश्यक है सदा विद्रोहिणी बनने की? वे लोग दूसरे राज्य के राजकुमार हैं। हमारे अतिथि हैं। और न तो यहाँ किसी वाद-विवाद या अस्त्र-शस्त्र की प्रतियोगिता का आयोजन हो रहा और न वे उसमें भाग लेने आए है। अत: हे देवी, अपने नटखटपन पर तनिक अंकुश रखो। उन्हें जाँचने या परखने की कोई आवश्यकता नहीं है।" कहते हुए वे भी हँस पड़ी थीं।

उनकी बातों से मुझे सन्तुष्टि नहीं हुई और उन्हें आजमाने की इच्छा बलवती होने लगी। कई बार जी में आया चुपके से यज्ञस्थल तक जाने और सत्य जानने की किन्तु इसे यथार्थ रूप देना सम्भव नहीं हो सका और न ही कोई अवसर ही प्राप्त हुआ। यज्ञ की व्यस्तताएँ चलती रहीं...।

आज यज्ञ की पूर्णाहुति भी हो गई। जिस कामना के निमित्त यज्ञ हो रहा था कि सुस्त व शिथिल पड़े राज्यवासियों तथा भवनवासियों के रगों में जीवन का संचार हो जो आक्रमण के पश्चात् मृतप्राय: से हो गए थे...लगभग उसमें सफलता मिली थी। लगा था सच में यज्ञ, उत्सव या त्योहार हर्षदायी होते हैं।

माँ और काकी जी के संग हमें अपनी कुल देवी गिरिजा के पूजन को जाना है। यज्ञ कुशल-कुशल सम्पन्न हो जाने का आभार व्यक्त करने। सबेरे ही माँ का आदेश हुआ था हम बहनें स्नानादि से निवृत्त हो सज-धज कर तैयार रहें...।

पूजन की सामग्री एकत्रित करने...थाल सजाने में ही मुझे विलम्ब हो गया था। तैयार होकर कक्ष से निकली तब तक सभी मन्दिर की ओर बढ़ गई थीं।

क्षोभ से झींकती-बुदबुदाती...अकेले ही मन्दिर की ओर बढ़ी...। हेमन्त ऋतु के कुहासे में लिपटा सिहरन भरा प्रभात ने मेरी खीज दूर कर मन को पुलक से भर दिया। पथ के दोनों ओर लगे पुष्प वृक्षों की पत्तियों एवं पुष्पों पर गिरे निहार कण धवल मुक्ता के सदृश लग रहे थे। उन्हें निहारती आगे बढ़ रही थी कि लता कुंज में हल्का हलचल-सा अनुभव हुआ...। जिज्ञासावश मेरे पग वहीं ठिठक गए। माली तो कब का पूजा हेतु पुष्प दे गया था भवन में। यहाँ पुष्प कुंज में कौन क्या कर रहा है?

चारों ओर दृष्टि दौड़ाई...कोई अनुचर या प्रहरी दिखे...। कहीं कोई नहीं दिखाई दिया। तेज स्वर में सौम्या को पुकारती तब तक...वह दृष्टि से ओझल हो चुकी थी। मैं स्वयं बढ़ गई लता कुंजों की ओर...।

मेरी आहट पर पुन: एक सर क्षण मात्र के लिए लता कुंज से उभरा और छुप गया...।

अरे, कौन है यह जिसने उन्नत परकोटा वेष्ठित राज पुष्पवाटिका में आने की धृष्टता की है और ये क्या कर रहा है यहाँ? प्रहरी ने इसे कैसे प्रवेश करने दिया? क्रोध से मैंने सोचा और उसे डपटती तभी पुन: एक अजनबी पुरुष का सर उभरा...।

काली घटा से छँटकर जैसे औचक चन्द्र प्रकट हुआ हो। धवल वर्ण...उन्नत नासिका...अधरों पर तिर्यक मुस्कान...चपल, चंचल नेत्र...।

"कौन हैं आप? इस राजवाटिका में किस प्रयोजन से आए हैं और किसने आने दिया यहाँ आपको?"

मेरे प्रश्न को अनसुना कर दो स्तम्भित नेत्र अपलक निहारते रहे मेरी ओर...।

उसकी इस धृष्टता पर मेरे अन्दर क्रोध उत्पन्न होने लगा। तीक्ष्ण स्वर में मैं उसकी भर्त्सना करती कि तत्क्षण उसका स्वर उभरा—

"मैं अयोध्या पति दशरथनन्दन लक्ष्मण हूँ। गुरुदेव की आज्ञा से उनके पूजन हेतु पुष्प लेने आया हूँ।"

ओह, तो ये वही अयोध्या के छोटे राजकुँवर लक्ष्मण हैं?

मैंने सोचा और झेंप गई। संकोचवश मेरे नेत्र नत हो गए। क्षण भर को पग जम से गए। पुन: सचेत होती मैं पीछे मुड़ी...।

मुड़ते हुए पुन: मेरे नेत्र उधर उठे...जाने किस प्रेरणावश और उनके विस्मित नयनों से टकराए...।

जाने कैसा सम्प्रेषण था...लगा जैसे सहस्त्र दामिनियाँ कौंध उठी हों...और उसकी लहक मस्तिष्क से लेकर मेरे हृदय तक को उद्वेलित कर गई। लज्जा भार से स्वत: पलकें झुक गईं। झुकती पलकों ने उनके अधरों पर वक्र मुस्कान थिरकते देखा और मेरे पग की गति तीव्र हो गई...।

और मन्दिर पहुँचने तक उस वक्र मुस्कान से पीछा नहीं छुड़ा सकी। पल भर में मेरी चंचलता...चुलबुलापन...सब जाने किस कोने में दुबक गया और उसका स्थान संकोच ने ले लिया। संकोच के साथ ग्लानि भी हो रही थी कि औचक यह संकोच का भाव कहाँ से उत्पन्न हो गया मेरे हृदय में? मैं इतनी भीरु कैसे हो गई? मेरी प्रकृति तो कदापि ऐसी नहीं थी।

स्मरण नहीं कि ऐसे संकोच, ऐसी लज्जा का इससे पूर्व कभी अनुभव हुआ हो, पथ पर चलते हुए मैंने सोचा। तो फिर अभी ऐसा क्यों हुआ? कहाँ तो वाटिका में प्रवेश करने की धृष्टता के लिए मैं उन्हें डपटने गई थी और कहाँ बिना कुछ कहे या पूछे लौट आई। मन व्यंग्य से हँसा...इसी बल पर उनकी जाँचना करने चली थी?

गिरिजा पूजन के समय भी मेरा चित्त एकाग्र नहीं हो पा रहा था...। वे चंचल नेत्र...अधरों पर थिरकती मन्द-मन्द मुस्कान...क्या मेरे दम्भ को पराजित कर रही है?

किसी प्रकार गिरिजा पूजन कर भवन में हम लौटी ही थी कि पिताजी का संवाद लेकर सेवकों का समूह आया—

"महाराज की आज्ञा है शिव धनुष को यज्ञस्थल तक लाने की। अयोध्या से आए दोनों राजकुमार बहुत उत्सुक हैं उसे देखने के लिए।"

सुनकर हम सभी चौंक गए। सीता दीदी के मुख पर पुन: मलिनता छा गई। पीड़ा भरे स्वर में उन्होंने धीरे से कहा—

"तो इस धनुष और मेरे दुर्भाग्य की कथा सभी ओर विस्तारित हो गई है उर्मिला...?"

"सम्भव है दीदी, परन्तु आप इतना दुखी क्यों हो रहीं? जो घटना घटित हुई उसमें न तो पिताजी का कोई दोष था न ही आपका। वह तो अच्छे कार्य के लिए किया गया प्रयत्न था जिसकी असफलता में उन कापुरुषों का हाथ था जो पराक्रमहीन थे। यदि उनमें कोई पराक्रमी होता तो वह घटना घटित ही नहीं होती। आप सहज होइए। बीते को बिसार देना ही श्रेयस्कर है।"

"प्रयत्न तो कर ही रही हूँ बहन...सफलता नहीं मिल रही और अभी पुनः वह घाव हरा हो गया है। सम्भव है यह गुरुदेव द्वारा अनजाने में किया गया कार्य हो परन्तु उस प्रसंग का स्मरण...।"

"भूल जाइए उसे...और जो आंशिक प्रसन्नता यज्ञ से प्राप्त हुई है उसे स्मरण कीजिए।"

हम वार्ता कर ही रही थीं तभी दीदी मांडवी और श्रुतकीर्ति तेज पग से हमारे समीप आईं—

"दीदी, ये सेवकगण शिव पिनाक आजगव को यज्ञस्थल की ओर क्यों लेकर गए हैं?" उन्होंने दीदी सीता से पूछा।

दीदी मौन रहीं।

"गुरु विश्वामित्र के कहने पर पिताजी ने मँगवाया है अयोध्या से आए दोनों राजकुमारों के अवलोकन हेतु।" मैंने उत्तर दिया।

"ओह...!" दोनों के मुख से एक साथ ही निकला...।

उनकी इस प्रतिक्रिया ने स्मरण कराया कि अभी विगत की उस घटना का प्रभाव शेष है हमारे अन्दर। सभी के मौन ने सन्नाटे को आमंत्रित कर दिया...। इस सन्नाटे के मध्य हम मात्र परस्पर निहारते रहे निःशब्द...तभी वातावरण में एक तेज स्वर उभरा...जैसे दामिनी स्खलित हुई हो या कुछ अघटित घटा हो कहीं निकट ही और भयातुर हो आकाश में कोलाहल करते पक्षी समूह उड़ने लगे।

परिस्थितियों से डरा-सहमा हमारा मन काँप गया अनिष्ट की आशंका से कि अब क्या हुआ? यह कोलाहल कैसा उत्पन्न हो रहा...? ये पक्षी क्यों शोर करते उड़ रहे? मैं उठकर आगे बढ़ती कि किसी से ज्ञात करूँ कारण। तभी कुछ सेवक दौड़ते हुए आए—

"महारानी जी...महारानी जी..., शिव का धनुष भंग हो गया...शिव का धनुष भंग...।"

उनके मुख से कठिनाई से स्वर निकल रहे थे।

कोलाहल सुनकर माँ और काकी जी घबड़ाई हुई शीघ्रता से अपने कक्ष से बाहर आईं।

"अरे कैसे भंग हो गया शिव पिनाक...? माँ ने आशंकित स्वर में पूछा...। और धीरे से बुदबुदाईं—

"अब कौन-सा अपशगुन होनेवाला है? या माँ गिरिजा सब कुशल करना...।"

"अयोध्या से आए बड़े राजकुमार राम अवलोकन हेतु उसे उठाकर उस पर चाप चढ़ा रहे थे तभी वह स्वत: खंडित हो गया।"

कहकर वे लोग लौट गए हम सभी को असमंजस में छोड़कर।

"शिव धनुष खंडित हो गया। यह कैसी अनहोनी हो गई विधा? अब क्या होगा परशुराम का दिया यह धरोहर था हमारे पास...? और वे सहज क्षमाशील मुनि नहीं हैं। वे कदापि सहन नहीं करेंगे अपने गुरु शिव के धनुष का खंडित होना। उनके कोप से दशरथनन्दन राम को कौन बचाएगा?" माँ चिन्तातुर हो उठीं।

"होनी को कौन जानता है दीदी! पूरी घटना का पता तो चले पहले कि यह अनर्थ कैसे हो गया?"

कहकर काकी जी परिचारिका सौम्या को बुलाकर यज्ञस्थल पर भेजना ही चाहती थीं तभी शतानन्द जी के आने की सूचना मिली।

"देवी सुनयना, दैव कृपा से शिव का धनुष भंग हो गया और इसी के साथ महाराज का प्रण भी पूर्ण हुआ। दशरथनन्दन राम जानकी के वरण के अधिकारी हो गए हैं। यथाशीघ्र आप जानकी को तैयार कर यज्ञस्थल में वरमाला के लिए ले आने का प्रयत्न कीजिए।"

आश्चर्य में डूबी माँ कुछ पूछने को उद्धत हुईं। शतानन्द जी उनका आशय भाँप गए।

"शेष बातें बाद में महारानी जी, प्रथम आप सीता को वहाँ ले जाने के लिए तैयार कीजिए। मैं वरमाला स्थल की तैयारी करवाता हूँ।" कहकर वे शीघ्रता से लौट गए।

उनके जाते ही माँ और काकी जी गले लग फफककर रो पड़ीं...। हर्ष का आवेग भी नेत्रों को प्रवाहित होने पर विवश कर देता है...यह आश्चर्य प्रथम बार देख रही थी माँ और काकी जी के रुदन के रूप में...।

सखियों और बहनों संग मैंने माँ का दायित्व सँभाला। शीघ्रतापूर्वक दीदी को सजाया जाने लगा। मैंने अनुभव किया, आज दीदी सँवरते समय बिलकुल शान्त और उत्साहविहीन थीं...। कदाचित् पूर्व का समय उन्हें स्मरण हो आया था। मैंने

उन्हें कुछ नहीं कहा। कुछ कहने से पीड़ा और बढ़ जाने का अन्देशा था। उन्होंने उस वस्त्र को भी धारण नहीं किया जिसे पूर्व में स्वयंवर के समय धारण किया था।

फिर थालियों में युग्ममाला, पूजन की सामग्री व दीप आदि रखकर हमने स्वयं को भी सँवारा और दीदी को आगे कर हम यज्ञस्थल की ओर चल पड़ीं...।

"दीदी तो शीश नत किए चल रही थीं परन्तु मेरी दृष्टि चहुँओर घूम रही थी। कहाँ कहीं थी पूर्व की भाँति सभा-स्थल की वह सजावट...जो जनकराज की भव्यता की साक्षी थी। यह तो औचक आया वह अवसर था जिसकी प्रत्याशा भी नहीं थी किसी को। कदाचित् बहुत दिनों तक दीदी के लिए स्वयंवर का आयोजन करने की धृष्टता भी नहीं करनेवाले थे पिताजी। जो अपमान और अपयश उन्हें झेलना पड़ा था, उसे क्या वे शीघ्र विस्मृत कर सकते थे? परन्तु होनी...या संयोग...अभी सम्मुख था शुभ का सूचक बनकर।

यज्ञ भूमि में प्रवेश करते ही पीत बसन धारण किए जो श्याम मूर्ति दिखी उसने मेरे नेत्रों को बाँध लिया। कानों में रत्नजड़ित कुंडल, गले में मणिमाल, बाजुओं में मयूर की आकृति वाला जड़ाऊ बाजूबन्द...। अधरों पर थिरकती मन्द-मन्द मुस्कान...। इतना मनोहर स्वरूप..., ये मनुष्य हैं या कोई देव? कमल नयन राम को देखकर लगा, सच में दीदी सीता का भाग्य बड़ा ही प्रबल है। इतना अपरूप वर...? कहाँ तो हम भयग्रस्त थे यदि उन्हें कुरूप, अधेड़ वर न मिल जाए। प्रण का विधान तो पिताजी द्वारा यही था कि जो कोई शिव धनुष आजगव पर शिंजनी का संधान कर देगा वही सीता के वरण का अधिकारी होगा। उसमें न रूप की बाध्यता थी, न अन्य गुणों की परन्तु आज जामाता रूप में जनक भवन की शोभा बढ़ाने जैसे स्वयं विष्णु चलकर जनक द्वार पहुँच गए हैं। पुनः उनके भाग्य के प्रति ईर्ष्या का अनुभव हुआ। विस्मित-सी मैं सोच ही रही थी कि अनायास मेरी दृष्टि राम के पृष्ठ भाग से निकलकर उनके पार्श्व में आ खड़े हुए लक्ष्मण की ओर उठी...। पल-भर के लिए परस्पर हमारे नेत्र टकराए...। उनके अधरों पर पुनः वही बाँकी मुस्कान खिल उठी...और मेरे हृदय में धँस गई।

"उर्मिला, आगे बढ़ो। रुक क्यों गईं?" दीदी मांडवी के स्वर ने सजग किया...।

पग तो आगे बढ़ गए पर मन तो उस धवल रूप में उलझ गया था।

यंत्रवत् दीदी के विधान में सहयोग करती और रह-रहकर तिरछी नजरों से लक्ष्मण को निहार लेती। उनको देखने की मेरी तृष्णा और बलवती होती जा रही थी। एकाध बार तो उनकी दृष्टि से मेरी दृष्टि टकरा भी गई जिसने मुझे लज्जित

कर दिया। आश्चर्य हुआ मेरे हृदय की स्थिति क्यों हो रही है ऐसी? ऐसा अद्‌भुत व कोमल भाव आज से पूर्व तो कभी उदय नहीं हुआ हृदय में किसी पुरुष के लिए और उस भाव ने उलझा दिया मुझे।

यज्ञस्थल से मैं पूर्ण कहाँ लौटी...। चंचल, बेबाक और नटखट उर्मिला कहीं लोप हो गई थी जिसके नेत्र कभी झुकना जानते ही नहीं थे किसी के समक्ष...। किसी भी परिस्थिति में या अवसर पर। आज यह कैसी अनहोनी हो गई थी मेरे साथ? अपनी प्रकृति के इस परिवर्तन पर आश्चर्यचकित थी और सृष्टि के इस विधान पर भी...।

दीदी की वरमाला के समय जब पुनः लक्ष्मण से दृष्टि मिली...ऐसा अनुभव हुआ था जैसे किसी ने कोमल हाथों से हौले से थाप दिया हो मेरे हृदय पर... आनन्दानुभूति जैसी विचित्र थाप...। जैसे यह धवल मनोहर मुख, अधरों पर थिरकती बाँकी मुस्कान...नेत्रों में छाई चंचल चमक...यह सब तो वर्षों का जाना-पहचाना है मेरा जो बार-बार अपनी ओर देखने को विवश कर रहा...। मेरी चेतना परवश होती जा रही...। यह भाव क्यों जाग्रत हो रहा लक्ष्मण के लिए हृदय में? समझ से परे था।

वरमाला के बाद पिताजी व गुरु विश्वामित्र के आदेशानुसार राम और लक्ष्मण दोनों प्रिय पाहुन के लिए यज्ञस्थल के पर्णकुटीर से अन्त:पुर के विशेष कक्ष में रहने की व्यवस्था की गई। अब आर्य राम अयोध्या के युवराज नहीं। जनक नरेश के भावी जामाता थे। पाहुन राम के साथ लक्ष्मण के अन्त:पुर प्रवास ने उनकी समीपता का पर्याप्त अवसर दे दिया मुझे। उनसे वार्ता का, उन्हें जानने-समझने का, देखने-परखने का और इस अनुपम अवसर से मेरे हृदय में उनके लिए उपजा मधुर भाव और प्रगाढ़ होता गया। अब तो ऐसा कोई अवसर जिससे उनकी समीपता प्राप्त होती, ढूँढ़ती रहती मैं और प्राय: उनके आतिथ्य कार्य के क्षणों में ऐसा अनुभव अधिकता से हुआ कि लक्ष्मण के नेत्र भी मुझे देखने को अधीर रहते हैं...।

अपने हठी स्वभाव और बहनों तथा सखियों समक्ष यह दम्भ भरने के लिए कि मैं प्रेम के अस्तित्व को नहीं मानती...। और अब इस भाव के हाथों विवश होने के पश्चात् भी किसी के समक्ष अपनी स्थिति प्रकट करना अपनी हेठी समझ रही थी और यह विकलता छुपाना भी असह्य लग रहा था। किसी न किसी को तो अपने इस रहस्य का साझीदार बनाना ही होगा...मन ने कहा।

हूँ..., बहनों और सखियों को तो बिलकुल नहीं...। कितना उपहास करेंगी वे मेरा। आज तक जिस भाव के अस्तित्व को सदा अस्वीकार करती आई थी...उस पर व्यंग्य करती रही थी...उस भाव के प्रभाव से परवश हो उसी विषय पर उन्हीं

लोगों से परामर्श...असम्भव था मेरे लिए।

विचित्र विडंबना तो यह भी थी कि लक्ष्मण से मिलने के पहले मैं दीदी सीता के बिछोह के भय से भयभीत रहा करती थी और अब लक्ष्मण से बिछोह का भय भयभीत कर रहा था कि उन लोगों के जाने के पश्चात् कैसे सहन करूँगी मैं उस पीड़ा को? मेरा तो समय ही नहीं जीवन भी केन्द्रित होकर रह गया था उनके समीप। उनकी समीपता की लालसा व्याकुल किए रहती। क्षण मात्र को भी उनसे विलग होना अरुचिकर व असह्य लगता। किसी न किसी बहाने उनके पास ही बने रहना चाहती। दीदी सीता भी पाहुन राम की समीपता का अवसर ढूँढ़ती रहतीं। सम्बन्ध का यह कैसा अबूझ भाव था जो जीवन को महत्त्वपूर्ण बना रहा था परस्पर सान्निध्य में। समझना चाहती पर समझ नहीं पाती।

मन में प्रबल भाव जगा...क्या ऐसा सम्भव है कि लक्ष्मण मेरे जीवन पथ के सहयात्री बनें? परन्तु किस विधि? किससे पूछूँ...? मेरे जैसी चंचल युवती के पलकों पर लज्जा का ये बोझ...? वाणी में ये शिथिलता...क्या बहनों, सखियों समक्ष उपहास का पात्र न बना देगी मुझे?

अब मेरी स्थिति चातक पक्षी की भाँति हो गई थी। हर पल लक्ष्मण को निहारने की आकांक्षा...बहाने से उनके समीप जाने का अवसर ढूँढ़ना...। पल भर भी दृष्टि से उनके ओझल होने पर हृदय की विचित्र गति हो जाती। ऐसा अनुभव होता जैसे कोई अमूल्य वस्तु कहीं खो गई है। नीरसता डराने लगती।

इस मध्य मैंने इंगित किया कि लक्ष्मण की स्थिति भी मेरी स्थिति से अलग नहीं थी। उनके हाव-भाव में उनकी लालसा लक्षित हो ही जा रही थी। हमारे अधर मौन थे परन्तु नेत्र अति मुखर...। उनके नेत्र भी मुझे ढूँढ़ते से जान पड़ते। मुझे देखते उनके नेत्रों में विचित्र-सी चमक उभरती जो उनकी चाह को उजागर कर देती और मेरा मन प्रसन्नता से झूम उठता। जाने चाहत का यह कैसा अबूझ भाव था।

अभी तक तो एक भय से जूझ रही थी कि दीदी सीता ससुराल चली जाएँगी तो उनका वियोग मैं कैसे सहन करूँगी...? अब लगा...वियोग तो लक्ष्मण का भी सहन नहीं होगा अब...। पिताजी के प्रण स्वरूप दीदी का संकल्प कठोर था कि किसी भी पुरुष के प्रति हृदय में आसक्ति का भाव उत्पन्न नहीं होने देना है जिससे पिताजी को आघात पहुँचे। उनका संकल्प पूर्ण भी हुआ परन्तु मैं तो इन बन्दिशों से मुक्त हूँ...। सोचकर प्रसन्नता हुई कि मेरे ब्याह के लिए कोई शर्त नियत नहीं है। लक्ष्मण मेरे हो सकते हैं परन्तु अभी तो दीदी के ब्याह के प्रति ही निश्चितता नहीं थी...।

अवलोकन के क्रम में औचक धनुष टूटने के बाद राम के पराक्रम और पिताजी की प्रतिज्ञा सम्बन्धी संवाद लेकर कुल पुरोहित शतानन्द जी शीघ्रगामी अश्व जुते रथ से अयोध्या नृपति दशरथ के पास गए हैं...। सभी के मन में असमंजस का भाव है कि देखें महाराज दशरथ इसे किस रूप में लेते हैं। यह सम्बन्ध उन्हें स्वीकार भी होगा या नहीं, सोचकर हृदय धड़क उठा...। यदि इस सम्बन्ध के लिए अयोध्यापति महाराज दशरथ की सहमति नहीं बनी तो...? मैं क्यों वह सपने सँजो रही जिस पर मेरा कोई अधिकार नहीं मस्तिष्क कहता...।

और यदि सब शुभ-शुभ हो गया। राम दीदी सीता से बँध गए, तो क्या लक्ष्मण मेरे भाग्य से जुड़ सकते हैं? हार न माननेवाला मेरे हठी मन ने यह तर्क प्रस्तुत करने में देर नहीं की...।

17

अयोध्या से शतानन्द जी को समाचार लेकर आने में अभी बहुत समय लगना था और मेरा हृदय प्रतिदिन शंका के उभरते भिन्न-भिन्न भावों से पीड़ित हो रहा था। यह ऐसी पीड़ा थी जिसे किसी के समक्ष प्रकट कहना कठिन था और छुपाना तो और कठिन लग रहा था। व्यथा के प्रचंड आक्रमण ने असहाय कर दिया तो एक दिन मैं काकी जी के सम्मुख जा पहुँची और झिझकते हुए उनसे अपनी लालसा नहीं जिज्ञासा प्रकट की—

"काकी जी, मेरे हृदय में बहुत दिनों से एक जिज्ञासा प्रबल हो रही है।"

"कैसी जिज्ञासा पुत्री उर्मिला?"

"सुनकर आप उपहास तो नहीं करेंगी मेरा?"

"यह क्या कह रही हो उर्मिला, अभी तक मेरी ओर से ऐसी कोई चेष्टा हुई है, जिसने तुम्हें लज्जित किया हो?"

"नहीं काकी जी, क्षमा चाहती हूँ अपनी बातों के लिए।"

"अपनी जिज्ञासा तो व्यक्त करो, मन का भाव दबाना उचित नहीं होता। उसे अपने विश्वस्त जनों के समक्ष अवश्य प्रकट करना चाहिए, अन्यथा वह तनाव और अवसाद का कारण बन जाता है।"

"काकी जी, क्या हमारे विधान में दो सगी बहनों का ब्याह एक ही परिवार में दो सगे भाइयों संग होना न्यायसंगत माना जाता है?"

काकी जी ने गहन दृष्टि से मेरी ओर देखा...लगा वे मेरी मनोदशा को परख रही हों। कहाँ तक समझ पाईं वे मेरे मनोभावों को, मैं नहीं जान सकी परन्तु लगा कुछ सन्देह तो उभरा ही है उनके मस्तिष्क में।

"क्यों नहीं पुत्री, कदाचित् तुम्हें स्मरण नहीं, तुम्हारी माँ और मैं चचेरी बहनें ही हैं।

त्रिभुक्ति प्रदेश से पूर्व-दक्षिण यानी आग्नेय कोण में स्थित विकासा नाम के समृद्धशाली नगर के महाराज महाबली भूरिमेधा जी की परम गुणी व विदुषी कन्याएँ सुनयना, एवं कान्तिमती तुम्हारी माताएँ हैं और उनके सहोदर छोटे भ्राता श्री ज्ञानमेधा जी की पुत्रियाँ हुईं मैं विद्या और तुम्हारी छोटी काकी सुविद्या...।"

"ओह काकी जी, कैसे विस्मृत हो गई थी यह बात मेरे मानस से?" कहते हुए हर्ष की अधिकता से मेरा हृदय धड़क उठा...। तो यह अड़चन नहीं आएगी आड़े। आश्वस्ति हुई।

"कोई बात नहीं है पुत्री, ऐसा हो जाता है कभी-कभी परन्तु यह तो बताओ ऐसा पूछने के पीछे क्या ध्येय है तुम्हारा?"

"बस ऐसे ही काकी जी...।" मैंने उन्हें टालना चाहा।

"मन की बात अपनों के समक्ष छिपाने की कला कब से आ गई तुम्हें उर्मिला? आज से पहले तो तुम शीशे की भाँति पारदर्शी हुआ करती थीं। तुम्हारे मुख के भाव से जान लिया करती थी हम कि तुम रुष्ट हो या प्रसन्न।"

उनके उपालम्भ पर सकुचा उठी मैं। अब बालिका नहीं रह गई थी मैं जो क्षमा योग्य होतीं मेरी बचकानी बातें।

"काकी जी, जाने क्यों छोटे दशरथनन्दन लक्ष्मण मुझे बहुत अच्छे लगने लगे हैं। अब यह कैसा भाव है मैं स्वयं नहीं समझ पा रही परन्तु उस भाव से लाख जतन के पश्चात् भी मुक्त नहीं हो पा रही। आपके समक्ष मैंने अपना हृदय खोल दिया है। आपसे निवेदन है यह बात किसी से नहीं कहेंगी। बहनों से भी नहीं वरन् वे उपहास उड़ाएँगी मेरा।"

कहते-कहते मेरा स्वर आर्द्र हो आया अपनी स्थिति का भान होते ही, तत्क्षण सँभल गई मैं। आश्चर्य हुआ आज से पहले कभी किसी स्थिति या भाव ने इतना बेबस नहीं किया था मुझे। यह सब तो बिलकुल मेरी प्रकृति के विरुद्ध था। आज श्यामा का कहा सत्य प्रतीत हुआ कि—पर्वत के नीचे खड़ा होकर वही मनुष्य ज्ञान

बाँटता है जिसे उस पर चढ़ने का अनुभव नहीं होता...।

"बिटिया, तुम्हारे अन्दर उपजा यह भाव कोई पाप नहीं है। किसी भी वयस्क बाला का पति रूप में किसी पुरुष की कामना करना हमारे यहाँ का विधान है। तभी तो स्वयंवर का अनुष्ठान किया जाता है जिससे कन्या अपने मनोनुकूल वर का चयन कर सके। इस वय में जीवन सहचर की चाह स्वभाविक क्रिया है। इसमें इतनी लज्जा या संकोच कैसा?"

"फिर भी काकी जी?"

"अब संकोच का त्याग करो। मेरी ओर देखो, मेरी बिटिया को सुमित्रानन्दन लक्ष्मण इतने अच्छे लगे?"

"काकी जी क्या सभी वयस्क कन्याओं के साथ ऐसी ही स्थिति होती है?" मैंने नेत्र नत किए ही उनसे पूछा।

"थोड़ी-बहुत।"

"फिर दीदी सीता के साथ ऐसा क्यों नहीं हुआ?"

"सीता बहुत संयमी हैं, पिता के प्रण के अनुसार उन्होंने साध लिया है अपने हृदय व मस्तिष्क को। उन्हें ज्ञात है, जो भी पुरुष उस प्रण को पूर्ण करेगा वही उनके वरण का अधिकारी होगा। पिता के प्रण पर आँच आए यह उन्हें सह्य नहीं है परन्तु तुम्हारे साथ ऐसी कोई बाध्यता नहीं है।"

"और दीदी मांडवी के साथ भी तो ऐसा नहीं हुआ?"

"सम्भव है कोई ऐसा युवक नहीं आया हो सम्मुख जो उसकी रुचि के अनुकूल हो।"

"काकी जी, बाध्यता चाहत की नहीं है परन्तु सौमित्र की चाह पूर्ण हो इसमें अवश्य बाधा है, क्योंकि अभी तो हमें यह भी ज्ञात नहीं कि अयोध्या नृपति दशरथ दीदी सीता और कुँवर राम के इस सम्बन्ध को किस रूप में लेंगे। उन्हें यह सम्बन्ध मान्य भी होगा या नहीं? अभी तो दीदी और आर्य राम का सम्बन्ध ही अधर में है।"

"हाँ पुत्री, यह असमंजस और भय तो बना हुआ है हमारे हृदय में और अतिशय विचलित भी कर रहा है पल-पल। बस इतनी आश्वस्ति है कि यह सब महर्षि विश्वामित्र के सम्मुख और उनकी आज्ञा से घटित हुआ है और सुना है, कोशल नरेश बहुत विद्वान हैं तथा ऋषि विश्वामित्र को वे अतिशय मान देते हैं अत: परिस्थितियों को वे अवश्य समझेंगे। जो होगा कुशल ही होगा।"

हाँ काकी जी, जब वे अपने पुत्रों को ऋषि विश्वामित्र के हाथों सौंप चुके हैं

तो उनकी आज्ञा या मान की अवज्ञा करेंगे ऐसा नहीं लगता।"

"ऐसा ही हो पुत्री उर्मिला, मेरी भोली सिया ने बहुत झेला है सम्बन्धों की त्रासदी को। वह मुँह से कुछ ना बोले...परन्तु यह विचार ही यातनादायक और अस्थिर करनेवाला है कि वे कौन लोग थे जिन्होंने शैशवावस्था में उनका त्याग किया। दैव सदैव सहाय हों उनके ऊपर। रूप, गुण में लक्ष्मी स्वरूपा मेरी जानकी जिस कुल में जाएगी उनका तो अति सौभाग्य होगा। अयोध्या से पुरोहित शतानन्द जी आ जाएँ मंगल समाचार लेकर...पुनः तुम्हारे लिए कुछ करूँगी।"

"काकी जी, पुनः आग्रह है, यह बात किसी से नहीं कहेंगी आप।"

"भरोसा रखो पुत्री।"

कहने को तो कह गई मैं। पर भरोसा तो जैसे अब स्वयं पर भी नहीं रह गया था मुझे। कालचक्र ने ऐसे उलझा दिया था लक्ष्मण के मोहपाश में। अधिकता से राज पुरोहित शतानन्द जी का अयोध्या से आगमन की प्रतीक्षा थी। उसी संवाद पर टिकी थी मेरे जीवन की प्रसन्नता। लक्ष्मण से अपने बिछोह की पीड़ा के लिए क्या बिसूरती अभी तो वरमाला होने के पश्चात् भी दीदी सीता के सम्बन्ध के प्रति आश्वस्ति नहीं थी। सभी असमंजस में थे। राम दीदी सीता के वर के रूप में मान्य हो गए थे परन्तु पूर्णरूपेण नहीं। दीदी न ब्याहता थीं और न कुँआरी ही।

और नौवें दिन शतानन्द जी के साथ ही जैसे हर्ष के बवंडर ने प्रवेश किया जनकपुर में...।

"अयोध्यापति महाराज दशरथ राम के पराक्रम और इस नूतन सम्बन्ध से अतिशय प्रसन्न हैं। अयोध्या भवन में तो मंगलाचार भी आरम्भ हो गया है। वहाँ से बारात शीघ्र ही जनकपुर के लिए प्रस्थान करेगी। आप भी बारात के स्वागत-सत्कार की तैयारी आरम्भ कर दीजिए महाराज!"

शतानन्द जी के संवाद के साथ ही भवन जैसे हर्ष से विहँस उठा...और मेरा हृदय मयूर भी पंख फैलाकर नाच उठा...।

अयोध्या से बारात आ रही है। निश्चय ही भव्य बारात होगी। भारतवर्ष का सबसे प्रतिष्ठित व समृद्ध कोसल राज्य के नरेश महाराज दशरथ अपने प्रथम पुत्र के विवाह में अपनी कोई लालसा क्या अपूर्ण रखेंगे? हर ओर यही वार्ता...चर्चा... उत्कंठा, उल्लास जन-जन में व्याप्त है।

दीदी सीता के ब्याह से सम्बन्धित विधि-विधान आरम्भ हो गया है। शगुन का पीत वस्त्र धारण करवाकर उन्हें एक कक्ष में बैठा दिया गया है। नित्य नाउन राई-

सरसों का उबटन लगा रही है उन्हें। मंगल गान से भवन गुंजायमान हो रहा। सखियाँ पाहुन राम को इंगित कर उनसे भाँति-भाँति का चुहल कर रहीं। बहनें भी इस अवसर को व्यर्थ नहीं जाने दे रहीं। दीदी सीता को इंगित कर मांडवी दीदी कह रहीं—

"दीदी, अब हमें क्यों स्मरण करेंगी सीता, जब साक्षात् देव समान पाहुन राम उनके पार्श्व में होंगे।" उनका उपालम्भ सुनकर दीदी सीता के अधरों पर स्मित मुस्कान उभरती है। मैं भी मुस्कुरा देती हूँ...बलात्...। जी तो दुख रहा मेरा।

जनक भवन की स्त्रियाँ दो पक्ष में विभक्त हो गई हैं। एक पक्ष अयोध्या की नारी बन पाहुन राम का विधि-विधान कर रहा। उन्हें भी शगुन की पीत धोती तथा उत्तरीय धारण करना पड़ा है। बड़ा ही मनोरम दृश्य है। माँ, पिताजी के हर्ष का पारावार नहीं। क्षण-क्षण पिताजी मंत्रीगण से विमर्श कर रहे...बारातियों के आदर-सत्कार में कोई त्रुटि न रह जाए।

और मेरा हर्ष मानो छद्म बन गया है। बहनों, सखियों तथा दीदी सीता के सम्मुख अधर मुस्कुरा रहे और एकान्त में मन लक्ष्मण के बिछोह की पीड़ा से व्याकुल हो बिलख रहा...। ब्याह हुआ नहीं कि अयोध्या नरेश विदाई अवश्य माँगेंगे ही। फिर तो लक्ष्मण बिना रहना। लग रहा जैसे मेरा कठोरपन मात्र दिखावा था, कहाँ ज्ञात था कि कठोर चट्टान के तल में संवेदना की धारें हिलोरें ले रही हैं। तभी तो इतना अनुराग उमड़ रहा मेरे शुष्क हृदय में। बहुत विषम स्थिति है, क्या इस सत्य से माँ को अवगत करा दूँ? अपनी चाह व व्यथा को गोपन रखकर अन्याय ही तो करूँगी अपने भावी पति के साथ। किसी अजनबी पुरुष के साथ मेरा दाम्पत्य तब नदी के दो किनारों की भाँति सदा विभक्त न रहेगा? भाव शून्य...।

दीदी सीता के हर विधान को मैं लालसा से देखती। सोचती, कितना गहन विचार रहा होगा इन परम्परा को बनानेवालों का...। उन्हें ज्ञात था, इन विधि-विधानों द्वारा नव वर-वधू के हृदय में एक-दूसरे के प्रति प्रेम भाव अंकुरित हो जाता है और यह भाव दीदी सीता के मुख पर लक्षित हो रहा तथा पाहुन राम के मुख पर भी तो वही मृदुल भाव परिलक्षित है परन्तु जब पाहुन राम की कोई विधि हो रही होती जिसे जनकपुर की स्त्रियाँ ही पूर्ण कर रहीं तो उस समय लक्ष्मण के मुख पर उभरे बेबसी का भाव देख मुझे अत्यधिक पीड़ा होती।

अयोध्या से बहुत ही भव्य बारात यथा शीघ्र जनकपुर आ पहुँची, हाथियों पर दूल्हा रूप में सजे भरत और शत्रुघ्न के साथ। हर्ष का प्रवाह प्रवाहित होने लगा नगर से लेकर भवन तक और इस हर्ष के अवसर पर मेरा हृदय लक्ष्मण के बिछोह

के भय से काँप उठा। अब चन्द दिवस ही उनका सान्निध्य मिल पाएगा मुझे। क्या जतन करूँ...? व्याकुल हो गया मेरा मन। क्या पुनः काकी जी को स्मरण कराऊँ? काकी जी अभी किसी से इस प्रसंग पर चर्चा करतीं...महाराज दशरथ की ओर से ही अनुपम प्रस्ताव आया—

"एक ही मंडप पर कुमार भरत संग मांडवी, लक्ष्मण संग उर्मिला तथा छोटे शत्रुघ्न संग श्रुतकीर्ति का भी पाणिग्रहण संस्कार होगा।"

इस अप्रत्याशित आए प्रस्ताव से पिताजी के साथ-साथ काका जी, काकी जी और भवनवासी हर्ष से तो जैसे बावले हो गए। इतनी प्रसन्नता उनसे सँभाले नहीं सँभल रही थी...क्या सचमुच उनकी पुत्रियों का इतना बड़ा सौभाग्य है जो कोशल नरेश उनके द्वार आकर उन्हें उनकी पुत्रियों के कन्यादान का सुखद अवसर प्रदान कर रहे...?

और इस सुखद संवाद ने संयोग के प्रति मुझे आस्थावान बना दिया।

हरित वेणु निर्मित चार मंडप...। मंडप मध्य पंचमुखी दीपों से शोभित जल से भरे कलश रखे गए थे और वेदी के निकट यवांकुरों शोभित कलश भी। चारों मंडप में चार दूल्हा और चार दुल्हन...। देखनेवाले जनकराज और राजरानी सुनयना के भाग्य की सराहना करते नहीं थक रहे थे।

औचक आए इस अवसर ने जहाँ मेरे हृदय में प्रसन्नता का ज्वार भर दिया था वहीं माँ-पिताजी से बिछड़ने की पीड़ा भी। एक ही साथ हम चारों बहनों का जाना उनके आँगन को सूना कर जाएगा...। दीदी मांडवी और श्रुतकीर्ति के अभाव का आदी हो चुका यह भवन मेरे और दीदी सीता का अभाव अधिक अनुभव करेगा। माँ तो जैसे बौरा ही जाएँगी। कैसा संयोग है यह जो हर्ष के साथ वियोग भी लाता है स्त्रियों के जीवन में। सोचकर नेत्र भर आए और अश्रु बूँदें ढरक गईं गालों पर...।

और मेरा अंदेशा सत्य हो गया..। ब्याह के चौथे दिन ही ससुर जी ने अयोध्या जाने की मंशा प्रकट की और हमारी विदाई भी माँगी। उनका कथन कि—"बहुत काल से राम-लक्ष्मण भवन से दूर बक्सर में थे। उनके संग बहुओं को देखने की लालसा महारानियों को अधैर्य कर रही। कल ही संवाद लेकर दूत आया है अयोध्या से।"

मन मारकर पिताजी हमारी विदाई के लिए सहमत हो गए थे। यह विवशता एक पुत्री के पिता की भी थी। समाचार जैसे ही भवन पहुँचा माँ व काकी जी अधीर हो रो पड़ीं...। सगे-सम्बन्धी भी बिलख पड़े। माँ-पिताजी से बिछोह...इस भवन तथा

अपनों से दूर, अनजाना नगर, अनजाने लोगों के मध्य जाना...हमारा हृदय कैसे न विचलित होता...। हमारे नेत्र भी सावन-भादों बन गए...।

यथा समय हमारी डोलियाँ जनक भवन से निकलीं...। ओहार उठाकर मैंने भरपूर दृष्टि से भवन को देखा जहाँ मेरा बचपन व्यतीत हुआ था और आज जिससे नाता टूट रहा था। मन धार-धार रो पड़ा...। एक ही जन्म में दो-दो जीवन का अनुभव...। कहीं से उखड़ना और कहीं जुड़ना...। स्त्री की नियति...। अब जब यहाँ लौटूँगी तो वही उर्मिला नहीं रहूँगी...। बदले कुल, गोत्र के साथ पाहुन बन गई रहूँगी।

सभी के साथ नगर के बाहर तक पिताजी हठपूर्वक चले आए थे। बहुविधि सांत्वना देकर ससुर जी ने उन्हें लौटने पर सहमत किया। पटुका से अश्रुओं को पोंछते हुए वे लौट गए...और बारात पश्चिम दिशा में अयोध्या के पथ पर अग्रसर हो गई।

दोपहर ढलनेवाली थी कि अचानक तीव्र गर्जना करती आँधी स्वरूप एक विशाल आकृति हमारे समक्ष आ खड़ी हुई...बारात जहाँ थी वहीं रुक गई। कहारों ने हमारी डोलियाँ रख दीं और अलग खड़े हो गए। मेरा हृदय अनहोनी की आशंका से काँप उठा। ओहार उठाकर देखा...कमर के नीचे मृग चर्म, ऊर्ध्व भाग वस्त्र शून्य। लम्बे-लम्बे बाल। लम्बी दाढ़ी व श्रमश्रू युक्त मुख। कन्धे पर विशाल धनुष, बाणों से भरा तूणीर। एक हाथ में परशु थामे। क्रोध से उनका मुख विकृत हो रहा था।

उन्हें देखते ही ससुर जी सहित ज्येष्ठ, श्रेष्ठगण व चारों भाई रथ से उतर नत शीश उनके सम्मुख खड़े हो गए। उनका कर्कश स्वर गूँजा—

"तुममें से राम कौन है?"

कोई कुछ कहता ससुर जी करबद्ध बोले—

"शान्त हो जाइए जमदग्नि कुमार अर्घ्य ग्रहण कीजिये।"

"नहीं अयोध्या नरेश, प्रथम मुझे राम से मिलवाइए। शिव धनुष भंग कर उसने ऐसी धृष्टता की कैसे? क्षत्रिय होकर महादेव के धनुष के प्रति इतना असम्मान?" क्रोध से काँपते हुए वे बोले।

"आर्य राम आगे बढ़े, उन्हें नमन किया और विनयपूर्वक बोले—

"मुनि श्रेष्ठ, अपने ज्येष्ठ श्रेष्ठों के प्रति ऐसी धृष्टता सम्भव नहीं मुझसे। मैं तो जिज्ञासावश उस विशाल धनुष पर प्रत्यंचा का संधान कर रहा था, वह स्वत: खंडित हो गया।"

"तुम्हारी धृष्टता क्षमा योग्य नहीं है राम! कदाचित् तुम्हें ज्ञात नहीं जिस धनुष को तुमने भंग किया है, समस्त विश्व में उस प्रकार के दो ही दिव्य धनुष हैं। एक शिव

धनुष आजगव जिसे समस्त विश्व सम्मान की दृष्टि से देखता था और जो धरोहर स्वरूप जनक नरेश के पास रखा गया था जिसे भंग कर तुमने शिव का अपमान किया है। क्षात्र धर्म इसकी अनुमति तो नहीं देता राम...। क्या तुम अस्त्र-शस्त्र की महत्ता से अनभिज्ञ हो...? यदि हाँ तो तुम क्षत्रिय कहलाने योग्य नहीं हो।" तीक्ष्ण स्वर में वे बोले।

आर्य राम कुछ बोलते...उससे पूर्व सौमित्र क्रोध से तमककर आगे आए और उनसे भी तीक्ष्ण स्वर में बोले—

"उस पुराने धनुष, जो छूने मात्र से भंग हो गया, से मुनि को इतना मोह क्यों, जो आप भैया राम को इतने असम्मानजनक शब्द कह रहे?"

लक्ष्मण का भाई के लिए यह स्नेह-भाव हृदय को छू गया। उनके स्वर में क्षत्रियों का ओज था और अपने भाई के लिए अत्यधिक सम्मान। वैसे जनकपुर में दोनों भाइयों का प्रेम देखा था मैंने। परन्तु अभी क्रोधित मुनि के समक्ष आर्य राम का ढाल बन उनका खड़ा होना भाई के लिए अप्रतिम प्रेम का परिचायक था। उनके प्रति श्रद्धा और बढ़ गई मन में।

लक्ष्मण की बातों पर भैया राम के अधरों पर स्मित मुस्कान उभरी...मुनि और चिढ़ गए।

"स्वयं को धनुर्धर मानने का बड़ा अभिमान है तुमको...तो लो यह विष्णु का धनुष सारंग, इस पर शर संधान करके दिखाओ तो जानूँ कितने कुशल हो।"

आर्य राम ने हौले से उनके हाथों से धनुष लिया और पलक झपकते ही उस पर शर का संधान कर दिया।

मुनि के नेत्र विस्फारित से रह गए...। कुछ पल तो उनके मुख से शब्द ही नहीं निकले। पुन: वे आत्मीय स्वर में बोले—

"अद्‌भुत...अलौकिक...अविश्वसनीय...इस धनुष पर इतनी सहजता से शर संधान...। मेरा अनुमान सत्य निकला...। आपकी शक्ति को देख लिया मैंने...अब यह विशाल धनुष आप अपने पास ही रखिए। जनकनन्दिनी जानकी के लिए उपयुक्त वर आप ही हैं। अब आप लोग सकुशल अयोध्या के लिए प्रस्थान कीजिए।"

"परन्तु आर्य श्रेष्ठ, संकोचवश मैं मौन था। ज्येष्ठ व श्रेष्ठ जनों के समक्ष कौशल का अकारण प्रदर्शन...ऐसा दम्भी नहीं हूँ मैं वरन् धनुष पर शर का संधान बाल्यकाल की क्रीड़ा रहा है मेरा। आप मेरे पूज्य हैं परन्तु इस प्राण संहारक दिव्य धनुष पर शर का संधान व्यर्थ नहीं जाता, तो क्यों न इसका प्रयोग कर आप के अहं

व तप बल से प्राप्त शीघ्र आवागमन की शक्ति को ही नष्ट कर दूँ?"

"राम, आप मेरे आवागमन की शक्ति को छोड़ मेरे पुण्यलोक तथा अहंकार को नष्ट कर दीजिए। अब मैं महेन्द्र पर्वत पर जा रहा।" कहकर वे शीघ्रता से मुड़े और चले गए।

संकट की घड़ी टली। अधर में अटके सभी के प्राण जैसे लौटे।...ससुर जी ने यहाँ से शीघ्र प्रस्थान का आदेश दिया।

18

"आप कहाँ हैं बहू जी। बड़ी महारानी जी ने आपको अपने कक्ष में शीघ्र बुलाया है।"

बड़ी माँ का संवाद लेकर सेविका आ पहुँची—उसके स्वर से मेरी तन्द्रा भंग हुई। क्षण मात्र में जनकपुर से अयोध्या लौटना...उदास कर गया।

"तुम चलो, मैं आ रही हूँ।"

मैं बड़ी माँ के कक्ष में पहुँची। वहाँ पूर्व से ही माँ सुमित्रा संग दोनों बहनें भी उपस्थित थीं। मेरे कक्ष में उपस्थित होते ही बड़ी माँ ने कहा—

"पुत्री उर्मिला, जनकराज का सन्देश आया है। उन्होंने तुम्हें जनकपुर भेज देने का आग्रह किया है। यदि तुम वहाँ जाने को इच्छुक हो तो व्यवस्था करवा दूँ?"

उत्साहरहित उनके स्वर ने मुझे वेदना से दग्ध कर दिया। क्षण भर मैं मौन रह गई। विश्वास नहीं हुआ कि इस आपतकाल में जबकि यहाँ सभी लोगों का हृदय संताप से भरा है, मुझे बुलाने का संवाद इतने विद्वान पिताजी कैसे भेज सकते हैं?

"बड़ी माँ, पिताजी ने हम तीनों बहनों को बुलाया है?"

"नहीं पुत्री, संवाद मात्र तुम्हारे लिए आया है।"

मैं लज्जित हो गई। मात्र मेरे आने का संवाद ही क्यों भेजा पिताजी ने? दीदी मांडवी, अनुजा श्रुतकीर्ति के लिए भी उन्हें आग्रह करना चाहिए था, यदि वे हमसे मिलना चाहते थे तो। क्या वे समझ रहे हैं कि लक्ष्मण के बिना यहाँ मैं दुखी हूँ और आर्य भरत तथा शत्रुघ्न की उपस्थिति में वे दोनों परम सुखी हैं तो पिताजी अपनी पुत्रियों को समझने में कहीं भूल कर रहे हैं।

"पिताजी सकुशल तो हैं न?"

"हाँ पुत्री। मैंने दूत से प्रथम उनकी कुशलता ही पूछी थी। वहाँ सब कुशल मंगल है।"

"सब दैव कृपा...। परन्तु माँ यहाँ सब कुशल नहीं है। आप दूत से पिताजी को संवाद भिजवा दीजिए मेरी आवश्यकता यहाँ अधिक है।" मैंने कहा तो दोनों माताएँ अवाक्-सी मेरा मुख देखने लगीं...।

"मेरी बच्ची, कितना बड़ा हृदय दिया है दैव ने तुम्हें। आओ मेरे समीप, आओ...।" कहते-कहते बड़ी माँ का स्वर आर्द्र हो उठा...। उनके स्वर की आर्द्रता ने हमें भी भिगो दिया। अनुभव हुआ, दुख मनुष्य को अधिक संवेदनशील बना देता है। वरन् कोई कारण नहीं कि राजरानियों के नेत्र से अश्रु सहज प्रवाहित हों।

माँ मेरा मस्तक चूम रहीं...। मेरी बलैया ले रहीं...।

"जियो मेरी पुत्री! हम सभी गौरवान्वित हैं तुम लोगों को पाकर। पुस्तकें अक्षर ज्ञान दे सकती हैं परन्तु व्यावहारिक ज्ञान व संस्कार माँ-पिता द्वारा ही प्राप्त होता है। इसमें जनक राजमहिषी सुनयना ने कोई कमी नहीं की है। हम लोग ऋणी हैं उनके।"

"माँ, धैर्य, सब्र और दायित्वबोध आर्य नारियों का भूषण हैं। इनसे हीन उनके अस्तित्व की कल्पना भी नहीं की जा सकती। ऐसा मेरी माँ कहा करती हैं।"

"धन्य हैं तुम्हारी माता। अयोध्या कुल को इतने बहुमूल्य रत्नों का उपहार दिया है उन्होंने। हम उनके आभारी हैं...।" माँ सुमित्रा ने कहा।

दूत को पाती के संग लौटा दिया गया। मैं अपने कक्ष में लौट आई...। प्राणविहीन कक्ष में। सूनी दीवारें...सूनी शैया...जिसमें अब न खिलखिलाहटें गूँजती थीं न कहकहे...।

चौदह बरसों के लिए वन गए यात्रियों के आने का दिन अब कोई नहीं गिन रहा। न माताएँ, न भवनवासी। कदाचित् काल ने उन्हें सब्र बँधा दिया है कि समय से पूर्व कुछ नहीं होनेवाला। सभी की दशा समान है परन्तु दीदी मांडवी की दशा विचित्र है तथा...अतिशय विकट भी। लक्ष्मण मेरे नेत्रों से दूर हैं तो एक सब्र है कि वे एक निश्चित अवधि के पश्चात् आएँगे। माँ सुमित्रा ने भी सब्र कर लिया है बल्कि गौरव भाव से वे तुष्ट हैं कि उनका पुत्र भाई की सेवा में गया है। परन्तु दीदी मांडवी तो पति वियोग की घुटन से पल-पल छीज रहीं। मुझे अपनी स्थिति सहन हो रही लेकिन दीदी मांडवी का मौन उद्वेलित कर रहा। अनुजा श्रुतकीर्ति कभी नहीं खोलती अपने हृदय का कपाट हमारे सम्मुख कि क्या दशा है उसके मन की। अनुभव होता, मनुष्य अपने से अधिक अपनों के संताप से विचलित हो जाता है

और मैं भी विचलित हो उठी हूँ, दीदी मांडवी की व्याकुलता अनुभव कर...। सोच रही, क्या जतन करूँ जिससे उनके हृदय का संताप दूर हो...।

जब यह उद्वेलन असह्य हो गया तो एक दिन समय अनुकूल देखकर मैंने बड़ी माँ से नन्दीग्राम जाने की आज्ञा माँगी—

"बड़ी माँ, नन्दीग्राम जाने की बड़ी इच्छा हो रही है मेरी। यदि मेरा वहाँ जाना अनुचित न हो तो कृपया आप आज्ञा दीजिए।"

"क्या मांडवी भी वहाँ जाना चाहती हैं?"

"जी नहीं बड़ी माँ, ऐसा मात्र मैंने सोचा है। उन्हें तो मेरी मंशा ज्ञात भी नहीं कि मैं नन्दीग्राम जाना चाहती हूँ।"

माँ असमंजस में दिखीं।

लगा अपनी धृष्टता से मैंने उन्हें दुविधा में डाल दिया है।

"उर्मिला, वहाँ जाने में कोई बुराई तो नहीं है, परन्तु भरत इसे किस भाव से लेंगे कह नहीं सकती। ये सूर्यवंशी पुरुष संसार को सुखी करने के लिए अपने को घोर यातना के अनल में झोंकने से भी पीछे नहीं हटते। इसका ज्वलंत दृष्टान्त महाराज की मृत्यु तथा राम के वनगमन के रूप में तुम देख ही चुकी हो।" कहते-कहते उनका कंठ अवरुद्ध हो गया और नेत्रों से अश्रु धार बह चले...उनके अश्रु देख मेरे नयन भी भीग गए...।

क्षण मात्र को ग्लानि ने मुझे विचलित कर दिया कि यह प्रस्ताव मैंने क्यों रखा उनके समक्ष। इस विपदा की घड़ी में...जिसके भीषण प्रहार से दरक गया है उनका अंग-अंग। विपदा के प्रहार से तो अक्षुण्ण कोई भी नहीं है भवन में। सभी छीज रहे पल-पल।

माँ ने गौर से देखा मेरे मुख की ओर...उनके नेत्र पुनः भर आए।

"सुमंत्र को बुलवाकर तुम्हारे प्रस्थान की तैयारी करवा देती हूँ। यदि मांडवी भी नन्दीग्राम जाना चाहती है तो उसे भी ले जाओ...जिसमें भी तुम्हारी प्रसन्नता हो हमें वह हर कार्य स्वीकार है। जाओ जाने की तैयारी करो...। प्रसन्न रहो मेरी पुत्रियो...।"

"जी बड़ी माँ।" कहकर मैंने उनका चरण स्पर्श किया और कक्ष से बाहर आ गई।

हर्ष की अधिकता से मेरे भीगे नेत्र विहँस उठे। पग तो जैसे भूमि पर नहीं पड़ रहे थे। किसी भाँति अपने कक्ष में आई। मांडवी दीदी को बुलाने के लिए परिचारिका को उनके भवन में भेजा। भैया भरत अयोध्या भवन में नहीं आ सकते। यदि वे दीदी मांडवी को अपने सान्निध्य में रहने की अनुमति दे दें तो। दीदी का अघोषित

वनवास तो समाप्त होगा जिसका दंश पल-पल वे भोग रही हैं।

और दीदी मांडवी के कक्ष में आते ही बहुत हर्ष व विनम्र भाव से मैंने उन्हें अपने नन्दीग्राम जाने की सूचना दी और संग उनके चलने का प्रस्ताव ही नहीं रखा वरन् आग्रह किया—

"बहुत सुखद अवसर है दीदी, बड़ी माँ ने हमें नन्दीग्राम जाने की आज्ञा दे दी है। आप शीघ्र तैयार हो जाइए।"

"नन्दीग्राम जाने का उनका आदेश है उर्मिला?"

"नहीं दी, यह मेरा निवेदन था जिसे उन्होंने स्वीकार कर लिया।"

"उर्मिला तुम्हारा यह प्रयास, प्रस्ताव बिलकुल एक बहन की चिन्ता है परन्तु आर्य भरत का स्वभाव भली-भाँति ज्ञात है मुझे। इसलिए उनके किसी भी कार्य में मुझे बाधक बनना स्वीकार्य नहीं है।"

सहज भाव से उन्होंने मेरा प्रस्ताव अस्वीकार कर दिया।

मेरे अनुनय-विनय का तनिक भी प्रभाव न हुआ उन पर। वे अपने कथन पर अडिग रहीं। लेकिन मैंने अपनी यात्रा को स्थगित नहीं किया। दीदी मांडवी नन्दीग्राम नहीं जाना चाहतीं तो क्यों न भैया भरत से अनुनय-विनय कर उन्हें भवन में आने के लिए सहमत करूँ जिससे यह भवन प्राणवान हो जाए।

सुमंत्र के साथ रथ पर नन्दीग्राम की यात्रा करते हुए आश्चर्य हो रहा था कि पालकी के स्थान पर रथ की यात्रा का निर्णय बड़ी माँ ने क्यों लिया मेरे लिए? जनकपुर से हम बहनें कौशेय ओहार युक्त पालकियों में आई थीं अयोध्या और उसके पश्चात् इस दुर्ग से बाहर कहीं गईं भी तो पालकी से ही। रथ से यह मेरी प्रथम यात्रा थी अयोध्या में। कदाचित् दीदी सीता का खुले रथ से वन को जाना कहीं उन्हें आहत तो नहीं कर गया था? उनकी मनोभूमि तक मेरी पहुँच सम्भव नहीं थी परन्तु अनुमान तो कर ही सकती थी।

खुला रथ भव्य अयोध्या नगरी के अवलोकन का भरपूर अवसर दे रहा था। सुचिक्कन मुख्य पथ के दोनों किनारे पर करीने से लगे छायादार वृक्ष...। सुन्दर क्रम से बने दो तला, तीन तला भवन। नक्काशीदार पट...तोरण सजे द्वार। भवनों पर फहराते सूर्य के चिह्न युक्त ध्वज। पथ से गुजरते पैदल व सवारी युक्त नागरिकों का समूह...। सब कुछ सदैव की भाँति क्रियारत रहते हुए भी एक अबूझ-सी उदासी का आभास अधिकता से हो रहा था वातावरण में। क्या ये शुष्क उल्लास रहित चेहरों की चुप्पी थी या सदा निनादित होते रहनेवाले वाद्य यंत्रों की...?

सरयू तट पर मनोहारी अरण्य के मध्य अवस्थित नन्दीग्राम। आम्र, अशोक, कदम्ब, कटहल, शाल, ताल, आँवला, जामुन, नीबू, नारियल, मौलश्री, वट, पाकड़ आदि के छतनार वृक्ष और चहुँओर प्रहरी की भाँति खड़े कदली थंबों के बीच छोटा-सा पर्णकुटीर। एक ओर घने वट वृक्ष के नीचे खूँटे से बँधी गायें पगुरा रही हैं। कुटीर के अन्दर-बाहर मृगछौने और मोर निर्द्वंद्वता से विचरण कर रहे। चारों ओर वृक्षों पर पक्षियों की कल-कल ध्वनि गुंजायमान है...। शीशम के लम्बे-लम्बे वृक्षों पर असंख्य बया पक्षी के बोतल सदृश्य घोंसले लटक रहे हैं...।

उपवाटिका स्थित चहारदीवारी से लगे ताल के वृक्षों पर लटक रहे अनेकों बया पक्षी के नीड़ को दिखाते हुए एक दिन लक्ष्मण बोले थे—

"इन पक्षियों का परस्पर प्रेम अप्रतिम होता है उर्मिला! ये मात्र सुन्दर नीड़ बनाने में ही कुशल नहीं होते अपितु अपने जोड़े के प्रति प्रेम के निर्वाह में भी उतने ही सच्चे होते हैं। दैववश इनके जोड़े में से यदि एक की मृत्यु हो जाए तो दूसरा भी जीवित नहीं रहता। तुरन्त प्राण त्याग देता है ऐसा मैंने सुना है।"

"सत्य में ऐसा होता है क्या सौमित्र?" मैंने आश्चर्य से पूछा था।

"मुझे भी कहाँ ज्ञात था पक्षियों के जगत का यह रहस्य। वो तो बक्सर प्रवास के मध्य गुरु विश्वामित्र ने अवगत कराया। वे लोग तो सदा प्रकृति मध्य निवास करनेवाले हैं। प्रकृति में विद्यमान बहुत से प्राणियों के रहस्य से परिचित।" लक्ष्मण बोले थे।

हृदय से आह निकल गई...हम तो जीवित ही विलग हैं एक-दूसरे से...।

धीरे पग मैंने कुटी में प्रवेश किया। वहाँ की स्थिति देख अवाक् रह गई...। कुटीर के मध्य कुशा की चटाई पर वल्कल वस्त्र धारण किए बैठे थे आर्य भरत। सर पर लपेटे गए सुन्दर घुँघराले केशों के जटाजूट उनके मुख की कान्ति को और भव्यता प्रदान कर रहे थे। औचक तो पहचान में नहीं आए। कहाँ दूल्हा के वेश में जनकपुर में प्रथम बार का देखा वह अपरूप। उसके बाद अयोध्या राजप्रासाद में चारों भाइयों का परस्पर ठिठोली करता वह सरल और सौम्य राजकुँवर वाला रूप और आज का यह तपस्वी वाला रूप...। क्षण मात्र को मैं हतप्रभ-सी रह गई कुटी द्वार पर ही।

"अनुजे उर्मिला, आओ, अन्दर आ जाओ। कुशा पर आसन ग्रहण करो।"

उनके स्वर ने मुझे सजग किया। हौले-हौले चलती मैं एक कोने में बिछे कुशासन तक आई और उस पर बैठ गई।

उनके आसन के चारों ओर कुशा के ही आसन पर कोशल के सभासद और मंत्रीगण विराजमान थे। सम्मुख काष्ठ की ऊँची चौकी पर भैया राम की चरण पादुकाएँ विराजमान थीं। यहीं पर से वे राज कार्य का सम्पादन करते हैं सुना था। आज देख रही थी। पुनः वे सभासद से सम्बोधित हुए—

"गुरुवर! राज कार्य का मुझे तनिक भी अनुभव नहीं है। कहाँ पता था इतना शीघ्र पिताजी के सान्निध्य से वंचित होना पड़ेगा और भैया राम जिन्हें इसका विशेष अनुभव था और इसे कार्य रूप भी देना था वे हमें इस हाल में छोड़ जाएँगे। मेरे पास तो कभी-कभी राजसभा में सुना गया पिताजी का सुझाव ही है।"

"तात भरत, कोई भी कार्य कठिन नहीं होता। समय और वातावरण सबसे बड़ा शिक्षक है, सब कुछ सिखा देता है। राजनीति नय, नीति अथवा दंडनीति संज्ञाओं से विभूषित है। नीतिशास्त्र कहता है कि—जो कार्य धर्मानुकूल हो राजा का धर्म है कि उसे वह निःशंक होकर करे। अपने हितों का ध्यान करते हुए उसे काम, क्रोध, लोभ, मोह और मान का त्याग करना चाहिए। नीच आचरण करनेवाले व्यक्ति को अवश्य दंड देना चाहिए तथा अपने मन, कर्म व वचन से सदा इस बात पर दृढ़ रहना चाहिए कि प्रजा का हित कभी विस्मृत न हो। उसका पालन पुत्रवत हो। जिस राज्य में प्रजा सुखी है उस राज्य के राजा को आन्तरिक बल, आत्मिक सन्तुष्टि के साथ-साथ यश की भी प्राप्ति होती है। वैसे यहाँ सारे विद्वत्‌गण उपस्थित हैं। सभी अनुभवी व दक्ष हैं राज कार्य में...तथा सभी सदा से अपना अमूल्य योगदान देते आए हैं निष्ठापूर्वक राज संचालन में।" वशिष्ठ जी बोले।

"इतने दिनों राज कार्य शिथिल रहा है। प्रजा या याचकों द्वारा किसी आशय का कोई प्रतिवेदन या माँग?" आर्य भरत ने गुरुदेव से पूछा।

"नहीं प्रिय भरत, अयोध्यावासी इतने कृतघ्न नहीं हैं। वे समस्त परिस्थितियों से भिज्ञ हैं तथा अपने युवराजों के आचरण व त्याग से अभिभूत ही नहीं, गौरवान्वित भी हैं। उन्हें अपने राष्ट्र से अत्यधिक लगाव है। स्वयं को वे राजा से विलग नहीं मानते। इस राष्ट्र की आर्थिक व बौद्धिक समृद्धि में उनका बराबर का योगदान रहा है। राष्ट्र की क्षति को वे स्वयं की क्षति मानते हैं। तभी तो हर क्षेत्र में यह राज्य संसार का सिरमौर बना हुआ है। कोई भी राष्ट्र राजा के अनुशासन और प्रजा के आचरण से सबल बनता है और हमें गर्व है कोशल की प्रजा पर, उसके समर्पण पर...। रात्रि समय कभी-कभी आप छद्‌म वेश में अवश्य राज्य का परिभ्रमण करिए...। तभी आप यथार्थ से अवगत हो सकेंगे। किसी भी कुशल शासक के लिए यह अति

आवश्यक भी है वत्स!" गुरुदेव ने कहा।

"अवश्य गुरुदेव, आप लोगों का परामर्श और मार्गदर्शन ऐसे ही प्राप्त होता रहे तो कोई कारण नहीं कि अपने कर्म व कर्तव्य से मैं विचलित तथा विमुख होऊँ।"

"अभी क्या करना है वत्स?" महा अमात्य ने पूछा।

प्रथम राज कार्य में प्रयुक्त होनेवाली राशि का कुछ अंश हमारे पूर्वजों के काल से चली आ रही परम्परा अनुसार शिक्षालयों, अनाथालयों, बूढ़ों, विधवाओं असहाय, अन्धे, गूँगे-बहरों आदि के सहायतार्थ यथास्थान भिजवा दीजिए। तत्पश्चात् गुफाओं, धर्मशालाओं और देवालयों के लिए भी।"

"उसके बाद कुछ भाग सार्वजनिक कार्य यथा उद्यान, कुओं, औषाधालयों, पथों, आरामगृहों के नवनिर्माण व मरम्मत आदि के लिए भी भिजवा दिया जाए।"

पुनः बारी-बारी सभी मंत्री, सभासद अपने-अपने संकाय का लेखा-जोखा प्रस्तुत करने लगे। पहली बार विस्तृत और जगत विख्यात कोसल राज्य के सुदृढ़ संचालन का गहरा अनुभव हुआ मुझे। फिर लगा मैं गलत समय पर तो नहीं आ गई यहाँ? परन्तु भैया भरत के मुख पर ऐसा कोई भाव लक्षित नहीं हो रहा था कि मेरा यहाँ आना उन्हें अप्रीतिकर लगा है...। मन को आश्वस्ति हुई।

कार्य सम्पादन के बाद सभासद चले गए।

कुटीर में अब मैं और भैया रह गए।

"प्रिय अनुजा, कहो कैसे आना हुआ? भवन में सब कुशल तो है न?"

"वहाँ सब कुशल कैसे हो सकता है भैया! जब भवन में अत्यधिक आवश्यकता है आपकी, आप यहाँ हैं। वहाँ की स्थिति से आप अनभिज्ञ होंगे यह असम्भव है फिर भी...।" मैंने अपनी बात अधूरी छोड़ दी।

"ऐसा उपालम्भ न दो अनुजे! अयोध्या भवन या अयोध्या राज जिनके बिना सूना है उन्हें कहाँ से लाऊँ मैं? मेरे जीवन का ध्येय क्या इतना तुच्छ था...जिसे मेरे ऊपर आरोपित किया गया?" कहकर वे मौन हो गए। उनका स्वर नम हो आया था।

अनुभव हुआ दुख के प्रचंड दावानल ने सब कुछ स्वाहा कर दिया है हमारी मनोभूमि का...। कामना, लालसा, हर्ष, और जीने की इच्छा भी।

"भैया एक निवेदन करूँ?"

"इसमें स्वीकृति की आवश्यकता क्यों हुई तुम्हें?"

कैसे कहती, जब अपनों पर से विश्वास उठ जाता है तब इन औपचारिक शब्दों का दखल बढ़ जाता है हमारे सम्बन्धों में।

"अवचेतनवश ये शब्द निकल गए मुख से, क्षमा प्रार्थी हूँ।"

उनके अधरों पर हल्की स्मिति उभरी...

"पुनः वही औपचारिकता अनुजे...।"

मैं झेंप गई।

"सम्भव है आपको अयोध्या भवन अप्रीतिकर लगता हो परन्तु दीदी मांडवी तो आपकी सेवा हेतु यहाँ रह ही सकती हैं तात! आप स्वीकृति दीजिए दीदी मांडवी को अपनी सेवा में आने हेतु...। उनका तो कोई दोष नहीं है इन सारे प्रकरण में फिर अकारण उन्हें दंड देना भी अन्याय है।" जाने कैसे कह गई मैं ये शब्द...।

पवन झकोरों के संग समय जैसे ठहर गया...। घोर निस्तब्धता...

यह निस्तब्धता विगत वर्षों से बहुत भयाक्रान्त करती रही थी मुझे...। कक्ष में। भवन में। उपवन में और लोगों की भीड़ में भी...। फिर वही निस्तब्धता चहुँओर पसर गई...।

मैंने कातर नेत्रों से उनकी ओर देखा...क्या वे मेरी उक्ति से रुष्ट हो गए? सदा स्पष्टवक्ता रही मेरी जिह्वा अभी तक वैसी ही थी। सत्य पर अटल और असत्य के प्रति विद्रोह...। उसे वह कौशल हासिल नहीं हुआ था अभी तक जिसे वाक्पटुता कहा जाता है।

"प्रिय उर्मिला, दोष किसी का नहीं। दोष उन सम्बन्धों का होता है जिनसे हम जुड़े होते हैं। क्या दोष था भैया राम का? यही न कि वे महाराज दशरथ के ज्येष्ठ पुत्र हैं। भाभी सीता का क्या दोष था? यही न कि वे भैया राम की पत्नी हैं। और प्रिय लक्ष्मण भी तो इन्हीं सम्बन्धों की त्रासदी भोग रहे हैं अन्यथा उनका क्या दोष था? यह विडंबना है हमारे सम्बन्धों की...जहाँ कुछ भी पृथक् नहीं होता हमारा। न सुख, न दुख, न यश और न अपयश...। ऐसे में मेरी सहधर्मिणी होने के नाते मांडवी मेरे सारे कर्मों का भागीदार स्वतः हो जाती हैं।"

"भैया, मेरा करबद्ध आग्रह है आप निस्सन्देह इसी स्वरूप में रहें, परन्तु भवन में चलिए। वहाँ माताओं का संताप हरण करिए। वे बड़ी भयावह पीड़ा से जूझ रही हैं। बड़ी माँ तो प्रायः सूने भवन को ताक-ताक कर ऐसे बिलख पड़ती हैं जैसे बाज द्वारा बच्चों को उठा लिए जाने के बाद पक्षी अपने सूने घोंसले को देखकर बेबसी से चीत्कार करता है...।"

फिर समय ठहर गया। शब्द मौन हो गए...। द्वार तक जाते-जाते स्तब्धता पुनः लौट आई...। पीड़ा से भरा मेरा हृदय विचलित होने लगा। लगा कैसी विडंबना है...

दुख को कोई आमंत्रण नहीं देना पड़ता है आने के लिए...वह बलात् द्वार खोल प्रवेश कर जाता है परन्तु प्रसन्नता के लिए यत्न करने के पश्चात् भी वह दूर-दूर ही रहती है...जैसे अभी। भैया भरत अभी अयोध्या भवन जाने को सहमत हो जाएँ तो सुख का कुछ अंश तो सम्मुख हो ही जाए।

लम्बी चुप्पी के बाद भैया भरत का मौन मुखर हुआ—

"प्रिय उर्मिला, मुझे तपने दो...। तप की घोर अग्नि में जलने दो...। प्रायश्चित्त करने दो ताकि इस तप की अग्नि में स्वाहा हो सके मेरे ऊपर का कलंक...। मेरे अन्दर का विषाद...और वह ऋण भी जो मेरे जन्म के रूप में स्थापित हुआ है अपनी माता से। वरन् क्या ऐसा स्वप्न भी मेरे नेत्रों में आने की धृष्टता करता जिसमें भैया से बिछोह होता? मेरे पास भोजन के अन्न, जल व सुरक्षित स्थान तो है रहने को, मेरे भाइयों और अति सुकुमारी भाभी के लिए वह भी दुर्लभ होगा वन में।"

कहते-कहते उनका कंठ अवरुद्ध हो गया। अब कोई कारण नहीं था यहाँ ठहरने का। उन पर दबाव बनाने का।

मैं लौट आई भवन में। खाली हाथ। दीदी मांडवी का विश्वास जीत गया था और मेरा अनुनय-विनय व विश्वास पराजित हुआ था कि मैं येन-केन-प्रकारेण भैया भरत को मनाने में सफल हो जाऊँगी और इस भवन का हर्ष लौट आएगा...पुनः। माताओं का दुख क्षीण होगा आंशिक रूप में ही सही। कुछ भी सफल नहीं हुआ।

मुझे अकेला अपने सम्मुख देखकर दीदी मांडवी के अधरों पर फीकी-सी मुस्कान उभरी...और नेत्र अश्रुजल से भर आए। उनके अधरों पर उभरी फीकी मुस्कान ने आहत कर दिया मुझे। सहन नहीं हुई उनकी पीड़ा इसलिए कुछ कहे बिना शीघ्र वहाँ से हट गई। मेरे अन्दर भी पीड़ा का सुनामी उमड़ने को आतुर हो रहा था। यदि वहाँ ठहरती तो लक्ष्मण को दिया वचन निश्चित ही भंग हो जाता। नेत्रों के जल में बहुत बहनापा है। एक के नेत्र अश्रु से भरे नहीं कि दूसरे के नेत्र में आने को वह उतावला हो उठता है। इन दिनों अधिकता से इसे अनुभव किया था मैंने...।

नन्दीग्राम से लौटने के बाद पीड़ा का वेग दुगुना हो गया। जिस सायत को हम बहनें सौभाग्य मान अति प्रसन्न थीं कि अब कभी हमारा बिछोह नहीं होगा। चारों बहनें सदा संग-साथ रहेंगी। आज लगा, यदि सभी अलग-अलग राज्यों में होतीं तो कम से कम यह पति विरह का ताप तो नहीं भोगना पड़ता सभी को। मन क्लान्त हो उठा।

द्वार का पट खोलकर वाटिका में निकल आई और एक सघन आम्र वृक्ष के

तले खड़ी हो गई...कदाचित् प्रकृति के सान्निध्य में पीड़ा क्षीण हो जाए...। पहरों खड़े-खड़े पैर दुखने लगे तो वहीं भूमि पर बैठ गई...शीतल पवन का स्पर्श भला लग रहा था। नेत्र स्वतः बन्द हो गए...।

तत्क्षण लगा लक्ष्मण मेरे समीप खड़े हैं अपनी बाँहें फैलाए...। वासर गृह की शोभा मुग्ध कर रही...। मोतिया, रक्तवर्णी पाटला, चम्पा के सुगंधित पुष्पों की लड़ियाँ रत्नजड़ित पलंग के चारों ओर लटक रही हैं...। कक्ष के कोने रत्नों से उठते मृदुल आलोक से आलोकित हो रहे। पलंग पर बिछे कौषेय चादर पर भी भिन्न-भिन्न प्रकार के सुगंधित पुष्प बिखेरे गए हैं। सम्बन्धी स्त्रियाँ कक्ष में मुझे बैठाकर विहँसती हुई द्वार का पट बन्द कर अदृश्य हो गई हैं...।

मैं कभी शैया पर बैठ रही...कभी नीचे उतरकर टहल रही...। यह कैसा अवसर है, जहाँ प्रसन्नता के साथ एक अनजाना भय भी अपनी उपस्थिति दर्ज करा रहा। बड़ा विचित्र है स्त्री का जीवन भी...हर मोड़ पर भय से होकर गुजरता है। बालपन से कैशोर्य, कैशोर्य से वयस्क...और अब पत्नी के रूप में...। विचित्रताओं की यह यात्रा आगे भी अबाध जारी रहेगी...नए-नए अनुभवों के साथ...। कदाचित् वह मृत्युपर्यन्त चलती रहे...।

जनकपुर भवन में कभी कोई ब्याह का उत्सव देखने को नहीं मिला था। भाई वय में छोटे थे। दो बहनें दीदी सीता और दीदी मांडवी ज्येष्ठ परन्तु ब्याह तो चारों का एक साथ ही हुआ है और आज सभी की फूलशैया की रात्रि है। किससे पूछती इस रात्रि का अनुभव...जिससे भय कुछ कम होता। छोटी या हमवयस्क ननद भी नहीं हैं। एक बड़ी ननद दीदी शान्ता हैं भवन में परन्तु वे वय में बहुत ही बड़ी हैं और अतिशय गम्भीर भी। मात्र उन्हें नेग-चार करते देखा है। डोली से उतारते समय किसी स्त्री को उनसे कहते सुना था—"पुत्री शान्ता, अपनी भाभियों का विधि-विधान करके कोहबर घर में ले चलो। परीछन करते, माँग बहोरते समय उन्हें गौर से देखा था। बहुत ही सुन्दर-सौम्य मुखाकृति...। अधरों पर स्मित मुस्कान। लगा भैया राम की धवल छवि हों जैसे। कोहबर में हमारी गाँठें खोलने के पश्चात् मैंने उन्हें भवन में नहीं देखा...।

ओह...सोचें कहाँ भटक गई थीं...। सच्चाई सम्मुख आते ही पुनः बदन सिहर उठा...। यहाँ तो जिज्ञासा प्रकाष्ठा पर है परन्तु भय के कण से मुक्त नहीं...लक्ष्मण अपरिचित नहीं हैं। प्रिय पुरुष भी हैं। उनसे मिलन की उत्सुकता, उत्साह भी है...। परन्तु इस भय का मैं क्या करूँ...?

द्वार का पट खुला। मंथर गति से लक्ष्मण कक्ष में आए। कम्पित हृदय मैं शैया छोड़कर खड़ी हो गई। नेत्र लज्जा भार से नत हो गए। इस परम काम्य पुरुष को पाकर हर्ष के मारे आज हृदय भी वश में नहीं...रोम-रोम रोमांचित हो रहा। हेमन्त ऋतु में भी समस्त देह स्वेद बिन्दुओं से भर रहा...। उनका अपूर्व रूप जनकपुर में ही मन भर देखा था। उन चंचल नेत्रों का चपल चितवन मन-प्राण पर गहरे अंकित हो गया था। सखियाँ प्रायः व्यंग्य से कहा करती थीं—

"उर्मिला के मन को जीतनेवाला धैर्यवान कोई देव पुरुष ही होगा। इतना मानमयी है मेरी सखी...मानव के वश की बात नहीं उसके हृदय का स्वामी बनना...।"

देव तुल्य तो हैं मेरे सौमित्र...अनंत जन्मों तक वे ही मेरे प्रिय बनें...अधरों पर दैव से प्रार्थना उभरी...।

तत्क्षण चेतना सजग हुई...मैं उनकी पाद वन्दना को झुकी...। मध्य में ही थाम कर उन्होंने अपने स्नेहालिंगन में बाँध लिया और बाँहों में भींचे ही शैया की ओर बढ़ गए। उनके स्नेहिल स्पर्श से मेरा समस्त बदन पुलक से भर गया।

"प्रिय...मौन क्यों हो? कुछ बोलो ना...तुम्हारे सान्निध्य सुख के लिए कितने दिवस और रैन बेकल रहा हूँ, तुम्हें इसका अनुमान भी न होगा। दैव योग से आज वह सुअवसर आया है तो तुम मूक बनी मुझे सता रही हो।"

शैया पर मुझे बैठाने के पश्चात् मेरे पार्श्व में बैठते हुए लक्ष्मण बोले। उनका उद्गार सुन हृदय हर्ष से नाच उठा। तो मेरी आसक्ति एकतरफा नहीं है। व्याकुलता का यह दंश ये भी झेलते रहे हैं। कुछ कहना चाहा...लज्जा और संकोच ने इस कदर मेरे शब्दों को भींच लिया, कि चाह कर भी वे मुखर नहीं हो पाए। मैं पूर्ववत् मौन बैठी रही।

"उर्मिला, मेरी ओर देखो...। क्या मैं बहुत कुरूप हूँ?"

लक्ष्मण ने पूछा...उनका अबोध प्रश्न सुनकर मेरी लज्जा नेत्रों से कूदकर तत्क्षण स्मित मुस्कान में बदल गई। मैंने प्रश्नाकुल नेत्रों से उनकी ओर देखा...।

"नहीं तो..., ऐसा प्रश्न क्यों पूछ रहे हैं आप मुझसे?"

"तो फिर विवाह के समय मंडप में जनकपुर की स्त्रियाँ वह गीत क्यों गा रही थीं?"

"कौन-सा गीत आर्य?"

आज मिथिला नगरिया निहाल सखिया
चारों दूल्हा में बड़का कमाल सखिया

माथे मणि मौरिया कुंडल शोभे कनवा
तिलक शोभेला उनके भाल सखिया...।

कहकर उन्होंने विचित्र दृष्टि से देखा मेरी ओर...जैसे उपालम्भ दे रहे हों मुझे।

"ओह...तो यह बात है?"

कहकर अनायास मैं हँस पड़ी और मेरा संकोच क्षण मात्र में काफूर हो गया लक्ष्मण के बोल से। वे भी हँस पड़े। अब समझ में आई उनकी चुहल...जो मेरे मुखर होने के लिए की थी उन्होंने। यह चुहल बिलकुल उनकी प्रकृति के अनुरूप थी परन्तु उनकी यह चुहल भी एक प्रश्न तो छोड़ ही गई...। इस प्रकार के और भी गीत थे इनके मर्म को चुभनेवाले...

हिआ बसी हिआ बसी साँवला पहुनवा दूल्हा, साँवला पहुनवा राम...
हिआ बसी गेल तोहरी मन्द मुस्कनवा राम हिआ बसी गेल
कारी घुँघराले केस मौरिया सोहनवा दूल्हा, मौरिआ सोहनवा राम
हिआ बसी गेल तोहरे भाल के चन्दनवा राम, हिआ बसी गेल
पियर बिहौती धोती ता पर अचकनवा दूल्हा, ता पे अचकनवा राम
हिआ बसी गेल तोहरे आम के कंगनवा राम, हिआ बसी गेल...।

सच में इन गीतों को गानेवालियों ने यह कहाँ सोचा होगा कि चारों दूल्हा में एक को कमाल कहने या हिआ में बसाने की अभिलाषा व्यक्त करने से देव समान स्वरूपवान उन तीनों दूल्हों के मन पर क्या बीतेगी? सोचकर मेरे अधरों पर पुनः मुस्कान थिरक उठी...।

तभी किसी पक्षी का कर्कश स्वर उभरा...मेरी तन्द्रा भंग हो गई। भीषण क्रोध हो आया उस पक्षी पर। आह...कितना सुन्दर था यह दिवा स्वप्न...। इस दुष्ट पक्षी को भी अभी ही बोलना था।

बोझिल पग और बेमन से वाटिका से कक्ष में लौट आई...।

औचक स्मरण आया...विगत कई दिवस से दीदी मांडवी हमारे भवन या बड़ी माँ के निकट नहीं आई हैं। उनका न आना विशेष चिन्तित कर दिया। उनकी मनःस्थिति ठीक नहीं है। उस उदास तथा आर्य भरत की अनुपस्थिति से सूने भवन में विचित्र से सन्नाटे का अनुभव होता है। अवसाद में डूबी छोटी माँ कैकेयी अपने अकेलेपन के साथ दिवस का अवसान देखती रहती हैं और दीदी मांडवी भी...परिचारक या परिचारिकाएँ क्या अकेलेपन के शून्य को पूर्ण कर सकती हैं जिनकी दिनचर्याएँ

सदा नियमों में बँधी होती हैं? उनकी वार्ताएँ...चुहल मात्र अपनों के मध्य होती हैं।

या सम्भव है उनकी अनुपस्थिति का कारण मैं ही होऊँ। मेरा मन विचलित हो उठा। उनके सुस्त पड़ते संताप को अपने आचरण से मैंने ही कुरेद दिया था नन्दीग्राम जाकर। पूर्व से ही वे छोटी माँ के अवसाद से विशेष प्रभावित थीं और अपना दुख-संताप तो उनका हृदय फूँक ही रहा था। इस सबके पश्चात् भी वे इतनी अवधि तक बड़ी माँ से दूर नहीं रह सकती थीं। कहीं वे अस्वस्थ तो नहीं हैं...?

समय मिलते ही मैं छोटी माँ के भवन की ओर चल पड़ी। दीदी मांडवी से पहले छोटी माँ के कक्ष में जाना...उनका सम्मान करना...कुशल-क्षेम पूछना प्रथम कर्तव्य था मेरा...। कर्तव्य ही नहीं संस्कार भी। अतः छोटी माँ के कक्ष की ओर बढ़ गई...। कक्ष में प्रवेश करना ही चाहती थी कि उनका क्रोध व क्षोभयुक्त स्वर सुनाई दिया—

"चुप रह दुष्टे मंथरा, आज के पश्चात् मेरे परिवार के सम्बन्ध में कुछ मत कहना। न जाने किस प्रेरणावश उस दिन तुम्हारी बातों में आ गई थी। तुम्हारे कुत्सित शब्दों ने घोर स्वार्थी बना दिया था और उस स्वार्थ से उपजी ईर्ष्या ने मेरा चरित्र ही कलंकित नहीं किया वरन् मेरा सब कुछ छीन लिया कुबुद्धे! सब कुछ...मेरा सुहाग...मेरा पुत्र...मेरा सुख...शान्ति...।"

"परन्तु आनव राजकुमारी, इसमें मेरा क्या अपराध था? मैंने तो अपने दासी होने के धर्म का निर्वाह किया था। जिस समाचार से तुम अनभिज्ञ थीं उसे तुम तक पहुँचाया था। तुम ये क्यों भूल रही कि मैं केकय से तुम्हारे संग तुम्हारे हित के लिए आई हूँ और तुम्हारे अतीत से अपरिचित नहीं हूँ।"

"चुप रह कुब्जा...केकय से आने से तुम्हें मुझे नष्ट करने का अधिकार नहीं मिल जाता। उस दिन तुमने दीदी कौशल्या की प्रसन्नता का बखान यदि बढ़ा-चढ़ाकर नहीं किया होता तो मेरे अन्दर ईर्ष्या पराकाष्ठा पर नहीं पहुँचती जिसने मेरी बुद्धि पर पर्दा डाल दिया था और आज मेरे सम्मुख यह स्थिति कदापि उत्पन्न नहीं होती। राम मुझे भरत के समान ही प्रिय थे, उनका युवराज होना मुझे अग्राह्य क्योंकर होता? परन्तु कौशल्या मेरी सौत हैं, मेरा यह बैरी हृदय उनकी प्रसन्नता को सहन नहीं कर सका और क्रोधवश अपना ही अहित कर बैठा...। इसमें घी का काम किया महाराज की खोट के विषय में तेरा वक्तव्य...। सत्य में मेरा आचरण एक राजरानी के प्रतिकूल हो गया था, जिसका प्रतिफल आज पति और पुत्रहीन होकर भुगत रही हूँ। तू प्रसन्न है न हृदयहीना...तू क्या जाने पति और पुत्र का वियोग...?"

"परन्तु, राजकुमारी मेरी पीड़ा भी तो समझो, प्रिय भरत की अनुपस्थिति में राम को युवराज पद देने का निर्णय और इतना विशाल आयोजन करने की महाराज दशरथ की मंशा ने विचलित कर दिया था मुझे। भरत के साथ यह अन्याय कैसे सहन होता जबकि केकय में तुम्हारे पिता महाराज को अयोध्या पति ने वचन दिया था कि तुम्हारा पुत्र ही अयोध्या का युवराज होगा। प्रति दिवस तुम्हारे संग-साथ रहने के पश्चात् महाराज ने इस समाचार को तुमसे क्यों कर गुप्त रखा?"

"चुप रह दुष्टा..., महाराज का वह वचन तब तक था जब महारानी कौशल्या को पुत्र नहीं हुआ था। आह...यह सब उस समय क्यों स्मरण नहीं रहा मुझे...। अब कभी अपने अशुभ शब्दों के जाल में फँसाने की चेष्टा न करना...। शास्त्र असत्य नहीं कहता कि मनुष्य जब असंत का संगत करता है या उसका कहा मान लेता है तो उसी क्षण अपने स्तर से गिर जाता है। तुम्हारा विचार मैंने ओढ़ा...अपनी समझ गौण कर दिया...। परिणाम सम्मुख है। सब कुछ लुटाकर प्रायश्चित्त करने का अब कोई औचित्य नहीं रह गया है क्योंकि इस राज्य और कुल की मर्यादा, भवन की सुख-शान्ति को नष्ट करने का कारक मैं हूँ...। इतनी असहनशील कैसे हो गई थी मैं...। आह...कैसी स्थिति बना दी नासमझी ने मेरी...?"

मुझसे और सुना नहीं गया। मैं दीदी के कक्ष की ओर बढ़ गई। अनुभव हुआ संवेदनशील मनुष्य बहुत काल तक अपनी भूल को अनदेखा नहीं कर सकता। कभी न कभी उसे अपनी भूल का एहसास होता ही है। यह ईर्ष्या और क्रोध सदा से मनुष्य का शत्रु रहा है।

19

जेठ मास की अति गर्म दोपहर...। ऊँचे भवन में भी लू का प्रभाव बहुत क्षीण नहीं हो रहा था। लक्ष्मण बिना सूना जीवन, सूना भवन, सूना कक्ष...। मन-मस्तिष्क में भी कहीं सूनापन न भर दे, इस भय से मेरा मन अब सदैव भीड़ का अवलम्ब चाहता...। विद्वज्जनों की संगत का आकांक्षी रहता। माताओं के सान्निध्य में जीवन-जनित ज्ञान प्राप्त करना चाहता। हर वस्तु की गहन पड़ताल तथा अपने देश, काल व अतीत को जानने को सदा से जिज्ञासु रहा मेरा मन। अब जब भी फुरसत का क्षण पाता इसी

उधेड़बुन में संलग्न हो जाता कि इस समय को कैसे सार्थक बनाया जाए। रो-बिसूर कर समय को व्यर्थ गँवाना कभी स्वीकार्य नहीं रहा उसे। रोने से यदि मनचाहे की प्राप्ति हो जाए तो चीख-चीख कर रो पड़ता वह...।

औचक ध्यान आया...पिताजी ने कभी अपने समृद्ध मिथि वंश का परिचय देते हुए महाराज अयोध्या नरेश इक्ष्वाकु का वर्णन किया था। आज मैं उसी महान इक्ष्वाकु कुल की वधू थी। पुनः इस कुल की उत्पत्ति जानने की जिज्ञासा कुलबुला उठी मस्तिष्क में...और तत्क्षण मैं बड़ी माँ के कक्ष में जा पहुँची। वहाँ पूर्व से ही श्रुतकीर्ति तथा मझली माँ उपस्थित थीं...।

अति विदुषी बड़ी माँ कौशल्या जिनका इस कुल व कोशल क्षेत्र के प्रति ज्ञान बहुत अधिक था। कारण, वे स्वयं सदा से इस क्षे़त्र से संलग्न रही थीं। उत्तर कोशल से सटे राज्य दक्षिण कोशलाधीश महाराज कौशल्य तथा महारानी सौजन्या की इकलौती पुत्री होने के नाते विवाह के बाद दक्षिण कोशल का राज्य उन्हें भेंट में मिला था, जिससे उत्तर कोशल और विस्तारित तथा समृद्ध राज्य हो गया था। धन-बल से ही नहीं सैन्य बल से भी। अतः वर्षों की मेरी यह सुप्त जिज्ञासा शान्त करने में बड़ी माँ ही सक्षम थीं...।

कुछ पल इधर-उधर की ढेरों वार्ता करने के उपरान्त मैंने अपनी जिज्ञासा व्यक्त करते हुए पूछा—

"बड़ी माँ अपने सूर्य वंश का उज्ज्वल और शौर्यपूर्ण इतिवृत्त जानने को मैं बहुत उत्सुक हूँ। आपकी वार्ता से मेरी जिज्ञासा ही नहीं शान्त होगी अपितु यह लम्बी और तप्त दोपहरी भी सार्थक व्यतीत हो जाएगी।

"और मैं भी जानने को उत्सुक हूँ बड़ी माँ।" तत्क्षण श्रुतकीर्ति बोली।

मेरा प्रश्न सुनकर बड़ी माँ अत्यधिक प्रसन्न हुईं।

"बहुत सुन्दर प्रश्न किया तुमने उर्मिला, मनुष्य को सदा अपने अतीत को जानना व स्मरण रखना चाहिए...। यदि वह बुरा रहा है तो उससे शिक्षा लेकर अच्छा करने की प्रेरणा मिलेगी और यदि वह गौरवपूर्ण रहा है तो बल ही नहीं प्रदान करेगा वरन् उससे और अधिक अच्छा करने के लिए प्रोत्साहित भी करेगा।"

"जी बड़ी माँ, इसीलिए तो जानने को उत्सुक हैं हम।"

"वर्षों पूर्व पृथ्वी पर आए विश्वविख्यात प्रलय के विषय में तुम लोगों ने सुना ही होगा?"

"जी बड़ी माँ, वार्ता के मध्य प्रायः बड़े लोगों से उस प्रलय के सम्बन्ध में

कुछ-कुछ सुना है परन्तु गहनता से जानकरी नहीं है उसके विषय में।"

"सुविज्ञ जन कहते हैं, हमसे बहुत पीढ़ी पूर्व इलावर्त के पश्चिमोत्तर प्रदेश में यह घटना घटित हुई थी। इलावर्त का वह भू भाग दक्षिण में फारस की खाड़ी और उत्तर में कश्यप सागर से दबा हुआ है। इलावर्त के पश्चिमोत्तर कोण में जो आर्मीनिया प्रदेश है, वहाँ के बर्फीले पर्वतों से फरात नदी निकलकर इलावर्त में आई है जो वहाँ की महत्त्वपूर्ण नदी है। जाननेवाले यह भी कहते हैं कि यह इतनी बड़ी नदी है कि उसे देखकर नद का आभास होता है और उसमें वह भयानक बाढ़ सम्भवत: बर्फ की चट्टान टूटकर गिरने से आई थी। कुछ लोगों का कथन है कि उस प्रलय का कारण वहाँ हुए किसी विशाल ज्वालामुखी का विस्फोट था जिससे बर्फ की चट्टानें टूटकर गिरीं और फरात नदी का उद्गम, कश्यप सागर और इलावर्त की खाड़ी इन सबने मिलकर उस पूरे प्रक्षेत्र को जलमग्न कर दिया।"

"ओह...इतना बड़ा प्रलय था वह?" आश्चर्य से श्रुतकीर्ति ने कहा।

"हाँ पुत्री, लोगों का कथन है कि उसका ज्वलंत उदाहरण आज भी कश्यप सागर के बाकू प्रदेश में देखने को मिलता है जहाँ अब भी पृथ्वी से अग्नि की लपटों का निकलना बन्द नहीं हुआ है।"

"क्या सच में वहाँ ऐसा हो रहा है बड़ी माँ?" दीदी मांडवी बोलीं।

"सुना तो ऐसा ही पुत्री...किसी दिन गुरु वशिष्ठ से इस विषय पर वार्ता करना। उन्हें अधिक ज्ञात होगा वहाँ की आज की स्थिति। वे सविस्तार बतला सकते हैं।"

"जी बड़ी माँ...।" श्रुतकीर्ति ने कहा।

"यदि वहाँ सब कुछ जलमग्न हो गया था तो फिर हमारे पूर्वज कैसे जीवित बचे...?" मैंने पूछा।

"जैसा कि सुना है—वहाँ का जो स्थल जलमग्न हुआ था समुद्र की सतह से उसकी ऊँचाई बहुत कम थी। वहाँ कुछ ऐसे स्थल भी थे जो बहुत ऊँचे थे। कदाचित् हमारे पूर्वज वैवस्वत मनु ने प्राकृतिक आपदा के चिह्नों को भाँप लिया था तभी तो एक विशाल नौका तैयार करवाकर उसमें बहुत से मनुष्य, सम्बन्धी जन, विभिन्न प्रकार के अन्न, फलों के बीज, जीव-जन्तु, पशु-पक्षियों को रखकर मतस्य गणों की सहायता से उसे ऊँचे स्थान पर ले जाकर बचाने में सफल हो गए थे।"

"बड़ी माँ, ये मतस्य गण क्या मानव ही थे?"

"हाँ पुत्री, मतस्य गण थे नहीं, हैं। वे बहुत ही वीर और योद्धा लोग हैं। प्रलय की चर्चा के मध्य एक बार महाराज ने बतलाया था मतस्य जाति के लोगों के विषय

में। बेबीलोनिया में उनका बहुत ही समृद्ध राज्य है। ये लोग बहुत कुशल नाविक होते हैं। प्रलय के समय महाराज मनु ने इन्हीं के किसी प्रतिनिधि की सहायता से अपने परिवार व अपने लोगों के प्राणों की रक्षा की होगी। चूँकि वह प्रलय हमारे पूर्वजों से सम्बन्धित था इसलिए उसकी चर्चा पीढ़ी दर पीढ़ी होती रही है हमारे वंश में और समस्त संसार में भी। इलावर्त में ही एक और बहुत ही उन्नत राज्य था जिसकी राजधानी बेरखा नदी के तट पर बसी सुषा नगरी थी जो उस काल में सभ्यता का केन्द्र हुआ करती थी। जिस पर मनु राज्य किया करते थे। सुनते हैं कि वहाँ तक प्रलय का जल नहीं पहुँचा परन्तु जल जमाव की सड़न से फैली किसी व्याधि से वह नगर भी उजड़ गया। बहुत से लोग मृत्यु को प्राप्त हुए और जो बच गए उस क्षेत्र को छोड़कर अन्यत्र चले गए। कालान्तर में इस वीरान हुई नगरी पर धूल की परतें जमती चली गईं।"

"तो क्या वहाँ आज भी वीरानी ही है माँ?"

"नहीं पुत्री, इतिहास साक्षी है, हमारे पूर्वज बहुत जुझारू लोग थे। पराजित होना तो वे जानते ही नहीं थे। चाहे वह मनुष्य हो या प्रकृति...। अतः सुषा नगरी जिसे मन्युपुरी भी कहा जाता था बहुत काल तक उजाड़ एवं वीरान नहीं रही। जब स्वायंभुव मनु के अन्तिम प्रजापति दक्ष का अधिकार समाप्त हुआ तब दक्ष की पुत्री हमारी मातामहो अदिति और पितामह मरीचि के बारह पुत्र उत्पन्न हुए। ये बारहों आदित्य के नाम से प्रसिद्ध हुए और इनके कुलों का संयुक्त नाम आदित्य कुल पड़ा। उनके बारह पुत्रों में वरुण सबसे बड़े और सूर्य सबसे छोटे थे। आदित्यों के ज्येष्ठ पुत्र होने से वरुण ब्रह्मा के नाम से भी विख्यात हुए तथा जल के विभाजन करने के कारण उन्हें नारायण भी कहा गया।"

"ओह...तो नारायण उन्हें ही कहा जाता है बड़ी माँ...?"

"हाँ पुत्री।"

"फिर आगे क्या हुआ बड़ी माँ?" श्रुतकीर्ति ने पूछा...वह अधिक जिज्ञासु लगी।

"प्रलय के पश्चात् कश्यप सागर के समीप की समुन्नत सुषा नगरी जो गाद से भर गई थी, अदिति के बड़े पुत्र और हमारे पूर्वज सूर्य के बड़े भाई वरुण वहाँ आए। उस सम्पूर्ण प्रक्षेत्र को उन्होंने खुदवाया, स्वच्छ किया। असमतल भूमि को समतल करवाया, रुके हुए जल की निकासी के लिए नहरें बनवाईं और उस जल को समुद्र में बहा दिया। पुनः उसे वास योग्य बनाया तथा आदित्यों के लिए वहाँ एक भव्य अमरावती पुरी नामक नगर की स्थापना की और एक नई सभ्यता को

जन्म दिया जो सुमेर सभ्यता के नाम से विख्यात हुआ।"

"उनके और नौ भाई कहाँ गए बड़ी माँ?" श्रुतकीर्ति ने प्रश्न किया।

"बतला रही हूँ श्रुतकीर्ति...। अपने इतिवृत्त को जानने की तुम्हारी यह जिज्ञासा बहुत अच्छी लग रही है मुझे। मनुष्य को अपने अतीत के प्रति उदासीन होना उचित भी नहीं। वरन् वह अन्धकार में सदा गोते लगाता रहेगा अपने उद्गम की खोज में, अपने होने की खोज में। और यदि उसमें अपने होने को जानने के प्रति कोई जिज्ञासा नहीं व्यापती तो निश्चय ही वह शठ होगा।"

"आप सही कह रही हैं बड़ी माँ, हमारा अतीत ही हमारी उत्पत्ति का साक्ष्य होता है...।"

"सुना है, मध्य के आठ भाइयों में से कोई चीन, कोई उत्तर मद्र प्रदेश से लेकर तिब्बत तक भिन्न-भिन्न प्रदेशों में गए और देव कहलाए तथा चहुँओर उन्होंने आदित्यों के वंश का विस्तार किया। सबसे छोटे विवस्वान जिनका नाम सूर्य भी था, उनके पुत्र वैवस्वत मनु जिन्हें पिता से मध्य देश का राज्य प्राप्त हुआ था, उन्होंने सरयू के तट पर अयोध्या नगरी को राजधानी के रूप में स्थापित किया और आर्य सभ्यता को जन्म दिया। उन्हीं के ज्येष्ठ पुत्र इक्ष्वाकु ने इस सभ्यता को और पुष्ट किया इसलिए हम सूर्यवंशी, इक्ष्वाकु वंशी या महाप्रतापी महाराज रघु के नाम से रघुवंशी भी कहलाते हैं।"

"बड़ी माँ, हमारे पूर्वज वैवस्वत मनु से पूर्व भी तो इस पृथ्वी पर मानव रहे होंगे? यह आर्यावर्त किसी प्रदेश का हिस्सा रहा होगा?" मैंने अपनी जिज्ञासा प्रकट की।

"बहुत गूढ़ प्रश्न है तुम्हारा पुत्री! जब हमारा इतिहास लिखित रूप में प्राप्त नहीं था तब भी हमारा अतीत जीवित था श्रुति के रूप में। कहा जाता है कि यह जो भारतवर्ष का पूरा प्रक्षेत्र है इसके मूल पुरुष हुए स्वायंभुव मनु। उनके दो पुत्र और तीन पुत्रियाँ हुईं। उनके पुत्रों के नाम प्रियव्रत और उत्तानपाद था। प्रियव्रत को दस पुत्र हुए। उन्होंने उनके मध्य पृथ्वी का बँटवारा किया। बड़े पुत्र अग्नीध्र के भाग में जम्बूद्वीप मिला। जम्बूद्वीप को अग्नीध्र ने अपने नौ पुत्रों में विभाजित किया और अपने बड़े पुत्र नाभी को हिमवर्ष से अरब सागर तक का राज्य दिया। उन्हीं नाभी के पुत्र ऋषभदेव हुए। उनके महाप्रतापी पुत्र हुए भरत जिन्होंने अष्टद्वीपों को जय कर अपने राज्य का विस्तार किया और अपने राज्य को नौ भागों में विभक्त किया। इन्हीं के नाम पर हिमवर्ष का नाम भारत, भारतवर्ष तथा भारत खंड प्रसिद्ध हुआ।"

कहकर बड़ी माँ चुप हो गईं। लगा वे कुछ स्मरण कर रही हैं। मैं समझ रही

थी। इतने वर्षों के इतिवृत्त को याद रखना आसान नहीं था वह भी इस वय में। जितना उन्होंने बतलाया था उतना भी स्मरण रखना कठिन था हमारे लिए। वो तो अपने अतीत को जानने की जिज्ञासावश या समय व्यतीत करने के लिए उन्हें कुरेद-कुरेद कर उनके समक्ष कठिनाई उत्पन्न कर दी थी हमने।

परिचारिका को पुकारकर मैंने शीतल जल लाने को कहा।

जल पीकर वे कुछ स्वस्थ हुईं।

"बड़ी माँ, यदि आप थक गई हैं तो पुन: कभी सुना दीजिएगा आगे की कथा।"

"थकी नहीं हूँ पुत्री, स्मृति कुछ शिथिल अवश्य हुई है परन्तु इतनी भी नहीं कि अपने समृद्ध इतिहास को विस्मृत कर जाऊँ। समय-समय पर पिताजी और ससुर कुल में अपने अतीत सम्बन्धी चर्चाओं को सुन-सुनकर बहुत कुछ मस्तिष्क में भरा है। स्मरण कर रही थी आगे की कड़ी। तुम लोग बैठो। प्रथम बार अपने अतीत को इतने धैर्य से सुननेवाला श्रोता मिला है जिसे सुनाने में अपार आनन्द की अनुभूति हो रही है। कम से कम तुम लोगों के स्मरण में यह सब रहेगा तो इसे सुनकर हमारी अगली पीढ़ी अपने गौरवशाली अतीत को जान पाएगी।"

"जी बड़ी माँ, हम अपनी सन्तानों को अपने वंश के गौरव से अनभिज्ञ नहीं रहने देंगी। आप यथाशक्ति विस्तार से हमें बतलाइए।"

"सुना है, इसके बाद इस प्रियव्रत शाखा में पैंतीस प्रजापति और चार मन्यु हुए। इन मन्युओं के राज्य काल को मन्वंतर माना गया। उनके द्वितीय पुत्र उत्तानपाद की पीढ़ी में ध्रुव, मनु, चाक्षुष, वेन, पृथु और प्रचेतस आदि प्रसिद्ध प्रजापति हुए। इसी चाक्षुष मन्वंतर में बड़ी-बड़ी घटनाएँ घटित हुईं। भारत वंश का विस्तार हुआ। वेदोदय हुआ। राजा की मर्यादा स्थापित हुई। इस वंश का प्रथम राजा वेन थे। इसी वंश के पृथु वैन्य प्रथम वेदर्षि थे। उन्होंने ही प्रथम वैदिक मंत्र की रचना की। इन्हीं के काल में असमतल भूमि को समतल कर उसमें बीज बोया गया। उन्हीं के नाम पर भूमि का नाम पृथ्वी पड़ा और कृषि का विकास हुआ तथा काल सतयुग के नाम से विख्यात हुआ। इसके कुछ काल पश्चात् ही संसार प्रसिद्ध वह प्रलय हुआ था जिससे कश्यप सागर तट की सारी भूमि जलमग्न हो गई थी। मात्र हमारे अति दूरदर्शी पूर्वज वैवस्वत मनु ने मातस्यों की सहायता से मनुष्यों के साथ ही कुछ जीव-जन्तुओं को लेकर प्राणों की रक्षा की थी। और आज उन्हीं के नाम पर वैवस्वत मन्वंतर चल रहा है जिससे काल की गणना होती है।"

कहकर वे कुछ पल के लिए मौन हो गईं। पुन: बोलीं—

"अपने हिस्से में मिली इस मध्य भूमि के मध्य तीव्र वाहिनी विशाल पावन नदी सरयू के दोनों तटों पर अवस्थित विस्तृत कोशल राज्य की यह राजधानी जिसे वैवस्वत मनु ने बनवाया। उन्हीं से सूर्य और चन्द्र वंश का अभ्युदय हुआ तथा उन्हीं के पुत्र एवं पौत्रों से ही आर्य सभ्यता का विकास हुआ। वर्तमान में इस विशाल कोशल राज्य की सीमा पूरब में सदानीरा गंडकी है जो इसे तुम्हारे पिता के राज्य विदेह से अलग करती है। उत्तरी सीमा हिमालय है। दक्षिण में वत्स जनपद और पश्चिम में पांचाल राज्य है। हिमवान से लेकर विशाला राज्य तक फैला महावन एवं साकेत के उद्यान अंजन वन, कंटकी वन एवं नैमिषारण्य जैसे विशाल वनों से समृद्ध है यह कोशल राज्य। अयोध्या भारत का ही अति वैभवशाली नगर नहीं है वरन् इसे विश्व के प्रथम नगर होने का गौरव भी प्राप्त है। महाराज कहा करते थे—"इतने विकसित, व्यवस्थित और सुचारु रूप से बसे इस नगर का आज भी उदाहरण नहीं है संसार में। बारह योजन लम्बी और तीन योजन चौड़ी नगरीय सभ्यता की जननी कहे जानेवाली यह अयोध्या जिसकी धुरी पर आर्यावर्त का इतिवृत्त भ्रमण करता रहा है और कर रहा है, जो आज तक अविजित रहने के कारण ही अयोध्या कहलाई इस पर हमें गर्व है। तथा उत्तरी भू-भाग और पूर्वी सागर तट से भी आगे हमारे दायाद बन्धुओं का ही साम्राज्य फैला हुआ है।"

"हमारे दायाद बन्धुओं के वंशज तो आते होंगे यहाँ बड़ी माँ?"

"अवश्य आते हैं पुत्री, वे हमारे दायाद बांधव हैं। कोई भी यज्ञ, या शुभ कार्य हो उन्हें अवश्य आमंत्रित किया जाता है...।"

"ओह...अब ऐसा अवसर आएगा तो हम लोग अवश्य मिलना चाहेंगी उन लोगों से।"

"अवश्य...।" बड़ी माँ बोलीं।

"यदि स्मरण हो तो आगे का सुनाइए न बड़ी माँ।" मैंने आग्रह किया...।

"मेरी स्मरण शक्ति इतनी दुर्बल नहीं हुई है अभी...।" कहकर वे हँसीं...। पुनः बोलीं—

"विवश्वान सूर्य के बाद इस वंश में जो भी महान प्रतापी राजा हुए उनके नाम पर भी यह वंश कहलाया जैसे हमारे परपितामह रघु से रघुवंशी...। आज पूरे विश्व में अयोध्या की अनुपम विशेषता है। महाराज दशरथ ने भी आर्य संस्कृति को विस्तृत भागों तक फैलाया तथा इस राज्य को समुन्नत किया। भवन को सँवारा-सजाया और भव्य बनाया...जिसे देखनेवाले के नेत्र आश्चर्य से विस्फारित हो जाते

हैं। कितने कुशल शिल्पियों ने अपनी कुशलता का प्रदर्शन किया है इसे बनाने व सजाने में...। नगर से लेकर बाहरी जनपदों तक के आवागमन के लिए विशाल सुचिक्कन वीथियाँ, पथ व राजमार्ग हैं जिनके दोनों किनारे नीम, मौलश्री व अन्य छतनार वृक्षों से आच्छादित हैं। यह नगर विशाल फाटकों और किवाड़ों से सुशोभित है। इसके भीतर आम जन की आवश्यकता की वस्तुओं से सजे हुए अलग-अलग कितने हाट आदि हैं। जहाँ भिन्न-भिन्न प्रकार के अन्न, जीवनोपयोगी औषधि से लेकर हर तरह के अस्त्र-शस्त्र विद्यमान हैं। सभी प्रकार के शिल्पी गणों का निवास है। अनेकों कुटागार की उपस्थिति इसे सम्पन्न व समृद्ध दर्शाती है। नगर की ऊँची-ऊँची अट्टालिकाओं पर सदा सूर्य के चिह्नों वाले राष्ट्र ध्वज फहराते रहते हैं। इतना ही नहीं, हमारे पूर्वज बहुत दूरंदेश भी थे पुत्री, उन्होंने नगर की सुरक्षा के लिए दुर्ग के चारों ओर गहरी खंदक खुदवा रखी हैं इसलिए यह शत्रुओं के लिए सदा दुर्गम और दुर्जेय रहा है। तथा इसी कारण इसका नाम अयोध्या पड़ा। हमारे पूर्वजों ने ही अश्व, गाय, बैल, हाथी तथा अन्य वन पशुओं को पालना और अपने कार्य के लिए उनका उपयोग करना आरम्भ किया था।"

"आपकी बातों से अपने विचारवान तथा अन्वेषक पूर्वजों पर गर्व हो रहा है बड़ी माँ। अभी हर प्रकार से परिष्कृत तथा समृद्ध काल में रहते हुए क्या हम सोच सकते हैं कि उन लोगों ने कितने कष्ट सहे होंगे हमें सुखी बनाने के लिए। ये समस्त विलासिता की सामग्रियाँ...भिन्न-भिन्न प्रकार के अन्न, ये सुसज्जित अट्टालिकाएँ...। ओह...हृदय से आभारी हैं हम अपने पूर्वजों के, इतना सुख और समृद्धियुक्त जीवन हमें प्रदान करने के लिए।"

"हाँ पुत्री, अवश्य होना चाहिए हमें उनका आभारी। उन्होंने आदर्श और नैतिकता के अनेकों कीर्तिमान स्थापित किए हैं जिसने हमारे सरों को गर्व से उन्नत किया है तथा अपने आनेवाली पीढ़ियों के लिए प्रेरक बने हैं। महाराज दिलीप चक्रवर्ती सम्राट की उपाधि से विभूषित थे। सुनते हैं, उनके शासन काल में वेद, शास्त्र के स्वाध्याय के शब्द और धनुष की प्रत्यंचा की ध्वनि सदैव ध्वनित होती रहती थी। अतिथियों तथा अभ्यागतों के लिए उनके द्वार सदा खुले रहते थे।"

कहकर वे कुछ क्षण मौन हो गईं और हमारी जिज्ञासा उतावली हो उठी... लगा बड़ी माँ कितनी जल्दी कह दें सारा वृत्तान्त...परन्तु उनके वय को देखते हुए मैं चुप रही।

"ज्ञात है मेरी पुत्रियो, हमारे परपितामह महाराज रघु की जन्म कथा बड़ी ही

विचित्र है। उनके पिता महाराज दिलीप का ब्याह मगध राजकुमारी सुदक्षिणा से हुआ था। बहुत दिनों तक उन्हें पुत्र का सुख नहीं मिला। अन्ततः पुत्र कामना में उन्होंने गुरु वशिष्ठ आश्रम में जाकर उनकी गाय नन्दिनी की बहुत सेवा की। उसके पश्चात् उन्हें एक पुत्र की प्राप्ति हुई जिनका नाम रघु पड़ा। राजा दिलीप के शासन काल में प्रजा बहुत सुखी व सन्तुष्ट थी। पिता के ही पदचिह्नों पर चलते हुए महाराज रघु ने भी अपने वंश का बहुत मान बढ़ाया। उनके शासन काल में चतुरंगिणी सेना से अयोध्या सुसज्जित थी। सुना है, उन्होंने अपनी विशाल सेना के साथ दिग्विजय के लिए भी प्रस्थान किया था और गंगा के प्रवाह के साथ-साथ चलते हुए वे पूर्व सागर तक पहुँचे थे। उनका साम्राज्य उत्तर कोशल से लोहित्य नद तक स्थापित हो गया था। तत्पश्चात् उन्होंने दक्षिण के भी बहुत से राज्यों को पराजित किया। उसके उपरान्त उन्होंने विजित राजाओं से अपनी सम्प्रभुता स्वीकार कराने के बाद उन्हें मुक्त कर दिया था। इस अभियान से लौटने के बाद उन्होंने विश्वजित यज्ञ का अनुष्ठान किया था। सर्वोच्च निःस्वार्थ गुणों के प्रतीक थे वे। इसी कारण सूर्य के बाद इस वंश को रघुवंशी के रूप में भी स्मरण किया जाता है।"

"सुना है, हमारे दादा ससुर महाराज अज भी बहुत पराक्रमी नरेश रहे थे और तुम्हारे ससुर आर्य दशरथ ने भी समय-समय पर ज्योतिष्टोम, अनुष्टोम, अभिजित एवं विश्वजित आदि यज्ञ किए थे। पुत्र प्राप्ति हेतु उन्होंने पुत्रेष्टि यज्ञ ऋषि शृंग, जो हमारे जामाता भी हैं, से उसके अनुष्ठान करवाए थे। विद्वज्जन कहा करते हैं कि यह सब यज्ञ का ही प्रभाव है जो हमारे राज्य के लोग इतने सुसंस्कारित, धर्मात्मा, सत्यवादी, दानी, सदाचारी, तथा पवित्र भोजन करनेवाले हैं।"

पुनः वे चुप हो गईं। यह विराम आवश्यक भी था उनके लिए। हम अधैर्य हो उनके बोलने की प्रतीक्षा करने लगीं।

"कहा जाता है, महाराज इक्ष्वाकु भारत के इतिवृत्त के वे प्रथम शासक थे जिन्होंने धार्मिक चिन्तन के ब्राह्म मुहूर्त की बेला में ही यज्ञीय कर्मों की समुचित व्यवस्था की थी। उन्होंने अपना साम्राज्य नौ पुत्र एवं एक पुत्री के लिए बराबर-बराबर दस भागों में विभाजित किया था। वैवस्वत मनु के पुत्रों में इक्ष्वाकु ज्येष्ठ थे उन्हें मध्य देश का राज्य मिला।"

"जी बड़ी माँ, यह सब आप पूर्व में कह चुकी हैं।"

"ओह, स्मृति कभी-कभी साथ छोड़ रही है। यह सब इन दिनों बीती घटनाओं का परिणाम है कदाचित्। तो मैं क्या कह रही थी। इक्ष्वाकु एक महाप्रतापी राजा

थे। उनके पुत्रों ने भारतवर्ष के कोने-कोने में अपना साम्राज्य स्थापित किया। उनके तीन ज्येष्ठ पुत्र विकुक्षि, निमि और दंडक ने मध्य देश तथा शेष पुत्रों ने दक्षिण दिशा में साम्राज्य का विस्तार किया। विकुक्षि अयोध्या के उत्तराधिकारी हुए। निमि ने मिथिला राजवंश की नींव डाली। दंडक को विंध्याचल और ओवल के मध्य का राज्य मिला...।"

"इतने प्रतापी वंश का हिस्सा होने के लिए मैं आभारी हूँ दैव की...।" श्रुतकीर्ति बोली।

"मेरे राम भी तो अभी तक के समस्त पूर्वजों से आगे कीर्तिमान स्थापित कर रहे हैं। त्याग, तप, धैर्य, पराक्रम, सहनशीलता, नैतिकता, विनम्रता, जिनका आभूषण है। उसका उदाहरण तुम्हारे समक्ष है उनके राज्य त्याग व भ्रातृ प्रेम का। राम ही क्यों प्रिय लक्ष्मण, भरत व शत्रुघ्न का भ्रातृ प्रेम का भी उदाहरण अन्यत्र मिलना दुर्लभ है। दैव उन्हें शक्ति दे कि वे अपने कर्तव्य पथ पर सदैव आगे बढ़ते रहें...। अपना कीर्ति पताका फहराते रहें...।"

"माँ, पूर्वजों का पराक्रम तथा आशीर्वाद सदैव कर्म पथ का प्रदर्शक होता है। उनके कर्म हमें संस्कारित करते हैं। हमारे अन्दर बल भरते हैं। भैया राम तथा अन्य भाइयों का उज्ज्वल कर्म सदैव इस देश के इतिवृत्त में स्वर्णाक्षरों में उद्धृत किया जाएगा। त्याग का बहुत महत्त्व है।"

20

कुछ दिनों से माँ कौशल्या बहुत अस्वस्थ हैं। उनकी स्थिति चिन्तित कर रही। भैया राम के वनगमन के पश्चात् से ही अघोषित रूप से उनका सारा दायित्व सँभाल लिया था मैंने। सदा उनकी सेवा में तत्पर रहती। मेरा दिवस उन्हीं के भवन में व्यतीत होता, कभी-कभी रात्रि में शयन के लिए अपने कक्ष में जाती। प्राय: रात्रि निवास भी वहीं होता मेरा। मेरे इस आचरण पर माँ सुमित्रा अति प्रसन्न थीं। एक दिन उन्होंने आशीषते हुए कहा—

"प्रिय उर्मिला, जो भाव मेरे हृदय में था कि दीदी नितान्त अकेली हो गई हैं, उनकी सेवा का दायित्व तुम्हें सौंपूं। तुमने तो कुछ कहने का अवसर ही नहीं दिया

और उनकी सेवा का दायित्व सँभाल लिया। सदा प्रसन्न रहो पुत्री...बड़ों की सेवा कभी निष्फल नहीं होती।"

बड़ी माँ की अस्वस्थता ने सारे भवनवासियों को व्याकुल कर दिया है। राजवैद्य भी परेशान हैं कि उनकी व्याधि समझ में क्यों नहीं आ रही और जब तक व्याधि पकड़ में नहीं आएगी औषधि कैसे दी जाए। परन्तु मैं जानती हूँ उन्हें कोई रोग नहीं है। पल-पल उनके समीप रहने के कारण उनकी पीड़ा और व्याकुलता को देखा है मैंने। समझा है मैंने। पिताजी कहा करते थे—

"मन में यदि उल्लास हो तो तन की थकान कोई बाधा नहीं बनती परन्तु मन ही थक जाए तो युवा तन भी अस्वस्थ अनुभव करता है।"

बड़ी माँ का भी मन अस्वस्थ है, तन में कोई व्याधि नहीं है। ऐसे में उन्हें अकेला छोड़ना घातक ही होगा उनके लिए। और आज कुछ अधिक ही व्याकुल लग रही थीं वे। पूरे दिन भवन के लोग उनका कुशल-क्षेम पूछने कक्ष में आते रहे, जाते रहे और मैं उनकी सेवा में वहीं उपस्थित रही। गहन रात्रि बीते माँ सुमित्रा ने कहा—

"अब तुम अपने कक्ष में जाकर तनिक विश्राम कर लो उर्मिला। प्रातः से ही एक ही अवस्था में हो। थक गई होगी। मैं यहाँ हूँ। दीदी भी सो गई हैं।"

"जी माँ।" परिचारिकाओं को सचेत रहने को कहकर मैं अपने कक्ष की ओर बढ़ी।

मेरा और श्रुतकीर्ति का कक्ष माँ सुमित्रा के भवन में था जो बड़ी माँ के भवन के सन्निकट ही था। रात्रि बहुत अधिक हो गई थी। भवन और वीथियों में हर ओर सन्नाटा व्याप्त था। परिचारिकाएँ भी उनींदी-सी दीवारों के सहारे लगी दिखीं। स्थान-स्थान पर स्तम्भों पर प्रकाशित हो रहे दीपों के प्रकाश में मैं आगे बढ़ी। तभी दूर वीथि में एक साया दृष्टिगत हुई हिलती-डुलती। कोई परिचारिका प्रहरी होगी। विचार आया।

जैसे ही मैं उसके समीप पहुँची...आहट पाकर वह साया पलटी...। स्तम्भित रह गई मैं उसे देखकर। मुख से अनायास निकल पड़ा—

"श्रुतकीर्ति तुम, इस गहन निशा में यहाँ वीथि में क्या कर रही हो? तात शत्रुघ्न कुशल तो हैं न?"

मेरे प्रश्न पर वह घबड़ा उठी पर मौन रही...उसका मौन डरा गया मुझे...। अनुभव हुआ कुछ अकुशल अवश्य है जिससे श्रुतकीर्ति असमंजस में है।

"क्या बात है प्रिय, मौन क्यों हो गईं, क्या वे अस्वस्थ हैं?"

"नहीं दीदी।"

"पुनः इस घोर रात्रि में वीथि में क्या कर रही हो तुम?"

वह पुनः मौन रही।

"अनुजे, शत्रुघ्न से तुम्हारा मतभेद तो नहीं हो गया है?"

"ऐसा मेरा सौभाग्य कहाँ दीदी।"

"तो क्या बात है बहना...बोलो ना?"

"दीदी, चित्रकूट से लौटने के पश्चात् वे मेरे कक्ष में आए ही कहाँ कभी। हम परस्पर समीप रहकर भी नदी के दो किनारों की भाँति हैं...जिसके मध्य में आर्द्रता के लिए जल नहीं वरन् शुष्क रेत ही रेत फैला है तपता हुआ...।" सुनकर भावी आशंका के कारण मेरा हृदय धक् से रह गया।

"क्या कह रही हो अनुजे, उन्हें भवन में आते-जाते प्रायः देखा है मैंने।"

"हाँ दीदी, वे भवन में अवश्य आते हैं पर माँ से मिलने और बड़ी माँ के समीप भी जाते हैं, भैया भरत के आदेशानुसार उनसे राज-काज सम्बन्धी विचार-विमर्श आदि करने परन्तु मेरे कक्ष के निकट से होकर भी नहीं गुजरते कभी...।"

"ओह...तो तुम भी उसी ताप में तप रही हो, जिसमें दीदी मांडवी और मैं तप रही...? मैं समझ रही हूँ तुम्हारी आन्तरिक पीड़ा और अन्तर्द्वंद्व परन्तु यह सब जानकर आश्चर्य नहीं हुआ मेरी लाडली, वरन् मेरा अनुमान सत्य साबित हुआ। शत्रुघ्न भी अपने बड़े भाइयों के पदचिह्नों पर चल रहे हैं...। यदि ऐसा नहीं होता तब मुझे आश्चर्य होता। या दैव, और कितनी परीक्षा लेगा तू हमारी?"

मेरे मुख से ऊपरवाले के लिए उपालम्भ निकला। खींचकर मैंने उसे आलिंगन-बद्ध कर लिया—

"तो वीथियों में प्रतिदिन उभरनेवाले पदचाप तुम्हारे ही थे बहन, जिन्हें सुनकर कई बार जिज्ञासावश शैया से उठकर कक्ष के बाहर आने की इच्छा होती थी। सोचती, इस निशा रात्रि में जब दासियाँ भी निद्रा के आगोश में विश्राम कर रही होती हैं यह किसका पदचाप उभरता है? क्या पता था वह चातक तुम हो। मेरी प्रिय अनुजे, चलो मेरे कक्ष में।"

"नहीं दीदी, मैं नहीं जा सकती कहीं और अपने कक्ष से। यदि किसी ने देख लिया तो प्रिय शत्रुघ्न का अपमान होगा। दासियाँ सौ प्रकार की बातें बनाएँगी। अतः आप जाइए अपने कक्ष में। भोर होनेवाला है परिचारिकाओं के आने का समय हो

गया है। मैं भी अपने कक्ष में जा रही हूँ। जो विधि के वश में है उस पर...।" उसने अपना बोल अधूरा छोड़ दिया।

"इतना तो ज्ञात होगा तुम्हें, वे रात्रि विश्राम कहाँ करते हैं?"

"जी दीदी, ज्ञात हुआ है वे राज्य सभा के एक कक्ष को ही विश्राम कक्ष बना लिये हैं।" कहते-कहते उसका स्वर आर्द्र हो आया।

"ओह मेरी नन्ही बहन...!"

मैंने पुनः उसे आलिंगनबद्ध करते हुए कहा। मन में उभरा...मेरे लक्ष्मण मुझसे एक नियत समय के लिए दूर हैं तो धैर्य है...परन्तु जो लोग सम्मुख हैं यदि उनके मध्य संवादहीनता है...तो इससे बढ़कर यातनादायक स्थिति और नहीं हो सकती...।

वह कुछ नहीं बोली...मात्र उसकी सिसकी उभरी...। ऐसे बोझिल समय में मेरे शब्द भी पंगु हो गए। उसको उसके कक्ष तक पहुँचाकर सन्नाटा भरी वीथियों से होकर मैं सभाकक्ष की ओर बढ़ गई।

वीथियों में रात्रि प्रहरी बल्लम शस्त्र के साथ सजग, सचेत टहल रहे थे। इस समय यहाँ अकेली मुझे देखकर उनके नेत्र आश्चर्य से चौड़े हो जाते परन्तु आदर से वे झुक जाते और धीरे-धीरे मेरे पीछे चल पड़ते। मेरी वर्जना के बाद भी।

"छोटे राजकुमार कहाँ हैं?" एक प्रहरी से मैंने पूछा। कुछ प्रहरी आगे-आगे चल पड़े...।

सभा के समीप एक कक्ष से प्रकाश आ रहा था। वहाँ पहुँचकर वे ठहर गए और उस कक्ष की ओर संकेत किया। मैं आगे बढ़ गई।

"एक लघु कक्ष, राजसी सुख-साधनों से विहीन। जिसकी भूमि पर बिछी कुशा की चटाई पर अधलेटे शत्रुघ्न कुछ पत्रक देखने में तल्लीन थे। मैं आहिस्ता से एक ओर खड़ी हो उनके सजग होने की प्रतीक्षा करने लगी।

"कौन?" उन्होंने सर उठाए बिना ही पूछा। कदाचित् उन्हें किसी सेवक के आने का आभास हुआ था...।

"मैं हूँ प्रिय शत्रुघ्न!" मैंने कहा। मेरे स्वर पर चौंककर उन्होंने सर उठाया और हड़बड़ाकर बैठते हुए आश्चर्य से बोले—

"भाभी आप, इस समय यहाँ? बड़ी माँ सकुशल तो हैं?"

"हाँ तात, भवन में सब सकुशल हैं परन्तु आप यहाँ इतनी रात्रि में क्या कर रहे हैं? आपको तो अभी अपने कक्ष में होना चाहिए।"

"राज का कार्य बहुत अधिक हो गया है भाभी, इसीलिए यहाँ ठहर गया।"

"दिवस कार्य के लिए बना है प्रिय शत्रुघ्न और रात्रि विश्राम के लिए। तन को भी आराम चाहिए अतः विश्राम हेतु आप अपने कक्ष में जाइए।" मेरे स्वर में आदेश नहीं आत्मीयता थी।

"जिस प्रकार आप अन्तःपुर के समस्त कर्तव्यों का भार वहन कर रही हैं, भैया भरत ने राज्य का गुरुतर भार मेरे दुर्बल कन्धों पर दे दिया है। बहुत व्यस्तता है भाभी, कार्य का निष्पादन यदि समय पर हो गया तो चला जाऊँगा।"

"प्रिय शत्रुघ्न, हम सांसारिक प्राणी हैं, हमें दुख-सुख व्यापता है परन्तु न तो हम दुखों का बोझ लेकर समय को व्यर्थ गँवा सकते हैं और न हर्ष के प्रवाह संग बहते रह सकते हैं। सृष्टि के प्राणियों में सर्वश्रेष्ठ प्राणी मनुष्य है। सचेतन, संवेदनशील। संवेदना जहाँ होगी दुख और सुख का अनुभव वहीं होगा। परन्तु उसे सहन करने की क्षमता भी तो है हममें। जीवन में सन्तुलन बनाकर चलना ही मानव धर्म है। असन्तुलित जीवन व मन स्वयं तो पीड़ादायक होता ही है, औरों को भी पीड़ित करता है अपने व्यवहार से। अतीत का शोक या पश्चात्ताप कब तक मनाया जाए। विद्वज्जनों का कथन है कि—"सृष्टि के बृहत्तर शुभ के लिए स्वयं के सुखों का बलिदान करना ही परमानन्द है। हम समय का सदुपयोग करें या न करें हमारे लिए वह कभी नहीं ठहरेगा। उसकी अपनी गति है। वह बहुत अलिप्त है सांसारिक मोह-माया से। अतः हमें ही चलना होगा उसके लय पर उसकी गति के संग...।"

मेरे कथन पर चकित हो वे मेरा मुख देखने लगे...

"भाभी, कहाँ तो मैं तिल-तिल कर पश्चात्ताप की अग्नि में जल रहा था इस भवनवासियों द्वारा आपके साथ हुए व्यवहार पर...और आज इतनी सहजता से आपने जीवन का सार समझा दिया मुझे। कर्म, कर्तृत्व और अपनों के प्रति दायित्व बोध भी सजग मानव का धर्म होता है। धन्य हैं हम चारों भाई आप बहनों जैसी सहचरी पाकर। दुख में भी इतनी कर्तव्यशील, समष्टि के प्रति इतनी सजगता, संवेदनशीलता, यह जनकराज की शिक्षा का ही फल है।"

मैं मौन हो गई। उनसे वचन लेने या शपथ लेने में कि वे सत्य में कार्य निष्पादन के पश्चात् अपने कक्ष में चले जाएँगे...कोई औचित्य नहीं था। बड़ी माँ का वह वाक्य मेरे कानों में सदा गूँजता रहता जिसे वनगमन के समय उन्होंने उपालम्भ देते हुए भैया राम को कहा था—"तुम सारे रघुवंशी एक समान हो राम, स्वयं का कहा मनवाने और दूसरों की न माननेवाले।"

छोटी माँ की उस आकांक्षा, लिप्सा और अपेक्षा का बहुत ही क्रूर रूप देख

रही थी मैं विगत दिनों से तथा वचन और कर्तव्यों के निर्वहन का भी जिसने जीवित प्राणियों को निष्प्राण पुतलों में परिवर्तित कर दिया था। पुतले की भाँति ही तो जुटे हुए थे सभी अपने-अपने कर्तव्यों की पूर्ति हेतु...। भवन में तो जैसे गहन उदासियों ने अपना डेरा जमा लिया था स्थायी रूप से। शब्दों के आदान-प्रदान में भी लोग कृपण हो गए थे। अधर से अधिक उनके नेत्र मुखर रहते अपनी आर्द्रता के साथ। कभी-कभी सोचती, ऐसे भी जिया जाता है क्या जीवन? ऊपरवाले ने व्यर्थ ही मानव को सचेतन बनाया...भावनाएँ दीं...। संवेदना से ओत-प्रोत किया...तथा शब्द दिया जब मात्र अश्रु को ही प्रधान करना था उसके जीवन में तो...।

भारी पग से लौट आई अपने सूने कक्ष में और रात भर नींद की प्रतीक्षा बनी रही जो आई ही नहीं। सम्बन्धों की यह कैसी विडंबना है? इतना आत्मिक जुड़ाव... कि एक की अनुपस्थिति दूसरे को अपूर्ण कर दे शारीरिक व मानसिक दोनों रूप से...। प्रकृति के इस विधान पर भौचक थी मैं। दीदी सीता वन में हैं। वन की त्रासदी निश्चय ही भवन की इस यातना से कम होगी। यहाँ तो अपनों को रोते, बिलखते, तड़पते, छटपटाते देखकर हृदय टूक-टूक हो रहा...।

श्रुतकीर्ति का दुख मझली माँ से छुपा नहीं था। वो भी स्त्री थीं। पति की प्रतीक्षा करना उनकी भी नियति रही थी और प्रतीक्षा का दुख कितना विशद होता है उन्हें भली-भाँति ज्ञात था। कभी-कभी सोचती, राजभवन स्थित अन्त:पुर की गाथाएँ... हलचलें...त्रासदी या षड्यंत्र...क्या कभी उसके गह्वर से बाहर आ पाया? यदि कभी आया भी तो दासियों के द्वारा ही...जिनकी उपस्थिति को वहाँ रहनेवालियों द्वारा कभी कोई महत्त्व नहीं दिया गया। उनके लिए वे सदा बेजुबान पुतलियाँ थीं परन्तु वे पुतलियाँ नेत्र, श्रवण शक्ति और जिह्वा युक्त थीं। अपने घर, परिवार तथा परिवेश से कटी दूर रहनेवाली परिचारिकाओं की वार्ता का विषय वहाँ की कथाएँ ही होतीं कि किस रानी के साथ राजा का अधिक प्रेम है। किसके भवन में उनका समय अधिक बीतता है। अन्त:पुर में अपने अकेलेपन से भयभीत, अभिशप्त प्रेतातमाओं की भाँति अकारण इस कक्ष से उस कक्ष तक डोलती स्त्रियाँ कही तो रानी ही जातीं परन्तु राजा की एक दृष्टि...क्षणिक आत्मीय स्पर्श के लिए तरसती रहतीं। कितनी तो पति के प्रथम स्पर्श की अनुभूति सँजोये जीवन के दिन काट देतीं। सभी के नेत्र टकटकी लगाए ताकते रहते कि कब उनके द्वार का भाग्य खुले और पति के पैर पड़ें उसके अन्दर। डर जाती मैं यह सब अनुभव कर कि स्त्रियों के भाग्य में विधि ने घोर यातना देने में कहीं कृपणता नहीं की। मुक्त हस्त से लुटा डाला उन पर दुखों का भंडार...।

छोटी माँ की दासी यदि मंथरा और उनका संवाद उजागर नहीं करती तो हमें भी कहाँ ज्ञात होता कि यह आर्य राम का वनगमन भी षड्यंत्र का हिस्सा था और यह भी कि भैया राम तथा आर्य सौमित्र को प्राणों से प्रिय माननेवाली छोटी माँ के हृदय में भैया भरत को अयोध्या का युवराज देखने की लालसा कितनी प्रबल थी... जिसके समक्ष उन्हें स्वयं का कलंकित होना भी सहन हुआ।

यह सब जानकर भी वे इस विषय में बड़ी माँ के सम्मुख मौन ही रहतीं। दीदी मांडवी तथा मेरे दुख से दुखी बड़ी माँ सदा छोटी माँ को उपालम्भ देतीं—

"कितना बड़ा अपराध किया तूने कैकेयी इस भरे-पूरे वय में मेरे बच्चों को दाम्पत्य सुख से वंचित करके। सुख करने के समय में वे बिछोह का दारुण दुख भोग रहे हैं। इतने बरसों अयोध्या भवन में वास के पश्चात् भी कैसे समझ न सकीं तुम कि आर्यों की जीवन पद्धति आनव या भारतवर्ष की अन्य प्रजातियों से कितनी अलग और परिष्कृत है।"

"हाँ दीदी! हमारे पूर्वजों ने परिवार न बिखरे, दाम्पत्य सन्तुलित रहे, सन्तानों को माता-पिता दोनों का सुख, सान्निध्य प्राप्त हो, सुरक्षा तथा संरक्षण मिले। मनुष्य के अन्दर त्याग की भावना हो। बन्धु, बांधवों में विद्वेष न पनपे, परस्पर अपनापन बना रहे...यही सोचकर तो उन्होंने इतनी परिष्कृत संस्कृति विकसित की थी जिसका उदाहरण आज भी अनुकरणीय है तथा उससे बढ़कर भी मेरे राम ने उदाहरण प्रस्तुत किया पिता का वचन मानकर भाई के लिए राज्य सुख का त्याग कर। मेरे लक्ष्मण ने भाई की सेवा हेतु वन जाकर भाई के प्रति प्रेम का अनुपम उदाहरण प्रस्तुत किया। मेरी अति सुकुमारी फूल सी सीता ने पति की सेवा के लिए भवन सुख की बनिस्बत अरण्य की विपदा को चुना।"

"आह सुमित्रा, परन्तु जो भरत कर रहे हैं माँ के कर्मों का प्रायश्चित्त...नन्दीग्राम में रहकर। युवा पत्नी का त्याग कर...यह तो विधान से भी परे है। बच्चों का भाई के प्रति त्याग जहाँ गर्व से भर देता है, वहीं उनकी स्वयं के सुखों के प्रति एक संन्यासी की भाँति उदासीनता...हृदय को टूक-टूक कर देती है। संन्यासी तो संसार का त्याग करता है...सांसारिक मोह-माया से परे चला जाता है, मेरे बच्चे तो संयम को भी लज्जित कर रहे...अपने त्याग से।"

कहतीं और बिलख पड़तीं। मझली माँ भी स्वयं को रोक नहीं पातीं और सिसक पड़तीं। तत्क्षण मैं वहाँ हट जाती...। कहीं मेरे नेत्र न छलक पड़ें।

कितने काल बीते। कितनी ऋतुएँ आईं और गईं...। व्यस्त रहने के समस्त बहानों के मध्य भी कहाँ विस्मृत रहा स्वयं का होना तथा लक्ष्मण का न होना। दिन चाहे भरा-भरा रहा परन्तु मेरा हृदय खाली ही रहा...। कितने दिनों बँधाती उसे मिथ्या धैर्य कि सुख के दिन शीघ्र ही आएँगे...। सुख जो आस-पास बिखरे अमूल्य रत्न भंडारों या समस्त सम्बन्धी जनों की उपस्थिति से भी अनुभव नहीं हो रहा। मन का हठ मात्र लक्ष्मण की उपस्थिति का आकांक्षी है...। वह बावला-सा निरुद्देश्य भटक रहा इस कक्ष से उस कक्ष...। इस स्थान से उस स्थान पर...जहाँ-जहाँ सौमित्र का स्मरण जुड़ा है। कैसे बहलाऊँ उसे...? हारकर छोड़ देती हूँ उसे उसके हाल पर...।

पावस के अति नम, उदास व उमस भरे दिन...। भवन में चहुँओर पसरे सन्नाटे से विचलित होकर बड़ी माँ के कक्ष की ओर बढ़ गई। वैसे भी वर्षा की रिमझिम भरी दोपहर बड़ी माँ के कक्ष में ही व्यतीत होती हम बहनों की, जहाँ प्राय: मझली माँ भी उपस्थित रहतीं। यह हमारा प्रश्नकाल भी होता तथा स्वयं के संतापों को विस्मृत करने का हेतु भी।

बड़ी माँ के कक्ष में पूर्व से ही गुरु वशिष्ठ उपस्थित थे। कदाचित् राज्य से सम्बन्धित किन्हीं बातों पर उनका विमर्श हो रहा था। मैं एक ओर खड़ी हो उनकी वार्ता सुनने लगी...। वार्ता से लगा वे आर्य भरत से मिलकर नन्दीग्राम से लौटे थे तथा उनकी स्थिति को बयान कर रहे थे।

"महारानी, वत्स भरत अब अधैर्य हो रहे राम के लिए...। उनसे मिलने हेतु वे वन में जाना चाह रहे। आपकी आज्ञा के आकांक्षी हैं। मैंने बहुत समझाया कि अब बहुत काल बीत गया है...। जो कुछ शेष है वह भी व्यतीत होते देर नहीं लगेगी... परन्तु वे बहुत व्याकुल हो रहे...।"

"आह मेरे पुत्रो, कितना अवश कर रखा है तुम्हें काल ने।" बड़ी माँ के मुख से आह निकल गई...।

"महारानी जी, इतनी दुखी मत होइए। असाधारण लोगों का कर्म व कर्तव्य भी असाधारण ही होता है और व्यथा भी। राम या भरत वही कर रहे हैं जो उनके पूर्वज कर गए हैं, त्याग। एक परिष्कृत, जागरूक एवं सुखी समाज के निर्माण हेतु त्याग...। राम यदि राज्य का त्याग नहीं करते तो इस विशाल कोसल राज्य का क्या होता...? हर ओर अपने ही बन्धु-बांधवों के क्षत-विक्षत शव बिखरे पड़े होते और

उस पर सिंहासन रखकर राज करना क्या राम को परितृप्त करता? आज वन में रहकर जो तुष्टि उन्हें मिल रही होगी या भाइयों का जो स्नेह मिल रहा वह क्या तब मिलता? आप देखिएगा राम, भरत तथा लक्ष्मण का त्याग व व्यवहार रहते संसार तक अनुकरणीय बनेगा।"

"जी श्रद्धेय...परन्तु शत्रुघ्न भी संसारी कहाँ हैं, वे भी अपने भाइयों का ही अनुसरण कर रहे हैं भवन में रहकर भी। मैं तो प्रतिदिन एक मौत मर रही अपने बच्चों की स्थिति देखकर...। जाने दीजिए प्रिय भरत को वन में। मिल लेने दीजिए राम से। राम अयोध्या नहीं आ सकते किन्तु भरत वन तो जा ही सकते हैं?" बड़ी माँ बोलीं।

"परन्तु महारानी जी, वन में उनका जाना दो कारणों से उचित नहीं होगा...। प्रथम यह राम के इच्छा के प्रतिकूल आचरण होगा उनका और दूसरा अयोध्या को सूना नहीं छोड़ा जा सकता। यही सन्देश देने आया हूँ आपको। आप ही उन्हें समझा सकती हैं।"

"ओह...ऐसी बात है? जाने कैसे मैं भावनाओं के आवेग में बह गई। आप चिन्ता न करिए आर्य श्रेष्ठ, भरत के मन को मैं समझती हूँ। वे कोई ऐसा कार्य कदापि नहीं करेंगे जिससे राम को कष्ट पहुँचे। उनके मन का संताप शब्दों में निकल जाने दीजिए...। वे स्वतः शान्त व सहज हो जाएँगे।"

"सत्य कह रही हैं आप महारानी जी।" उन्होंने कहा तो लगा अब वे जाने की विदा लेंगे बड़ी माँ से।

वे उठते कि औचक इन दिनों अधिकता से मेरे चिन्तन में रहे सामाजिक विसंगतियों में वर्ण-व्यवस्था से जुड़े कुछ प्रश्न कुलबुला उठे...। बड़ी माँ ने कहा था, उस दिन शेष बातें गुरुदेव ही बतला सकते हैं सटीक और यह अच्छा संयोग था।

जब उनकी वार्ता समाप्त हो गई, झिझकते हुए मैंने सादर कहा—

"गुरुदेव, यदि आपके पास थोड़ा समय हो तो कृपया मेरे कुछ व्याकुल करते प्रश्नों का समाधान कीजिए।"

"कैसे प्रश्न पुत्री?"

"सामाजिक व्यवस्था पर गुरुदेव।"

लगा मेरे प्रश्न पर उन्हें आश्चर्य हुआ है। होना भी चाहिए था। ऐसा प्रश्न स्त्रियों के कार्य क्या, समझ के बाहर का क्षेत्र माना जाता।

"पूछो उर्मिला...प्रसन्नता हुई, तुम जीवन के हर क्षेत्र की गहन खोज-खबर रखती हो। वत्स शत्रुघ्न भी कह रहे थे कि भाभी उर्मिला राज कार्य में रुचि ही नहीं

रखतीं वरन् समय-समय पर सही परामर्श भी देती हैं।"

"हमारे समाज में सर्वप्रथम यह वर्ण-व्यवस्था कैसे विकसित हुई गुरुदेव, कृपया बतलाइए। जानने की बड़ी जिज्ञासा है।"

"पुत्री उर्मिला, बहुत सुन्दर सामयिक प्रश्न है तुम्हारा। जैसा कि सर्वविदित है। हमारा वेद मंत्र है—'चरन्वै मधु विन्दती।' अर्थात् चलनेवाला ही मधु को प्राप्त करता है। तथा वेदों का भी यही आदेश है—चरैवेति...चरैवेति...। इसका तातपर्य है चलते रहो...चलते रहो...। चलने की यही निरन्तरता मनुष्य के आगे बढ़ते रहने में सहायक होती है। उसे नई खोज करने के लिए उत्प्रेरित करती है। पथ की कठिनाइयाँ उसे नए आविष्कार के लिए उकसाती हैं। आवश्यकताएँ बहुत कुछ पाने में सहायक होती हैं। अत: वेदों के इसी अनुदेश, जिज्ञासा तथा आवश्यकता के बल पर ही हमारे पूर्वजों ने अग्नि की खोज की। अन्न की खोज की। अन्न उपजाने के लिए कृषि करना सीखा। जीवन सुखमय हो, इसके लिए यज्ञ करना सीखा। मानव-जीवन की कुशलता के लिए प्रकृति का संरक्षण करना सीखा। सामाजिकता की सोच ने परस्पर सहायता की प्रवृत्ति विकसित की उनके भीतर तथा स्वयं और परिवार की सुरक्षा की चिन्ता ने उन्हें अस्त्र-शस्त्र के आविष्कार की ओर उन्मुख किया और आवागमन आसान हो इसके लिए रथ व विमान आदि का आविष्कार करना सिखाया। जिसने मानव-जीवन का मार्ग प्रशस्त किया और जिसके बल पर हमारा देश पूरे संसार में उन्नत कहला रहा है...।"

"परन्तु इस वर्ण-व्यवस्था के पीछे उनका क्या ध्येय था...?"

"बतला रहा हूँ पुत्री, क्यों अधैर्य हो रही हो? शास्त्रों से विदित होता कि इस विभाजन के पीछे हमारे पूर्वजों का अच्छा ध्येय था। पुर जब बसने लगे, मनुष्य कृषि से भाँति-भाँति के अन्न का उपार्जन करने लगा। परिवार व विवाह बद्धमूल हुए। सन्तान पिता के नाम से जानी जाने लगी तब जीवन के हर क्षेत्र में आई चेतनता व सजगता ही इस वर्ग या वर्ण-व्यवस्था का कारक बनी। तब पुर की सुरक्षा और प्रकृति की सुरक्षा व संरक्षण का उचित मार्गदर्शन सबकी आवश्यकता अनुभव किया गया। अरण्यवासी अब धीरे-धीरे पुरवासी हो रहे थे...इस प्रकार जन से जनपद हुआ। जनपद से जनपद पति हुआ और तब बृहत् राज्य बना और राजा अस्तित्व में आया। गुफा युग के बाद सामाजिक युग में आने पर वह कृषि कार्य में जब संलग्न हुआ तो समाज के चतुर्मुखी विकास के लिए हर कार्य सुनियोजित, सुचारु, व्यवस्थित रूप से सम्पन्न हो इसके लिए उन्होंने जीवनजनित सारे कार्यों को चार भागों में विभाजित

किया और इनको सँभालने का दायित्व प्रबुद्ध लोगों को दिया। यह विभाजन जन्म नहीं बल्कि कर्म के आधार पर किया गया। उन्होंने जब समाज के सर्वांगीण विकास के लिए विचार किया तो सभ्य मनुष्य बनने के लिए सर्वप्रथम उनका ध्यान शिक्षा की ओर गया। शिक्षा सुचारु रूप से चले इसके लिए ऐसे व्यक्तियों का निर्धारण किया गया जो मात्र अपना ध्यान उसी ओर केन्द्रित रखें...। समाज को शिक्षित व सुसभ्य बनावें। इसके लिए राज्य तथा समाज के धनी वर्ग यानी जनपद पति उनके वास, भोजन व सारी आवश्यकताओं की पूर्ति करेंगे। कुछ पद स्थायी बनाए गए जिन पर योग्यता अनुसार पदस्थापित होते थे लोग।"

"ओह...तो इस व्यवस्था की मूल में हमारे पूर्वजों की यह सोच थी?" मेरे मुँह से औचक निकल गया...।

"हाँ पुत्री उर्मिला, हमारे इतिवृत्त में भी वर्णित है कि यह वर्ण-व्यवस्था जन्मजात व्यवस्था नहीं है! वरन् कर्म के आधार पर की गई व्यवस्था है। समाज का कार्य व्यवस्थित रूप से चले उसके लिए यह बनाई गई थी। ब्राह्मण...यानी ब्रह्म को जाननेवाला...। उसके प्रमुख कार्य का निर्धारण हुआ अध्ययन, अध्यापन करना। शस्त्र-शास्त्र की शिक्षा देना तथा दान देना, दान लेना। अपनी विद्वत्ता के कारण ही वे राज्य पूजित होते। राज के हित में कार्य करते। राजा को सर्वदा सत्य के रास्ते पर चलने का परामर्श देनेवाला हितैषी होते। अपने उत्तम विचार एवं पुर हितैषी होने के कारण ही वह सर्व पूजित होते। उनकी विद्वत्ता ही उन्हें सम्मान का पात्र बनाती। विद्वत्ता से हीन पुरुष ब्राह्मण मान्य नहीं होता था और अपने कर्म से च्युत कोई भी ब्राह्मण मान्य नहीं था। कोई भी मनुष्य अपने पराक्रम से ब्राह्मणत्व प्राप्त कर सकता है।

"उसी प्रकार क्षत्रिय का कर्म निर्धारित हुआ राज्य रक्षा। हर काल में समाज में एक समान सोच, समझ वाले प्राणी कहाँ होते थे। कुछ समझदार, कुछ दबंग व कुछ बलवान भी होते थे और प्रकृतिवश समाज उन्हीं के हाथ में वैमनस्य, शत्रुता व झगड़े के निबटारे का दायित्व भी सौंपता था...। तब उनके समकक्ष ही बलवान हो ऐसे व्यक्ति की आवश्यकता अनुभव किया गया जो समाज ही नहीं पुर तथा राष्ट्र की भी रक्षा कर सके। इसी बिना पर क्षत्रिय को साकार किया गया। क्षात्र धर्म के लिए विशेष बल व पराक्रम की आवश्यकता होती है। उसे रक्षक कहा गया है। चारों वर्णों की रक्षा करना उसका दायित्व है। गुण, शौर्य, तथा ईश्वर भाव उसके स्वाभाविक लक्षण हैं, जिससे वह अपने राज्य का सर्वांगीण विकास करे। ऐसा कहा गया कि यदि वह रणभूमि में मृत्यु को प्राप्त भी हो जाता है तो उसे स्वर्ग की प्राप्ति होती है।

"वैश्यों का प्रमुख कार्य वाणिज्य तथा कृषि निश्चित हुआ। सामाजिक प्रतिष्ठा में उनका तीसरा स्थान था। यद्यपि आत्मरक्षा में उसे शस्त्र उठाने का अधिकार प्राप्त था किन्तु अपराध करने पर उसे ब्राह्मण एवं क्षत्रिय से अधिक दंड मिलता था। उसे राजा को कर भी अधिक देना पड़ता था। मद्य, मांस, लौह तथा चर्म का व्यापार निषिद्ध था। महाराज मनु द्वारा उनका कर्म निर्धारित किया था—व्यापार करना, पशुओं की रक्षा करना, वेद पढ़ना आदि। यदि वाणिज्य का कार्य कमजोर होगा तो क्रय-विक्रय का कार्य सुचारु रूप से नहीं चल पाएगा, क्योंकि वाणिज्य किसी भी राष्ट्र की आर्थिक नींव को सुदृढ़ करता है अत: इसके लिए भी एक वर्ग स्थापित किया गया और उनका सहयोग सदैव राष्ट्र हित में तन, मन व धन से रहने की बाध्यता थी।

"और शेष बचे कार्यों को व्यवस्थित रूप से चलाने का दायित्व जिसे सौंपा गया उसे शूद्र कहा गया।

"शूद्रों का कार्य था अन्य वर्गों की सेवा करना। उसका किसी प्रकार का धन संचय करना वर्जित था। धन संचय वह मात्र अपने स्वामी के लिए कर सकता था। उन्हें अस्पृश्य मानने का कोई कारण भी नहीं था चूँकि उनका वह कर्म निर्धारित किया गया जाति नहीं। श्रवण कुमार का जन्म वैश्य पिता एवं शूद्र माता के संयोग से हुआ था। सुना है, उनकी मृत्यु के पश्चात् अंधक मुनि रो पड़े थे कि अब उन्हें ब्रह्म बेला में वेदों या अन्य शास्त्रों का मधुर पाठ कौन सुनाएगा। हमारे कोशल राज्य में उनकी स्थिति काफी अच्छी है। महाराज के अश्वमेध यज्ञ में हजारों शूद्र सम्मिलित हुए थे। यहाँ शूद्रों को अन्य वर्णों के समान शिक्षा, वेदोच्चारण, तपस्या एवं राजकीय समारोहों में भाग लेने का अधिकार प्राप्त हैं। मात्र कर्म के आधार पर विभाजित हमारा समाज किसी को उच्च और नीच नहीं मानता। हमारे समाज में एक ही परिवार के सदस्य विभिन्न धन्धों को अपना लेते हैं। हमारा यह बृहत् समाज विभिन्न वर्णों के समन्वय से ही इतना पुष्ट हुआ है तथा कृषि के क्षेत्र में भी हमने भोजन के लिए विभिन्न प्रकार के अन्न जैसे धान, गेहूँ, जौ, मूँग, उड़द, तिल, मसूर आदि का उत्पादन कर संसार में अन्न क्रान्ति ला दी है। जिसका व्यवहार कर हमारा समाज प्रसन्नतापूर्वक जीवन-यापन कर रहा है।"

"श्रद्धेय, इतने ही प्रकार के अन्न होते हैं हमारे यहाँ?"

"नहीं पुत्री उर्मिला...! हमारे यहाँ अन्न के और उन्नत प्रकार हैं...जिनमें कभी कीटाणु का प्रभाव नहीं होता। जैसे मड़ुआ, कोदो, साँवाँ, ककुनी आदि...। सुना है

इनका आविष्कार या खोज महर्षि विश्वामित्र द्वारा की गई थी। हम गाय का दूध, तथा उससे बने खाद्य पदार्थ जैसे दूध, दही, मक्खन और घी का प्रयोग करते हैं। इनका प्रयोग बहुत पूर्व में नहीं होता था। अब श्रम के इतने सारे क्षेत्रों में एक मनुष्य कैसे सफल होता, यदि कार्यों का विभाजन नहीं होता?"

"गुरुदेव...! आप सत्य कह रहे हैं। जीवन-जनित समस्त कार्यों के सफल निर्वाह के लिए किसी न किसी को उस क्षेत्र का दायित्व सौंपने में ही कार्य की सफलता निहित है। और कार्य का कोई भी क्षेत्र न निम्न कोटि का होता है और न उच्च कोटि का। वह तो मनुष्य की क्षमता पर निर्भर करता है कि उसका संचालन वह कैसे करता है।"

"इन सारी व्यवस्थाओं के मूल में कर्म ही प्रधान है। हमारे जीवन के लिए जितना आवश्यक अन्न व जल है उतनी ही आवश्यक शिक्षा भी है। यह हमारे पूर्वजों की सोच थी और उन्होंने उस सोच को साकार करने के लिए ही यह व्यवस्था बनाई। आज आर्यावर्त से लेकर सम्पूर्ण भारत खंड में आर्य ऋषि, महर्षि, मुनि एवं तपस्वी जन अपना आश्रम स्थापित कर समाज में शिक्षा का संचार कर रहे हैं। शिक्षा मनुष्य को संस्कारित करती है, सुसभ्य बनाती है, जिससे सभ्य समाज बनता है। वे समाज तथा प्रकृति के हितैषी होते हैं। उनके आश्रम से निकले छात्र उस ऋषि कुल से पहचान के लिए अपने नाम के साथ उनका नाम संलग्न करते हैं। बहुत लोग ब्रह्मचर्य का पालन करते हुए अपना जीवन समाज हित में समर्पित कर देते हैं।"

"गुरुदेव, हमारे जनकपुर के राज्यसभा में सदा विद्वज्जनों का आगमन होता रहता था। उनमें कुछ को ब्रह्मवेत्ता या ब्रह्मवादिनी कहा जाता था। कृपया विद्वान और इनका फर्क बतलाएँ।"

"ब्रह्मवेत्ता या ब्रह्मवादिनी उन विद्वान पुरुष तथा विदुषी स्त्री को कहा जाता है जिनका योगदान वेदों के अभ्युदय में है। संसार हित में रची गई उनकी ऋचाएँ हमारे वेद की अनुपम धरोहर हैं जो हमें उन्नत व परिष्कृत विचारों के लिए संसार में श्रेष्ठ बनाती हैं। हमें गर्व होता है कि हमारे पूर्वज कितने महान थे जिन्होंने पूरे विश्व को एक परिवार माना...। विश्व शान्ति की ऋचाएँ मात्र हमारे वेदों में ही हैं अन्यत्र कहीं नहीं हैं—

ओऽम द्यौः शान्तिरन्तरिक्षं शान्तिः,
पृथ्वी शान्तिरापः शान्तिरोषधयः शान्तिः

वनस्पतय: शान्तिर्विश्वदेवा: शान्तिर्ब्रम्ह शान्ति:
सर्वं शान्ति:, शान्तिरेव शान्ति:, सा मा शान्तिरेधि।

यानी—हे जगत के परम सत्ता परब्रह्म परमेश्वर, शान्ति स्थापित करें।
तीनों लोकों में, जल में, धरती में और आकाश में,
अन्तरिक्ष में, अग्नि में, पवन में, औषधि में, वनस्पति वन में,
उपवन में, सम्पूर्ण विश्व के हृदय में, मुझमें, तुझमें शान्ति।
जगत के कण-कण में...शान्ति...शान्ति...शान्ति भव।

"परमेश्वर से की गई प्रार्थना के ये शब्द अन्यत्र कहीं दृष्टिगत नहीं होते जिनमें मानव की चिन्ता के साथ-साथ प्रकृति की चिन्ता भी की गई हो...। उन्हें ज्ञात था कि जब तक प्रकृति अक्षुण्ण है जीव-जगत में मानव सुरक्षित है।"

"गुरुदेव, आर्यों से पूर्व स्त्रियों में श्रृंगार प्रसाधन का व्यवहार होता था या नहीं?" श्रुतकीर्ति ने प्रश्न किया।

"वैदिक काल में श्रृंगार करने की परिपाटी या उल्लेख नहीं मिलता। हमारी आर्य सभ्यता ने श्रृंगार सामग्री के अनुसंधान व उसके व्यवहार में कुशलता हासिल की...। श्रृंगार में गहना का प्रमुख स्थान होता था और हो रहा है। मुकुट, कुंडल, ग्रेवेयक, माला, हिरण्यमयी, तथा सामान्य कंठहार आदि का बहुतायत से व्यवहार किया जाता। बाँहों में भुजबन्द, कलाई में परिहार्य, चूड़ियाँ, वलय, कड़ा, हस्ताभरण और मुद्रिका आदि धारण किया जाता। स्त्रियाँ पैरों में नूपुर पहनतीं। बालों को सँवारने की प्रथा स्त्री और पुरुष दोनों में थे। पुरुष दाढ़ी या श्रमश्रू रख सकते थे या उसे नाई से कटवा सकते थे। धवल माला पहनने का प्रचलन भी था। सुगन्धित तेल, सुगन्धित अंग राग, रत्नजड़ित गहने। कानों में कुंडल पहनना स्त्री और पुरुष दोनों में समान रूप से प्रचलित था। कंगन पहनने का विशेष प्रचलन रहा था जो आज भी विद्यमान है।"

"वस्त्रों के प्रकार भी तो अनेक हैं? क्या इनका विशेष प्रयोजन है गुरुदेव?"

"हाँ, वस्त्रों का यह जो प्रारूप है या प्रकार है, यह काल के साथ आवश्यकतानुसार परिमार्जित होता रहा है। अधोवस्त्र का व्यवहार बदन के नीचे वाले भाग में किया जाता है। वह भी हर वर्ग के लिए भिन्न-भिन्न प्रकार के। कौषेय वस्त्र स्वर्णिम धागे से बुना पीला, नीला वस्त्र...अंशुक, शाटी, प्रावरणा, मट्ट वस्त्र, कर्णवे आदि विशेषत: राजाओं के परिधान में प्रयोग किया जाता है। हमारे ऋषि, महर्षि, मुनि जन या राजपुरोहित जन रंगहीन या धवल वस्त्र का ही उपयोग करते

आए हैं, जिनमें अजिन, मृगचर्म, वल्कल, कुश, कपास के चीर आदि पहनने की प्रथा प्रचलित रही है। दन्त स्वच्छ करने की औषधि का भी प्रचलन रहा है।"

"श्रद्धेय, क्या भारतीय आर्य परम्परावादी, पुरोहित आश्रित और कल्प प्रधान रहा है? कभी-कभी इस प्रकार की चर्चा सुनने में आई है, तो सोचा, आप से बात करूँ इस पर। आप ही विस्तार से इस पर प्रकाश डाल सकते हैं।"

"आर्यों के विषय में ऐसा किसने कहा पुत्री?"

"जनकपुर में अश्व संचालन के दौरान कभी-कभी हम बहनें वन की ओर भी निकल जाया करती थीं। वहाँ के हरे-भरे वृक्ष और हिमवान के उपत्यका से आता शीतल पवन बहुत स्फूर्तिदायक लगता। ऐसे ही किसी अवसर पर वहाँ वनवासियों की बस्ती में एक दिन हम सुस्ता रहे थे कि कुछ शबर, मलय, कोल जाति के युवक-युवतियाँ तथा बड़े लोग हमारे पास आए। फल मूल-कन्द से उन्होंने हमारा सत्कार किया और बातें आरम्भ कीं...फिर बातों-बातों में यह बात भी कटाक्ष के रूप में हमारे सामने आई। उस समय तो हमें बहुत बुरा अनुभव हुआ था परन्तु पिताजी के समक्ष हमने इसकी चर्चा नहीं की। उन्होंने कभी स्वयं को आर्य और उन्हें वनजाति के रूप में नहीं देखा। उन्हें यह सब सुनकर दुख होता। फिर समय के साथ यह सब विस्मृत हो गया। वार्ता के क्रम में आज औचक स्मरण हो आया तो पूछ बैठी आप से।"

"पुत्री, आर्यों के सुसभ्य होने के पीछे हमारे पूर्वजों द्वारा मानव-जीवन और विचारों को परिष्कृत किया जाना है। उन्होंने कृषि पर बल दिया। शिल्प, निष्काम योग, सत्यता, प्रजा वत्सलता और समान नागरिकता का उदाहरण प्रस्तुत किया। वे सदा अपनी उन्नति के लिए प्रतिबद्ध ही नहीं रहे बल्कि उसे कार्य रूप में भी परिणत किया। उनका लक्ष्य रहा नित नए अनुसंधान करना। वे विकास के आकांक्षी रहे और सदैव विकास की ओर अग्रसर होने के लिए तत्पर रहे। उन्होंने शिक्षा पर विशेष बल दिया। हमारे ऋषि-महर्षि प्रकृति को बचाने में लगे रहे और आज भी लगे हुए हैं। मानव-जीवन किस प्रकार सुखमय, सुरक्षित व व्याधि रहित हो प्रयत्नशील रहते। हजारों वर्षों से गुफा में रहते आए प्राणी क्या मनुष्य की भाँति जी रहे थे? पशु-पक्षियों का आखेट करना...मांस भक्षण करना वह भी कच्चा। या कन्द-मूल पर आश्रित रहना। इसलिए उन्होंने विकास को हमारा अत्याचार समझा...। हमारे पूर्वज कृषि कर अन्न उत्पादन करते...अन्न का सेवन करते। भोजन पकाने के लिए अग्नि का प्रयोग करते। असमतल व अनुर्वरक भूमि को उपजाऊ बनाते...सरोवर-

तालाब बनाकर पेय जल का संग्रह-संचयन करते आए...। क्या यह अत्याचार है? पहले स्त्रियाँ किसी की पत्नी नहीं होती थीं। उनका परिवार नहीं था। नैतिकता नहीं थी। किसी एक के प्रति निष्ठावान होने का औचित्य नहीं था। वे सामूहिक होती थीं। बच्चों को पिता का नाम नहीं मिलता था इसलिए वे माँ के नाम से जाने जाते थे। आर्यों ने विवाह बद्धमूल किया। बच्चों और स्त्रियों को संरक्षण दिया। परिवार का स्वरूप बना। परिवार से समाज बना और एक स्थायी स्थान मिला उन्हें रहने के लिए जिसे राष्ट्र कहा गया और जिसके सर्वांगीण विकास की अवधारणा बनी। यह क्या अत्याचार था? अत्याचार का स्वरूप देखना है तो उन्हें सुदूर दक्षिण में जाकर देखना चाहिए जहाँ राक्षसों द्वारा वनजातियों पर हो रहा है। उनके अत्याचारों का समन करने ही तो राम और लक्ष्मण मुनि विश्वामित्र संग बक्सर गए थे। विंध्य के इस ओर भी उनका अत्याचार बढ़ गया था। सुना है, उस ओर तो रक्ष्य संस्कृति का पोषण और विस्तारित करने के लिए रावण द्वारा उपनिवेश भी स्थापित कर लिया गया है।"

"तो फिर आज तक वे क्यों नहीं अपना पाए इस विकास को? हमारी जीवन पद्धति को?"

"कुछ लोगों की मानसिकता जो बन चुकी है यथास्थिति में रहने की, वो क्या शीघ्र क्षीण हो सकती है? अपने विषय में कुछ नहीं सोचना। अपने विकास के विषय में चिन्तन-मनन न करना। यही तो जड़ प्राणी का चिह्न है। जिसकी सोच ठहर गई वो मृतक के समान है...।"

22

चौदह वर्षों के वनवास का काल समाप्त हो गया है। सभी वन से लौट आए हैं। उजड़ी-बिखरी अयोध्या फिर से आनन्दमयी व शोभायुक्त हो दुल्हन समान सज गई है। वीरान पड़े भवन, महल व अट्टालिकाएँ तोरण से सुशोभित हैं। राजप्रासादों के परकोटों पर दुंदुभी स्वर पुनः निनादित हो रहा। पतझड़ में ठूँठ पड़े वृक्षों के समान मुरझाए नगर व भवन वासियों के मुख पर मानो मधुमास छा गया है। उत्साह से वे नाच रहे...गा रहे। हर ओर अतिशय कोलाहल व्याप्त है। महिलाएँ मंगलगान गा रहीं।

चौदह बरसों से भवन में छाये सन्नाटे में ये ध्वनियाँ बड़ी विचित्र अनुभव हो रहीं..।

ज्ञात हुआ चारों भाइयों ने नन्दीग्राम में ही अपनी जटाओं को कटवाकर, वल्कल वस्त्र उतारकर राजसी वस्त्राभूषण धारण कर लिए थे। अब सभी अयोध्या भवन को सुशोभित कर रहे हैं। भवनवासी भैया राम और लक्ष्मण को घेरकर बैठे हैं। उन्हें अकेला छोड़ने पर तैयार नहीं...। बहुत कुछ ज्ञात करना है उन्हें दंडकारण्य के विषय में। लंका के विषय में। पुष्पक विमान के विषय में जिस पर सवार होकर वे लोग पवन गति से लंका से संगम पहुँचे थे, तत्पश्चात् नन्दीग्राम। नन्दीग्राम में उतरने के बाद आर्य राम ने पुष्पक विमान को यक्षराज कुबेर के पास भेज दिया था और उदार वानर वीरों के विषय में भी जिनकी सहायता के बिना लंका का युद्ध जीतना असम्भव होता।

परिचारिकाओं को माताओं की ओर से विशेष आदेश मिला कि हम चारों बहनों को दुल्हन की भाँति सजाया जाए। बड़े मनोयोग से वे हमें सजा भी रहीं। भन्न-भिन्न रंगों के कौषेय वस्त्र...रुचि के अनुसार धारण करने की स्वतंत्रता है। बहुमूल्य रत्नजड़ित आभूषण अपने आलोक की आभा फैला रहे चहुँदिस कक्ष में। हमारे शैया पर भिन्न-भिन्न रंगों के सुगन्धित पाटला कुसुम बिखेरे गए हैं। पलंग के चारों ओर धवल रंग के मोतिया पुष्पों की झालरें लटकाई गई हैं, जिनकी भीनी-भीनी सुगंध हर ओर व्याप्त है। बारी-बारी से तीनों माताएँ स्वयं आकर अवलोकन कर रही हैं कि कोई कमी तो नहीं रह गई है हमारे शृंगार तथा कक्ष की सजावट में।

शेष तीनों बहनों की मन:स्थिति तो मैं नहीं कह सकती परन्तु मुझे बहुत विचित्र-सा अनुभव हो रहा है। सोच रही, चौदह वर्षों के उपरान्त भी लक्ष्मण से मिलन के लिए वह उत्सुकता व व्याकुलता क्यों नहीं अनुभव हो रही जो कामना या आकुलता छह-सात दिनों के मध्य उन्हें देखने मात्र से ही जाग्रत हुई थी जनकपुर में? क्या समय की धूल इच्छाओं और कामनाओं को भी ढक लेती है? इन चौदह बरसों में कैसे-कैसे मारना पड़ा है अपनी भावनाओं को...। वे मृतप्राय: हो चुकी भावनाएँ क्या पुन: जाग्रत होंगी?

शैया पर बैठी सौमित्र की प्रतीक्षा में आज लज्जा और जिज्ञासा में ऊब-डूब नहीं हो रहा मेरा हृदय व मस्तिष्क...। मानो प्रतीक्षा की लम्बी अवधि ने शुष्क कर दिया हो मेरे अन्दर की तरलता व कोमलता को...। कुछ ही महीनों का साथ-संग और चौदह वर्षों का बिछोह...किस रूप में स्वागत करेगा मन लक्ष्मण की उपस्थिति का, उनके सान्निध्य का...समझ नहीं पा रही।

शयन कक्ष का पट खुला...। लक्ष्मण सहज चाल से अधरों पर मुस्कान लिये प्रवेश किए। मैं तत्क्षण शैया से उठ खड़ी हुई। उनकी चरण वन्दना को झुकी...। बीच में ही उन्होंने मुझे थामकर अपने आलिंगन में बाँध लिया...। मेरे नेत्र स्वतः बन्द हो गए, अनुभव हुआ जैसे सहस्त्र कवच के मध्य मैं सुरक्षित हो गई और अश्रु वेग से प्रवाहित होने लगा...। अभी इन अश्रुओं के आने का अर्थ मैं समझ नहीं पाई...। कदाचित् चौदह बरसों से रुके हुए ये वही अश्रु थे जो लक्ष्मण के आत्मीय स्पर्श से वर्जना के बाँध को तोड़कर प्रवाहित हो रहे थे प्रबल वेग से...।

हौले से सौमित्र ने मेरा चिबुक उठाया...। मेरे अश्रुओं ने उन्हें विचलित कर दिया। उनके नेत्र भी भीग आए। उनका आलिंगन और कस गया...। मुझे थामे हुए वे शैया तक ले आए। शैया पर बैठाकर स्वयं भी बैठ गए...। फिर तो जैसे हम नि:शब्द हो गए मानो चौदह वर्षों के बीहड़ अरण्य में हमारे शब्द कहीं खो गए हों। काफी देर तक हम परस्पर मुख निहारते रहे, जैसे चौदह वर्षों के बिछोह का चिह्न ढूँढ़ रहे हों वहाँ। हमारे अधर मौन रहे और नेत्र वार्तारत...।

जाने कितने पहर बीते...कितनी घड़ियाँ बीतीं...। किसी निशाचर पक्षी के स्वर ने हमें सचेत किया और अब बारी आई लक्ष्मण की मुखरता की...

"प्रिय उर्मिला, तुम्हारा सुकोमल मुख, ये बोलते से मौन अधर, ये आश्वस्त करते चकित युग्म नयन...ये ही तो सदा बल प्रदान करते रहे थे मेरे कर्तव्य पथ को सुगम बनाने में। चौदह बरस तो दिन, महीने में व्यतीत हुए...। मेरे लिए तो वहाँ मात्र प्रातः होता...रात्रि आती...। शरीर अपने कर्तव्यों का निर्वाह करता यंत्रवत्...। मेरा हृदय और मेरे दिन, महीने, बरस तो ठहर गए थे इसी अयोध्या राजभवन में अपनी प्रिया के पास...।"

लक्ष्मण के उद्गार ने मेरी नि:शब्द जिह्वा को और नि:शब्द कर दिया। उनके उद्गार से विलग कहाँ थी मेरी अनुभूति। भवन के भीड़ में भी कहाँ खुला कभी हृदय का कपाट किसी के समक्ष। वार्ता तो सभी के साथ होती थी नित्य। कर्तव्यों का निर्वहन तो मैं भी करती रही थी यंत्रवत्...परन्तु हृदय का वह कोना जहाँ सौमित्र मौजूद थे नितान्त उनका ही बना रहा और अभी जब वे निकट हैं तो अतीत का कोई भी दृश्य सम्मुख आने से कन्नी काट रहा...और यह मिलन उस प्रथम मिलन से भी अधिक सुखद लग रहा है। इसमें मात्र उस कच्चे वय का आह्लाद ही नहीं सांसारिक अनुभवों का समावेश भी है।

"प्रिय मौन क्यों हो, कुछ कहो न?"

"आर्य, आज मात्र महसूस करने दीजिए परस्पर उपस्थिति को।" भर्राए स्वर में कहा मैंने और पुनः भर आए मेरे नेत्र...।

"इन अश्रुओं को रोको उर्मिला...अब इनकी कोई आवश्यकता नहीं हमारे जीवन में।"

"सौमित्र, आज तो मत रोकिए इन्हें...। बह जाने दीजिए चौदह बरसों के बिछोह की पीड़ा का अवसाद...जिन्हें सहन करना इतना सहज नहीं था।"

"मैं समझ रहा हूँ प्रिय तुम्हारी कठिनाई को।"

"संसार का कोई भी व्यक्ति नहीं समझ सकता उस यातना को बिना भोगे।"

"मैंने बहुत बड़ा अन्याय किया था तुम्हारे साथ, तुम्हारे अश्रुओं का बलिदान माँगकर उर्मिला! वह समय ही इतना क्रूर था जिसने मेरी चेतना को वश में कर लिया था। स्मरण था तो मात्र भैया राम के साथ होता अन्याय। मुझे क्षमा कर दो प्रिय!"

"क्षमा माँगकर अपनी उर्मिला को हीन नहीं करिए तात! अतीत को और मत कुरेदिए जो बीत गया माना कि वह बहुत उज्ज्वल समय नहीं था। परन्तु यह अवसर भी तो सभी के जीवन में नहीं आता। स्वयं के लिए जीना...यह तो सभी करते हैं। यदि वह अवसर नहीं आता तो भी क्या होता...समय तो अपनी ही गति से व्यतीत होता परन्तु तब वह इतना सार्थक व सन्तुष्टिदायक नहीं होता।"

कहते हुए मैंने उनकी हथेली को अपने हाथों में लेकर सहलाया। उनकी कठोर हो आई हथेली ने उनके श्रम के अनुपात को व्यक्त कर दिया। फूल समान सुकोमल हथेली में गाँठें उभर आई थीं, जिसे अनुभव कर मेरे अधरों से आह फूट पड़ी...

"आह...बहुत दारुण दुख सहना पड़ा आपको अरण्य प्रवास में?"

"जो सहा है, हम तीनों ने बराबर सहा है उर्मिला। वन्य-जीवन सरल, सहज कहाँ होता है। मेरी छोड़ो...भाभी के विषय में सोचो...।"

"वो मैं सोचूँगी क्या...समझ सकती हूँ। जनक और सुनयना की अतिशय लाडली पुत्री ने उस कठोर, कठिन वन्य-जीवन में तथा दूसरे की बन्दिनी रहकर क्या अनुभव किया होगा। यह उनके अन्दर की दृढ़ता ही थी जो वे उन परिस्थितियों में जीवित रह सकीं।" कहते हुए मैंने उनके बदन को गहनता से निहारा...। युद्ध में लगे बाणों के घावों के सूखे चिह्न...पूरे बदन पर चित्रकारी की भाँति अंकित हैं...। उस पर हाथ फेरते हुए मेरा हृदय विदीर्ण हो रहा। जिसे देखकर मेरी ऐसी स्थिति हो रही...लक्ष्मण ने उसे सहा है...भोगा है।

उस स्थिति से निकलने के लिए मैंने वार्ता की दिशा को मोड़ दिया—

"सौमित्र, ऐसा नहीं लग रहा जैसे हम कभी अलग हुए ही नहीं थे?"

मेरी बातों ने कदाचित् लक्ष्मण के अपराधबोध को क्षीण कर दिया। हृदय का उद्गार और अश्रुओं के अभाव ने मुझे भी सहज होने में सहायता की और लक्ष्मण की मुखरता लौटने लगी...अरण्यवास के स्मरण के रूप में। वैसे तो दोनों के अन्दर अनुभवों का अकूत भंडार भरा था...मात्र उसका द्वार खोलना था परन्तु मैंने अपने भावों पर अंकुश लगाया और लक्ष्मण के उद्गार को धैर्य से सुनना चाहा पुरुष मन को समझने के लिए।

"भवन और गुरुगृह के बाद जीवन में लीक से हटकर आया प्रथम पाठशाला था बक्सर का अरण्य, जहाँ के सिद्धाश्रम में ऋषि, महर्षि, तपस्वी तथा मुनियों के द्वारा हो रहे यज्ञ व तप के रक्षार्थ महर्षि विश्वामित्र हमें ले गए थे वहाँ। वहीं पर राक्षसों द्वारा आक्रमण व उनके युद्ध की शैली का गहन अनुभव हुआ और विश्वामित्र द्वारा प्राप्त हमारे आत्म-रक्षार्थ अस्त्र-शस्त्र तथा मंत्रों ने भी बहुत सहायता की दक्षिणारण्य में।"

मैं मौन सुनती रही उनका उद्गार...

"प्रिय उर्मिला, सबसे बड़ा आश्चर्य तो यह है कि कभी-कभी एक साधारण-सा मनुष्य भी असाधारण सीख दे जाता है। इसका अनुभव अरण्य प्रवास में मुझे अधिकता से हुआ। हम उन्नत अस्त्र-शस्त्र संचालन में प्रवीण हैं किन्तु वनवासी साधारण से तीर या गुलेल से भी सटीक लक्ष्य साध लेते हैं। मैंने उनसे उनके अस्त्रों तथा अन्य शस्त्रों का संचालन सीखा जिसमें मुख से संचालित करनेवाला एक अस्त्र भी था। घोर अभावों में भी प्रसन्नतापूर्वक जीवन जीना बिना दैव को उपालम्भ दिये...। उनका यह आचरण बहुत बल प्रदान करता मुझे। हम अभावों में रह रहे थे किन्तु यह आस भी तो थी, यह अभाव स्थायी नहीं है। हम राजभवन लौटेंगे एक दिन। उनके लिए इससे अलग कोई और जीवन भी होता है, यह विचार में भी नहीं था फिर भी उसे वे भरपूर उपभोग कर रहे थे।"

"मैंने अरण्य में अल्प समय व्यतीत किया है लक्ष्मण, कदाचित् उनके दुखी न होने का कारण है सुख के कोई और स्वरूप को न देखना, न जानना। देखे हुए के प्रति ही मानव-मन में तृषा का उदय होता है। अदेखा तो तिमिर में विलुप्त होता है।"

"सत्य कह रही हो प्रिय!"

पुनः लक्ष्मण बोल रहे धाराप्रवाह...उनके मुख से झरते शब्द बहुत प्रिय लग रहे...अरण्य का अनुपम वृत्तान्त...अद्भुत अनुभव...

23

जब से दीदी सीता ने राजरानी का दायित्व सँभाला था, उनका अधिकांश समय राज कार्य में ही व्यतीत हो जाता। मैं तो तरस जाती उनके सान्निध्य के लिए...वार्तालाप के लिए। चौदह बरसों के ओझल समय को जानने, समझने की जिज्ञासा उतावली करती। अरण्य के विषय में बहुत कुछ जानने का मन करता परन्तु अनुकूल समय का ऐसा अभाव था कि प्रतीक्षा बनी रह जाती।

आज संयोग से अनुकूल समय मिल गया। दीदी मांडवी किसी कार्यवश मेरे कक्ष में आई थीं। मैंने उन्हें रोक लिया। दोनों बहनों ने निश्चय किया, दीदी सीता के कक्ष में चला जाए।

"उर्मिला, श्रुतकीर्ति को भी संग ले लेते हैं, कक्ष में वह भी अकेली होगी।"

"जी दीदी! अभी सभी भाई राजसभा में होते हैं।"

हम श्रुतकीर्ति के कक्ष की ओर बढ़ गए।

हमें एक साथ आया देख श्रुतकीर्ति प्रसन्न हो उठी। प्रफुल्लित स्वर में बोली—

"क्या मैं सचमुच अपने कक्ष में आप लोगों को देख रही हूँ या यह कोई स्वप्न है?"

"हमें साकार देख रही हो अनुजे...! उठो, एक कार्यवश चलना है शीघ्र...।"

"अहा...भवन से बाहर?"

"नहीं बावली, बड़ी दीदी के कक्ष में।"

"चलिए...।"

दीदी सीता हम तीनों को एक साथ अपने कक्ष में आया देख चकित रह गईं।

"क्या बात है मेरी प्रिय बहनो, एक साथ कहीं जाने का प्रयोजन है क्या?"

"नहीं दीदी, हम लोग आपके सान्निध्य का सुख लेना चाहती हैं। वन से आने के बाद सभी अति व्यस्त हो गए हैं। आपसे विशेष वार्तालाप की इच्छा है।"

"अहोभाग्य...आओ बैठो तुम लोग, आज मैं विश्राम में हूँ। राम भाइयों संग किसी क्षेत्र में गए हैं विशेष प्रयोजन से। जब तक वे लोग आएँगे हम लोग खूब वार्ता कर सकती हैं।"

"सर्वप्रथम तो आप हमें अरण्य का अनुभव बतलाइए। चौदह वर्षों से यह जानने की बड़ी जिज्ञासा है कि दक्षिण के अरण्य की ऐसी क्या विशेषता

है जो भैया राम ने अपने वास के लिए उसे ही प्राथमिकता दी थी। सुनते आए हैं कि जप, तप या आत्मिक शान्ति के लिए लोग हिमवान के उपत्यका में शरण लेते हैं।"

"हाँ प्रिय बहनो... यह प्रश्न तो आरम्भ में मेरे मन में भी कौंधा था जब वनगमन की आज्ञा मिलते ही उन्होंने कहा था—"हमें दंडाकारण्य चलना है।" इस विषय में मैंने राम से पूछा भी था। अपने उत्तर से उन्होंने मुझे सन्तुष्ट कर दिया था कि वहाँ जाने का विचार बक्सर में उसके विषय में महर्षियों से सुनी हुई वार्ताओं के आधार पर ही निश्चित किया था उन्होंने। दक्षिण का वनप्रान्तर जितना विशाल है वहाँ के बाशिन्दे उतने ही असंगठित और बिखरे हुए हैं जिससे वे राक्षसों के जुल्म का शिकार हो रहे हैं। उन्हें सजग व संगठित करना है।

"वैसे उत्तर भारत के अरण्य को बहुत गहनता से देखने का अवसर तो नहीं मिला है मुझे। कभी-कभी पिताजी संग गौतम आश्रम में जाना हुआ था जो अरण्य मध्य ही है परन्तु दक्षिण का अरण्य हर दृष्टिकोण से यहाँ से भिन्न है। हमारे यहाँ तीन ऋतुएँ यथा शीत, ताप व वर्षा अपनी उपस्थिति दर्ज कराती हैं। दक्षिणी भू-भाग में शीत ऋतु का अभाव है। ताप और बरसा का जोर अधिक होता है जिसके प्रभाव से विभिन्न प्रकार के सुगंधयुक्त गहरे रंग वाले फूलों, फलों की बहुतायत है। नम भूमि तथा सतत प्रवाहित नदियों वाले क्षेत्र में अन्न की उपज भी अधिक होती है। दिन अनुपात में अधिक तापयुक्त तथा चन्द्रिका खिली रात्रि का स्वरूप अति मोहक और मायावी प्रतीत होता है अनुजे! वहाँ पूर्णिमा तथा अमावस्या दोनों का अपना प्रभाव है और सुन्दरता भी...। वर्षा ऋतु में या कृष्ण पक्ष की काली रात्रि में पवन झोंकों के प्रहार से जब सघन वृक्ष परस्पर टकराते हैं तो उससे उपजी ध्वनियाँ बहुत डरावनी प्रतीत होती हैं परन्तु चन्द्र रात्रि में वही अरण्य, ग्राम, पथ, वट, पीपल, पाकड़, अशोक, कदम्ब के वृक्ष सभी परिवर्तित हो जाते हैं अनुपम सौन्दर्य में...।"

"ज्योत्स्नायुक्त रात्रि का सौन्दर्य अपने यहाँ भी तो मोहक होता है दीदी, इन दिनों प्राय: वाटिका में मैंने इसके प्रभाव को अनुभव किया है। सबसे मोहक चन्द्रिका रात्रि भाद्र यानी मेघ मास की होती है शुभ्र व निर्मल...। जब आकाश मेघ से रहित व स्वच्छ होता है।" मैंने कहा तो दीदी के अधरों पर रहस्यमयी मुस्कान उभर आई—

"और अमावस की काल-रात्रि भी तो भाद्र मास की ही भयावनी होती है प्रिय उर्मिला। जब घन की गर्जना प्रबल होती है। दामिनी चमकती है और वर्षा अपनी

बड़ी-बड़ी बूँदों की थाप से भयातुर कर देती है, विशेषकर पलाश पत्रों के छाजन वाले कुटीर पर।"

"जी दीदी।" दीदी मांडवी ने उनकी बातों का अनुमोदन किया।

"परन्तु अरण्य की समस्त बातें नगरवासियों के लिए रहस्य ही हैं। उसकी हलचलों को अनुभव किया जा सकता है सटीक वर्णन नहीं...। यदि तुम दर्शक मात्र हो तो वहाँ की प्रकृति के अवलोकन व क्षणिक अनुभव को भी समग्र जानकर प्रसन्न या भयग्रस्त हो सकती हो परन्तु जिन्हें वहाँ सदैव वास करना है...उनका अनुभव तो नितान्त भिन्न होगा ही।"

"दीदी, अरण्य का अभावों भरा जीवन आपको पीड़ादायी अनुभव नहीं हुआ कभी?" मैंने पूछा।

"मैंने इस ओर कभी ध्यान ही नहीं दिया मेरी बहन! यदि रहा भी तो मैं अकेले कहाँ थी उसे अनुभव करने के लिए। मेरे उन अभावों के भागीदार राम और प्रिय लक्ष्मण भी तो थे जो सहजता से उसे आत्मसात् कर रहे थे तथा उनका उत्सव भी मना रहे थे। जब प्रिय का सान्निध्य सुख उपस्थित हो तो कोई भी अभाव अपना अस्तित्व कायम नहीं रख सकता।"

"हाँ दीदी, आप सत्य कह रही हैं, प्रिय का साथ किसी बीहड़ में भी स्वर्ग का आभास देता है और प्रिय बिना भवन भी अरण्य का...।" कहते-कहते मेरा गला अवरुद्ध हो गया।

"मेरी बहन, अतीत को बिस्मृत करो...उसका स्मरण हमारे वर्तमान को भी ग्रसित कर लेगा।"

दीदी बोलीं तो विस्मित हो मैंने उनकी ओर देखा। कितना धैर्य है उनमें...। कितनी क्षमता है परिस्थितियों से जूझने की। भवन के सुरक्षित वातावरण में रहकर मैं इतनी बेकल थी और वे अरण्य के असुरक्षित वातावरण तथा लंका में बन्दिनी रहकर तथा वहाँ की अवर्ण्य यातनाएँ झेलकर भी कितना स्थिर व अविचल हैं।

"दीदी, लंका का भी कुछ अनुभव सुनाइए न।"

औचक श्रुतकीर्ति ने कहा तो दीदी मांडवी और मैं स्तब्ध रह गईं। लंका से सम्बन्धित कोई वार्ता उनसे करना ही नहीं था हमें। भोली श्रुतकीर्ति जिज्ञासावश पूछ बैठी थी तथा अनजाने में ही उसने उनके घावों को कुरेद दिया था।

कुछ पल सन्नाटा छा गया...सभी मौन...लगा अब हमें यहाँ से जाना चाहिए ताकि दीदी सीता की द्विविधा समाप्त हो।

"प्रिय श्रुति! बन्दी जीवन क्या कभी सुखी हो सकता है? अनुभव तो बहुत हैं किन्तु वहाँ के दुखों के, कठिनाइयों के, यातनाओं के...। जिसका अनुमान भी उस परिस्थिति को भोगे बिना होना सम्भव नहीं। समुद्र-वेष्ठित द्वीप। चारों ओर हहराता सागर...। जहाँ दिवस तो कट जाता किसी भाँति परन्तु रात्रि बड़ी भयावह हो उठती सागर के कोलाहल से...। सुदूर दक्षिण के ताप और उमस भरे वातावरण में लंका की अशोक वाटिका स्थित अशोक वृक्ष ही था मेरा रक्षक। उसी की छाया तले चर्म को झुलसा देनेवाली धूप, घनघोर वर्षा व उमस भरे वातावरण में मेरा समय व्यतीत हुआ। वैसे भी उस अशोक वाटिका में किसी भी पुरुष का प्रवेश वर्जित था। पहरे पर मात्र राक्षसियाँ ही थीं परन्तु हर समय एक और भय भी भयभीत करता।"

"कैसा भय दीदी, किन्हीं हिंसक जीव-जन्तुओं का?"

"हिंसक जीव-जन्तुओं का नहीं मेरी बहन, उस दुष्ट रावण का भय कि जाने कब वह अपनी प्रकृति से अवश हो प्रकट हो जाए वहाँ...। मेरे अन्दर उस कापुरुष रावण के प्रति इतना क्रोध व वितृष्णा भरी थी कि उसकी उपस्थिति असह्य थी। ऐसी स्थिति में अपना शारीरिक कष्ट की ओर तो ध्यान ही नहीं जाता। एक अधोवस्त्र, एक उत्तरीय और एक कंचुकी में मैंने वे समस्त दिवस व्यतीत किए। एक वस्त्र ही आश्रय था मेरे तन को ढकने के लिए। उसे ही स्वच्छ करती, सुखाती और पहनती। ऊँची पहाड़ियों के मध्य प्रकृति ने कदाचित् मुझ दुखिया के लिए ही एक झरने की व्यवस्था कर रखी थी जहाँ स्नान करने से किसी की दृष्टि नहीं पड़ सकती थी। हाँ, उस अधम का अन्न अवश्य खाया मैंने कि प्राणों को बचाए रखना था ताकि राम लंका आकर उससे मेरे अपमान का बदला ले सकें।" कहते-कहते उनका स्वर भर्रा उठा।

दीदी मांडवी ने उपालम्भ भरी दृष्टि से देखा श्रुतकीर्ति की ओर कि क्यों उसने दीदी के घाव को कुरेद दिया।

"प्रिय अनुजे, नहीं समझ सकतीं तुम...जब दादा की वय का कोई पुरुष प्रणय निवेदन करता है तो कैसी वितृष्णा होती है हृदय में।" मद्धम स्वर में वे बोलीं। लगा यह उनकी पीड़ा का चरम था...।

अभी मैं कुछ कहती...पट खुला और बड़ी माँ कक्ष में आईं। हम बहनें अचकचाकर खड़ी हो गईं औचक उनकी उपस्थिति से। ऐसी कोई गोपन वार्ता नहीं हो रही थी फिर भी...। मैंने आदर के साथ उन्हें पलंग पर आसित किया। कुशल-क्षेम पूछा। माँ बहुत आकुल दिखीं, मात्र हूँ-हाँ में उत्तर देती रहीं।

"माँ, कोई विशेष बात है, बहुत व्याकुल लग रही हैं आप?"

दीदी मांडवी ने बड़ी आत्मीयता पूछा...।

"मेरी पुत्रियो, अच्छा हुआ यहाँ इकट्‌ठी तुम सबसे भेंट हो गई। बुढ़ापा बहुत वेग से अपने आलिंगन में ले रहा है मुझे। जाने किस प्रेरणावश अपने प्राणों को धैर्य देती रही थी कि राम के लौटने तक वह स्थिर रहे अपने स्थान पर। अब मन प्रायः क्लान्त हो उठता है, निराशा छा जाती है। सोचती हूँ...क्या मैं अपने पौत्र-पौत्रियों की किलकारी नहीं सुन सकूँगी? अब मेरा धैर्य भी अधैर्य हो रहा है। क्या यह प्रसन्नता का समाचार सुनने का अवसर दोगी तुम लोग?"

बड़ी माँ के शब्दों ने हमें लज्जा से ढक दिया। हमारे नेत्र नत हो गए परन्तु अधर विहँस उठे...। कनखियों से हमने परस्पर देखा...नेत्रों ने ही प्रश्न किया... कौन सुनाएगा प्रथम उन्हें यह शुभ समाचार?

तत्क्षण दीदी सीता ने बड़ी माँ की हथेलियों को अपने हाथों में थामकर धीरे से दबाया...मानो आश्वस्त कर रही हों उन्हें कि शीघ्र ही यह प्रसन्नतादायक समाचार सुनने को मिलेगा...पुनः बोलीं—

"माँ, आप क्लान्तचित्त न हों...दैव सब कुशल करेंगे...।"

उनके आत्मीय स्पर्श और बातों से बड़ी माँ आश्वस्त दिखीं...। हमारे सर पर हाथ फेरती...आशीषतीं वे चली गईं।

और कुछ ही काल पश्चात् एक दिवस ज्ञात हुआ, दीदी सीता अपने कक्ष में बेसुध होकर गिर पड़ी हैं...।

आकुल...व्याकुल भागते हुए हम लोग वहाँ पहुँचे...। घबड़ाई हुई तीनों माताएँ भी पहुँचीं। तत्क्षण राज वैद्य को बुलाया गया...और जब उनकी व्याधि हमारे सम्मुख आई तो अयोध्या भवन आनन्द के सागर में डूब गया। दीदी सीता गर्भ से थीं...।

बड़ी माँ तो खुशी से जैसे बावली ही हो गईं...। भर-भर परात स्वर्ण मुद्राएँ दीदी के सर पर वारकर सेवक-सेविकाओं में बाँटने लगीं...।

उसके बाद वे प्रायः आर्य राम के बालपन के किस्से स्मरण कर सुनातीं। आनेवाले शिशु के लिए यथा-योग्य वस्त्र, खिलौने सँजोने लगीं। उसके पग के लायक पैंजनी और कमर के लिए करधनी भी मँगवा लीं। बढ़ई को स्वर्ण व रत्नोंजड़ित पालना तैयार करने को कह दिया गया...।

हर्ष उस नन्हे जुगनू समान होता है जो हौले-हौले अपना प्रकाश बिखेरता है और संताप वज्र के लौ के समान प्रचंड होता है जो क्षण मात्र में उसे जलाकर भस्म कर देता है।

ग्रीष्म की दोपहर की अलस बेला...मैं माँ सुमित्रा के कक्ष में उनसे वार्ता कर रही। अनुजा श्रुतकीर्ति भी वहीं उपस्थित है। लक्ष्मण और शत्रुघ्न राजसभा चले गए हैं, बल्कि लक्ष्मण तो प्रात: बेला में ही कक्ष से निकले थे। भैया राम का संवाद आया था, उन्हें शीघ्र राजसभा में आने का। भाइयों के सभा जाने के पश्चात् हमारा समय बहुधा माँ सुमित्रा के कक्ष में ही व्यतीत होता...। मगध राजकुमारी विदुषी सुमित्रा अपनी परम्परा व संस्कृति के प्रति बहुत ही सजग और सचेष्ट थीं। उन्नत मगध राज के साथ ही उनसे अपनी आर्य संस्कृति से सम्बन्धित बहुत सी जानकारियाँ प्राप्त होतीं हमें।

आज भी उनसे मगध के विषय में ही वार्ता हो रही थी तभी माँ कौशल्या का घबड़ाया हुआ स्वर कानों में पड़ा—

"प्रात: ही सीता लक्ष्मण के संग कहीं गई है कुछ उपहार सामग्री आदि लेकर। कहाँ गई है यह उसकी परिचारिकाओं को भी ज्ञात नहीं। अभी दोपहर के भोजन का समय हो गया। इस स्थिति में जब मैंने कहा था कि उसे आराम की अति आवश्यकता है, बिन बताए कहाँ चली गई वह। सीता की प्रकृति तो ऐसी नहीं है कि मेरी बातों की अवहेलना करे। क्या लखन भी अनुपस्थित हैं अभी तक?" बिना आसन ग्रहण किए ही वे बोलीं...।

सुनकर हम अचम्भित हो उठीं।

"जी बड़ी माँ, भैया राम के बुलावे पर वे भी प्रात: ही उनसे मिलने गए थे, अभी तक नहीं लौटे हैं।"

"कहाँ गए हैं वे, राम को तो अवश्य ज्ञात होगा...परन्तु सबेरे से वे भी नहीं आए हैं भवन में।"

"माँ, आपने राजसभा में संवाद भिजवाया भैया राम को?"

"अभी नहीं पुत्री! सोचा आ गई होगी और भवन में ही कहीं होगी परन्तु अब काफी विलम्ब हो चुका है। मेरा तो जी अकुला रहा।"

"आप धैर्य रखिए दीदी, मैं अनुचर को भेजती हूँ सभा से शत्रुघ्न को बुला लाएगा। आप बैठिए।"

माँ सुमित्रा ने उन्हें धैर्य बँधाया। मैं भी व्याकुल हो उठी...दीदी सीता की प्रकृति मुझसे अधिक किसको ज्ञात थी। माँ कौशल्या को बिन बताए वे कहीं जाने का सोच भी नहीं सकतीं...। ऐसा कौन-सा कार्य आ पड़ा जो लक्ष्मण पुनः न कक्ष में आए और न कोई संवाद ही भिजवाए। उपहार सामग्री लेकर कहाँ गई होंगी दीदी? घबड़ाकर मैं भी कक्ष से बाहर निकल आई।

अनुचर सभा में गया। प्रतीक्षा की अवधि बोझल हो उठी...। मेरा व्याकुल हृदय जोर-जोर से धड़कने लगा...।

तभी अनुचर सभा से आया, शत्रुघ्न के साथ।

माँ कौशल्या ने प्रश्नों की झड़ी-सी लगा दी उन पर—

"पुत्र शत्रुघ्न, सीता को लेकर लक्ष्मण कहाँ गए हैं? वे लोग अभी तक आए क्यों नहीं? सभा में ज्ञात हुआ है खूब सबेरे ही सीता के साथ रथ से वे कहीं गए हैं। ऐसी कौन-सी बात थी जो हमें सूचित करने तक का अवसर नहीं मिला उन्हें?"

माँ कौशल्या ने तोष से कहा परन्तु बिना सूचना दिये जाने का हल्का रोष तो घुल ही आया था उनकी वाणी में।

"वे लोग कहीं गए हैं अभी-अभी आप से ही ज्ञात हुई यह बात। राजसभा में आज भीषण भीड़ है। बाहर के राज्यों से भी कुछ लोग भैया राम से मिलने आए हैं। भैया राम जब भवन में आएँगे, तो स्वयं बतला देंगे। तब तक धैर्य रखिए बड़ी माँ।"

कहकर शत्रुघ्न सभा में लौट गए। भिन्न-भिन्न प्रकार की आशंका ने घेर लिया हमें अपने चंगुल में...। सभी के अधर तो मौन थे परन्तु नेत्रों में ढेरों प्रश्नों का रेला था...।

दोपहर से रात्रि होने को आई...बड़ी माँ की परिचारिकाएँ कितनी बार पूछ गईं—

"राजकुमार लक्ष्मण आए?" हर बार वही उतर—

"नहीं आए हैं अभी तक।"

धीरे-धीरे गहरे अँधेरे की चादर में रात्रि सिमट रही...अभी तक न तो लक्ष्मण आए हैं न दीदी सीता ही। ज्ञात हुआ भैया राम भी राजसभा से नहीं लौटे हैं। यह क्या हो रहा, प्रश्न आकुल कर रहा है। अब तो छोटी माँ कैकेयी और दीदी मांडवी, आर्य, भरत, शत्रुघ्न, माँ सुमित्रा संग श्रुतकीर्ति और मैं कक्ष से बाहर ही टहल रही हैं...। यह विचित्र स्थिति सभी को हैरान, परेशान कर रही...परन्तु सभी अनजान हैं इससे।

भोर का उजास फैल गया है चहुँओर...तीनों भवन के वासियों के नेत्र में नींद का नामोनिशान नहीं...। भर रात्रि भवन की दासियाँ इस भवन से उस भवन घूमती

रहीं। संवाद लाती-ले जाती रहीं। हर भवनवासी के मुख में एक ही प्रश्न—

"रथ आया?"

"लक्ष्मण आए?"

"सीता आईं?"

आर्य भरत और शत्रुघ्न तो कितनी बार राजसभा तक भी गए भैया राम को देखने। कल संध्या की सभा समाप्ति के पश्चात् वे भी जाने कहाँ चले गए हैं। किसी को ज्ञात नहीं।

दोपहर दिन चढ़े लक्ष्मण भवन में आए और चुपचाप अपने कक्ष में चले गए। हम बाहर ही खड़ी थीं, न वे किसी की ओर देखे न किसी से वार्ता किए। उनका यह व्यवहार अन्दर तक हिला गया हमें। अधीर हो माँ संग मैं कक्ष के भीतर आई।

शैया पर वे सर झुकाए बैठे थे...उनके नेत्रों से अश्रु प्रवाहित थे।

"पुत्र लखन, तुम रो क्यों रहे हो? सीता आ गई? कहाँ गए थे तुम लोग? कौशल्या दीदी अतिशय चिन्तित हैं।" अधैर्य होते हुए माँ सुमित्रा ने पूछा।

वे मौन हैं। अश्रु प्रवाह से उनका चेहरा भीग रहा...और किसी अनहोनी की आशंका हमें व्याकुल कर रही। हमारा हृदय धड़क रहा जोर-जोर से।

"तात लक्ष्मण, क्यों अधैर्य कर रहे हमें? बतलाते क्यों नहीं तुम्हारे नेत्रों में आए इस अश्रु का कारण क्या है? सीता सकुशल तो है न? बोलो पुत्र...कुछ तो बोलो...।"

"क्या बोलूँ माँ...शब्द नहीं मिल रहे बयान के लिए...।" कहकर वे फूट-फूटकर रो पड़े...।

"ऐसा क्या हुआ पुत्र शीघ्र कहो, पुत्री सीता कुशल से है न?"

"वही तो सकुशल नहीं हैं माँ।"

"क्या हुआ सीता को?" लगभग थरथराते स्वर में माँ ने पूछा। मेरा तो भय से सर्वांग काँप गया।

"राजा राम ने भाभी सीता का परित्याग ही नहीं किया है, वरन् उन्हें राज्य से निर्वासित भी कर दिया है और उन्हें अरण्य में असहाय छोड़ने का हेतु मैं हतभागी बना हूँ। कैसे क्षमा कर दूँ स्वयं को?"

सुनकर चीख ही तो पड़े हम सभी—

"नहीं...ऐसा अन्याय कैसे कर सकते हैं राम..., सीता का परित्याग और राज्य से निष्कासन भी...? क्या अपराध किया था उन्होंने?"

लक्ष्मण मौन हैं।

"वे तो गर्भवती हैं लक्ष्मण, उनका परित्याग किसलिए?" माँ सुमित्रा का रोषपूर्ण स्वर और लक्ष्मण का पुन: वही मौन...अधैर्य हो उठी मैं...।

"आर्य सौमित्र, आप कैसे इतना निष्ठुर हो गए, कैसे उन्हें अकेला वन में छोड़ आए? आपका हृदय पीड़ा से फट नहीं गया? इस अवस्था में तो मनुष्य क्या एक पक्षी तक का घोंसला नहीं उजाड़ता है कोई। आप अपनी भाभी को बेआश्रय कर आए? किस अपराध के दंड स्वरूप? आप कुछ कह क्यों नहीं रहे?" रोते हुए मैंने पूछा।

"क्या कहूँ मैं...यह राजा राम की आज्ञा थी। राज्य में कहीं यह अपवाद सुना गया कि—"किसी और के घर इतने दिनों रही स्त्री को राजा राम ने कैसे रख लिया भवन में? यह तो परम्परा बन जाएगी कि पराए घर रही स्त्री को हमें भी घर में रखने की बाध्यता होगी।

"और उन्होंने मुझे आदेश दिया कि भाभी को कुछ बतलाए बिना मैं उन्हें वन में छोड़ आऊँ।" कहकर बिलख पड़े लक्ष्मण।

"आह तात, आपने मुझे कहा क्यों नहीं? मैं चली जाती उनके संग। आप क्यों नहीं रह गए उनके साथ वहीं? क्यों छोड़ आए मेरी बहन को अरण्य के बीहड़ों में अकेली? ले चलिए अभी मुझे वहाँ...जाने वे कैसी होंगी...। इतने बड़े कलंक का बोझ लेकर वे जीवित भी होंगी या...नहीं...या दैव सब कुशल करना। लक्ष्मण, मुझे शीघ्र ले चलिए दीदी के पास...।" कहते-कहते मेरा कंठ अवरुद्ध हो गया।

"कैसे कुछ कहता किसी से, इतना अवसर ही कहाँ मिला और कैसे रह जाता वहाँ या कैसे ले जाऊँ तुम्हें भाभी के पास राजाज्ञा जो नहीं?"

"सौमित्र, राजाज्ञा तो उस समय आपके लिए भी नहीं थी वन जाने की जब भैया राम वन जा रहे थे और उनकी सेवा व सहयोग हेतु आप जा रहे थे उनके संग। फिर आज मेरे लिए किस राजाज्ञा की बात कर रहे हैं आप? मैं भी अपनी बहन सीता के पास सहयोग के लिए जाऊँगी। आप वहाँ पहुँचा दीजिए मुझे। भैया राम से अधिक आवश्यकता गर्भवती दीदी सीता को है मेरी जिन्हें आप वन में असहाय छोड़ आए हैं। भैया राम जब वन गए थे उनके साथ त्याग की दीप्ति थी...मेरी बहन के माथे पर मिथ्या कलंक का दाग है...। ऐसे में मेरी स्वाभिमानी बहन जी पाएगी संशय है। अत: अति शीघ्र आप वहाँ पहुँचा दीजिए मुझे।"

पीड़ा के आवेग से मैं बिलख पड़ी...।

माँ जड़वत खड़ी थीं। कदाचित् उनका हृदय यह सब मानने को तैयार नहीं था कि यह सच है, जब थोड़ा सचेत हुईं, रो पड़ीं बिलखकर...फिर तीक्ष्ण स्वर में बोलीं—

"सीता को त्यागने से पूर्व राम ने चौदह वर्षों के उसके त्याग का स्मरण नहीं किया? वह उनकी सेवा हेतु वन नहीं गई होती तो क्या उस दारुण दुख से उसे गुजरना पड़ता? उसके त्याग व समर्पण का यह प्रतिदान दिया राम ने? तुम रघुवंशी इतने निष्ठुर हो कि स्त्री का मान, स्वाभिमान या मर्यादा भी नहीं समझ सकते। किस हाल में होगी मेरी सीता। किसी समाज में रहने योग्य भी नहीं छोड़ा राम ने उसे। वन, कानन में कैसे जी पाएगी वह किसी के सहारे बिना...। जिस आश्रम या कुटी में जाएगी, समाज क्या उससे निष्कासन सम्बन्धी प्रश्न नहीं करेगा? तब क्या उत्तर देगी वह? सौ-सौ मौत नहीं मरेगी? राम ने तो उसे जीते जी मृत्यु के मुख में धकेल दिया। किसी राजा के समर्थन में उसकी सारी प्रजा हो क्या यह सम्भव है? किसी दुष्ट ने अपनी निकृष्ट बुद्धिवश कोई आक्षेप लगा दिया और राम जो वर्षों सीता के संग-साथ रहे उसकी बातों में आ गए? और तुम कितने निर्मम निकले, राजाज्ञा मान उसे वन जीवों के भक्षण हेतु छोड़ आए। स्वयं भी रह जाते सीता के पास, मैं उर्मिला को भेज देती। राम की सेवा में तुम्हें भेजा था। सीता भी तो तुम्हारी भाभी है। यह बड़ा अन्याय हुआ है जानकी के साथ पुत्र। दीदी कौशल्या यह प्रहार क्या सहन कर पाएँगी? कितने सपने सँजोये थे उनके नेत्रों ने अपने पौत्र-पौत्री के लिए...। सब धराशायी हो गए। उनके जीवन में प्रतीक्षा कभी न समाप्त होनेवाला भीषण अभिशाप बनकर आई है। आह प्रिय लक्ष्मण, मैं क्या करूँ...? जाओ दीदी कौशल्या के पास, कह दो उन्हें उनकी सीता अपने सुकर्मों का फल भोगने गई है। उसकी प्रतीक्षा न करें। जाओ लक्ष्मण, जाओ।" पीड़ा की अधिकता से माँ रो पड़ीं।

"कैसे जाऊँ माँ, कौन-सा मुख लेकर जाऊँ उनके सम्मुख? क्या कहूँगा उनसे? राजा राम ही कहें उनसे कहाँ गई उनकी बहू सीता। मुझमें इतनी शक्ति नहीं है।" कहकर वे कक्ष से ही नहीं भवन से भी बाहर चले गए...।

अभी तक तो मेरे ही कक्ष तक बात थी। अब सारे भवन में फैल गई पुन: कानाफूसियों के रूप में परन्तु भैया राम के भय से वह कोहराम न बन सकी...। तत्क्षण दीदी मांडवी के साथ छोटी माँ आ पहुँचीं। नम नेत्र अधरों पर रुलाई रोके। सिसकती हुई दीदी मांडवी मेरे गले लग गईं—

"यह सब क्या हो गया उर्मिला? दैव ने कितने संताप लिखे हैं दीदी सीता के भाग्य में? चौदह वर्षों की यातना देकर भी उनका जी नहीं भरा? इस अवस्था में कहाँ होंगी वे? किस हाल में होंगी? होंगी भी या..."

बात अधूरी छोड़कर वे बिलख पड़ीं।

आप धैर्य रखिए दीदी, ऊपर वाला इतना निर्मम नहीं हो सकता। कहते-कहते मैं स्वयं फफक पड़ी।

"मेरी पुत्रियो...धैर्य रखो और शान्त चित्त चलो बड़ी दीदी के कक्ष में। वे प्रतीक्षा की घड़ियाँ गिन रही होंगी सीता के आने की।" माँ सुमित्रा बोलीं।

कठिनाई से हमने बलात् अपने मनोभाव पर काबू किया और उनके संग बड़ी माँ के कक्ष की ओर बढ़ीं।

बड़ी माँ शैया पर बैठी थीं परन्तु उनके नेत्र द्वार पर ही लगे हुए थे। हमें एक साथ प्रवेश करते देखकर प्रसन्नता से उनका मुख दमक उठा...।

"मेरी सीता आ गई, कहाँ है वह?" कहती वे तत्क्षण शैया से उतर पड़ीं।

माँ सुमित्रा ने उन्हें सँभाला।

"पहले आप बैठिए तो, इस तरह व्याकुल मत होइए।"

"तो बतातीं क्यों नहीं कहाँ है सीता? लक्ष्मण आ गए?"

"हाँ दीदी, लक्ष्मण आ गए अपना कर्तव्य पूरा करके।"

"कैसा कर्तव्य सुमित्रा? तुम स्पष्ट क्यों नहीं कह रही हो?"

"दीदी, कहते हृदय फट रहा है...राम ने सीता का परित्याग कर दिया है साथ ही राज्य से निर्वासित भी...।" भर्राए स्वर में अटक-अटक कर माँ सुमित्रा बोलीं तो बड़ी माँ के मुख से घुटी-घुटी-सी चीख निकल गई।

"ऐसा कैसे हो सकता है सुमित्रा..? राम कैसे उसे त्याग सकते हैं? वह गर्भवती है। असहाय है। उन्होंने मुझसे कुछ पूछना भी आवश्यक नहीं समझा और चुपके से सीता को वन में भिजवा दिया?" उन्होंने माँ सुमित्रा का हाथ पकड़कर सिसकते हुए पूछा।

"दीदी इस प्रश्न का उत्तर तो राम ही दे सकते हैं। लक्ष्मण ने तो मात्र उनके कठोर आदेश का पालन किया है और बहुत असहज हो उठे हैं।" क्षोभयुक्त स्वर में माँ सुमित्रा बोलीं और सिसक पड़ीं...स्त्री की विवशता पर।

विवशता एक माँ की।

विवशता एक पत्नी की।

विवशता एक भाई की।

और विवशता हम तीनों बहनों की भी क्रोध के उबाल को दबाकर मौन रहने की...।

बड़ी माँ ने लक्ष्मण को बुला लाने के लिए दास को भेजा और उठकर कक्ष

में चक्कर काटने लगीं। उनके अन्दर की व्याकुलता और राम द्वारा उपेक्षित किए जाने का क्षोभ उनकी चाल से स्पष्ट हो रहा था।

लक्ष्मण के कक्ष में प्रवेश करते ही क्षोभयुक्त स्वर में बोलीं—

"बताओ तात लक्ष्मण, कहाँ छोड़ आए मेरी पुत्री सीता को? उस गर्भवती बेबस को? अरे हमारे उज्ज्वल सूर्यवंश को यह कलंक भी झेलना था? एक बार भी कही होती उसे ले जाने से पहले राम की मंशा...। मैं क्या जाने देती उसे या राम का कहा मानती? राम के वनगमन की आज्ञा महाराज की थी, संग कैकेयी की भी। मैं हृदय पर पत्थर रखकर मान गई थी। राम का कहा क्या होने देती? राज्य में अपवाद उठाया किसी निकृष्ट जन ने। शुचिता सम्बन्धी आरोप लगाया सीता पर। अरे स्त्री क्या कच्ची मिट्टी का घट है जो किसी अन्य पुरुष के छू लेने मात्र से अस्पृश्य हो जाएगी? राजा का यह धर्म तो कदापि नहीं कि किसी एक के कहने पर दूसरे को अपराधी मान ले? उसके साथ अन्याय करे? किस देश, काल या राज्य में राजा के प्रति सभी प्रजा का मत एक हुआ है? तो क्या एक के कहने मात्र से विधि का विखंडन कर दिया जाए? बुलाओ राम को...वे राजा हो गए तो क्या ब्रह्म हो गए हैं? रघुवंशियों से अन्याय होना असम्भव है, वे स्वयं आत्म-त्याग कर सकते हैं किसी और को आत्म-त्याग के लिए विवश नहीं कर सकते।"

बड़ी माँ की पीड़ा शब्द बनकर भरे घट की भाँति छलक रही थी। हम जड़-सी खड़ी सुन रही थीं।

"सुमित्रा, जाने इस अति विकसित अयोध्या में ये अविकसित व तुच्छ विचार वाले मानव कहाँ से आ गए जिन्होंने मेरी सीता व राम के जीवन में विष घोल दिया। ज्ञात हो रहा अयोध्या में नास्तिकों की कमी नहीं है।" क्षुभित स्वर में बड़ी माँ बोलीं।

"शान्त हो जाइए दीदी! जैसे नंगों के समूह में नंगापन की चर्चा नहीं होती, वहाँ चर्चा होगी तो वस्त्र पहने लोगों की, कि उसका कौन-सा अंग नंगा रह गया है लाख प्रयत्न के बाद। यहाँ भी वही हुआ है। राम ने बहुत-सी रूढ़ियों पर प्रहार किया है, उन्हें ध्वस्त किया है। जैसे एक पत्नीव्रत का संकल्प लेकर बहु पत्नीत्व प्रथा का। भाइयों के बीच राज्य का बँटवारा न हो...और राज्य के लिए वैमनस्य उत्पन्न न हो इसके लिए राज्य का त्याग करके। विमाता के प्रति लोगों में फैले विद्वेष के परिमार्जन हेतु विमाता की आज्ञा मानकर भाइयों के प्रति सौहार्द का उदाहरण प्रस्तुत कर। और पर-स्त्री हरण करनेवाले अधम को नीच कर्म के लिए प्राण दंड देकर। इतनी सारी अच्छाइयों के बीच कुछ ऐसे मानसिकता वाले लोग वैसे भी होते

हैं जिन्हें अच्छाई भी डराती है और वे अच्छाई करनेवाले की कोमल रग पर प्रहार कर बैठते हैं उन्हें पीड़ित, प्रताड़ित करने के लिए।"

"सम्भव है सुमित्रा ऐसा ही हो परन्तु उनकी इस कुत्सित भावना का शिकार तो मेरी भोली सीता ही बनी न?" सुबकती हुई बड़ी माँ ने कहा।

"हाँ दीदी...।"

"लक्ष्मण, सुमंत्र को कहो रथ तैयार करें...मैं जाऊँगी सीता के पास। तुम ले चलो मुझे वहाँ शीघ्र।"

"बड़ी माँ आप कृपया शान्त हो जाइए। भैया राम के आने तक धैर्य रखिए।" कहकर लक्ष्मण शीघ्रता से बाहर चले गए अपने अश्रुओं को पोंछते हुए...।

लक्ष्मण की बेबसी तथा बड़ी माँ की व्याकुलता को हम समझ रही थीं परन्तु हमारे वश में कुछ भी नहीं था सिवा रोने, बिसूरने के...।

25

प्रातः से ही दीदी का स्मरण व्याकुल कर रहा, जी चाह रहा किस विध उनके पास चली जाऊँ। आज प्राचीरों से आवेष्ठित यह दुर्ग तनिक नहीं सुहा रहा। ऐसा लग रहा जैसे विधि-विधानों के पाश ने हमारे भीतर के कोमल तन्तुओं को मार दिया है। परन्तु उस भाव का मैं क्या करूँ जो मुझे चैन नहीं लेने दे रहा...। दीदी कोई अवांछित वस्तु नहीं थीं जिन्हें इस निष्ठुरता से दूर कर दिया गया। हमारे शरीर का अभिन्न अंग थीं। सुख में सदा साथ रहा था हमारा। दुख वे अकेले भोगने को विवश हैं। मेरी रुलाई तेज हो गई।

जाने कब से वाटिका में खड़ी हूँ वृक्ष तले...शान्ति की आकांक्षा में। यह वही वृक्ष है जिसे लक्ष्मण के वियोग की पीड़ा कम करने हेतु लगाया था मैंने। विरह के वे अग्नि समान तपते दिन, इसे सेवते हुए चौदह वर्षों के उदास पलों को व्यतीत किया था। तब यहाँ आकर शान्ति का अनुभव होता था। आज नहीं हो रहा। दीदी सीता का स्मरण हृदय को मथ रहा। धीरे-धीरे रात की कालिमा फैल रही चारों ओर...। भवन से छनकर आते हल्के प्रकाश में वृक्षों की आकृतियाँ भयावनी लग रहीं। झींगुरों के झंकार व उलूक जैसे निशाचर पक्षियों के बोल से वातावरण में विचित्र-सा भय

उत्पन्न हो रहा...परन्तु मैं वहाँ से जाना नहीं चाह रही। अनुभव करना चाहती हूँ कि घोर निशा रात्रि में निर्जन वन में अकेली दीदी को कैसा अनुभव होता होगा।

"प्रिय उर्मिला, अँधेरा घिर आया है यहाँ क्यों खड़ी हो, कक्ष में चलो। कब से ढूँढ़ रहा हूँ तुम्हें।" लक्ष्मण का स्वर है।

"आर्य, देखना चाहती थी वन, उपवन की यह कालिमा कैसा अनुभव होती है अकेले में। जब भवन के उपवन में अँधेरा घिरते ही भय व्याप्त रहा मेरे मन प्रान्त पर तब इस काली रात्रि में दीदी अरण्य के बीहड़ में कैसा अनुभव कर रही होंगी? अपनों से दूर अकेली ऐसी अवस्था में? क्या अभी तक वे जीवित भी होंगी या...?

"नहीं...नहीं। उन्हें कुछ नहीं हुआ है और न होगा। धैर्य रखो उर्मिला।"

"ऐसा कैसे कह सकते हैं आप? आप ही तो छोड़ आए उन्हें बीहड़ अरण्य में।"

"मैं उनके धैर्य और आत्मबल से परिचित हूँ। वे ऐसा कोई पग नहीं उठाएँगी जिससे उनकी सन्तानों पर कोई आँच आए।"

"उनके आत्मबल से मैं भी परिचित हूँ सौमित्र, परन्तु आप बताइए, स्त्री की शुद्धता का मानक क्या है हमारे समाज में? यह जो अपवाद उठ रहा अयोध्या में प्रजा की समझ के अनुसार या राजा द्वारा बनाए गए नियमों के अनुसार?"

"उर्मिला, तुम कहना क्या चाह रही हो?"

"दीदी का त्याग और राज्य निर्वासन इसी अपवाद की बिना पर ही तो हुआ है न जो चन्द लोगों द्वारा फैलाया गया है?"

"हाँ उर्मिला...।"

"वही तो पूछ रही हूँ मैं कि स्त्री की शुचिता सम्बन्धी ऐसा कठोर नियम बनाते समय उसके सभी पहलुओं पर भी ध्यान दिया गया होगा विद्वज्जनों द्वारा?"

"अवश्य।"

"दीदी के हरण सम्बन्धी सारे तथ्यों की जानकारी सरमा और सुभगा द्वारा हमें ज्ञात है। क्या किसी पुरुष द्वारा बलात् हरण की गई और बन्दी बनाकर रखी गई स्त्री को पर-पुरुष द्वारा छू लेने मात्र से उसकी शुद्धता नष्ट हो जाती है? संसार में क्या ऐसी कोई वस्तु भी है जिसे छूने मात्र से वह अस्पृश्य हो जाए?"

"नहीं।"

"तो फिर हाड़-मांस की बनी सचेतन मेरी बहन सीता कैसे अस्पृश्य हो गई किसी आततायी द्वारा बलात् हरण किए जाने और बन्दी बनाकर रखे जाने पर? क्यों भैया राम ने उस निकृष्ट मनुष्य के विचारों पर सत्यता की मुहर लगा दी, दीदी

को त्याग कर? क्यों नहीं राजसभा में विद्वज्जनों समक्ष उन्होंने यह तथ्य रखकर उनका मंतव्य पूछा? और सबसे बड़ी बात पति होने के नाते क्यों नहीं विश्वास रहा उन्हें अपनी पत्नी पर?"

लक्ष्मण मौन रहे...।

उनके मौन ने मेरे आक्रोश को और भड़का दिया...।

"आर्य, इस कारण से दीदी का त्याग मात्र उनके स्त्रीत्व पर ही लांछन नहीं है...हमारे निर्मल जनक कुल पर भी लांछन है। हमारी परम विदुषी माँ सुनयना की दी हुई शिक्षा, संस्कार पर भी लांछन है। विदेह कहे जानेवाले परम ज्ञानी मेरे पिता पर भी लांछन है और लांछन है समस्त स्त्रियों के उन भावों पर भी जिसे यह पुरुष समाज अभी तक समझ नहीं पाया है और न ही समझने का प्रयास ही करना चाहता है। वरन् यह स्थिति उत्पन्न ही नहीं होती आर्यों के समाज और राम के राज्य में। हम भी तो आर्य कुल की ही कन्याएँ हैं, उसके विधि-विधान में पगी, पली। अन्य जातियों के विधि-विधान का भी ज्ञान है मुझे जो इसी भारत खंड की भूमि पर वास कर रहीं। उनके विधि-विधान में भी स्त्री के लिए इतने कठोर दंड का प्रावधान कदाचित् ही हो...। यह सत्य है कि संसार में आर्यों की सभ्यता सबसे विशिष्ट व परिष्कृत है। आर्यों ने समाज के हर पहलू पर दृष्टिपात कर उसकी बुराइयों को दूर करने का प्रयास किया है। उसके लिए नियम बनाए और उस पर कठोरता से आचरण भी किया परन्तु कालान्तर में अतिवादिता का शिकार यह भी हो रहा। कोई भी नियम या परम्परा समाज की अक्षुण्णता व सन्तुलन बनाए रखने का हेतु मात्र होता है...और ऐसा होना अनिवार्य भी है परन्तु इसके निकष पर मात्र स्त्री को ही कसना...?"

"ऐसा नहीं है प्रिय! पहले तुम शान्त हो जाओ।"

"प्रयत्न तो कर रही हूँ सौमित्र, सफलता नहीं मिल रही। दीदी का स्मरण भयातुर कर रहा। उन जैसी स्वाभिमानी स्त्री अपनी अस्मिता पर लगे मिथ्या लांछन का असह्य बोझ लेकर जीवित नहीं रह सकती...कदापि नहीं रह सकती। सौमित्र, मुझे ले चलिए वहाँ जहाँ आपने दीदी को छोड़ा था। अभी...इसी समय...।" व्याकुल हो मैं रो पड़ी।

लक्ष्मण ने मुझे अपने आलिंगन में समेट लिया। मेरे सर को सहलाते हुए बोले—

"शान्त हो जाओ उर्मिले! भाभी को कुछ नहीं हुआ है और न ही होगा। वे जहाँ भी हैं सुरक्षित हैं, सकुशल हैं।"

"इतने विश्वास से कैसे कह सकते हैं आप कि वे सुरक्षित हैं, सकुशल हैं? आपने तो उन्हें अरण्य के बीहड़ में छोड़ दिया था?"

"उर्मिला, मैं भाभी का अपराधी हूँ परन्तु इतना नृशंस नहीं हूँ कि उनके प्रति अपने दायित्व से मुख मोड़ लूँ। उस समय मैं राजाज्ञा से बँधा था परन्तु सम्बन्धों से तो अभी भी जुड़ा हूँ। जैसे राजाज्ञा का पालन मेरा धर्म है वैसे ही उनकी रक्षा करना भी मेरा धर्म है।" कहते-कहते उनके नेत्र डबडबा गए और स्वर भर्रा उठा...।

"वन से लौटने के पश्चात् ही मैंने अपने विश्वस्त अनुचर को उनका पता लगाने हेतु भेज दिया था वहाँ। पता चला उन्हें महर्षि वाल्मीकि अपने आश्रम में ले गए हैं और भाभी वहाँ सकुशल हैं। कल आखेट के बहाने मैं स्वयं वहाँ गया था। छुपकर देख आया हूँ उन्हें और सदा जाता रहूँगा वहाँ उनका कुशल क्षेम जानने। यही मेरा प्रायश्चित्त होगा, परन्तु यह बात तुम किसी के समक्ष कभी प्रकट मत करना।"

"आह लक्ष्मण, आपके शब्दों से कुछ शान्ति मिली।

उस दिन के पश्चात् जब भी मैं लक्ष्मण के नेत्र नम देखती...समझ जाती आज फिर वे दीदी सीता को देखने गए थे वाल्मीकि आश्रम। प्राय: वे आश्रम चले जाया करते दीदी और उनके बालकों को छुपकर देखने। कोशल राज्य की ओर से अधिक धन भिजवा देते सहयोग स्वरूप आश्रम को। वहाँ से लौटने के बाद कितने दिनों तक उनका चित्त क्लान्त रहता। मेरे लाख समझाने के पश्चात् भी कि "इसमें आपका कोई दोष नहीं था। आपने तो मात्र राजाज्ञा का पालन किया था। आप नहीं जाते उन्हें वन में छोड़ने तो कोई और पूरा करता यह कार्य।"

सौमित्र की ग्लानि कम नहीं हो रही थी। दिन-रात वे इस पश्चात्ताप में घुलते रहते कि भैया ने मुझे ही क्यों सौंपा यह दु:सह कार्य? रात्रि में उठ-उठकर खिड़की के पास चले जाते और बिलख पड़ते। मैं बलात् अपनी रुलाई रोककर उन्हें नानाविध ढाढ़स बँधाती। वे बिफर पड़ते अपनी बेबसी पर—

"उर्मिला, तुम्हें तनिक भी भान नहीं होगा भाभी के त्याग व समर्पण का। जाने किस मिट्टी से रचा है विधाता ने उन्हें। वनप्रान्तर की घोर कठिनाइयों तथा अभावों के मध्य भी वे कितनी सहज रहती थीं। एक सामान्य स्त्री की भाँति अरण्यवास का उत्सव मनाते देखा है मैंने उन्हें। तेरह वर्षों के वन प्रवास काल में एक क्षण के लिए भी उनके अधरों पर किसी के लिए उपालम्भ के शब्द नहीं उभरे थे। यह उनके जीवट और विषम परिस्थितियों में सहज जीवन जीने के कौशल को दर्शाता है। उन कठिनाइयों के बीच भी उन्होंने कभी भी अपने समय को व्यर्थ नहीं गँवाया...।

वनवासी स्त्रियों को शिक्षित करना। विभिन्न प्रकार व रंगों के वन कुसुम और पत्तियों के अर्क से उन्हें चित्रकारी व भित्ति-चित्र बनाना सिखाना। उन्हें आत्मसम्मान से कैसे जीना है यह बतलाना। अपने जीवन-यापन का ढर्रा बदलने पर जोर देना। वे स्वयं को पहचानें इस ओर उन्हें उद्यत करना...। उनके मध्य व्याप्त घोर अन्धविश्वासों से उन्हें मुक्ति दिलाने का प्रयत्न करना। वहाँ के समवयस्क युवतियों संग झूला झूलना। उनसे पाक विधि सीखना। उनका यही प्रयत्न होता कि समय को निरर्थक नहीं जाने दिया जाए।"

"ओह...मेरी बहन, कैसे पुष्प के समान पाला था माँ-पिताजी ने उन्हें।" सिसकते हुए मैंने कहा।

"कभी-कभी उन्हें इतना सारा कार्य करते देखकर विश्वास नहीं होता था कि ये जनककुमारी सीता हैं। प्रातः ही जगकर नदी में सहजता से स्नान करतीं। भैया तथा स्वयं के वस्त्रों को स्वच्छ करतीं। मेरे वस्त्रों को भी स्वच्छ करने का हठ करतीं। मैं लज्जित हो उठता और उन्हें बरज देता। फिर निष्ठा से सांध्योपासना करना... और लकड़ी के चूल्हे पर बड़े मनोयोग से भोजन बनाना...। मेरे लाख मना करने के पश्चात् कभी-कभी वे नदी से जल भी ले आतीं और इतने सारे कार्य करने के बाद भी उनका मुख कभी मलिन नहीं होता था परिश्रम से। ऐसा अनुभव होता जैसे वे सदा से ये सब कार्य करने की अभ्यस्त हों। ओह...उर्मिला, वन के वे विकट और उदास दिन उनकी ममता और स्नेह की छाया में ही जीवन के प्रति आशावान बने रहे थे। वरन् हमें वे विचलित कर देते। जाने कैसे व्यतीत होते...। उनके हरण के बाद ही हमने दिनों की गिनती करना सीखा...। उर्मिला, कष्ट के वे दिवस स्मरण कर व्याकुल हो उठता है हृदय उनकी त्रासदी पर...।

26

दीदी सीता के परित्याग के बाद माँ कौशल्या की स्थिति बड़ी विकट हो गई थी।

भवन में सर्वाधिक अकेलेपन का दंश कोई झेल रहा था तो वह बड़ी माँ ही थीं। इस विस्तृत अनेक कक्षाओं वाले राजभवन के तीन कक्षों के द्वार तो इतने विशाल थे कि रथ सीधे प्रवेश कर जाते थे। बाद के दो को पैदल पार करना पड़ता

था। प्रथम रात्रि में हमारी डोलियाँ भी सीधे अन्त:पुर तक आई थीं। फिर देव स्थान जो अन्त:पुर के भीतर ही स्थित है वहाँ हमसे देव-पूजन करवाया गया था। सबसे सुन्दर व भव्य तीन मंजिला भवन में ससुर जी छोटी माँ के संग वास करते थे। उसके बगल में ही दीदी मांडवी का भवन है। मेरा और श्रुतकीर्ति का भवन मझली माँ के भवन के पार्श्व में स्थित है। सबसे बड़ा सात कक्षों वाला भवन बड़ी माँ का है। जिसमें पाँच कक्षों के बाद अन्त:पुर आता है। उसके पार्श्व में रत्नों से जड़ित कनक भवन है, जो बड़ी माँ को उनकी सास की ओर से भेंट में मिला था और अब उन्होंने उसे दीदी सीता के वास के लिए दिया था। परन्तु छोटी माँ कैकेयी के भवन की शोभा उन भित्ति-चित्रों से अधिक थी जिन्हें महल की भित्तियों पर कुशल शिल्पियों ने बड़े मनोयोग से उकेरा था और विविध प्रकार की नक्काशियों से उन्हें सुसज्जित किया था।

जितने अरमानों के साथ बड़ी माँ राजमहिषी बनकर आई थीं इस अयोध्या राजप्रासाद में, वह हर्ष बहुत दिनों तक कायम नहीं रहा था उनका। अयोध्या राजसिंहासन को अपने उत्तराधिकारी की अधिकता से प्रतीक्षा थी...जो लम्बी होती-होती निराशा का रूप धारण कर गई थी। मात्र ससुर जी के ही नहीं बल्कि सगे-सम्बन्धियों के साथ राज्य की प्रजा के हृदय तक में। तब उनके एकाधिकार में साझा करने के लिए मगध राजकुमारी मझली माँ सुमित्रा लाई गई थीं और समय व्यतीत होने के साथ पुन: वही आस...पुन: वही प्रतीक्षा...और पुन: वही निराशा...।

उत्तराधिकारी तो तब भी प्राप्त नहीं हुआ था वर्षों-वर्ष तक परन्तु ससुर जी की उपेक्षा से शुष्क होती गई थी उनके अन्दर की कोमलता...। रही-सही कसर पूरी हो गई थी छोटी माँ कैकेयी के आने के बाद...। ससुर जी का सारा ध्यान उनकी ओर ही केन्द्रित हो गया था और दोनों बड़ी रानियाँ उपेक्षित होती गई थीं। जिसके प्रभाव से वे एक-दूसरे की व्यथा में साझीदार बनती गईं और उनकी यह निकटता सौतन से अधिक सहोदरा में बदल गई थी।

अयोध्या राजसिंहासन को उत्तराधिकारी तो हर स्थिति में अपेक्षित था। फलस्वरूप गुरु वशिष्ठ तथा अन्य माननीय के कहने पर ससुर जी पुत्रेष्टि यज्ञ करवाने पर सहमत हो गए थे। पुत्रेष्टि यज्ञ का अनुष्ठान उस समय के अति विद्वान ऋषि शृंगी ही करवा सकते थे और ऋषि शृंगी महाराज के जामाता भी लगते थे। अयोध्या नरेश ने अपनी बड़ी पुत्री शान्ता को बाल्यकाल में ही अपने नि:सन्तान मित्र अंगराज लोमपाद को गोद दे दिया था जिनका ब्याह ऋषि शृंगी से हुआ था। पिता के इस

यज्ञ हेतु शान्ता ने भी अपने पति से बहुत अनुनय-विनय किया था क्योंकि ऋषि यह यज्ञ करने पर सहमत नहीं थे।

यज्ञ हुआ और उसके हविष्य को तीनों रानियों ने ग्रहण किया। फिर उनकी कोख हरी हुई और उनके जीने का हेतु बनकर आर्य राम, भरत, लक्ष्मण व शत्रुघ्न की किलकारियाँ गूँज उठीं भवन में। भैया भरत तो अपेक्षित सन्तान थे, कामना व प्रार्थना के फल के रूप में। बड़ी माँ को भी प्रसाद प्राप्त हुआ था परन्तु मझली माँ की झोली तो दैव ने बिन माँगे ही भर दी थी दो-दो पुत्रों से। दोनों प्राणपण से जुट गईं अपनी कामना, लालसा को साकार करने में...। उनकी पल-पल की गतिविधियों पर सौ-सौ जान न्योछावर होतीं।

कभी बहुत ही पुलकित स्वर में कहा था बड़ी माँ ने—"मेरे राम के जन्मोत्सव के समय राजमार्ग नट-नर्तकों और परियों के समूह से भर-सा गया था। महीनों उनका नृत्य व गायन होता रहा था भवन में। अपने उत्तराधिकारी को पाकर पूरा राज्य उत्सव में डूब गया। सबके भाग्य खुल गए थे। बढ़ई झूला बनाकर ले आए थे। सुनार उन लोगों के लिए कुंडल, करधनी व पैरों के लिए नन्ही-नन्ही पैजनी लाए। सूचिक : रंग-रंग के कौषेय वस्त्र लेकर आए। पटहारिनें उनके हाथ-पैरों में पहनाने के लिए रेशमी धागों में काला मुक्ता पिरोई हुई नजरिया ले आईं। नाउन तो पल-पल बलैया ले रही थी। यहाँ स्त्रियों का भी नाट्य संगठन है और वे नाट्य प्रस्तुत करने में बहुत ही कुशल हैं। यदा-कदा वे भवन में भी अपनी कला दिखाने आती रही हैं महाराज के बुलावे पर। अवसर आने पर महल में उन्हें बुलवाऊँगी तब देखना तुम लोग। राजघरानों में या उच्च समाज में संगीत मनोरंजन का प्रमुख साधन है। राजपरिवार के लोगों को प्रात: उसकी ध्वनि से जगाए जाने का प्रचलन सदा से रहा है। संगीतकारों का बहुत सम्मान होता है समाज में। देव स्थानों पर भी कभी-कभी संगीत का आयोजन किया जाता है। विशेष अवसरों पर नर्तकियाँ भी आया करती हैं। महाराज कहा करते थे कि पूर्व काल में अयोध्या के विलासप्रिय समाज में संगीत का इतना अधिक महत्त्व था कि यहाँ के लोग शयन समय भी नगाड़ों की ध्वनि सुनना पसन्द करते थे। उन्होंने ही सर्वप्रथम भवनों का निर्माण नाना प्रकार के रत्नों से किया जिसका एक अनुपम उदाहरण यह कनक भवन तुम लोगों के सम्मुख है, जिसे मेरी सास ने मुझे वास के लिए दिया था और मैंने अपनी सीता को...।" कहते-कहते वे बिलख पड़ी थीं कदाचित् दीदी का स्मरण उन्हें बेकल कर दिया था।

जब हम बहनों ने अयोध्या में प्रथम बार प्रवेश किया था तो विविध वाद्य-यंत्रों

से निकलती मधुर स्वरलहरियों ने मन को मोह लिया था। तब से हर प्रात: वाद्य-यंत्र की मृदुल ध्वनि सुनाई देती रही...।

परन्तु वह समय ही क्या जो अपना महत्त्व विस्मृत होने दे। जब अति हर्ष के झूले में वे पेंगें बढ़ा रही थीं बेटा-बहू संग...तब उसने प्रथम प्रहार किया भैया राम के वनगमन के रूप में। अधेड़ावस्था में लगा यह भीषण प्रहार उन्हें ध्वस्त कर गया समूल। कहाँ तो उनकी चिर अभिलाषा की परिणति होने जा रही थी भैया राम के राज्याभिषेक के रूप में। और उनकी खोयी प्रतिष्ठा की पुनर्प्राप्ति भी राजमाता के रूप में तब काल का यह क्रूर व्यवहार...।

उन नेत्रों में पुन: जाग्रत हो गई थी बरसों की सोई हुई वही प्राणलेवा प्रतीक्षा...। इससे पूर्व की उनकी प्रतीक्षा की पीड़ा की मैं साक्षी नहीं थी परन्तु राम, लक्ष्मण और दीदी सीता के अरण्यवास के बाद की उनकी प्रतीक्षा व तड़प की मैं पल-पल की साक्षी रही थी। उस प्रतीक्षा में जब दीदी सीता का परित्याग का दंश उस समय जुड़ गया जब वे पोते-पोतियों की प्रतीक्षा में पलकें बिछाये बैठी थीं।

दीदी के परित्याग के बाद उनके पास भैया राम का आना भी यदा-कदा ही होता। वे आते भी तो कुछ ही काल के लिए। उस समय भी वे अधिकतर मौन ही रहते। जैसे किसी अपरिचित व्यक्ति के समीप बैठे हों। उनके इस व्यवहार से बड़ी माँ और टूट जातीं। वे चाहतीं, पूर्व की भाँति ही सहजता से भैया उनसे वार्ता करें। कुछ अपने हृदय की बात कहें, कुछ उनकी सुनें। ऐसा न होना उन्हें और अकेला कर जाता। पति, पुत्र और अब वधू जिसके सान्निध्य की आकांक्षी रहीं वे, दुर्भाग्य से सभी तो दूर हो गए थे।

भैया राम का समय राज-काज व सभा की भीड़ में व्यतीत हो जाता। बड़ी माँ राजप्रासाद के प्राचीरों के बाहर कहाँ जातीं इस वय में। ऐसे में मैंने सीता दीदी के दायित्व को सँभाल लिया था। माँ सुमित्रा के पास श्रुतकीर्ति थी। लक्ष्मण और शत्रुघ्न थे। और अब तो हमारे बच्चे भी। श्रुतकीर्ति के दोनों पुत्र सुबाहु और शत्रुघाती माँ सुमित्रा के भवन को गुलजार करते और मेरे दोनों पुत्र अंगद और चन्द्रकेतु बड़ी माँ के भवन को। दीदी मांडवी भी दो पुत्रों तक्ष और पुष्कल की माँ बन चुकी थीं। बड़ी माँ का भवन दीदी सीता की सन्तानों की किलकारी को तरस रहा था और उसके साथ ही उनकी लालसा भी सभी को न्योछावर देने की।

सभी के पुत्रों को हँसते-खेलते देख प्राय: बड़ी माँ के नेत्र भर आया करते...। कभी-कभी सर्द आह निकल जाती उनके अधरों से और वे अस्फुट से शब्द कहतीं—

"मेरी नियति भी क्या है....चौदह वर्ष पुत्र वियोग में बीता और अब मेरी पुत्री सीता अपनी सन्तानों के साथ न जाने कहाँ, किस अरण्य में भटक रही होगी मेरे पोते, पोती के साथ? कितना क्रूर है विधाता भी, उनकी सन्तानों के भाग्य में भी अरण्य का संघर्ष लिख दिया।"

कहकर वे सुबक पड़तीं। कदाचित् उन्हें यह चिन्ता व्याकुल करती रहती कि अयोध्या राजपरिवार की सन्तानें जाने कहाँ, किस हाल में होंगी...?

दीदी सीता के निष्कासन के पश्चात् तो भैया राम की दिनचर्या भी परिवर्तित हो गई थी। वे राजसी वस्त्र तो धारण करते परन्तु वे श्वेत होते। उनका मुख भी श्रीहीन हो गया था। न भोजन करने का कोई समय था न शयन का। उन्हें स्मरण रहता तो मात्र राजसभा...या प्रजा की सुख-सुविधा...। दीदी सीता को वनवास देने के बाद उन्होंने स्वयं को कम दंडित नहीं किया था मौन रहकर। व्यवस्था रहते हुए भी दुख सहे परन्तु दूसरा विवाह नहीं किया और इस बात का प्रतिपादन किया कि विवाह केवल शारीरिक काम-तृष्णा का साधन नहीं वरन् सामाजिक धर्म की आध्यात्मिक आवश्यकता है। पत्नी मात्र यौन-तृप्ति का साधन नहीं बल्कि सामाजिक धर्म का आधार है। व्यापार का स्तर बढ़ाया तथा उसे सुचारु किया था जो आज भी अविच्छिन्न चला आ रहा और इसे अमरावती पुरी के समकक्ष साबित कर रहा। दाम्पत्य प्रेम का सही स्वरूप एक पत्नीव्रत से ही सम्भव है कदाचित् यह संकल्प भैया राम ने भी लिया हो...और यही सोच सौमित्र की भी रही थी तभी तो उन्होंने एक पत्नीव्रत का संकल्प लिया था प्रथम रात्रि में ही।

पूर्व काल से लेकर वर्तमान तक राजा को एकाधिक पत्नी रखने का अधिकार रहा था। ऐसा सदा देखने व सुनने में आया, चाहे वह जनकपुर भवन हो या अयोध्या राजभवन। इन रनिवासों में अनेकों पत्नियाँ भरी पड़ी रहतीं जिनका वर्ग भी विभाजित था। जैसे मुख्य पत्नी को राजमहिषी पद से विभूषित किया जाता था। दूसरी अन्य पत्नियाँ जो सुन्दर होतीं उन्हें ववाता की संज्ञा दी जाती। तीसरी परिवृक्ता और चौथी पालागली की श्रेणी में आती। वहाँ सभी वर्णों की कन्याएँ होतीं किन्तु यज्ञ या किसी धर्म कार्य या महत्त्वपूर्ण भूमिका में राजा के संग पाटमहिषी को ही बैठने का अधिकार होता।

सब कुछ सहज तो नहीं हुआ था...होना सम्भव भी नहीं था पर सृष्टि की गति किसी के हर्ष या विषाद के लिए कब रुकी है। एक दिन भैया की राजसभा में महर्षि भृगु पुत्र च्यवन मुनि अपने कुछ अनुयायियों के संग आए। भैया राम द्वारा

यथायोग्य सत्कार पाने के बाद उन्होंने यहाँ आने का कारण बयान करते हुए कहा—

"अयोध्यापति, सुना है आपने वानरी सेना के साथ सप्तद्वीपपति दुष्ट रावण का संहार किया है। हमें भी अभय कीजिए।"

"आपके भय का कारण क्या है मुनिवर?"

"दैत्यराज लवणासुर।"

"मधुवन या मथुरापुरी का नरेश लवणासुर तो नहीं?"

"हाँ दशरथनन्दन, वही लवणासुर, उसे अपने पिता से अमोघ अस्त्र प्राप्त है जिसके बल पर वह उच्छृंखल व नृशंस हो गया है।"

"कैसा अमोघ अस्त्र मुनि श्रेष्ठ?"

"उसका पिता बहुत ही विद्वान, बुद्धिमान व दयावान राजा था तथा अन्य जातियों के प्रति उदार भी। उसने भगवान शिव की घोर आराधना की जिससे शिव ने प्रसन्न होकर उसे अद्भुत वर दिया। वह वर था उनके त्रिशूल से निकला हुआ परम शक्तिशाली शूल...। शूल देते समय उन्होंने उसकी विशेषता बताते हुए यह हिदायत भी दी कि इसका प्रयोग कभी किसी निरपराध या अशक्त पर नहीं होना चाहिए। जब तक तुम्हारा ध्यान इस ओर रहेगा इसमें शक्ति बनी रहेगी अन्यथा उसकी शक्ति अदृश्य हो जाएगी। यह सुनकर उसने महादेव से प्रार्थना की कि दया कर आप यह वरदान दीजिए कि यह शूल मेरे वंशजों के पास भी सदा बना रहे...। शिव ने उसकी इस प्रार्थना को अस्वीकार कर दिया परन्तु उसके तप को देखते हुए उन्होंने उसके किसी एक पुत्र के पास शूल को रहने देने का वरदान दे दिया।

कालान्तर में उसका एक पुत्र लवण जो बचपन से ही हठी और दुष्टात्मा था, उसे देख-देखकर मधु सदैव दुखी रहा करता था और एक दिन उसके कारण ही वह राज्य त्यागकर कहीं चला गया। चलते समय उसने लवण को शूल की विशेषता व शिव के वरदान और उसके प्रयोग के विषय में सब कुछ बता दिया परन्तु शक्ति पाकर लवण अपनी प्रकृति के अनुरूप और उद्दंड हो गया और ऋषि-मुनियों को भाँति-भाँति से त्रस्त करने लगा। उसी के अत्याचार के मारे हम आज आपके पास आए हैं। हमें उसके त्रास से मुक्ति दिलाइए।"

भैया राम ने उन्हें अभय करने का वचन दिया। फिर वहाँ उपस्थित तीनों भाइयों से पूछा कि किसके हिस्से में मथुरापुरी का अभियान रखा जाए? कौन वध करेगा लवणासुर का, महाबाहु भरत या बुद्धिमान शत्रुघ्न?

भैया भरत सहर्ष तैयार हो गए इस दायित्व को सँभालने और मथुरापुरी पर

आक्रमण हेतु। भैया भरत की बातें सुनकर तत्क्षण तात शत्रुघ्न अपने आसन से उठ खड़े हुए और भैया राम से निवेदन किया कि भैया भरत तो पूर्व में ही बहुत यशस्वी कार्य कर चुके हैं। आप अयोध्या में नहीं थे तो कुशलतापूर्वक इन्होंने प्रजा का पालन किया। नन्दीग्राम में संन्यासी-सा जीवन व्यतीत कर आपके गुप्त सेवक होने का अनुपम उदाहरण प्रस्तुत किया। अत: मेरा आग्रह है कि अब वे और क्लेश न उठावें। विश्राम करें।

शत्रुघ्न की बातें सुन भैया राम ने उनकी आन्तरिक इच्छा का मान रखते हुए उन्हें मधुपुरी जाने की आज्ञा दे दी। और साथ ही यह सुझाव भी दिया कि लवणासुर के पास देवाधिदेव महादेव का दिया हुआ दिव्य शूल है जिसकी वह सदैव पूजा करता है। जब भी कोई बाह्य आक्रमण होता है वह उस शूल का प्रयोग कर शत्रुओं का संहार कर देता है। अत: ध्यान रखना जिस समय वह नगर से बाहर हो उसी समय नगर द्वार पर अस्त्र-शस्त्रों से युक्त तुम लोग डटे रहना...ताकि उसे शूल तक पहुँचने और उसे प्रयोग का अवसर नहीं मिले। तभी तुम उसका वध करने में सफलता प्राप्त कर सकोगे।

सुअवसर पर सैनिकों के साथ शत्रुघ्न मथुरापुरी के विजय अभियान पर निकल पड़े थे।

27

आन्तरिक पीड़ा का आवेग जब भी व्याकुल करता हम तीनों बहनें किसी एक के कक्ष में या उपवन में इकट्ठी हो जाया करतीं और परस्पर अपने संताप का बँटवारा कर लिया करतीं। उसमें माताओं को सम्मिलित इसलिए नहीं करतीं कि हमारी वार्ता बहुत से ऐसे विषयों पर भी हुआ करती थी जो हमारा निज होता...।

आज प्रात: ही श्रुतकीर्ति का संवाद आया, वह मिलने आएगी मेरे कक्ष में ही परन्तु इसमें दीदी मांडवी सम्मिलित नहीं होंगी। मात्र हम दोनों ही होंगी। सुनकर बहुत आश्चर्य हुआ था उसका यह विचित्र संवाद। वह अकेले ही मिलना चाहती है मुझसे...परन्तु क्यों? ऐसी कौन-सी गोपन बात है जिसमें वह दीदी मांडवी को भी सम्मिलित नहीं करना चाहती? आज तक तो हम सदा एक-दूसरे को अपने गोपन

का साझीदार भी बनाते रहे हैं। तत्क्षण लगा यह सत्य नहीं है। कुछ बातें हमने परस्पर छुपाई भी हैं। जैसे लक्ष्मण के प्रति अपनी आसक्ति...। क्या मैंने कभी किसी को बताया था जनकपुर में कि मेरे मन में लक्ष्मण की छवि व्याप्त कर गई है।

और अयोध्या में प्रथम मिलन की रात्रि...फूल शैया की रात जब लक्ष्मण ने मेरी झोली अनचाहे उपहार से भर दी थी यह कहकर कि वे एक पत्नीव्रत का सदैव पालन करेंगे।

राजपरिवार की स्त्रियों को पति के वियोग में तड़पते...कुढ़ते और खीजते सदा देखा था मैंने चाहे वह जनकपुर का राजभवन हो या अयोध्या का। महीनों बीत जाते पति का मुख देखे अन्तःपुर की स्त्रियों को। सौतन के कक्ष में पति को जाते देख क्या बीतती होगी उन पर इसका बहुत गहरा अनुभव तो नहीं था मुझे परन्तु देखा हुआ अनुभव तो था कि वे बहुत क्लान्त चित्त रहतीं।

यहाँ भी अन्य माताओं की पति के दर्शन मात्र के लिए तड़प देखकर मन संताप से भर जाता कि क्या नियति है स्त्रियों की इस संसार में और समाज में। अन्तःपुर के विशाल प्राचीरों के मध्य प्रतीक्षा...प्रतीक्षा...और मात्र प्रतीक्षा...। छोटी-छोटी खुशियों की चाह में छीजते जाना और वय को निःशेष कर देना। सोचती यदि यही स्त्री जीवन है तो इससे भला है कुँवारी रहना परन्तु लक्ष्मण की उदारता ने राजपुरुषों के प्रति उपजे मेरे मन के दुराग्रह को दूर कर दिया था और लक्ष्मण के प्रति ऋणी बना दिया था।

श्रुतकीर्ति बहुत देर से मौन बैठी है और मेरी उत्सुकता अधैर्य हो रही। आखिर ऐसा कौन-सा रहस्य है जिसमें दीदी मांडवी भी सम्मिलित नहीं हो सकतीं। यह सच था कि जैसे दीदी सीता के अधिक समीप दीदी मांडवी रही थीं उसी प्रकार मेरा और श्रुतकीर्ति का साथ-संग प्रसिद्ध था।

"प्रिय श्रुतकीर्ति, मौन क्यों हो, कुछ बोलो भी मेरा हृदय व्याकुल हो रहा है जानने को कौन-सी ऐसी बात जिसने तुम्हें विचलित कर दिया है और जिसे दीदी मांडवी के संज्ञान से गोपन रखना चाहती हो?"

"दीदी, पहले आप शपथ लीजिए यह बात गोपन रखेंगी।"

"शपथ...? चौंक पड़ी मैं।

"क्या तुम्हारे विश्वास को कभी ठेस पहुँचाया है मैंने जो आज शपथ की बात कर रही हो? जिस विश्वास से मन का गोपन कहने आई हो उसमें शपथ की सम्भावना शेष भी है क्या?"

"दीदी, बात ही कुछ ऐसी है जो मेरे मुख से शपथ शब्द निकल गया।"

"पहले बताओ तो कौन-सी गूढ़ बात है?"

"दीदी, मथुरापुरी अभियान पर शत्रुघ्न के साथ गया एक अति विश्वस्त साथी उनका पत्र लेकर कल रात्रि में आया है।"

श्रुतकीर्ति ने कहा और एक पत्र निकालकर मेरी ओर बढ़ा दिया। आश्चर्य से मैंने उसकी ओर देखा...।

"शत्रुघ्न का पत्र मुझे दिखाने का क्या तातपर्य है अनुजे?"

"पहले आप इसे पढ़िए तो।" वह आर्द्र स्वर में बोली।

शत्रुघ्न का पत्र मैं कैसे खोलूँ? असमंजस में थी।

"दीदी उसे खोलिए न, संकोच मत कीजिए।"

मैंने पत्र को खोला...और उन शब्दों पर मानो चिपककर रह गए मेरे नेत्र... जैसे-जैसे पढ़ती गई...नेत्र बरसते गए और शब्द धुँधलाने लगे।

प्रिय श्रुतकीर्ति,

हम कहीं रहें या जाएँ, अतीत सदैव हमारा पीछा करता रहता है। यह यात्रा भी सुखद व्यतीत हो जाती यदि महर्षि वाल्मीकि आश्रम में रात्रि विश्राम का आयोजन नहीं होता। वहाँ का पड़ाव हर पल दंश-सा दे रहा। दंश का कारण है जिस रात्रि हम वहाँ ठहरे थे, उसी रात्रि आश्रम में एक स्त्री ने युग्म पुत्रों को जन्म दिया था। सुनकर मुझे कुछ अंदेशा-सा हुआ...वैद्यराज ने सीता भाभी के गर्भ में भी युग्म सन्तान होने की पुष्टि की थी। काका सुमंत्र से भी हठ करके मैंने भाभी को छोड़े जाने के स्थान के बारे में पूछा था। उन्होंने भी गंडकी तट के अरण्य का ही पता बतलाया था। मैंने महर्षि वाल्मीकि के समक्ष अपनी आशंका व्यक्त करते हुए पूछा—यह कौन स्त्री है जिसे युग्म बालक हुए हैं? उन्होंने उस स्त्री का नाम वनदेवी बताया था परन्तु मेरा विश्वास है वे भाभी सीता ही हैं।

पूरी यात्रा में मैं चैन से सो नहीं सका हूँ। पत्र के द्वारा तुमसे अपना दुख बाँट रहा हूँ...वरन् यह बोझ मुझे व्याकुल करता रहेगा।

भवन में किसी को इस सम्बन्ध में कुछ ज्ञात नहीं हो, ध्यान रखना।

तुम्हारा
शत्रुघ्न

मेरा हृदय विदीर्ण हो गया। श्रुतकीर्ति बिलख पड़ी। उसका मुख अश्रुओं से भीग उठा।

परन्तु लक्ष्मण को दिये वचन को तोड़कर मैं उसे दिलासा न दे सकी कि मैं भिज्ञ हूँ इन समस्त परिस्थितियों से। कितने हतभागी हैं हम। निरपराध त्यागी गई बहन के पक्ष में भी नहीं खड़ी हो सकती। नहीं बोल सकती। उन्हें देख नहीं सकती। उनसे मिलकर उनकी पीड़ा नहीं बाँट सकती। उनके बालकों को स्नेह-दुलार नहीं दे सकती...।

आज पहली बार लगा यदि हमारा ब्याह दूसरे राज्यों में हुआ होता तो ये वर्जनाएँ नहीं होतीं हमारे समक्ष...। तब हम उनसे मिलने में स्वतंत्र होती। सम्भवत: उन्हें अपने भवन में भी ले आती। अभी तक जो कारण हमारे अतिशय वरदान का कारक था कि हम बहनें सदा साथ रहेंगी, हमारा कभी बिछोह नहीं होगा, वह अब शाप-सा लगा। जो समय जनकपुर भवन में बीता वही सुखमय था। अयोध्या में सभी को जैसे किसी का शाप लग गया था।

समय बीत रहा था हमारे दुखों से अलिप्त...। हम खामोशी से वय की सीढ़ियाँ लाँघ रहे थे। हर्ष के किसी अवसर पर मन कभी प्रफुल्लित होता भी तो तत्क्षण दीदी तथा उनके बालकों का अभाव उसे दबा देता...परन्तु किसी विधि भी समय के पग में बेड़ियाँ डालना सम्भव नहीं था...। वह अपने धर्म का पालन कर रहा था। यदि वह पहर भर भी ठहर जाए तो समस्त सृष्टि थम न जाएगी?

लंका विजय के पश्चात् भैया राम स्वयं किसी भी युद्ध अभियान पर नहीं गए कहीं। समय-समय पर वे तीनों भाइयों को भेजते। तीनों भाइयों ने अनेक राज्यों पर विजय पाई तथा वहाँ अपना विजय वैजयंत फहराया...।

सर्वप्रथम तो छोटे शत्रुघ्न ही मथुरापुरी के अभियान पर गए और मथुरा विजय के बाद भैया राम के परामर्श से वर्षों वहाँ रहकर राज्य का संचालन करते रहे थे। वहाँ उन्होंने मथुरा नरेश लवण को पराजित किया तथा एक नए राज्य की स्थापना की। मथुरा प्रवास के मध्य भी वे यदा-कदा अयोध्या आते रहते। भैया राम से राज-काज सम्बन्धी परामर्श करते और कुछ दिनों सभी के सान्निध्य में व्यतीत कर पुन: चले जाते मथुरापुरी।

आज उनके जाने के पश्चात् श्रुतकीर्ति विशेष उदास तथा व्याकुल थी। प्रिय वियोग से उपजी उसकी यह व्याकुलता सामान्य लगी अत: मैंने कोई प्रश्न नहीं किया उससे। हमारा वय बढ़ रहा था परन्तु पति के सान्निध्य सुख की लालसा मृत थोड़े हुई थी वरन् और बलवती हो रही थी एक सखा स्वरूप साथ-संग रहने की। पति बिछोह की पीड़ा से खूब अवगत थी मैं।

दोपहर ढले श्रुतकीर्ति मेरे कक्ष में आई। वही उदास मुख...सूजे हुए नयन...। लगा बहुत रोई है। बहुत आश्चर्य हुआ मुझे। वय के इस मोड़ पर हमें पीड़ा को बलपूर्वक जब्त करने की आवश्यकता है न कि उसे प्रदर्शित करने की।

"तुम्हारे नेत्र सूजे हुए हैं अनुजे, लगता है देवर जी का बिछोह कुछ अधिक पीड़ा दे रही है?" मैंने परिहास किया। वह सिसक पड़ी...सिसकती रही...। अब मैं अधैर्य हो उठी—

"क्या हुआ बहन, सब कुशल तो है?"

"दीदी, आपको स्मरण होगा आर्य शत्रुघ्न का लिखा ग्यारह वर्षों पूर्व का वह पत्र जो उन्होंने मथुरा अभियान पर जाते समय महर्षि वाल्मीकि आश्रम में अपने विश्राम और वहाँ घटित एक घटना को इंगित किया था?"

"हाँ...मैं विस्मृत नहीं कर रही तो वह पत्र दीदी सीता के वाल्मीकि आश्रम में होने के सन्देह से सम्बन्धित था?"

"हाँ दीदी।"

"तो इतने बरसों पश्चात् उसके स्मरण में तुम्हारा यूँ विचलित होना?"

"आगे तो सुनो।"

"क्या कुछ विशेष हुआ है?"

"हाँ दीदी, इस बार अयोध्या आते समय पुनः उन्हें महर्षि वाल्मीकि के आश्रम में रात्रि विश्राम का अवसर मिला था और इस बार पुनः उनका वह सन्देह पुष्ट हुआ है दीदी!"

"वह कैसे बहन?"

"इस बार दो बालक जो आश्रम में पले हुए थे, उन्होंने एक कथा का गायन किया था उनके समक्ष।"

"तो इसमें विचित्र बात क्या है अनुजे? आश्रम तो एक विकसित महाविद्यालय होता है। वहाँ छात्र-छात्राएँ विद्याध्ययन, संगीत तथा अस्त्र-शस्त्र का संचालन सीखने के उदेश्य से ही आते हैं या रहते हैं।"

"विशेष है दीदी, शत्रुघ्न को सन्देह नहीं वरन् पूर्ण विश्वास है कि वे दोनों बालक जिनका जन्म ग्यारह वर्ष पूर्व वहाँ हुआ था और इस बार जिन्होंने उनके समक्ष 'रामायण' नामक किसी महाकाव्य का गायन किया है वे दीदी सीता के ही जुड़वाँ पुत्र हैं।"

"उनके सन्देह का कारण?"

"वे बिलकुल भैया राम के प्रतिबिम्ब हैं। मात्र उनका रंग धवल है शेष स्वरूप भैया का ही है। वही नयन-नक्श, वही आकार-प्रकार...वही स्वर, वही बोलने-चलने का भाव। इस बार पुनः उन्होंने महर्षि से पूछा इस विषय में। महर्षि ने स्पष्ट नहीं बतलाया। वही बात दुहरा दी कि वनदेवी के पुत्र हैं दोनों। दीदी, कोई स्त्री इतने दिनों तक आश्रम में क्यों रहेगी? आश्रम गृहस्थों के लिए तो नहीं होता न?"

"ये तुमसे किसने कहा बहन? वह मात्र विद्यालय ही नहीं सभी के आश्रय के लिए भी होता है और सुना है महर्षि वाल्मीकि के आश्रम का द्वार स्त्री, पुरुष, पृश्य, अस्पृश्य सभी के लिए सदैव खुला रहता है। सभी को वहाँ समान भाव से आदर मिलता है। समान भाव से बालक व बालिकाओं को शिक्षा प्रदान की जाती है।"

"सम्भव है दीदी, लेकिन वे तो बहुत बिलख रहे थे बालकों को स्मरण करके और दीदी के स्मरण से मेरा हृदय विदीर्ण हो गया था। दीदी, एक बात कहूँ मानोगी?"

"कहो न।"

"क्यों न एक बार हम चुपके से किसी बहाने वाल्मीकि आश्रम में चलें...। सत्य को स्वयं देखें...कम से कम आत्मिक सांत्वना तो प्राप्त होगी।"

मैं मौन हो गई...। कहना चाहती थी, यह सत्य है और तुम्हारी लालसा भी सही है परन्तु उसका निदान क्या सम्भव है? हम वहाँ चली भी जाएँ...दीदी से मिल भी लें उसके पश्चात् क्या हासिल होगा पीड़ा के सिवाय...? परन्तु कहा नहीं।

उसे बहुविध सांत्वना दी। मुझे तो ज्ञात ही था सब कुछ। लक्ष्मण पल-पल की खबर रखते थे वहाँ की।

28

प्रातः नैमिषारण्य से भैया राम का विशेष संवाद आया। माताओं संग सभी को उन्होंने यज्ञस्थल पर बुलाया है। महीनों से पावन गोमती के तट पर स्थित मनोरम नैमिषारण्य में आर्य राम अश्वमेध यज्ञ का अनुष्ठान करवा रहे हैं। लक्ष्मण श्याम अश्व तथा सैन्य बल के साथ महीनों से दिग्विजय पर निकले हैं। शत्रुघ्न भी श्रुतकीर्ति तथा दोनों बच्चों के संग मथुरा से आ गए हैं और भैया भरत संग यज्ञ का कार्य-भार सँभाल रहे हैं। यज्ञ में सारे सगे-सम्बन्धी, मित्र, ऋषि, महर्षि, आमंत्रित

राजा, महाराजा, सम्मानित नागरिक सभी आए हुए हैं। विशाल अतिथिशाला व सभाकक्ष बना है।

यथा समय हम अयोध्या से नैमिषारण्य पहुँच गए। यज्ञ आरम्भ होने में अभी विलम्ब है। माताएँ एक ओर आसन पर विराज रहीं। हम लोग भी आसन ग्रहण करती हैं।

गुरुदेव समस्त आगत अतिथियों, राष्ट्राध्यक्षों, पौर जनपदों तथा प्रजाजनों से सम्बोधित हैं—

"महानुभावो, आज इस पुनीत सुअवसर पर आप लोगों के समक्ष इस विशाल कोशल राज्य, सूर्य वंश के गौरवमय अतीत व भव्य अयोध्या नगरी तथा इसके संस्थापक के विषय में संक्षिप्त जानकारी रख रहा हूँ। विवस्वान के पुत्र वैवस्वत मनु ने अपने पिता से प्राप्त मध्य देश भारत की भूमि में सरयू के तट पर अति भव्य अयोध्या नगर बसाकर अपने पिता सूर्य के नाम पर सूर्यवंश की स्थापना की थी। नृवंश में यह एक नितान्त नई व्यवस्था थी कि पिता के नाम पर नया कुल, नया वंश स्थापित हुआ। उन्होंने वेदों को अंगीकार किया और वर्ण-मर्यादा तथा परिवार प्रथा प्रचलित कर आर्य जाति की एक नूतन संस्कृति स्थापित की जो वैदिक थी। इस आर्य संस्कृति में अनेक नई बातों का समावेश था। प्रथम तो विवाह मर्यादा दृढ़बद्ध की गई और कुल परम्परा पितृमूलक निश्चित की गई। इस परिपाटी से आर्य जाति के संगठन को बहुत बल मिला। वह एक संगठित जाति बनती गई। उनके राज्य, सम्पत्ति, सभी वैयक्तिक होते गए और देखते ही देखते आर्यावर्त में मानवों के महाराज्यों का विस्तार हो गया। कालान्तर में आर्यों में दो मंडल बने एक सूर्यमंडल तथा दूसरा चन्द्रमंडल...।"

कहकर गुरुदेव मौन हो गए। शान्त सभा में फुसफुसाहट आरम्भ हो गई। सभी बहुत उत्सुक लगे अतीत को जानने के लिए। होते क्यों नहीं, शताब्दियों से अदृश्य रहे अपने अतीत से कौन अवगत नहीं होना चाहेगा? कौन नहीं चाहेगा जानना कि उसकी उत्पत्ति की जड़ कहाँ है? नई पीढ़ी जो कदाचित् नितान्त अनजान थी इन बातों से या हमारे उज्ज्वल वंश की कृतियों से, उनके समक्ष तो एक नूतन अध्याय खुल रहा था। कुछ क्षणोंपरान्त उन्होंने पुनः कहना प्रारभ किया—

"वैसे तो सूर्यवंश में एक से बढ़कर एक महाप्रतापी राजा हुए परन्तु राम अपने युग के महान विजेता हैं। उनका ध्येय है कि राज्य में सदा शान्ति का साम्राज्य रहे...। उनका प्रताप विलक्षण है। वे त्यागी, बलिदानी, सत्यवक्ता, दृढ़प्रतिज्ञ, धर्मज्ञ, उदार,

उपकारी, निर्मल आचरणयुक्त, सहृदय, सहिष्णु, पराक्रमी तथा नीतिज्ञ हैं। इतने गुणों से युक्त तो कोई देव भी नहीं हुआ इस भू लोक में। उनका आज उत्तर भारत से लेकर सुदूर दक्षिणारण्य तथा सप्त द्वीपों सहित लंका तक पर अघोषित साम्राज्य है। हर संस्कृति को माननेवाले लोग आर्य संस्कृति अपना चुके हैं, सारे आर्य हैं। इनके धर्मध्वज तले समस्त उत्तरापथ से लेकर दक्षिणावर्त तक अधिपतियों ने एक स्वर में इनका आधिपत्य स्वीकार किया है। पृथ्वी का राज-राजेश्वर व संरक्षक स्वीकार किया है और आज इस अश्वमेध यज्ञ के पूर्ण होने पर उनके पराक्रम तथा सुयश में और एक नूतन अध्याय जुड़ेगा।"

हमारे अति प्रतापी पूर्वज नृपति भागीरथ जिनके उपक्रम से ही भागीरथी गंगा का अवतरण इस भू-भाग में हुआ और मानव को उसके अमृत तुल्य जल का लाभ मिला। हमारा इतिवृत्त कहता है कि उनके समय में ही अयोध्या सहित इस समस्त भू-भाग पर नवयुग का सन्देश आया और यदि आप इतिहास पलटकर देखें तो उस समय मध्यदेश ज्ञान एवं संस्कृति का केन्द्र था। ऋग्वेद के प्रमुख अंश की रचना इसी काल में हुई। राजनैतिक और सांस्कृतिक उपलब्धियों के कारण ही षोडश राजाओं में उनका भी स्थान है। आज अयोध्या नगरी अपनी उन्नति की पराकाष्ठा पर पहुँच गई है। राम का इतना बड़ा त्याग, भ्रातृ प्रेम, इतिहास के पृष्ठों पर अंकित हो रहा है। वह दृष्टान्त क्या समाज को परिष्कृत नहीं करेगा?"

गुरुदेव कह रहे हैं...साँसें रोके सभासद सुन रहे हैं और मैं सोच रही—इतनी सारी उपलब्धियों, उपाधियों के मूल्य पर भी आर्य राम का हृदय क्या तुष्ट है? क्या रिक्त नहीं है, हर्ष से, उल्लास से, उत्साह से, वृक्ष से सूने किसी विस्तारित मरुस्थल समान...? हर ओर बिखरी शुष्क बालुका ही बालुका...तपती हुई, दहकती हुई? नहीं जानती मानव-जीवन पुनः प्राप्त होता है या नहीं...। शास्त्र कहता है—"पुनर्जन्म होता है परन्तु असंख्य योनियों में भटकने के पश्चात्।" भविष्य किसी ने नहीं देखा है। वर्तमान जो वेदना दे रहा है उन्हें और उन्हें क्लान्त देखकर हमें जो पीड़ा हो रही, यह इसी जीवन का प्राप्य है। सम्भव नहीं कि राजा का समस्त निर्णय सही ही हो। इस सत्य के तिमिर में कहीं असत्य का अस्तित्व भी छुपा हुआ होता है जिसका शिकार कभी-कभी कोई निरपराध मानव भी हो सकता है।"

दैव, यह कैसा विधान है तुम्हारा...मनुष्य यदि इस जन्म में अपराध करता है तो उसे स्मरण रहता है, सम्भव है कभी न कभी उसे इसके लिए ग्लानि भी अनुभव हो। परन्तु पूर्व जन्म में किए गए अपराध का स्मरण उसे कैसे हो? यदि नहीं तो

उस अपराध का दंड उसे क्योंकर मिले जो स्मरण ही नहीं है उसे?

"क्या सोच रही हैं दीदी? यज्ञ आरम्भ होने में अभी विलम्ब है। चलिए न तब तक यज्ञस्थल का भ्रमण किया जाए।" श्रुतकीर्ति मेरा हाथ पकड़कर सजग करती बोली...।

"कुछ नहीं प्रिय बहना...चलो चलते हैं।" मैंने कहा।

दीदी मांडवी, उनके दोनों पुत्र तक्ष और पुष्कल। मेरे दोनों बालक अंगद व चन्द्रकेतु। श्रुतकीर्ति संग उसके दोनों बालक सुबाहु व शत्रुघाती सभी यज्ञस्थल का अवलोकन करने लगे। ह्रदय में कितना उल्लास है अश्वमेध यज्ञ देखने का। बालक लोग तो विशेष उत्साहित हैं।

विशाल अश्वमेध यज्ञ की शोभा अवर्ण्य है। हर ओर सभी अतिथियों के लिए यथायोग्य तम्बू, कुटी तथा कुटीरों की व्यवस्था...। सुमधुर भोजन की व्यवस्था। विशाल पंडाल में बने बड़े-बड़े हवन कुंड। उनमें से उठते सुगन्धित धूम...। चहुँओर विस्तारित हो रहीं मंत्र ध्वनियाँ व वेद ध्वनियाँ...। जरूरतमन्दों में बँट रहे सदावर्त। अन्न, वस्त्र, द्रव्य व गाय तथा अन्य सामग्री। मुनि, तपस्वियों व याचकों को मिलते इच्छित दान। सुनते थे यज्ञों में सबसे बड़ा यज्ञ अश्वमेध होता है जहाँ किसी याचक को उसकी इच्छित वस्तु देने से इनकार नहीं किया जाता।

विशाल यज्ञस्थली देखने में बहुत समय लग गया। हम यज्ञमंडप तक लौटे तब तक यज्ञ प्रारम्भ हो चुका था...।

सभी ओर की शोभा निहारते हम मुख्य वेदी की ओर पहुँचे जहाँ भैया राम पीत कौषेय वसन में बैठे यज्ञ का विधान पूरा कर रहे थे। औचक मेरी दृष्टि उनके दाएँ पार्श्व पर पड़ी...वहाँ दीदी सीता के स्थान पर उनकी स्वर्ण प्रतिमा विद्यमान देख चकित रह गई मैं। इतने बड़े यज्ञ में भी भैया राम ने उन्हें नहीं बुलाया और अब उनके स्थान पर उनकी स्वर्ण प्रतिमा स्थापित कर यज्ञ का विधान पूर्ण कर रहे हैं...। पिताजी कहा करते थे—"भार्या के रहते पति का निस्संग यज्ञ करने का विधान नहीं है हमारे शास्त्र में और विवाह के समय भी तो पति-पत्नी परस्पर वचन देते हैं...दुख-सुख, हानि-लाभ तथा यज्ञ-हवन आदि में दोनों सदा साथ रहेंगे।" तो फिर आज यह अकेले यज्ञ...मेरा ह्रदय पीड़ा से फटने लगा। हे...दैव यह दिन भी देखना लिखा था भाग्य में?

क्या ऐसा विधान किसी शास्त्र में है? यदि नहीं तो गुरुदेव ने इसकी आज्ञा कैसे दी? जब मुझे ज्ञात है कि दीदी जीवित हैं और वाल्मीकि आश्रम में उपस्थित हैं, तब

इतने कुशल गुप्तचरों से भरे विशाल कोशल राज्य के अधिपति राम का अनजान रहना क्या सम्भव है इस तथ्य से?

अश्रुपूरित नेत्रों से मैंने बड़ी तथा मझली माँ की ओर देखा...कदाचित् वे लोग भैया राम से इसका औचित्य पूछें...। सभी के अश्रुपूर्ण नेत्रों में सैकड़ों प्रश्न तैर रहे थे...जो दिख रहा क्या वह सत्य और विधिसम्मत भी है? परन्तु किसी ने नहीं पूछा। कोई पूछता भी तो किससे। राजा राम अब विश्व विजेता चक्रवर्ती सम्राट थे। उनसे प्रश्न पूछना।

भैया राम का दीदी सीता से सूना पार्श्व बड़ी माँ को भी पीड़ित कर गया। उनके नेत्रों से अश्रुधार बह चले अपनी बेबसी पर...और कदाचित् अपने राजमाता होने पर भी। उन्हें तो ज्ञात भी नहीं था कि दीदी जीवित ही नहीं वरन् दो युग्म पुत्रों की माँ भी बन चुकी हैं...और उनके चिर-संचित अरमान, द्वय कुश और लव अति भव्य अयोध्या भवन के स्थान पर अरण्य की खाक छान रहे हैं। अन्यथा क्या वे भैया की बात मानकर क्षण मात्र भी ठहरतीं अयोध्या भवन में? चली नहीं गई होतीं वाल्मीकि आश्रम अपने पौत्रों के समीप...।

सभी जैसे मूक बन गए थे इस यातनादायक दृश्य पर। परस्पर देखते और नेत्र नत कर लेते। तभी मेरा दस वर्षीय पुत्र अंगद पूछ बैठा—

"माँ, ताऊ जी के पार्श्व में वह किस देवी की स्वर्ण प्रतिमा स्थित है और वहाँ उसे रखने का औचित्य क्या है?"

उसके प्रश्न पर भौचक हो हम एक-दूसरे का मुख देखने लगे। क्या उत्तर दें उसके प्रश्न का? अत: मौन रह जाना विवशता थी।

नैमिषारण्य में उस दिन मैं बहुत देर तक नहीं ठहर सकी। अस्वस्थता का बहाना बनाकर बालकों संग लौट आई थी भवन। यह भय भी था कि अंगद के साथ और बच्चे भी यदि प्रतिमा सम्बन्धी प्रश्न पूछ बैठे तो क्या उत्तर दूँगी। उसके पश्चात् कभी नहीं गई वहाँ।

और आज यज्ञ की पूर्णाहुति है। लक्ष्मण विजय का अश्व लेकर पहुँचते ही होंगे ऐसा संवाद लेकर नैमिषारण्य से संवादी आया था। अत: हम लोगों को वहाँ होना आवश्यक है।

यज्ञस्थल लोगों से खचाखच भरा है। सुनने में आया, पूर्णाहुति के बाद कोई विशेष प्रयोजन है आज सभा में। इसलिए पूर्णाहुति के पश्चात् भी भैया हमें अयोध्या नहीं जाने दिये। लक्ष्मण भी सैन्य बल तथा यज्ञ के विजित श्याम अश्व के साथ

अयोध्या के समीप आ गए हैं। कुछ ही क्षणोपरान्त यज्ञ में पहुँचनेवाले हैं। मंत्रीगण, सभासद, मात्य, गण्यमान्य अतिथि सभी यथायोग्य अपने-अपने आसनों पर विराजमान हैं। कदाचित् किसी विशिष्ट व्यक्ति की प्रतीक्षा हो रही।

अचानक सभा में हल्का-सा कोलाहल उभरा...। सभी का ध्यान उधर केन्द्रित हो गया। तभी गैरिक वस्त्र धारण किए एक महर्षि सभा मध्य पधारे...उनके पीछे एक तपस्विनी स्त्री तथा किशोर वय के एक समान दो बालक भी सभा में आए...। तत्क्षण सभा में कोलाहल बढ़ गई।

"दीदी, दीदी, यह तो अपनी दीदी सीता हैं? ध्यान से देखिए तो।" उतावली-सी श्रुतकीर्ति मुझे अपनी कोहनी से टहोका देते हुए बोली।

"दीदी सीता...? हाँ, दीदी सीता ही हैं परन्तु गेरुवा वस्त्र, मलिन मुख, तपस्विनी-सा वेश...आह मेरी बहन यह कैसी गति हो गई तुम्हारी...?" मेरे नेत्र भर आए और गला अवरुद्ध हो गया।

"सुमित्रा देखो तो, यह मेरी पुत्री जानकी लग रही है?" तत्क्षण बड़ी माँ का स्वर उभरा...।

"हाँ बड़ी दीदी, यह अपनी सीता ही है और उसके पार्श्व में खड़े वे मनोहर बालक...ऐसा प्रतीत होता है ये दोनों मेरे राम के ही पुत्र हैं? राम को कदाचित् अपनी भूल का अनुभव हो गया है तभी तो उसके प्रायश्चित्त स्वरूप उन लोगों को यहाँ बुलाया है?" छोटी माँ कैकेयी बड़ी माँ से बोलीं।

"जी दीदी...यह जानकी ही है और वे बालक निस्सन्देह आपके पौत्र हैं... राम की प्रतिच्छाया।"

"आह पुत्री जानकी...यह कैसी स्थिति हो गई है तुम्हारी? क्या नियति लेकर आईं तुम इस संसार में...सुख तो जैसे मृग-मरीचिका बन गया तुम्हारे जीवन में।"

बड़ी माँ का भर्राया स्वर सुनाई पड़ा—और पीड़ा की अधिकता से वे बिलख पड़ीं...हम बहनें भी सिसक पड़ीं।

"सुमित्रा, मेरी पुत्री से मिलवा दो मुझे...उसे मेरे पास ले आओ।" वे माँ सुमित्रा से बोलीं।

"तनिक धैर्य रखिए दीदी! हम लोगों के समीप रहने के लिए ही तो आई है सीता। राम को आपकी और अपनी शून्यता का अनुभव हो गया है।"

"हाँ सुमित्रा, कोई मानव इतना निष्ठुर कैसे हो सकता है अपनी जीवन सहचरी के प्रति जिसने अपने त्याग से पत्नी धर्म निभाने का उदाहरण प्रस्तुत किया हो संसार में?"

"हाँ दीदी, अनुभव तो ऐसा ही हो रहा।"

माँ सुमित्रा ने उनकी बातों को पुष्ट किया। बड़ी माँ तो भौचक-सी अपलक देखे जा रही थीं दीदी की ओर जैसे विश्त्रास करना चाह रही हों कि जो वे देख रहीं वह सत्य है या सपना...। परन्तु मेरे मन की विचित्र गति हो रही थी। कुछ पल पूर्व दीदी को देखकर जो पुलक उठी थी हृदय में, धीरे-धीरे वह क्षीण होती जा रही थी। क्योंकि अभी तक उन्हें वह मान नहीं दिया गया था जो उनके लिए वांछित था। वे अभी भी सभा मध्य खड़ी थीं एक साधारण स्त्री के समान...।

"तो आर्य शत्रुघ्न का अनुमान सत्य था..., दीदी सीता...ओह...!" आश्चर्य और हर्ष की अधिकता से श्रुतकीर्ति के कंठ भर आया।

"हाँ मेरी बहन...दीदी सीता सदेह हमारे सम्मुख हैं परन्तु हमारी बेबसी...।" कहते-कहते मैं मौन हो गई।

"कैसी बेबसी दीदी उर्मिला?" श्रुतकीर्ति ने आश्चर्य से पूछा।

"कुछ नहीं बहन...बस ऐसे ही हर्ष से मुँह से निकल गया।"

कैसे बतलाती उसे कि हमारी बेबसी यह कि हम दीदी से मिल नहीं सकतीं। उन्हें मान देकर आसन पर बैठा नहीं सकतीं...। वे सभा मध्य अपराधी की भाँति खड़ी हैं और मेरा हृदय फट रहा है पीड़ा और अपमान से। अन्ततः वे हैं तो हमारी आन ही न।

"अब दीदी सीता को भैया राम अपने जीवन में सम्मिलित कर लेंगे। तभी तो बुलवाए हैं यहाँ। कितना सुखद संयोग है आज। कदाचित् इसीलिए यह सभा एकत्रित है उनके पुनर्मिलन की साक्षी बनने के लिए। है न उर्मिला?" दीदी मांडवी पुलकित स्वर में बोलीं।

"आपका कथन सत्य हो, दैव से प्रार्थना है।"

"आपको अभी भी कोई आशंका लग रही है उनके मिलाप में?" तत्क्षण श्रुतकीर्ति ने पूछा।

"प्रिय श्रुतकीर्ति, समय पर से अब मेरा विश्वास उठ-सा गया है और संयोग पर निर्भर हो गया है।"

"हाँ दीदी, आप सत्य कह रही हैं। समय कब किस करवट बैठे क्या भरोसा?" हम अपने विचारों में भटक ही रहे थे कि सभा में हो रहा हल्का कोलाहल अचानक बढ़ गया...।

तभी दीदी के साथ आए महर्षि भैया राम से सम्बोधित हुए—

"रघुनन्दन, मैं प्रचेता का दसवाँ पुत्र वाल्मीकि, स्मरण नहीं कि आज तक मेरे मुख से कभी मिथ्या वचन निकला हो। आज इस सभा में शपथपूर्वक कहता हूँ—ये दोनों बालक आपके ही युग्म पुत्र हैं और यह भी कि जानकी निष्कलुष व निष्पाप हैं। इनका आचरण सर्वथा शुद्ध है। वर्षों मैंने जानकी के आचरण को अपने आश्रम में देखा है इसी आधार पर कह रहा हूँ।"

महर्षि कह रहे हैं और मैं दुखी हो रही हूँ, कितनी देर से दीदी सीता सभा मध्य अपने पुत्रों के साथ अपराधिनी-सी खड़ी हैं। आर्य राम उन्हें न यथोचित मान दे रहे और न आसन ही। न बालकों को अपने निकट बुला रहे। चाह रही सभा मध्य जाकर उन्हें अपने बाजुओं में भर लूँ...। अपने पास ले आऊँ...। परन्तु विवशता मौन रहने की...नेत्रों से अश्रुधार बह चलते हैं...।

"दीदी व्याकुल मत होइए, रात्रि के पश्चात् प्रात: का उजाला अवश्य होता है। दीदी सीता के भी दिन लौट आए हैं...।"

परन्तु यह क्या कह रहे भैया राम...।

"महात्मन्, सम्भव है आप सत्य कह रहे हों परन्तु इस सभा में सीता स्वयं अपनी शुद्धता का प्रमाण दें तभी वे मेरे वाम भाग में बैठने की अधिकारिणी होंगी...।"

भैया राम के वचन पर सभा में पुन: जोरों का कोलाहल उभरा...। हम तो जैसे जड़ से रह गए...। आह...क्या ये आर्य राम के शब्द हैं...अपनी अर्द्धांगिनी के लिए, वह भी भरी सभा के मध्य? इतने कटु शब्द...। पीड़ा से हृदय विदीर्ण हो गया। इतने वर्षों पश्चात् अपनी भार्या को देखकर तनिक भी उनका हृदय नहीं पसीजा...? कहाँ तो मान के साथ अपने समीप बैठाते और कहाँ ये उनसे शुद्धता का प्रमाण माँग रहे...। बड़ी विकट स्थिति है...जाने भावी क्या दृश्य दिखाने पर उद्यत है? उनकी इस अन्यायपूर्ण बात पर मेरा रक्त उबल रहा। लक्ष्मण से सुनी गई लंका में दीदी की अग्निपरीक्षा का दृश्य साकार हो उठा...। कितनी पीड़ा से गुजरी होंगी वे तब भी और कितनी पीड़ा से गुजर रही हैं आज भी। इस पीड़ा का अनुभव या आभास किसी पुरुष को कभी भी नहीं हो सकता...। क्षुब्ध हो उठा मन कि दीदी यहाँ आईं ही क्यों?

बोझिल समय...

साँसों को साधे हम वर्तमान को भविष्य में बदलते अवश्य देख रहे परन्तु उसका अगला पग क्या होगा उससे नितान्त अनजान हैं कि जाने अब वह क्या रूप लेगा और भय का कारण यही है। समय जिस पर कभी किसी का वश नहीं होता...।

"हे राजा राम...!"

सभा मध्य स्त्री स्वर उभरा...। औचक कोलाहल सन्नाटे में बदल गया मानो किसी ने उसका गला घोंट दिया हो। आह यह दीदी का स्वर है...वर्षों से तरस गए थे मेरे कान उनके मधुर स्वर सुनने के लिए। मेरे कान स्थिर हो गए उनके स्वर पर।

"मेरे ये दोनों पुत्र कुश और लव इक्ष्वाकु कुल के धरोहर हैं जिन्हें आपको सौंपने आई हूँ यहाँ अनामंत्रित। परख लीजिए, इनके लालन-पालन में कोई त्रुटि तो नहीं रह गई है...।"

सभा मौन...समय निस्तब्ध...हम अवाक्...।

"और रहा मेरी शुचिता का प्रश्न...तो अब न उसका कोई औचित्य है न आवश्यकता ही और न मेरे अन्दर यह लालसा शेष है कि मैं आपके वाम भाग को सुशोभित करूँ...। बार-बार भरी सभा में एक स्त्री से उसकी शुचिता का प्रमाण माँगना...उसके स्व तथा स्वाभिमान पर प्रहार करना आपके लिए कौतुक हो सकता है परन्तु मेरे लिए नहीं...। अत: आज इस भरी सभा में मैं जनक पुत्री जानकी यह घोषणा करती हूँ कि मैं अपनी शुचिता का प्रमाण नहीं दूँगी...और इस कौतुक का अन्त भी कर रही हूँ...आपका परित्याग करके...।"

कहकर स्तम्भित सभा को छोड़ दीदी सीता सभा से अदृश्य हो गईं...। स्थिति का आभास होते ही तत्क्षण भैया राम की कातर पुकार गूँजी...सीते...सीते...कहाँ हो तुम...?

जब तक हम कुछ समझते सब कुछ घटित हो चुका था। सभा में भीषण कोलाहल व्याप्त था। सभी की दृष्टि दीदी को ढूँढ़ रही थीं चहुँओर...परन्तु वे जाने कहाँ विलुप्त हो गईं थीं वायु की भाँति...।

और दीदी से मिलने की आस लगाए बैठी बड़ी माँ की समझ में स्थिति की गम्भीरता आते ही कि उनकी जानकी अदृश्य हो गई है, अब वह कभी उनके पास नहीं आनेवाली, उसका सान्निध्य सुख अब उन्हें कभी प्राप्त नहीं हो सकेगा, बड़ी माँ के मुख से पीड़ा में लिपटा अस्फुट स्वर निकला—

"आह राम, अभी तक तुम स्त्री मन को नहीं समझ सके...। इतने बरसों उसके सान्निध्य में व्यतीत करने के बाद भी उसकी संवेदनाओं का मर्म नहीं जान सके? अरे सत्य तो स्त्री के स्पर्श में छिपा होता है। उसका साक्ष्य देने कोई ब्रह्मा नहीं आएँगे...कैसे नहीं जान सके तुम...?" कहते-कहते उनका स्वर मद्धिम पड़ता गया और औचक वे अपने आसन से नीचे लुढ़क गईं। तत्क्षण उनके प्राण अनंत यात्रा पर

अग्रसर हो गए थे। एक नन्हे से हृदय पर संतापों का कितना प्रहार सहन करतीं वे...।

हाहाकार-सा मच गया चहुँओर। आर्य राम के लिए यश का शिखर बनता आज का दिवस एक न समाप्त होनेवाले अभाव में बदल गया था।

हम स्तम्भित रह गए थे नियति की इस क्रीड़ा पर। ऐसी कितनी अकाल मृत्युओं के साक्षी बनेंगे हम और यह अभागी अयोध्या भी?

हमारे हृदय काष्ठ सदृश निष्प्राण हो गए थे। इतने आघातों के पश्चात् भी वे स्थिर थे। अवर्ण्य स्थिति में हम अयोध्या लौट आए...।

बड़ी माँ के परम धाम जाने के बाद इस कनक भवन में मेरा दायित्व भी लगभग समाप्त हो चुका था। जिस दिन भैया राम ने वनगमन किया था और सौमित्र ने मुझे लक्ष्मण होने का दायित्व सौंपा था, उसी दिन से मैंने बड़ी माँ का सम्पूर्ण दायित्व ले लिया था अपने ऊपर। मझली माँ सुमित्रा की देखरेख का दायित्व श्रुतकीर्ति कुशलतापूर्वक निर्वहन कर रही थी।

29

अश्वमेध यज्ञ समाप्त होते ही आर्य राम के यश में परम वृद्धि हो गई थी। अब वे चक्रवर्ती सम्राट बन गए थे परन्तु इस दिग्विजय तथा अश्वमेध यज्ञ की सफलता की प्रसन्नता क्या होती किसी को। दो-दो सदस्यों, दीदी सीता और बड़ी माँ की क्षति ने, जिसकी पूर्ति होना असम्भव था, संताप के गर्त में डुबो दिया था सभी को। दीदी बारह बरसों तक इस भवन और राज्य से ओझल रही थीं। भवनवासी तो नहीं, सम्भव है राज्यवासी उन्हें विस्मृत कर गए हों परन्तु आज औचक यज्ञ सभा में उनका सभी के समक्ष प्रकट होना...और कुछ पहर पश्चात् पुनः अदृश्य हो जाना...एक वृहद् प्रश्न छोड़ गया था सभी के मस्तिष्क में और उसी के साथ राजमाता कौशल्या का प्राणान्त...। परम धाम तो वे पूर्ण वय में ही गई थीं परन्तु अवसर तथा स्थिति अनुकूल नहीं थी।

नैमिषारण्य से लौटने के पश्चात् भवन में एक विचित्र स्थिति उत्पन्न हो गई थी। माँ कौशल्या का अन्तिम संस्कार सरयू के तट पर किया गया जो सदा उनके स्मरण में बसा हुआ था पावन व प्रिय नदी के रूप में, जहाँ उनके आदि पूर्वजों ने

यह भव्य नगरी का निर्माण किया था तथा जहाँ वे ब्याह कर आई थीं राजमहिषी के रूप में और उसी के तट पर पूर्वजों के अस्थिफूल भी बिखरे पड़े थे। उन्हीं अस्थिफूलों में उनके अस्थि भी विलीन हो गए थे।

बड़ी माँ कौशल्या की कमी का अनुभव उनके भवन व कक्ष में अधिकता से हो रहा। बहुमूल्य रत्नजड़ित बहुश्रुत व बहुप्रसिद्ध कनक भवन जिसे बड़ी माँ को उनकी सास ने मुँह दिखाई में दिया था और उन्होंने दीदी सीता को उपहारस्वरूप दे दिया था। दीदी के वनगमन के पश्चात् वे अपना भवन छोड़कर पुन: इस भवन में आ गई थीं कि कहीं यह वीरान न हो जाए। उनका कथन था—"चौदह बरसों के बाद राम और सीता को यहाँ आना ही है और आने के बाद इसी में रहना है।"

इसी भवन के पार्श्व में मझली माँ सुमित्रा का भवन था जिसके एक भाग में मेरा कक्ष था और दूसरी ओर श्रुतकीर्ति का। छोटी माँ कैकेयी का भव्य भवन तनिक दूरी पर था परन्तु भीतर-भीतर आवागमन के लिए बनी वीथिकाएँ एक-दूसरे को जोड़ती थीं।

दीदी के अरण्यवास के बाद से ही भैया राम ने स्वयं को भवन के एक कोने में समेट लिया था और अब बड़ी माँ नहीं रहीं। नैमिषारण्य से आने के बाद कुश और लव उस भवन के नए वासी बने...। उस विशाल और वीरान कनक भवन के जहाँ दीदी सीता की कमी उनके जीवन की अपूरणीय क्षति थी। जब से हम नैमिषारण्य के यज्ञ से लौटे थे किशोर वय के कुश और लव की चुप्पी मेरे अन्दर भय उत्पन्न कर रही थी। कुश-लव अयोध्या राजभवन में प्रसन्न नहीं हैं यह तो उनके मुख का भाव प्रदर्शित कर रहा था परन्तु उनकी आन्तरिक वेदना, विह्वलता तथा दुख...उनके शब्दों में मुखर नहीं हो रहे थे किसी के समक्ष। यह स्थिति चिन्तनीय थी।

हमारे जीवन से तो दीदी सीता की अनुपस्थिति बारह बरस पूर्व ही हो गई थी परन्तु कुश-लव के जीवन की तो वे धुरी थीं। इस नन्ही से वय में कैसे सहन करेंगे वे इस विशाल क्षति को, इस बात का भय सता रहा सभी को। पिता की कमी वे आश्रम में अवश्य अनुभव करते रहे होंगे। अब जब पिता सम्मुख हैं तो माँ की कमी। वो माँ जो उनके लिए सब कुछ थीं माता-पिता, बन्धु और सखा भी। नेत्र खुलते ही उन्होंने रक्त-सम्बन्धियों में मात्र उन्हें ही अपने निकट पाया था और वय के इस मोड़ तक मात्र वही एकमात्र सम्बन्धी बनी रही थीं उनके लिए इस संसार में। उनके व्याकुल नेत्र सदा निहारते रहते शून्य में...।

क्या ये बालक सदा अधूरे सम्बन्धों पर ही आश्रित रहने को अभिशप्त हैं? सोचती और अधरों से आह निकल जाती...। उनका अबोध मुख हमें दुख और चिन्ता के सागर में डुबो रहा था पल-पल...। दादी का सुख भी नहीं जान सके...। बड़ी माँ भी इन्हें गले नहीं लगा सकीं। एक बार भी वे इन्हें अंक में भर लेतीं तो उनकी आत्मा तृप्त हो जाती परन्तु इस सुखद संयोग से वे वंचित ही रहीं और अपनी अधूरी आस लिये स्वर्ग सिधार गईं।

औचक भैया राम का संवाद मिला। अपने कक्ष में उन्होंने बुलाया है मुझे। विस्मित रह गई मैं। इस भवन में आने के पश्चात् आज से पूर्व कभी ऐसा अवसर नहीं आया था मेरे सम्मुख। मेरे अन्दर हजारों जिज्ञासाएँ सर उभारने लगीं। क्यों बुला रहे हैं वे मुझे? ऐसी क्या बात हो सकती है जिसे वे मात्र मुझसे कहना चाह रहे?

झिझकते हुए मैंने उनके कक्ष में प्रवेश किया। गवाक्ष के पास खड़े वे बाह्य दृश्यों को देखने में तल्लीन थे। मेरे आने की आहट पर मुड़े...। बहुत उदास लगे वे मुझे...। इतना क्लान्त कभी नहीं देखा था मैंने उन्हें। मुझे ज्ञात था वे असाधारण मनुष्य हैं...। दुखों को सहने की अपार शक्ति है उनमें। कोई साधारण मनुष्य अपने सुखों को ऐसे खोने का साहस कभी नहीं कर सकता जैसा दीदी को त्याग कर उन्होंने किया था और उसके पश्चात् भी उनके मुख पर कभी अपने अभाव जनित जीवन की ग्लानि या दुख नहीं उभरा था किसी के सम्मुख न भाव से और न ही शब्दों से...।

परन्तु आज बहुत क्लान्त दिख रहे थे। मुझे देखते ही आसन ग्रहण करने को कहा। मैं एक ओर बैठ गई। कुछ देर वे मौन रहे...और मैं बेकल...। समय की दुरूहता पल-पल उद्वेलित कर रही थी क्योंकि यहाँ न लक्ष्मण उपस्थित थे और न कोई बहन थी...। यह प्रथम अवसर था जब उन्होंने मात्र मुझे स्मरण किया था।

"उर्मिला, कुश और लव की स्थिति बहुत चिन्तित कर रही है मुझे।"

बिना किसी भूमिका के वे बोले...। मैं मौन रही...क्या बोलती अभी तो उनकी मंशा अलोक थी।

"उनका मौन बहुत डरा रहा है। सदा माँ के सान्निध्य में रहनेवाले ये बालक आज औचक उस सुख-सान्निध्य से वंचित हो गए हैं। मैं तो उनके लिए नितान्त अपरिचित हूँ और कदाचित् उनका अपराधी भी। उनके मन में क्या भाव है...यह वे व्यक्त नहीं कर रहे...। उनका दुख, संताप मुखर भी तो नहीं हो रहा। डर रहा हूँ उनके भीतर का विषाद कोई क्षति न पहुँचा दे उनके कोमल मन-मस्तिष्क को।"

कहकर वे पुनः मौन हो गए और मैं पुनः असमंजस में घिर गई। अन्ततः वे मुझसे क्या कहना चाह रहे हैं?

"उर्मिला, तुम उनकी काकी ही नहीं मौसी भी हो। प्रयास करो किसी विधि वे सहज हो जाएँ।"

"जी भैया, मैं अभी उनके पास ही थी। उनके अधर खुल ही नहीं रहे। मेरे पुत्रों संग भी वे सहज नहीं हो पा रहे हैं। मैं समझ रही हूँ उनकी वेदना...उनके मासूम हृदय को बहुत बड़ा आघात पहुँचा है। औचक उनका परिवेश ही नहीं परिवर्तित हुआ है वरन् सम्बन्ध भी बदल गए हैं। समय तो लगेगा ही इस स्थिति को उन्हें आत्मसात् करने में।" मैं मद्धिम स्वर में बोली।

"अनुजे उर्मिला, एक और आशंका मुझे भयभीत कर रही है। कदाचित् तुम्हारी दृष्टि इस ओर नहीं है...।"

"कैसी आशंका भैया?" आतुरता से मैंने पूछा।

"महर्षि वाल्मीकि रचित महाकाव्य 'रामायण' का गहन अध्ययन किया है उन्होंने। क्या कारण वे उसके प्रभाव से प्रभावित नहीं हुए होंगे?"

"ऐसा सम्भव है भैया।"

"यदि ऐसा है तो उनके कच्चे मन पर अंकित मेरे प्रति उस दुष्प्रभाव को तुम ही क्षीण कर सकती हो। तुममें अपार धैर्य है मैंने अनुभव किया है इसी विश्वास से कह रहा हूँ।"

"जैसी आपकी आज्ञा।"

"आश्रम के उन्मुक्त वातावरण से वे भवन के कक्ष में ही सिमट गए हैं। अपने समाज व लोक से कट गए हैं। अवसाद का कारण यह भी हो सकता है।"

"भैया क्यों नहीं पुनः उनकी शिक्षा, दीक्षा आरम्भ करा दी जाए? वातावरण के परिवर्तन तथा समवयस्क साथियों के मध्य वे अवश्य सहज हो जाएँगे, ऐसा मेरा विश्वास है। उनका मस्तिष्क इस ओर उलझकर अतीत को विस्मृत करने लगेगा। हमारे पुत्र भी तो विद्याध्ययन तथा अस्त्र-शस्त्र की शिक्षा पा रहे हैं।"

"सत्य कह रही हो उर्मिला, कल ही उनकी शिक्षा-दीक्षा की व्यवस्था करता हूँ। कदाचित् उनका चित्त परिवर्तित हो जाए...।"

"जी भैया।"

वार्ता समाप्त हो गई थी। मैं शिथिल पग लौट आई अपने कक्ष में।

काल हँस रहा था क्रूर हँसी...। न जाने इस वंश के दुखों का अन्त कब होगा...। लगा दुखों का पटाक्षेप तब तक नहीं होता जब तक संसार के इस नाट्य मंच पर पात्र विद्यमान रहते हैं...।

रात्रि अधिक हो गई है। कुश-लव को रात्रि का भोजन कराकर लौट रही हूँ कनक भवन से। बिना मेरी उपस्थिति के वे रुचि से भोजन नहीं करते, परिचारिकाएँ कहती हैं। अत: पहले उन्हें भोजन कराने के बाद ही मैं लक्ष्मण तथा अपने बालकों को भोजन कराती और स्वयं करती। उनके यहाँ आने के बाद यह नित्य का नियम बन गया है मेरा। अभी बहुत छोटे और अबोध बालक हैं दोनों। इस भवन और भवन की राजकीय व्यवस्था से नितान्त अपरिचित...। दोनों को भोजन कराने के पश्चात् समय पर शयन करने की हिदायत करके आते-आते रात्रि गहन हो गई है। लक्ष्मण और बच्चे भोजन के लिए प्रतीक्षा कर रहे होंगे। तेज-तेज पग उठाती बढ़ रही वीथियों में...कि औचक भैया राम के कक्ष से आता मद्धिम स्वर...मेरे पग को औचक रोक लेता है...।

द्वार पर ठिठककर खड़ी हो जाती हूँ यह जानते हुए भी कि छुपकर किसी की वार्ता सुनना नैतिकता के विरुद्ध है...। ध्यान से सुनती हूँ...भैया राम का ही स्वर है...वे किससे वार्तारत हैं? जिज्ञासा प्रबल हो उठती है...। इतनी रात्रि गए वे किससे वार्ता कर रहे जबकि कोई दूसरा स्वर मुखर नहीं है। हौले से द्वार का पर्दा खिसकाकर अन्दर झाँकती हूँ...और स्तम्भित रह जाती हूँ...। बड़े से आले में दीदी सीता की स्वर्ण प्रतिमा स्थित है और उसके समक्ष खड़े भैया उनसे सम्बोधित हैं—

"सीते, जीवन के इस मोड़ पर आकर अधिकता से यह अनुभव हो रहा है कि समाज में कुछ भी परिमार्जन करने के लिए प्रथम मनुष्य को स्वयं के सुखों की आहुति देनी पड़ती है...। स्वयं को स्वाहा करना पड़ता है। मानवों से परिपूर्ण यह समाज अपने-अपने विचारों का दास होता है। जहाँ ज्ञानी बौद्धिक स्तर पर वाक् युद्ध करते हैं वहीं अज्ञानी सीधे मर्म पर प्रहार करने से भी नहीं चूकते...। यह हर युग में होता आया है...। हो रहा है और कदाचित् होता रहेगा...। जैसे एक लघु मक्खी अपने क्रिया-कलाप से अपने से लाखों गुना बड़े प्राणी को व्याकुल कर देती है वैसे ही दुष्ट व्यक्ति व्याकुल कर देता है एक सभ्य मनुष्य को...। तथा यह भी अधिकता से अनुभव हो रहा है कि सभी को एकमत करने के लिए एक जीवन

बहुत कम है...। सभी जन किसी के सद्कर्म व त्याग से सन्तुष्ट हो जाएँ, यह असम्भव है। परन्तु यह सोचकर कि सभी सन्तुष्ट नहीं होंगे...सद्कर्म का प्रयास छोड़ देना मानव का धर्म नहीं है...। इस समतामूलक रामराज्य की स्थापना के लिए मैंने अपने जीवन को होम किया...। तुम्हें हवि बनना पड़ा...और आज मेरे पुत्रों की चुप्पी पल-पल मुझे अतीत में झाँकने पर विवश कर रही है...। मनुष्य समस्त संसार से लड़ सकता है परन्तु अपनी सन्तानों के समक्ष हार जाता है। जानती हो क्यों...क्योंकि वय की तरह उनके विचारों के मध्य भी समय का अन्तराल पसरा होता है...। वे अपनी वय के अनुसार सोचते हैं तथा स्वयं के विचारों को ही सही ठहराते हैं और अभिभावक स्वयं के भोगे हुए अनुभवों के आधार पर...। तुम्हारी मूर्ति ही तो मेरी प्राण शक्ति है जानकी! तुम्हारे सम्मुख ही मैं अपना हृदय खोल सकता हूँ...। जीवन सांध्य के ढलान की ओर अग्रसर है...। इस भव सिन्धु से पार जाना इतना आसान भी नहीं है...।"

अब और सहन नहीं हुआ मुझसे...मेरा मुख अश्रुओं से भीग उठा...।

दीदी सीता की स्वर्ण मूर्ति बनवाने का औचित्य अब मेरी समझ में आया...। जो बात अभी तक हृदय में चुभ रही थी कि दीदी के जीवित रहते इस स्वर्ण मूर्ति की क्या आवश्यकता थी? लगा हम सहज किसी के मनोभावों तक नहीं पहुँच सकते। मानव कितना भी अलिप्त होने का स्वाँग भर ले वह पाषाण हृदय कभी नहीं हो सकता। मन की व्यथा कहने के लिए कोई अपना चाहिए ही उसे...। मन भारी हो आया भैया का दीदी के समक्ष यह उद्गार सुनकर। धीरे से मैं वहाँ से हट गई...। चलते हुए सोचा...सत्य ही तो कह रहे हैं भैया। रामराज्य की स्थापना ने कितना बड़ा बलि लिया उनसे...।

स्वयं का जीवन अधूरा...। दीदी का जीवन अधूरा...और अब कुश और लव का जीवन अधूरा...। इस अधूरेपन का दंश कितना त्रासद होता है चौदह वर्षों की लक्ष्मण की दूरी ने समझा दिया था मुझे। दैव करे कुश और लव शीघ्र ही इस त्रासदी से मुक्त हों। अधरों पर प्रार्थना उभरी...।

समय के निरन्तर बढ़ते पग के साथ ही हम भी उत्तरोत्तर की ओर अग्रसर थे...।

हमारे पुत्र अब वयस्क हो गए थे। इतने वयस्क कि पिता द्वारा विजित किए हुए राज्यों को सँभाल सकें। यह राज्य विस्तार बढ़ते परिवार की आवश्यकता भी थी। सर्वप्रथम तो शत्रुघ्न ही बरसों पहले मथुरापुरी के विजय अभियान पर निकले थे। सुना था मथुरापुरी का राजा लवणासुर ने भैया राम की अधीनता स्वीकार नहीं

की थी और युद्ध करने पर उद्धत था। वह यादव नरेश भीमसात्व का प्रतिनिधि था तथा रक्ष संस्कृति का अनुयायी होने के नाते नरभक्षी भी था। अत: भैया राम ने विशाल सेना के साथ शत्रुघ्न को मथुरापुरी भेजा था। दोनों के मध्य भीषण युद्ध हुआ और अन्त में लवणासुर का वध कर उन्होंने मथुरा जय किया था। भैया राम ने शत्रुघ्न को मथुरा का राजा घोषित कर कुछ काल तक उन्हें वहीं रहकर राज्य को व्यवस्थित करने का परामर्श दिया। यह वही समय था जब शत्रुघ्न ने महर्षि वाल्मीकि के आश्रम में रात्रि विश्राम किया था तथा उसी रात्रि दीदी सीता को युग्म पुत्र उत्पन्न हुए थे।

तत्पश्चात् बरसों उस अशान्त राज्य को शान्त करने में लगा था उन्हें। इस मध्य वे मथुरापुरी से अयोध्या आते-जाते रहे थे। पुन: वे भैया राम द्वारा आयोजित अश्वमेध यज्ञ में लौटे थे। उस दुखद अवसर पर जब मैंने अपनी बहन सीता को खो दिया था सदा के लिए...। वैसे भी उनका सुखद सान्निध्य तो जनकपुर तक ही रहा था। ब्याह के पश्चात् तो सदा संग-साथ रहने की हमारी प्रसन्नता खंडित हो गई थी उनके वनगमन के साथ ही और उसके बाद...उनका निर्वासन...आह मेरी बहन...नियति तय करनेवाला नियंता इतना निष्ठुर कैसे हो गया जो सुख के पल देने में भी कृपण हो गया तुम्हें। दीदी के स्मरण ने विचलित कर दिया।

कुछ काल पश्चात् केकय देश से मामा युधाजित के पुरोहित अंगिरा पुत्र परम तेजस्वी ब्रह्मर्षि गार्ग्य उपहार के साथ अयोध्या आए। उनका यथोचित सत्कार करने के पश्चात् भैया राम ने मामा युधाजित तथा केकय का कुशल-क्षेम पूछा व उनके पधारने का आशय भी। आदर-सत्कार से सन्तुष्ट हुए ब्रह्मर्षि गार्ग्य बोले—

"आर्य श्रेष्ठ रघुनन्दन, मेरे आने का आशय बहुत ही गूढ़ व उपयोगी है इसीलिए केकय नरेश ने मेरे हाथों यह सन्देश भेजा है। भारतवर्ष के पश्चिमोतर में सोलह महाजनपदों में एक तथा हिमालय की घाटियों से केकय तक विस्तारित सिंधु नदी के दोनों तटों पर बसा अति सुन्दर गन्धर्व प्रदेश है। गन्धर्व राज शैलूष की सन्तानें युद्ध कला में अत्यंत कुशल हैं परन्तु वे झेलम तट पर अवस्थित अपने पूर्ववर्ती प्रदेश केकय को सदा उत्क्रमित करते रहते हैं। जबकि केकय वासियों का उनसे न कोई वैर है न मित्रता। कैकेयसों का अपने निकटवर्ती मद्रदेश, उशीनर देश या शिविप्रदेश के लोगों से बहुत ही मधुर सम्बन्ध है। उसकी इस चेष्टा से राज्य की प्रजा भयभीत हो जाती है। अभी केकय नरेश युधाजित बहुत संकट में हैं अत: आपसे महाराज युधाजित का आवेदन है कि उन गन्धर्वों को परास्त कर आप वहाँ

गन्धर्व नगर बसाइए और केकय को अभय कीजिए।"

भैया राम ने उन्हें आश्वासन देकर विदा किया कि वे मामा युधाजित की यथासम्भव सहायता अवश्य करेंगे और उन्होंने भैया भरत को केकय जाने की तैयारी करने को कहा।

कुछ काल पश्चात् ही भैया भरत चतुरंगिनी सेना के साथ केकय प्रस्थान के लिए तैयार थे। आर्य राम ने विजयश्री की कामना करते हुए उन्हें विदा किया।

अयोध्या के वीर सैनिकों के साथ केकय के योद्धाओं ने मामा युधाजित और आर्य भरत की अगुआई में गन्धर्व पर आक्रमण कर दिया...दोनों में घनघोर युद्ध हुआ। और अन्त में भैया भरत के गले विजयश्री पड़ी। कुछ काल पश्चात् धन-धान्य से परिपूर्ण उस मनोहर गन्धर्व प्रदेश में तक्षशिला नामक नगरी बसाकर उसमें उन्होंने अपने पुत्र तक्ष को राजा घोषित किया तथा गांधार देश में पुष्कलावती नगर बसाकर दूसरे पुत्र पुष्कल को उसकी गद्दी पर आसीन किया और वे स्वयं अयोध्या लौट आए।

वहाँ रहकर उनके पुत्रों ने अपने राज्यों का खूब विस्तार किया।

कुछ काल पश्चात् हिमालय के उपत्यका में स्थित मल्लों के राज्य से भी विप्लव का समाचार प्राप्त हुआ। कर्णाली नदी के जलाधार पर स्थित सामन्तवादी शैली का स्वाधीन राज्य मल्ल जिस पर तिब्बत के खारी प्रदेश का निवासी नागराज ने उसके शिंजा उपत्यका पर अधिकार कर लिया है और वहाँ निवासियों को त्रास दे रहा है। मल्ल देश में स्थित कारुपथ द्वंद्व युद्ध में प्रवीण योद्धाओं का राज्य है। ज्ञात हुआ द्वंद्व युद्ध का नाम उन्हीं के नाम पर मल्लयुद्ध पड़ा तथा कुश्ती लड़नेवालों का नाम मल्ल पड़ा। और यह भी ज्ञात हुआ कि मल्ल लोग भारतवर्ष के अनेक भू-भागों में रहते हैं परन्तु इनका मूल निवास कारुपथ ही है।

भैया राम के आदेश पर इस बार युद्ध अभियान पर आर्य लक्ष्मण कारुपथ गए और नागराज से उनका भीषण युद्ध हुआ। तत्पश्चात् उन्होंने कुशलतापूर्वक उसे जय किया। पुन: भैया राम के आदेश पर वहाँ ऐसे सुरम्य भूमि की खोज की गई जो विघ्न-बाधाओं से रहित व रमणीय हो और जहाँ नगर निर्माण करने से आश्रमों, प्रजा तथा जनपद पतियों को पीड़ा न पहुँचे। और मेरे परम धनुर्धर पुत्र वहाँ आनन्दपूर्वक रह सकें।

प्रिय लक्ष्मण के संग गए भैया भरत ने कारुपथ में ऐसा निरापद स्थान ढूँढ़ निकाला जो सर्वथा अनुकूल था और जहाँ किसी प्रकार का रोग व व्याधि का भय नहीं था। उसी स्थान पर परम सुन्दर व सुरक्षित अंगदिया नामक नगर बसाकर मेरे

ज्येष्ठ पुत्र अंगद को आसीन किया गया और मेरे दूसरे पुत्र चन्द्रकेतु जो तन से हृष्ट-पुष्ट था उसके लिए मल्ल देश में ही अमरावती पुरी सदृश चन्द्रकांता नगर का निर्माण कराकर उसके गद्‌दी पर उसे आसीन किया गया। कुछ समय तक भैया भरत व सौमित्र दोनों के संरक्षक के रूप में वहाँ रहे। उन्हें राजकार्य में पारंगत कर वे दोनों भाई अयोध्या लौट आए।

भैया राम का सभी भाइयों को आत्मीय आदेश था—"राज्यों को विजित करने के बाद शान्ति स्थापित होने तक वहाँ रहने का। पुनः सभी भाई उनके सान्निध्य में अयोध्या में ही रहें।

भैया राम की आन्तरिक इच्छा का मान करते हुए चारों भाई अपने पुत्रों को उनके दायित्व के साथ छोड़कर अयोध्या भवन में ही रह रहे हैं परन्तु मैं तो दो भागों में विभक्त अनुभव कर रही हूँ स्वयं को। मेरे पुत्र सुदूर कारापथ में हैं और मैं यहाँ अयोध्या राजभवन में। क्या पुत्र से विलगता के लिए भी यह भवन अभिशप्त हो गया है? मन में विचार आता और अतीत की त्रासदी डरा जाती। पुत्र की विलगता ने ही ससुर जी के प्राण ले ली थी।

समय क्रूर हँसी हँसता भागता रहा...। हम जीवित रहे हर दुख-सुख व शोक-संताप के साथ अयोध्या राजभवन में। वय की गाँठें खुलती रहीं दिन, महीने और वर्षों के रूप में। सभी कुछ तो था अयोध्या में, नहीं थी तो आत्मिक शान्ति। वर्षों पूर्व जो शाप लगा था छोटी माँ की आज्ञा के रूप में इस भवन को, वह क्षीण कहाँ हुआ था...। समय बड़े-से-बड़े घाव को भर देता है, यह सत्य है किन्तु उसके चिह्नों को मिटाने में वह सक्षम नहीं होता जो उस काल या त्रासदी को स्मरण कराता रहता है।

अयोध्या भवन में मात्र हम तीनों बहनें, मांडवी, श्रुतकीर्ति और मैं। दो माताएँ, मझली माँ सुमित्रा और छोटी माँ कैकेयी और चारों भाई रह गए थे।

काल के निरन्तर चलते पग जीवों के जीवन-दिवस को क्षीण करते जाते हैं। बीज पौध बनता है...। पौध वृक्ष...। ऋतु आने पर फल-फूल लगते हैं उस पर...पुनः बीज। और वृक्ष समाप्त हो जाता है। वैसे ही मनुष्य का जीवन-चक्र भी परिणति को प्राप्त होता है। इस मृत्युलोक का यह सनातन विधान है। जो यहाँ आता है उसका जाना निश्चित है। रह जाता है यहाँ मात्र उसका कर्म या सद्‌कर्म, यश-अपयश... के रूप में युगों-युगों तक अजर...अमर।

आज मझली माँ भी इहलोक को त्यागकर बड़ी माँ के पथ पर प्रयाण कर

गईं। जरा के प्रभाव ने समेट लिया था उन्हें अपने अंक में। कभी के भरे-पूरे इस अयोध्या भवन के सुदृढ़ स्तम्भ धीरे-धीरे अब ध्वस्त होते जा रहे थे और इसी के साथ हम और अकेले होते जा रहे थे। मझली माँ की उपस्थिति मेरे और श्रुतकीर्ति के लिए शक्तिदायक रही थी। बड़ी माँ के देहावसान के पश्चात् मैं उनके निकट ही अधिकांश समय व्यतीत करती। बड़ी माँ सदा से उनकी आत्मीय सखी, सहचरी रही थीं उनके जाने के बाद वे बहुत क्लान्त चित्त रहतीं। परन्तु आज वे समस्त हर्ष, विषाद व दुश्चिन्ताओं से मुक्त हो अनंत यात्रा पर चली गईं...।

इस संसार का यह विधान एक-एक कर सभी को जाना है इस नश्वर जगत से...। जो चले जाते हैं वे इन दुखों के अनंत भवसागर को पार कर जाते हैं। उन्हें तो कदाचित् इस संसार की सुध भी नहीं होती। जो रह जाते हैं यहाँ वे उनके गुण व अवगुणों को स्मरण कर दुखी और सुखी होते रहते हैं। जानेवाले को अपने पीछे छूटे संसार की सुध होती है या नहीं...परन्तु इस धरा पर रह जानेवाले को उनका अभाव अवश्य सालता रहता है। और हर स्थान पर उनकी उपस्थिति का आकांक्षी मेरा मन उनके अभाव को स्वीकार करने में असमर्थ था।

हम बहनें भी तो अकेली रह गई थीं अयोध्या भवन में। हमारे निकट तो हमारे पुत्र भी नहीं थे। वे सभी अपने-अपने राज्यों को सँभालने में व्यस्त थे। बड़ी माँ के भवन में युवा कुश और लव की उपस्थिति उसे जीवंत बनाए हुए थी। वे रहते तो हमें घेरे रहते...काकी...काकी कहकर...। हमारे वर्जने पर ही मौसी कहते। कभी-कभी यह विचार अधिकता से आता कि...चारों भाइयों आर्य राम, लक्ष्मण, भरत तथा शत्रुघ्न की तरह हमारे आठ पुत्र भी यदि इसी भवन में संग-साथ रहते तो कितनी पूर्णता व प्रसन्नता अनुभव होती हमें।

दीदी मांडवी के भवन में भी जरा प्राप्त छोटी माँ, भैया भरत और वे तीन ही प्राणी रह गए थे। दास-दासियों से भरा भवन भी अकेलेपन का अधिकता से अनुभव कराता रहता सभी को।

भविष्य द्रष्टा व कुशल नीतिज्ञ भैया राम ने अपने भव्य कोशल राज्य को दो भागों में विभक्त किया तथा अपने दोनों पुत्र कुश और लव को वहाँ का युवराज घोषित कर दिया। बड़ा पुत्र होने के नाते कुश को अयोध्या का सिंहासन मिला तथा दक्षिण कोशल की गद्दी लव को मिली। परन्तु कुश और लव का कहना था—वे अभी अयोध्या में ही रहेंगे। जब तक पिता हैं, वे मात्र युवराज बने रहेंगे। पिता को छोड़कर वे कहीं नहीं जाएँगे। अतः अयोध्या में रहते हुए भी कुश ने भव्य नगरी

कुशावती का निर्माण करवाया। और लव ने भी श्रावस्ती नामक नगरी का निर्माण करवाकर उसको भी सँभाल रहे थे परन्तु हमारे पुत्रों की विवशता थी अपने माता-पिता को छोड़कर विजित राज्यों को सँभालने की। अपने पुत्रों की अनुपस्थिति में तीनों बहनें कुश और लव में ही अपने पुत्रों की उपस्थिति अनुभव कर खुश हो लेतीं।

एक दिन गुरु वशिष्ठ की ओर से संवाद मिला, हम तीनों बहनों तथा छोटी माँ को कनक भवन में एकत्रित होने का और इन उदासियों के मध्य हर्षित करता समाचार सुनाया उन्होंने—

"कुश का विवाह निश्चित हो गया है पुत्रियो!"

"कहाँ, गुरुदेव?" समाचार सुनकर एक साथ ही प्रश्न निकले हमारे मुख से।

"नाग जाति के महाप्रतापी नरेश तक्षक नाग की पुत्री कुमुद्वती के साथ।"

"बड़ा ही हर्षयुक्त संवाद है गुरुदेव! हमारे विवाह के पश्चात् इस भवन में यह प्रथम वैवाहिक आयोजन होगा।" मैंने कहा।

"हाँ पुत्री, इसकी आवश्यकता भी थी इस भवन को और कुश को भी। महारानी कैकेयी, आप अनुभवी हैं। कुशलतापूर्वक सँभाल सकती हैं समस्त आयोजन को। पुनः तीनों बहुएँ तो हैं ही आपके सहयोग के लिए। शीघ्र मंगलाचरण आरम्भ करवा दीजिए।"

फिर तो प्रसन्नता का यह प्रवाह तीनों भवनों से लेकर सम्पूर्ण राज्य में समान रूप से प्रवाहित होने लगा। हमारे पुत्र भी अपने-अपने राज्यों से पधारने लगे।

भवन मंगलगान के स्वर से गुंजित होने लगा। दुंदुभी निनादित हो उठे। यह सुख दोनों माताओं तथा दीदी सीता के भाग्य में नहीं था। यदि आज वे यहाँ होतीं तो भवन ही नहीं हमारी प्रसन्नता भी द्विगुणित हो जाती। विशेष कर दीदी के अभाव का दंश पल-पल कचोके लगा रहा। पुत्र का जो वैवाहिक विधि-विधान वे करतीं...। उसे हम तीनों बहनें निभा रहीं...तब वर्जना के पश्चात् भी कि शुभ अवसर पर नेत्रों में अश्रु का आना अशुभ होता है...उनके स्मरण से अपने नेत्रों के भीगने पर हमारा कोई वश नहीं रहता।

दीदी का अभाव भैया राम और कुश व लव को भी अनुभव हो रहा...। भैया राम अपने दायित्व का निर्वहन तो कर रहे परन्तु प्रसन्नता उनके मुख पर भी लक्षित नहीं हो रही न ही हर्ष का भाव कुश व लव के मुख पर मुखर है जो एक दूल्हे के मुख पर होना चाहिए। स्मरण हो आया...अपना ब्याह...हर्ष की अधिकता से खिलते दूल्हा बने चारों भाइयों का मुख जो देव समान सुशोभित थे।

हम वय के उस मोड़ पर थे जहाँ कहीं से सुखद कम दुखद समाचार अधिक प्राप्त हो रहे थे अब। औचक कहीं से संवादी आता तो भय से हृदय काँप उठता। जाने कहाँ से...क्या संवाद लेकर आया है? हर ओर बिखरा परिवार चिन्तातुर रहता—माता-पिता के लिए, पुत्रों के लिए, सगे-सम्बन्धियों के लिए। एक हृदय और चिन्ता के इतने हेतु? वह व्याकुल कैसे नहीं होता।

और इसी क्रम में एक दिन औचक जनकपुर से संवाद आया...पिताजी अत्यधिक अस्वस्थ हैं। हम लोगों से मिलना चाहते हैं। इस संवाद ने अतिशय व्याकुल कर दिया हम सभी को। जनकपुर गए भी बरसों हो गया था हमें। अन्तिम बार भाई भानुमंत जिसे गुणाकर भी कहा जाता और श्रीनिधि के ब्याह में जाना हुआ था चारों भाई और चारों बहनों का। उस समय दीदी सीता का उत्साह व उमंग देखने योग्य था। होता भी क्यों नहीं...जब तक वे वनवास में रहीं, दोनों भाई विवाह करने को सहमत नहीं हुए थे। कहते—"मेरी बड़ी बहन सीता और दोनों पाहुन अरण्य में हैं और हम लोग दूल्हा बनें...? अपने सुख की सोचें...? ऐसा सम्भव नहीं...। उन लोगों के अयोध्या आने के पश्चात् ही हमारा ब्याह होगा...।"

ऐसा ही हुआ भी। सभी के अरण्य से आने के बाद ही उनका लगन हुआ था। राज-काज की लाख व्यस्तता के बाद भी भैया राम जनकपुर जाने के लिए सहर्ष सहमत हो गए थे। हम बहनों का तो प्रसन्नता से धरती पर पैर ही नहीं पड़ रहे थे। हम चारों बहनों का ब्याह अनपेक्षित एक साथ ही होना...बड़ी बहनों के विवाह देखने की आकांक्षा...उत्साह को जिज्ञासा में बदल दिया था। कहाँ तो बड़ी दीदी के ब्याह के लिए कितने मंसूबे बना रखे थे हम तीनों बहनों ने। पाहुन को ऐसे तंग करेंगी...। ऐसे ठिठोली करेंगी उनसे...।

हमारा सारा मंसूबा धरा का धरा रह गया था। हमें तो इतना अवसर भी नहीं मिला था कि स्वयं के विवाह की भी प्रसन्नता अनुभव करतीं। सभी आनन-फानन में दुल्हन बना दी गई थीं और मंडप पर बैठा दी गई थीं।

परन्तु भाइयों के विवाह में चारों बहनों ने खूब आनन्द मनाया था। हर विधि-विधान में हम तीनों बहनें दीदी सीता को आगे कर देतीं। मटकोर तथा आँगन में नहावन के लिए पोखर खनते समय जब उनके और भैया राम के पीठ पर दीदी मांडवी द्वारा ऐपन का थापा लगाया जा रहा था। हम बहनें कैसे उन्हें चिढ़ा रही

थीं। तब दीदी हँसकर बोली थीं—"चिढ़ा लो तुम लोग...यह सब भी सौभाग्य से ही देखने को मिलता है।"

ऐसे विधि-विधान के अवसर पर जब स्त्रियाँ भैया राम को मीठी-मीठी गाली दे रही थीं तो वे कैसे मन्द-मन्द मुस्कुरा रहे थे...।

और आज पुनः भैया राम का संवाद आया—

"लक्ष्मण-शत्रुघ्न के साथ हम तीनों बहनें शीघ्र जनकपुर के लिए प्रस्थान करें। भैया भरत के साथ वे भी शीघ्र ही जनकपुर पहुँचेंगे।"

हम तीनों बहनें पूर्व से ही तैयार थीं। रथ के द्वार पर आते ही हम निकल पड़ीं। चार दिन और तीन रात्रि की यात्रा के बाद जनकपुर पहुँचनेवाले पथ पर हर क्षण हमारे अधरों पर माँ गिरिजा से प्रार्थना उभरते रहे—"पिताजी शीघ्र स्वस्थ हो जाएँ। हमें पश्चात्ताप का कोई अवसर मत देना माँ उनके सान्निध्य सुख से वंचित करके।"

पथ वही था चौड़ा सुचिक्कन। दोनों ओर वही पीपल, वट, नीम, आम, अशोक व पाकड़ के घने छायादार वृक्ष...। वही गंडकी की कलकल करती सतत प्रवाहित धारा...जिससे विवाह के समय भी हमारी डोलियाँ व रथ बड़ी नौका पर रखकर पार कराए गए थे। परन्तु तब ये कितने नयनाभिराम लगे थे। आज जाने क्यों बहुत उदास से अनुभव हुए...। कदाचित् आज संग में दीदी सीता का अभाव था। आज से पहले हमने सदा संग-साथ में यात्रा की थी हँसते-खिलखिलाते...। परस्पर चुहल करते...। यह अभाव तो पिताजी को भी गहरे चुभेगा...जब हम उनके सम्मुख उपस्थित होंगी उनकी जानकी के बिना...।

अनुभव हुआ, कोई पथ, ऋतु, दृश्य, वातावरण या साज-शृंगार...मन की स्थिति के अनुकूल ही सुन्दर या असुन्दर लगते हैं। मन प्रफुल्लित है तो वातावरण वसंत जैसा अनुभव होगा...और यदि मन खिन्न है तो चारों ओर पतझड़-सा अनुभव होगा...। इस स्थिति से पूर्व में गुजर चुकी थी मैं लक्ष्मण के वियोग में और अब दीदी के वियोग का दंश संग-साथ था।

पथ में रात्रि होते ही शिविर लगा दिये जाते...। अलाव जला दिये जाते...और चूल्हा सुलगाकर रसोइए भोजन की व्यवस्था में संलग्न हो जाते...। सभी प्रकार से सुरक्षित पथ व ठहराव स्थल हमारे राज्य के ही भाग थे। गंडकी से पश्चिम कोशल का और पूरब त्रिभुक्ति का...अतः भय का कोई कारण नहीं था।

रात्रि विश्राम के समय शिविर में सभी एकत्रित हैं परन्तु वह हर्ष नहीं परिलक्षित हो रहा किसी में जो पूर्व की यात्राओं में हुआ करता था। सभी भाई हम बहनों से

कितना चुहल करते, उपहास करते विशेषकर जनकपुर के रस्मो-रिवाज को लेकर...। वहाँ के भावपूर्ण व मधुर गीतों को लेकर...। तथा विभिन्न अवसर पर दी जानेवाली आत्मीय गालियों को लेकर...। अभी सभी मात्र आवश्यक वार्ता कर रहे। कदाचित् बड़ी माँ, मझली माँ और दीदी के जाने से खालीपन भर गया है सभी के हृदय में। सदा सम्मुख न रहने के बाद भी पिताजी की उपस्थिति हमें बल प्रदान करती रही थी। ससुर जी के असामयिक देहावसान के पश्चात् समय-समय पर उनके बहुमूल्य परामर्शों का लाभ सदैव भैया राम को प्राप्त होता रहा था।

लाख मन को समझाने के बावजूद कि पिताजी स्वस्थ हो जाएँगे। कहीं अंदेशा का दंश कचोके लगा रहा था कि यह अभाव भी हमें झेलना पड़ेगा। उम्र का यह मोड़ बहुत कठिन लग रहा जहाँ मात्र अशुभ या दुखद समाचारों से साक्षात्कार हो रहा था।

यात्रा का अन्तिम दिन...। जैसे-जैसे हम जनकपुर के निकट आते जा रहे थे हमारे रथ के गुजरने के पथ में कहीं-न-कहीं...सर के ऊपर से कर्कश स्वर में काँव...काँव करते गुजरते हुए काक के स्वर से दिल दहल जाता। काक का यह कर्कश स्वर शुभ सूचक नहीं। अन्धविश्वास पर भरोसा न करनेवाला मेरा मन इस संयोग को अब असम्भव नहीं मान रहा था। समय ने इस पर भी विश्वास करना सिखा दिया था कि शगुन और अपशगुन का स्वरूप कोई भी हो सकता है।

और जनकपुर की सीमा में प्रवेश करते ही पथ पर तैनात परिचारकों द्वारा हमारी आशंका को पुष्ट करता दुखद समाचार ने हमें हिलाकर रख दिया। हमारी प्रतीक्षा करते-करते कल रात्रि ही पिताजी परमधाम चले गए थे। हाहाकार कर उठा हृदय...। आह दैव ये क्या किया आपने, अन्तिम बार उनसे वार्ता न कर पाने का यह संताप सदा घाव बन रिसता रहेगा...। कितनी लालसा होगी उन्हें हमसे मिलने की। क्या कुछ कहना चाह रहे होंगे वे।

मध्य में ऐसा समाचार भी मिला था कि दीदी के अदृश्य होने के बाद वे अत्यधिक क्लान्त रहने लगे थे मानो जीवन-जनित समस्त मोह समाप्त हो गया हो उनके अन्दर का। उन्हें यह दुख व्याकुल कर रहा था कि वे अपनी प्रिय पुत्री जानकी के लिए कुछ नहीं कर सके। राजा होते हुए भी किसी विधि उन्हें सुखी बनाने में सक्षम नहीं हुए।

और अभी वही दुख मुझे भी व्याकुल कर रहा कि पिताजी के लिए मैं कुछ नहीं कर सकी। उनका संताप बाँटने का तनिक अवसर भी नहीं निकाल सकी। क्या पुत्रियों

का दायित्व नहीं होता माता-पिता की सेवा-शुश्रूषा करने का? उन्हें अपने सान्निध्य का सुख देने का। इस चूक के लिए कदाचित् ही मैं स्वयं को क्षमा कर सकूँ।

ज्येष्ठ मास के तपते दिन। पिताजी के मृत देह को तुषार खंडों के मध्य रखकर सुरक्षित किया गया था। उन्हें इस तरह मौन लेटे देखकर हृदय पीड़ा से दरक गया। धाराप्रवाह अश्रु बह चले नेत्रों से...। क्यों चले जाते हैं ये हँसते-बोलते लोग अपना अभाव उत्पन्न कर अपनों के हृदय में? सदा भवन से राजसभा और राजसभा से भवन आते-जाते रहनेवाले तुषार खंडों बीच लेटे पिताजी के मुख पर कितनी शान्ति व्याप्त है...। वैसे अशान्त तो उनका मुख कभी रहा भी नहीं। उस समय भी नहीं जब सुधन्वा ने आक्रमण किया था जनकपुर पर किन्तु आज वे अवश्य अशान्त हो उठते...हमारे संग अपनी प्राण प्रिय पुत्री जानकी को न देखकर। बार-बार इस क्रूर समय ने दीदी को लेकर एक पिता के धैर्य की परीक्षा ली थी परन्तु कभी उन्होंने अपनी मर्यादा का उल्लंघन नहीं किया था पुत्री के पिता होने के नाते। कितनी विषम परिस्थिति रही होगी उनके सम्मुख जब पुत्रियाँ विरह ताप में तप रही थीं और वे पीड़ा की अधिकता से उपजी आह को भी दबा गए होंगे...।

आज निश्चेष्ट लेटे उनके मुख पर अपार शान्ति है...। इस संसार के समस्त क्रिया-कलाप, सुख-दुख, मोह व चिन्ता से मुक्त। अब कभी उनका स्वर नहीं सुन पाऊँगी मैं। सोचकर जोर से बिलख पड़ी मैं...मेरे स्वर के साथ अनेकों स्वर सम्मिलित हो गए।

माँ एक बालिका की भाँति बिलख रही थीं। पिताजी के जाने का तथा असमय विलुप्त हो गईं दीदी सीता के अभाव ने उन्हें तोड़ दिया था। धैर्य बँधाना एक औपचारिकता थी...उन लोगों के जाने की शून्यता की पूर्ति होना क्या सम्भव था?

आज पिताजी का पार्थिव देह पंचतत्त्व में विलीन हो गया। मानव देह की अन्तिम परिणति...। जन्म से लेकर मृत्युपर्यन्त सोलह संस्कारों की स्थिति से निरन्तर गुजरते हुए। गर्भावस्था से लेकर मृत्युपर्यन्त तक होनेवाले सोलह संस्कार...। गर्भाधान, पुंसवन, सीमंतोन्नयन, जातकर्म, नामकरण, निष्क्रमण, अन्नप्राशन, चूड़ाकर्म, मुंडन, यज्ञोपवीत, विवाह, मन रुचि आचार-विचार आदि...और अन्त में दाह-संस्कार...। मर्त्यलोक में आनेवाले मानव की यही नियति व परिणति है...।

अत: जीवन-जनित दुख-सुख, शोक-संताप को भोगते हुए आज सभी से अलिप्त हो गए थे वे। अलिप्त या विदेह तो वे सदा से कहे जाते रहे थे अपने कर्मों

के बल पर परन्तु तब वे क्या हमें अयोध्या विदा करते समय अलिप्त रह सके थे? बिलख-बिलखकर नहीं रोये थे? कोई सांसारिक प्राणी इस प्रकार अलिप्त नहीं हो सकता जिस प्रकार एक संन्यासी होता है।

एक नन्हा-सा जीव जो न गर्भ में अपनी इच्छा से आता है, न इस भू-लोक से अपनी इच्छा से जाता है परन्तु यहाँ आने के बाद इस भूमंडल के सारे हर्ष व विषाद का उत्तरदायी अवश्य बनता है। यदि अपनी इच्छानुसार चला तो निरंकुश कहा जाता है और यदि समष्टि की इच्छानुसार चला तो दुखों के सागर में डूब जाता है आकंठ...भैया राम की तरह...। बड़ा विचित्र और निर्मम है यह भू-लोक का आवागमन भी...।

दार्शनिक सोच ने पीड़ा को तनिक क्षीण किया। जब अपने किए कुछ हो ही नहीं सकता तो इतनी पीड़ा क्यों होती है मन को अपनों की विगलता से...?

32

बहुत प्रिय जनों के अभाव के मध्य भी हम जीवित थे...और समस्त कार्य भी अपनी गति से चल रहे थे...। ये कार्य...ये दायित्व। यह अपनों की चिन्ता व मोह। यही तो जीवित रहने पर विवश करता है मनुष्य को इस धरा पर। वरन् क्यों कोई रहना चाहेगा इस संसार में इसके कठोर यथार्थ से परिचित होते हुए। वह असमय ही वीतरागी न हो जाएगा...?

गुरु वशिष्ठ का संवाद मिला...।

वे भवन में पधार रहे हैं और विशेषकर मुझसे मिलना चाहते हैं।

मुझसे मिलना चाहते हैं...? मात्र मुझसे मिलने तो वे आज से पूर्व कभी नहीं आए भवन में...आज क्यों? मन में विचित्र-सी चिन्ता और शंका का उदय होने लगा। माताओं के स्वर्गवास के बाद वे इस भवन में नहीं आए थे। अवश्य कोई गूढ़ बात होगी? अब औचक किसी विशिष्ट लोगों का आना भी डरा जाता था।

कक्ष से निकलकर मैं बाहर आई...और बैठक की ओर बढ़ गई। हर पग के साथ हृदय की धड़कन तीव्र हो रही थी...। जब सभी आत्मीयजन यत्र-तत्र पड़े हों तो ऐसी स्थिति होगी ही...मन को ढाढ़स बँधाया मैंने।

बैठक में मेरे पहुँचने से पूर्व ही वे पधार चुके थे और आसन पर विराजमान थे।

"प्रणाम गुरुदेव...।"

"वे मौन रहे...। सदा की भाँति—'सदा सौभाग्यवती रहो' का आशीष नहीं दिया...।"

मेरी व्याकुलता बढ़ गई। उनका यह व्यवहार बड़ा विचित्र लगा...।

"गुरुदेव, क्या आदेश है, आपने स्मरण किया था मुझे?"

उन्होंने धीमे स्वर में कहा—

"बैठो पुत्री उर्मिला...। ऐसा अनुभव हो रहा जैसे अयोध्या के हर्ष का अवसान काल सन्निकट है। जिसे कहने में धैर्य मेरा साथ छोड़ रहा...तुमसे कैसे कहूँ धैर्य रखने को...।"

"आपकी व्याकुलता डरा रही है गुरुदेव...लग रहा है कुछ भयानक अनिष्ट घटित हुआ है या होनेवाला है?"

"तुम्हारा अनुमान सत्य है पुत्री परन्तु..."

"परन्तु क्या गुरुदेव, स्पष्ट कहिए...मेरा हृदय व्याकुल हो रहा। सब कुशल तो है न?"

मैंने व्याकुल होते हुए पूछा।

"पुत्री, मृत्यु सत्य है, शाश्वत है, सनातन है। जिस प्रकार जीवन सत्य है परन्तु जीवन से ही मृत्यु का अस्तित्व है। मानव चैतन्य जीव है। उसके पास संवेदना है, अनुभव है और दुख-सुख की अभिव्यक्ति के लिए शब्द भी है...।"

"आज ऐसी निराशाजनक बातें क्यों कह रहे हैं गुरुदेव...मेरा मन घबड़ा...। शीघ्र कहिए सब कुशल तो है न?"

"कुछ भी कुशल नहीं है पुत्री...।"

"क्या हुआ गुरुदेव?"

"पुत्री उर्मिला...लक्ष्मण...औचक परमधाम चले गए...।" उन्होंने कहा...बहुत ही मद्धम स्वर...मानो किसी गुफा से आ रही हो...

"लक्ष्मण...परमधाम...चले...गए...? मेरे लक्ष्मण आह...!"

मेरे पैरों तले से धरती खिसक गई...सर पर आकाश टूट पड़ा...। मरुतगण अपने वेग से चारों दिशाओं को रौंदने लगे...। प्राणवायु कंठ तक आ गया...चीखना चाहा...ताकि वेदना का प्रवाह बाहर आ जाए...। चीख न सकी...थहराकर एक स्तम्भ के सहारे धरा पर बैठ गई...अश्रुधार बह चले नेत्रों से...।

"कब...? कैसे...?" अस्फुट स्वर निकला मेरे मुख से।

"कुछ काल पहले ही...औचक।"

"बड़े निर्मम निकले सौमित्र...इस बार तो उन्होंने प्रतीक्षा की आस भी नहीं छोड़ी गुरुदेव...। सब कुछ समाप्त हो गया। क्या करूँगी इस हर्ष, आसविहीन जीवन का...?"

मेरे मुख से पुन: अस्फुट-सा निकला और लगा सारा ब्रह्मांड नाच रहा है... तत्क्षण मेरे नेत्र बन्द हो गए...। कितना काल बीता...ज्ञात नहीं।

कानों में कोलाहल-सा उभरा...।

सचेतन हुई...। देखा, श्रुतकीर्ति की गोद में मेरा सर है और वह मेरे मुख पर शीतल जल के छींटे मार रही है।

"स्वयं को सँभालो पुत्री। इतना अधैर्य नहीं होते। होनी पर किसी का वश कब चला है?।" गुरुदेव कह रहे हैं...। मेरे नेत्र बरस रहे हैं...मस्तिष्क में चलता विचारों का झंझावात...।

"कैसे धैर्य रखूँ गुरुदेव...! लक्ष्मण परमधाम चले गए...। मेरा निर्लज्ज प्राण अभी तक मेरी देह में ही उपस्थित है। निकल भी नहीं रहा है अधम। अब इस जीवन का क्या औचित्य रह गया है।" कहकर मैं जोर से बिलख पड़ी। बिलखती रही...।

"इतना अधैर्य मत हो पुत्री...धैर्य रखो।"

बहुत यत्न के बाद मेरा रुदन कम हुआ....। किसी प्रकार स्वयं को सँभाला, अपना लक्ष्य निश्चित किया। मैं लक्ष्मण की सहगामिनी बनूँगी। एक बार चूक गई थी...आज नहीं...। बिछोह की वेदना अब और सहन नहीं होगी।

"गुरुदेव, मैं उनके पास जाना चाहती हूँ।" दृढ़ स्वर में मैंने कहा।

"कहाँ जाओगी, वे इस पृथ्वी पर कहाँ हैं पुत्री...!"

"तो कहाँ गए वे मुझे अवगत कराए बिना...वहीं ले चलिए मुझे।"

"वे कहीं जाते तो न तुम्हें अवगत कराते पुत्री, उन्होंने तो जलसमाधि ली है सरयू में।"

"जलसमाधि...प्राणोत्सर्ग...?" मेरे मुख से घुटी-घुटी चीख निकल गई...।

"हाँ पुत्री, परिस्थिति कुछ ऐसी बनी...।"

कैसी परिस्थिति गुरुदेव...? अभी तक तो मैं समझ रही थी वे स्वाभाविक रूप से परमधाम गए हैं।"

"बड़ी विकट परिस्थिति। अयोध्या का दुर्भाग्य पुन: द्वार खटखटा रहा है पुत्री,

कुछ भी शुभ नहीं लग रहा। इतिवृत्त अपनी पुनरावृत्ति कर रहा है...।"

सुनकर हृदय टूक-टूक हो गया...। एक ही जीवन में इतने सारे परिवर्तन...? इतना सारा संताप?

"लक्ष्मण तो इतना भीरु नहीं थे, पुनः इतना हृदय-विदारक व अनैतिक पथ उन्होंने क्यों चुना गुरुदेव...?"

"होनी को क्या कहूँ पुत्री, प्रातः ही कोई अज्ञात ऋषि राम से मिलने आए थे। राम को वे कोई गुप्त सन्देश देना चाह रहे थे। इसके लिए वे राम से बोले—"

"ऐसे स्थान में हमारी वार्ता हो जहाँ उसे न कोई सुन सके और न वार्ता करते हुए हमें कोई देख सके। वार्ता के मध्य मैं नहीं चाहता किसी प्रकार का व्यवधान उत्पन्न हो। यदि ऐसा होगा तो देखने-सुननेवाला मृत्युदंड का अधिकारी होगा। आप वचन दीजिए।"

राम उनकी बात मान गए थे और द्वार पर प्रहरी के स्थान पर उन्होंने इस ध्येय से लक्ष्मण को तैनात किया कि वे किसी भी स्थिति में किसी को भीतर नहीं आने देंगे। उन्हें सचेत रहने को कहकर राम उनके साथ मंत्रणा कक्ष में चले गए। और दुर्योग देखो...कुछ ही समय बीता था कि दुर्वासा ऋषि राम से मिलने के लिए आ पहुँचे। उन्होंने लक्ष्मण से राम को अपने आने का संवाद देने को कहा।

लक्ष्मण ने अपनी बेबसी जताते हुए बहुत विनम्रतापूर्वक उनसे कहा...भैया राम एक ऋषि के संग गुप्त मंत्रणा में संलग्न हैं। उनका विशेष आदेश है कि वार्तालाप के मध्य में किसी प्रकार का व्यवधान न उत्पन्न किया जाए। अतः आप आसन ग्रहण करें तथा तनिक धैर्य रखें।

लक्ष्मण का इनकार सुनते ही ऋषि दुर्वासा क्रोधित हो उठे...और बोले— "तुम अभी राम से मेरी वार्ता करवाओ अन्यथा इस अवज्ञा के लिए मैं राम को शाप दे दूँगा।"

उनका क्रोध सर्वविदित है पुत्री। राम का किसी प्रकार का अनिष्ट हो लक्ष्मण को क्या यह स्वीकार्य होता? अतः भयवश वे तत्क्षण राम को संवाद देने कक्ष में चले गए।

लक्ष्मण को कक्ष में आया देख राम भय से काँप उठे। उन्हें काल की गति का आभास हो गया कि बहुत बड़ा अनर्थ निकट है।

मद्धिम स्वर में लक्ष्मण ने उन्हें ऋषि दुर्वासा के आने का संवाद दिया। परन्तु बहुत विलम्ब हो चुका था पुत्री। वह ऋषि अपना कार्य पूर्ण कर जा चुके थे। काल

के रूप में ही वे आए थे कदाचित्...और ऋषि दुर्वासा का भी कोई बहुत महत्त्वपूर्ण कार्य नहीं था परन्तु अनहोनी तो हो ही गई थी।

तत्क्षण राम ने मुझे आने का सन्देश भिजवाया। काँपते स्वर में उन्होंने अपना असमंजस कह सुनाया कि वचन स्वरूप लक्ष्मण को प्राणदंड देना मेरे लिए सम्भव नहीं है गुरुदेव...और रघुवंशी हूँ वचन भी मिथ्या हो यह सह्य नहीं होगा...। क्यों न मैं अपना प्राणोत्सर्ग कर लूँ।"

सुनकर सभी हाहाकार कर उठे...। लक्ष्मण को प्राणदंड मिले या राम प्राणोत्सर्ग करें दोनों स्थिति किसी को मान्य नहीं था।

देखते-देखते उनका कक्ष सभासदों व विद्वज्जनों से भर गया। बहुत चिन्तन-मनन के पश्चात् सभी ने युक्ति निकाली—

"इस द्वंद्व से मुक्ति का मार्ग है राजन! आप अपना प्राणोत्सर्ग नहीं करें और न ही वचनस्वरूप लक्ष्मण को ही प्राणदंड दें।"

"उसके पश्चात् कौन-सा मार्ग है महानुभावो!" कम्पित स्वर में राम ने पूछा।

"आप लक्ष्मण का परित्याग कर दीजिए। किसी का त्याग भी उस मनुष्य के लिए मृत्यु तुल्य ही प्रभाव रखता है।"

और विवश होकर राम ने लक्ष्मण का परित्याग कर दिया...। राम के त्याग का आघात इतना प्रचंड था कि लक्ष्मण से सहन नहीं हुआ और हम लोग जब तक कुछ समझते वे सरयू में जलसमाधि ले चुके थे। अब कुछ भी शुभ नहीं लग रहा। इस भवन में बहुत बड़ा अनिष्ट होनेवाला है पुत्री...।

मेरे नेत्र बरस रहे...। मस्तिष्क में विचारों का झंझावात चल रहा...

"पुत्री उर्मिला इतना अधैर्य नहीं होते। तुम स्वयं इतनी विदुषी, वीरांगना तथा धैर्य की प्रतिमूर्ति हो...। होनी पर किसी का वश नहीं चलता। जो भी घटित हुआ है उससे सभी विचलित और व्यथित हैं। स्वयं को सँभालो।"

"गुरुदेव, मैं लक्ष्मण की सहगामिनी बनना चाहती हूँ।"

"ऐसा सम्भव नहीं है पुत्री, हमारा शास्त्र इसकी अनुमति नहीं देता। प्राणोत्सर्ग पाप है।"

"तो लक्ष्मण का परलोकगमन क्या है गुरुदेव?"

"उन्होंने राजाज्ञा का पालन किया है।"

"तो भैया राम से कहिए वे मुझे भी मृत्युदंड दे दें। इस संसार में मेरे रहने का अब कोई औचित्य नहीं है।"

व्याकुलता से मैंने कहा। प्राणोत्सर्ग का मेरा हठ पराकाष्ठा पर था। मेरी दृष्टि से ओझल मेरे लक्ष्मण चले गए निरपराध...। वे भैया राम का वियोग नहीं सह सके मैं उनके वियोग के पश्चात् अभी तक जीवित हूँ...? धिक्कार है इस हठी प्राण को...।

"ऐसा क्यों सोच रही हो पुत्री! लक्ष्मण का वियोग क्या राम से सहन होगा? वे भी चैन से नहीं रह पाएँगे। इतने व्याकुल हैं वे कि निःशब्द हो गए हैं। उनका मौन भय उत्पन्न कर रहा है कि न जाने किस रूप में विस्फोट हो उसका? यह मौन शुभ सूचक नहीं है पुत्री। स्वयं को सँभालो। दृढ़ करो अपने हृदय को। अभी तुम्हारे समक्ष अपने पुत्रों का दायित्व है।"

गुरुदेव कह रहे और मेरे नेत्र झर...झर...बरस रहे। हृदय विदीर्ण हो रहा। कहाँ ढूँढ़ूँ सौमित्र को...। वह निर्मल मुख...स्मित मुस्कान। चंचल नेत्र...। आह...लक्ष्मण, क्या अपराध था मेरा? क्यों अकेला छोड़ गए? उस वय में जब जीवन को सहचर की अत्यधिक आवश्यकता होती है। अब इस जरायुक्त मेरे तन में वह शक्ति भी नहीं है कि मैं आपका बिछोह सह सकूँ। सहगमन का मुझे दिया हुआ वचन भी नहीं निभा सके...इतने निष्ठुर कैसे हो गए आप...? मैं तो आपकी अर्द्धांगिनी थी...। प्रलाप के स्वर निकलते रहे मुख से...।

चैतन्य हुई तो श्रुतकीर्ति की गोद में मेरा सर था और दीदी मांडवी मेरा हाथ थामे बैठी थीं। मुझे सचेतन देख नाना विध समझाने लगीं परन्तु उनका आश्वासन भी आश्वस्ति नहीं दे सका मेरे हृदय को। मैं तड़पती रही...।

33

आह लक्ष्मण, आज फिर आप मुख मोड़ गए। औचक...असमय, अनपेक्षित। सोचा था चौदह वर्षों का बिछोह पर्याप्त था इस जन्म के लिए। अब कभी संग-साथ नहीं छूटेगा हमारा परन्तु फिर जीवन के इस सांध्य बेला में अकेली रह गई मैं।

काल का संकेत न आप समझ सके थे न भैया राम। वरन् उस दिन द्वारपाल के स्थान पर आप उपस्थित नहीं होते और रघुवंश का यह कठोर विधान...कि वचन भंग न हो किसी भी मूल्य पर...उस हवन की हवि आप नहीं बनते।

भैया राम द्वारा त्याग देना सहन नहीं हुआ आपसे, परन्तु मेरे साथ भी तो वचनबद्ध

थे जीवनपर्यन्त साथ निभाने के लिए। वह वचन भी रघुवंशी का दिया हुआ ही था और आज आप अनंत पथ के यात्री अकेले बन गए। बया पक्षी का जीवनसाथी से जीवन भर का साथ निभाने का दृष्टान्त देकर आप कितना बड़ा छल कर गए। यह मृत्यु स्वाभाविक होती तो कदाचित् इसे विधि का विधान मान यह हृदय सब्र भी कर लेता। भैया राम के प्रेम, स्नेह और उनके प्रति निष्ठा ने आपको अयोध्या में रहने को बाध्य किया। मैं आपकी संगिनी-सहचरी दो भागों में विभक्त हो गई थी। एक भाग आपके संग और दूसरा अपने पुत्रों के संग जो हमसे बहुत दूर दूसरे राज्यों में रह रहे थे। आप कितने निष्ठुर निकले...चल दिये एक संन्यासी की भाँति इस असार संसार का मोह त्यागकर। मोह तो तब भी आपका मार्ग नहीं रोक सका था जब अरण्यवास को गए थे। क्या सदा विरह के ताप में तपने को ही अभिशप्त हूँ मैं? एक बार कहकर तो जाते कि आप इस संसार से प्रयाण कर रहे हैं...। मैं भी सहचरी बन जाती उस अनंत यात्रा की। अब तो अयोध्या में मेरे रहने का न कोई प्रयोजन है और न ही कोई दायित्व ही शेष है मेरे हिस्से का।

आपको कभी उपालम्भ भी तो नहीं दिया था अपनी विरह वेदना के लिए। चौदह वर्षों की वेदना तो इस आस पर सह लिया था मैंने कि आप पुनः मेरे संग-साथ होंगे। उस वेदना के भुक्तभोगी तो आप भी थे...। परन्तु यह कैसी मृत्यु है जिसे अपनाने के लिए बाध्य किया जाए? आपने बाध्य होकर ही उसे वरण किया है। सोचकर पल-पल मैं वेदना से पीड़ित हो रही। किसी विधि मन धीर नहीं धर रहा। दीदी मांडवी तथा अनुजा श्रुतकीर्ति के सांत्वना के शब्द भी शूल समान चुभ रहे...। विधि का यह कैसा विधान है जिसका आखेट आप हुए हैं।

मन खीज रहा...उद्विग्न हो रहा...लगता है काश, मुझमें भी वह अलौकिक शक्ति होती जिसके बल पर मैं ऋषि दुर्वासा को शाप दे सकती। जिस शक्ति से भयाक्रान्त कर वे सदा मानव समाज पर अपने भय का आधिपत्य जमाए हुए हैं। यदि आज भैया राम को वे शाप देने का भय नहीं दिखाते तो मेरे लक्ष्मण को प्राणोत्सर्ग नहीं करना पड़ता। ऋषि दुर्वासा ने शाप का भय नहीं दिखाया है वरन् वध किया है मेरे लक्ष्मण का...। कैसे तपसी हैं वे और कैसा तप है उनका? सुना था, अधिक ज्ञान पाकर मनुष्य विनम्र हो जाता है तथा अधिक फल से वृक्ष झुक जाता है। परन्तु यह कौन-सी अमानुषिक शक्तियाँ अर्जित की हैं ऋषि दुर्वासा ने...जिसके बल पर वे किसी के प्राण हरण का अधिकारी बन बैठे हैं? क्या उन्हें मेरे लक्ष्मण के वध का पाप नहीं लगेगा? मेरे हृदय से निकली आह...उनके बुद्धि-विवेक का क्षय नहीं

करेगी? सुना है, ऋषि या महर्षि मानव समाज और प्रकृति के हितैषी माने जाते हैं। मात्र अपने अहंकार के लिए तप का दुरुपयोग करना...किसी ऋषि को क्या शोभा देता है? मेरे लक्ष्मण कितने बेबस हो गए होंगे इस अहंकारी मुनि के समक्ष। यदि लक्ष्मण भैया राम को उनके आने का संवाद नहीं देते तो वे भैया राम को शाप दे देते। भैया राम को कोई अनिष्ट पहुँचे...जिसका हेतु मेरे सौमित्र हों...क्या यह उनसे सहन होता? इसलिए वे इस अनिष्ट को अपने जीवन पर झेल गए। तप की यह कैसी शक्ति है, कैसी मनोवृत्ति है जो किसी को प्राणोत्सर्ग करने के लिए विवश कर दे...। ऐसी आसुरी शक्तियों के लिए तप करना व्यर्थ है। तप मानव कल्याण के लिए किया जाता है किसी को त्रस्त करने के लिए नहीं।

इस जीवन का क्या करूँ सौमित्र...?

आप वन यात्रा पर गए थे तो यह आस तो थी कि आप पुनः आएँगे। आज अनंत यात्रा पर जाते समय मुझ हतभागी से अपने दर्शन का सौभाग्य भी छीन लेना अनुचित नहीं लगा आपको...। इतने बड़े कर्मयोगी...परन्तु इतना अलिप्त, इतना निष्ठुर। अपने कर्म पथ का निर्धारण करते समय तनिक भी ध्यान नहीं रहा मेरा... कैसे मुझे निस्संग छोड़ गए। कहाँ से शक्ति लाऊँ आपके वियोग को सहने की? यह कैसी जाँचना है दैव की...।

सच कहूँ सौमित्र, आज मेरे हृदय में यह कलुषित भाव का उदय होना...कि जब चारों भाई साथ इस संसार में आए थे तो...मेरे लक्ष्मण ही अकेले पहले क्यों गए? अब इसे आप मेरा स्वार्थ कह लीजिए या इसे पाप की संज्ञा दीजिए...। स्वीकार है मुझे परन्तु मेरा हृदय विदीर्ण हो रहा है...। वह पाषाण का नहीं है। कभी आपने मेरे अश्रु प्रवाहित होने पर पाबन्दी लगाया था। आज मैं रोऊँगी...। हृदय फाड़कर रोऊँगी...ताकि अवसाद बह जाए उस प्रवाह में...और आज इसे रोकनेवाला भी कोई नहीं है। क्षुब्ध मन विप्लव पर उद्धत हो उठा...।

जब से लक्ष्मण परम धाम गए हैं अयोध्या भवन में भयावह सन्नाटा पसरा है चहुँओर...। मेरा सुख-सौभाग्य तो रूठ ही गया है साथ ही भवनवासी भी सहज, शान्त नहीं हैं। मेरे पुत्र...पिता के अभाव की पीड़ा सहन करते हुए क्षण मात्र को भी अकेला नहीं छोड़ रहे मुझे। दीदी मांडवी तथा श्रुतकीर्ति भी सदा मेरे निकट ही बनी रहती हैं। इन सभी की उपस्थिति के पश्चात् भी लक्ष्मण की अनुपस्थिति का अभाव मुझे हर पल सालता रहा...। ज्ञात है मुझे, इस अभाव का कोई विकल्प नहीं है...फिर भी इस पीड़ा पर वश नहीं है मेरा।

दीदी मांडवी कह रहीं..."अयोध्या में कुछ भी तो कुशल नहीं है मेरी प्रिय बहन, लक्ष्मण का अभाव मात्र तुम्हें ही नहीं है, समस्त अयोध्यावासी भी व्याकुल तथा व्यग्र हैं उनके लिए। आर्य राम अपनी व्याकुलता प्रकट नहीं होने देते परन्तु वे रात-रात भर सो नहीं पा रहे हैं। लक्ष्मण उन्हें प्राणों से अधिक प्रिय थे। लक्ष्मण का अभाव उन्हें झेलना पड़ेगा कभी सोचा न होगा उन्होंने और यह भी उनकी कल्पना में कहाँ थी कि लक्ष्मण के इस हश्र का माध्यम वे बनेंगे? आर्य भरत यह कहते-कहते व्याकुल हो गए थे।"

"मैं कुछ नहीं कहती...। क्या कहूँ?"

ज्ञात हुआ, कल गुप्तचर लंका से लंकापति विभीषण की मृत्यु का अशुभ समाचार लेकर आया था। कुछ काल पूर्व किष्किंधा नरेश सुग्रीव भी इस नश्वर संसार को त्यागकर परलोक जा चुके हैं। सुनकर राम और शोकमग्न हो उठे हैं। पीड़ा भरे स्वर में कह रहे थे—"प्रकृति ने अपना समय नियत कर दिया है गुरुदेव... एक-एक कर सभी बिछड़ रहे हैं।"

"यह तो सृष्टि का चक्र है वत्स, इस भू-लोक में जो आया है उसे जाना भी है। यही अटल सत्य है, सनातन है।"

"मैं लक्ष्मण का अनुसरण करूँगा गुरुदेव! इस धरा का ऋण चुक गया है मेरा।"

"यह क्या कह रहे हो तात? अभी बहुत काल तक यहाँ वास करना है तुम्हें।"

"गुरुदेव, इस धरा पर मनुष्य के आने का जैसे एक समय नियत होता है उसी प्रकार जाने का भी होता है। यह तो आप ही कहते हैं कि—हानि-लाभ, जीवन-मरण, यश-अपयश विधि हाथ। तो इतना अधीर क्यों हो रहे। आप तो भावी की गति जानते हैं और मानते हैं। मेरा लक्ष्मण भावी की इसी गति का आखेट हो गया है गुरुदेव!"

इस अशुभ समाचार ने मेरा हृदय विदीर्ण कर दिया। कैसे रोकूँ आर्य राम को उनके इस कठोर निर्णय से? सदा अपने संकल्प पर अटल रहनेवाले वे किसी के लाख अनुनय-विनय से क्या अपना निश्चय बदलेंगे?

और उन्होंने हनुमान को बुलाकर अयोध्या की सुरक्षा की जिम्मेदारी सौंप दिया है—

"कुश व लव तथा अयोध्या की सुरक्षा का दायित्व तुम्हें सौंप रहा हूँ कपि श्रेष्ठ, तुम रहते संसार तक अजर-अमर रहकर अपना दायित्व निभाते रहोगे। तुम्हारी आज्ञा के बिना कोई यहाँ प्रवेश नहीं कर सकेगा। हमारा संग-साथ यहीं तक था।

लक्ष्मण के बिना यह जग सूना-सूना लग रहा है। अतः मैंने अपना पथ सुनिश्चित कर लिया है।"

हनुमान ने कुछ कहना चाहा...राम मध्य में ही उन्हें रोककर बोले—

"ना हनुमान...मैं किसी को छोड़कर कहाँ जा रहा हूँ...सदैव तुम लोगों के समीप ही तो रहूँगा। यह देह तो नश्वर है, पंचतत्त्व से बना और उसी में एक दिन विलीन हो जानेवाला। इसके लिए शोक क्यों?"

"प्रभु...इतने ही दिनों के साथ-संग की आराधना नहीं की थी मैंने। भिज्ञ हूँ मैं इस तथ्य से कि मेरा रुदन व विलाप आपका निर्णय नहीं बदल सकता परन्तु मैं आपके संग चल तो सकता हूँ? इस सौभाग्य से मुझे वंचित नहीं करिए नाथ!"

गुरुदेव सुना रहे हैं हृदय विदारक समाचार...। एक अभिभावक होने के नाते क्या यह सहन करने योग्य था? मध्यम स्वर में प्रतिवाद किया मैंने यह जानते हुए भी कि राम का निश्चय कोई नहीं बदल सकता। मैं हृदय पर काबू रखे सुन रही यह सब। कैसा यह मर्त्यलोक है जहाँ आने पर सम्बन्धों की डोर बँधती जाती है चर-अचर से। मोह बाँधता है अपने पाश में। आत्मीयता गहरी होती है और एक दिन अपनों को अपना अभाव झेलने को विवश कर यह भौतिक शरीर अपनी नश्वरता सिद्ध कर चल देता है उस अदृश्य लोक में जहाँ से उसे अपनों की चीख व पुकार सुनाई नहीं देता और न ही जीवन भर समीप रहे अपने उसे देख सकते हैं।

लक्ष्मण के जाने का संताप अभी क्षीण भी नहीं हुआ था कि एक और हृदय विदारक संवाद...। भैया राम ने तीनों भाइयों के साथ परलोक गमन करने का निश्चय किया है। लक्ष्मण का वियोग उन्हें चैन नहीं लेने दे रहा। इसी व्याकुलता वश उन्होंने उनका अनुसरण करने का निश्चय किया है। यदि लक्ष्मण को त्यागने का इतना भयावह कारण उपस्थित नहीं होता तो इतना बड़ा अनर्थ नहीं घटित होता अयोध्या में...। उनका संकल्प अटल है। अतः यह पीड़ा समस्त जनों को पीड़ित कर रही।

आर्य भरत तो अयोध्या में ही हैं। शत्रुघ्न को मथुरा पुरी से शीघ्र आने का संवाद गया है। तक्षशिला से तथा कारापथ से भी हमारे पुत्रों को बुलाया गया है।

यह क्रूर संवाद विपत्ति बनकर टूटा मेरे सर पर और मेरी पीड़ा में बढ़ोतरी कर गया...। तीनों भाई सरयू की गोद में समाधि लेंगे। जीते-जी जलसमाधि...? सौमित्र की राह...। आर्य राम का निश्चय बहुत ही निर्मम है। नाते, रिश्ते, बन्धु, सखा-सहचरी का मोह उनके पैरों की बेड़ी नहीं बना कभी। जानता है समस्त संसार और अयोध्या भी। इसलिए अवधवासियों के नेत्र तो बरस रहे हैं पर अधर मौन हैं,

वे फड़फड़ा अवश्य रहे हैं किन्तु अपनी मर्यादा में हैं। अट्टालिकाओं के मस्तक पर टँगे सूर्य चिह्न वाली पताकाएँ झुक गई हैं। वहाँ निरन्तर निनादित होनेवाले वाद्य भी मौन हैं। अँधेरा अपना विकराल जबड़ा फाड़े शनैः-शनैः बढ़ रहा अयोध्या की ओर मानो समूल निगल जाएगा उसे। अयोध्या का विश्व में जगमग करता स्वर्ण युग और अब यह कैसा दुर्भाग्य...?

और मेरे मन में उपजे तुच्छ विचार ने ग्लानि से भर दिया...कि ऐसी अधम सोच भी कैसे उत्पन्न हुई मेरे मानस में? स्वयं के स्वार्थ के लिए अपनों के जीवन की हानि...यह तो मानव का धर्म नहीं है। लक्ष्मण के मोह ने मुझे वाकई बावला कर दिया था। अब इस अनर्थ को मैं कैसे रोकूँ?

अयोध्या राज तथा भवन के हर्ष का अवसान दिवस इतना शीघ्र आ जाएगा... विश्वास से परे था। समस्त राज्य और भवन में हाहाकार व्याप्त है। वर्षों पूर्व का वह दृश्य नेत्रों समक्ष घूम रहा...जब चहुँओर भैया राम के वनगमन का शोक पसरा हुआ था...चीख व चीत्कार के रूप में। उस समय तो यह आस भी थी लोगों के हृदय में कि नियत समय के पश्चात् पुनः वे सभी लौट आएँगे परन्तु आज इस सच्चाई से सभी अवगत थे कि इस अनंत यात्रा पर जानेवाला कभी लौटकर नहीं आता और सभी के विशद दुख का कारण यही था।

या दैव...आगम-निगम तो तुम्हारा विधान है परन्तु किसी को आत्महिंसा के लिए यह असमय विवश करना...? तुम्हारे इस निष्ठुर प्रहार को कैसे सहेंगे हम? लगा, मानव कितना ही शक्तिशाली क्यों न हो...काल के सम्मुख वह बहुत तुच्छ है...और ऐसा अन्त तो आर्य इतिहास में कहीं वर्णित भी नहीं है।

सरयू का गोप्रतार घाट...साक्षी बन रहा अयोध्या के देदीप्यमान नक्षत्रों राम, भरत और शत्रुघ्न के अवसान का और पूर्व में बन चुका है लक्ष्मण के अवसान का। भवनवासियों से लेकर समस्त नगरवासी घाट पर उपस्थित हैं...मात्र हम तीनों बहनों को छोड़कर। हम बहनें अवश-सी इस मृत्यु का तांडव देखने को विवश हैं। कितनी हतभागी हैं हम, और यह अयोध्या भी। अयोध्यापति दशरथ की अकाल मृत्यु की साक्षी बनीं और आज अयोध्या के देदीप्यमान नक्षत्रों को अस्त होते देखने की साक्षी भी दैव हमें बनाने पर तुले हैं। दुख की अधिकता ने हमारे नेत्रों को मरुभूमि बना दिया है...और अधरों पर मौन के ताले ऐसे जड़ दिये हैं कि वे आह भरना भी भूल गए हैं। होनी को घटित होते देखने के सिवा हमारे वश में और कुछ नहीं है।

हमारे भीतर वह शक्ति नहीं कि अपनों का देहावसान देख सकें...बल्कि दैव

किसी को भी यह समय देखने को विवश न करे। यह कैसा दुर्भाग्य है जो हमें तिल-तिल कर मरने पर विवश कर रहा...। साँसें घुट रहीं...।

सहज मुत्यु तो विधान है सृष्टि की...परन्तु यह प्राणोत्सर्ग...उनके अपनों के साथ घोर अन्याय है और यह अन्याय हो रहा मेरी बहनों के साथ। मैं तो उस अन्याय का शिकार पहले ही हो चुकी हूँ। दीदी मांडवी तथा श्रुतकीर्ति के दुखों का पारावार नहीं...। सभी के जीवन में एक न समाप्त होनेवाली रिक्तता व्याप्त जाएगी। यह समय क्या हमें चैन लेने देगा...सदा बेचैन नहीं करता रहेगा हमारी बेबसी को इंगित कर। जो जा तो रहे हैं अपने संतापों से मुक्त होने के लिए लेकिन अन्ततः संतापों के सागर में हमें डुबोकर जा रहे...और गुरुदेव कह रहे कि पति के पार्थिव देह के साथ पत्नी का सहगमन हमारे शास्त्र व विधान के विरुद्ध है। आर्य विधान में आत्मार्पण करना भी निषिद्ध है तो पुनः क्यों कर रहे हैं सभी यह कृत्य? काश, अभी ऐसी अचेतना छा जाती हमारे ऊपर कि इस दुखद अनुभव से साक्षात्कार नहीं होता...।

आज लज्जा-संकोच के आवरण से बाहर आना होगा मुझे...। एक बार प्रयास तो करूँ भैया राम के समक्ष। अनुनय तो करूँ कि वे अपना यह निर्णय त्याग दें। उनके इस निर्णय से किसी का भला नहीं होनेवाला। अकाल मृत्यु का वरण वीरों का भूषण नहीं वरन् उसके अपनों के लिए मुत्यु तुल्य दंड है।

"भैया राम! क्षमा-याचना के साथ आज आपके सम्मुख आपकी अनुजा उर्मिला खड़ी है...अपने धृष्टतापूर्ण प्रश्न के साथ और उस पर आपके न्यायपूर्ण उत्तर की अपेक्षा कर रही है।" अश्रु भरे नेत्रों के साथ नत शीश किए मैं बोली।

"अनुजे उर्मिला...! तुम्हारा अपराधी हूँ मैं। बार-बार मेरे ही कारण तुम्हारे सुखों पर प्रहार हुआ है। परन्तु लक्ष्मण के साथ तो मेरी आत्मा ही चली गई है। कहो क्या प्रश्न हैं तुम्हारे?"

"भैया, वचन मनुष्य के लिए होता है या मनुष्य वचन के लिए? वचन इतना भी महान नहीं जिसके लिए आत्मघात कर लिया जाए? अपने दिये वचन के लिए ससुर जी को प्राण त्याग करते देखा है। सौमित्र भी वचन का मान रखने के लिए ही इस संसार से विदा हो गए। तब मुझे तनिक भी भान नहीं था परन्तु आज...यह प्रश्न अधिकता से उठ रहा मन में कि दिये हुए वचन से यदि किसी का अहित नहीं होता हो तो उसे तोड़ देना श्रेयस्कर है। कोई भी विधान समाज को सन्तुलित रखने, उसे परिमार्जित करने तथा उसके हितों को अक्षुण्ण रखने के लिए बनाया जाता है। स्वयं को बलि देने के लिए नहीं...। आप तो ज्ञानी हैं, विचारक हैं। राजा द्वारा

अपनाया गया कोई भी मार्ग प्रजा के लिए उदाहरण बन जाता है जिसका अनुसरण करना वह अपना धर्म या दायित्व समझती है।"

कहकर मैंने उनकी ओर देखा...उनका मुख निर्विकार था। मेरे मन की उद्विग्नता पुन: शब्दों में झरने लगी—

"भैया, उस अज्ञात ऋषि को दिया हुआ वचन आप तोड़ दीजिए...और कितनी अकाल मृत्युओं की साक्षी बनेगी यह अयोध्या? पीड़ा से इसकी नींव दरक नहीं जाएगी...? वचन की यह वेदी और कितने बलिदान लेगी? और फिर संसार के लिए भी यह शुभ सूचक नहीं। आपके पराक्रम से सारा विश्व भिज्ञ है। एक पराक्रमी पुरुष का अन्त ऐसा नहीं होना चाहिए।" कहते-कहते मैं अधैर्य हो बिलख पड़ी...।

परन्तु मेरी कहाँ सुनी गई। सभी अपने संस्कार व सिद्धान्तों पर अड़े रहे...भैया राम मौन रहे...। गुरु वशिष्ठ मेरे निकट आए—

"पुत्री उर्मिला, अन्त:पुर में चलो...।" कहते हुए वे आगे बढ़ गए...। बोझिल पग से मैं उनके पीछे चल पड़ी...

चलते-चलते काल की क्रूर हँसी कानों में पड़ी...हा...हा...हा...हा...मैं सदा बहाने से आता हूँ...आज तक अपने ऊपर कोई अभियोग का अवसर नहीं दिया मैंने...।

मेरा संताप द्विगुणित हो गया।

34

तीन रथ अयोध्या भवन से निकलते हैं और तीन दिशाओं में मुड़ जाते हैं...। एक रथ दीदी मांडवी तथा उनके पुत्रों के साथ तक्षशिला की ओर...। दूसरा श्रुतकीर्ति और उसके पुत्रों के साथ मथुरापुरी की ओर...और एक रथ मुझे और मेरे पुत्रों के साथ कारापथ की ओर...। पलटकर करुण दृष्टि से देखती हूँ भव्य अयोध्या राजभवन के उन्नत मस्तक को...। मुख से आह निकल जाती है...। कभी इसी भवन में दुल्हन बनकर उतरी थी सुहाग की नूपुर बजाती...। हृदय में नवजीवन आरम्भ का हिलोरें लेते उछाह के साथ। सुख और दुख के समान अनुभूति से अवगत करानेवाला यही भवन था और मेरी विरह-व्यथा का साक्षी भी।

आज छोड़कर जा रही हूँ इस भवन में एक सम्पूर्ण जीवन कभी प्रसन्नता में

आकंठ डूबा हुआ...कभी विरह-ताप में तपता हुआ। कभी कर्तव्य पथ पर दृढ़ता से चलता हुआ और अब पुन: विरह में विदग्ध...। जाने इस जीवन का अन्त कैसा होगा?

मानव की यह कैसी नियति है और कैसा संकल्प होता है इस जीवन सागर को पार करने का...

सुख-दुख के पलड़े पर सदा तुलता जीवन कभी उसके एक पलड़े का भार अधिक होता है तो कभी दूसरे का...

विदा ऐ मेरे दुख-सुख के आश्रयदाता अयोध्या भवन...विदा...! मेरा प्राण तो यहीं रह गया है। मात्र शरीर जा रहा है कारापथ...। और जा रहा है ढेरों सुखद व दुखद स्मृतियों का पिटारा...जो जीवन भर विचलित करता रहेगा मुझे...विधि-विधान के धागों में उलझाकर कि सत्य क्या है और असत्य क्या है...?